胡桃與影

張
祖銘

著

② 影子少女的復活

1

在我前三十六年的人生中，總共經歷過三段戀情。

第一位，是大學二年級時與我上同一門課的女子。

我主修音樂，她主修數學，但她為了湊夠學分，選修了一門音樂素養。

「原本還以為是個很好拿分的課，卻沒想到會這麼難。」她攪拌著屬於她的那杯咖啡，向我如此抱怨道。

「比數學還難？」我問她。

她尚未喝下咖啡，就已面露苦澀，「難多了！音樂和數學，完全就是兩碼事！」

「那倒是，」我贊同。「數學構築的是理性世界，音樂承載的是情感之海。前者是清晰的，而後者是曖昧的。」

「哎呀，煩死了，煩死了！」她抓起一撮頭髮，總算去喝那杯咖啡。

她最初約我出來的目的，就是為了想方設法去應付音樂素養課需要完成的作業。

有關馬勒第二部交響曲的兩千字賞析論文。

「喂，這寫的究竟是什麼意思？」她用A4紙列印出第五樂章的唱詞，將它遞到我面前。

「這唱的是德語，」我對她說，「Es geht dir nichts verloren，你並沒有失去一切；Dein ist, dein, was du gesehnt，你擁有著，沒錯，你擁有著你渴望得到的一切。」

　　「你還懂德語？」她揚起她那淺淡的眉毛。

　　我將A4紙交還給她，「不能說懂，只是專門研究過這段唱詞。」

　　「為啥要專門去研究？」儘管她極力掩飾，可還是會不時暴露她的東北口音。我也經常對她說，讓她不必如此。可她卻總是覺得，既然來到上海，就不想被人認出她的東北身份。我雖不能理解，但也只好隨著她去。

　　在她看來，上海是個洋氣的大都市，她不想被人看不起。

　　「個人興趣。」我回答她的問題。

　　她額頭很寬，單眼皮，睫毛與她的雙眉一樣稀疏，不過無傷大雅。她留著一頭直直的黑色長髮，化著較一般大學生而言多少有些濃重的妝容。兩隻眼睛下的臥蠶圓潤飽滿，向外隆起。她人極瘦，個子又高，一米七六，與我近乎平行。不管是她的四肢軀幹也好，還是她的脖頸腰部也罷，都向著瘦的極致去發展。若不是去親手體會，真叫人難以相信她的皮膚之下還會有任何肌肉纖維的存在。

　　她本名叫關梅梅——這也是她後來偷偷分享給我的秘密——至於對外，她則自稱為關采萱。我問她，為何非要另外取個名字不可？她則說，「關梅梅」這名字太缺乏特點，便想要標新立異，遂冥思苦想，起了個「采萱」一名。我又問她，「采萱」二字有何寓意？她回答，這名字聽著文雅。我搞不懂到底怎麼去看人們的名字文雅與否。她以我為例，說我的名字就顯得特立獨行。這下，我大概懂了。

　　關梅梅——也就是關采萱——將A4紙對折，收進一個紅色皮革的手提袋裡。「這次的作業，看來真得靠你了。」

「可若是我倆寫得一樣，不就是抄襲了？」我說。

「怎麼能算抄襲！」她叫道，「只是讓你為我點明思路，又不是直接拿來照抄。」

我轉念一想，說的也是。

「那就得從第一樂章開始看起。」我很快便進入學習狀態，儘管此時，不過是與她相識的第二天。

前一天在學校食堂裡，我正一個人吃著湯麵，她走過來，坐到我對面的空位上。

她穿著純白的吊帶背心，背心的衣角紮進藍色的寬口牛仔褲裡。

「你，也有在上音樂素養課吧？」她半仰著頭，雙手放上餐桌。

我起初還沒反應，以為是自己聽到了別桌的對話。可她又叫我一聲，我才急忙咬斷吃進一半的麵條，抬頭看去。

我問她說了什麼。

她又重複一遍，「你也是音樂素養課的學生吧？」

我說沒錯。

「這太好了，」她說著，「我也是。」

「是什麼？」我問。

「我也在音樂素養課裡。」

「哦。」

她眨了眨眼，「你可能沒印象，因為你總坐第一排。」

「沒錯，我是總在第一排坐來著。」我從口袋翻出皺巴巴的紙巾，擦掉自己滿嘴的油，一邊擦，一邊說：「因為我主修便是音樂，所以想聽得清楚些。」

「我就坐在你後面。」

我看著她。

「你沒發現？」她又問。

「沒有。」我說。

她瞥了眼鄰桌，又看回我，「既然都上同一節課，那咱倆就乾脆認識認識，你說咋樣？」

我本身對此並不介意，便說可以。

她繼而打探起我的情況。

我們交換了彼此的姓名、所學的專業、以及各自的年齡。對於家庭，她卻避而不談。

臨走前，她請求我明天能否一同出來學習，我就一口答應下來。

由於事先知道是出來討論音樂素養課的作業，我便從宿舍裡帶來了唱片和隨身聽，去年新出的索尼Discman D-J50。雖說是隨身聽，可D-J50的優點便是佔用空間小，其機身僅僅只比唱片的包裝盒要厚那麼一些。

我放入自己用零花錢購買的由克倫佩勒所指揮的馬勒第二交響曲的錄音唱片，讓她與我同坐一邊。我讓她戴右耳的耳機，我則戴左耳。

「第一樂章，是葬禮進行曲。」按下播放鍵前，我向她介紹道。「至於這葬禮的主角是誰，我們就不得不提到馬勒所作的第一部交響曲。馬勒將他的第一部交響曲命名為《巨人》，可說是如此，《第一交響曲》更像是一段奇異的旅程，而踏上旅程的這位主角，或是英雄——在英文裡都是一個單詞，*hero*——其實多多少少可以被看作是馬勒自己，也可以是我們任何一個聆聽馬勒

音樂的人。而《第二交響曲》的第一樂章，就是為這一主角所創作的葬禮進行曲。」

「把葬禮進行曲放在開頭，是挺膈應人的。」她說完，見我有些茫然，便又改口：「讓人感到不舒服。」

「知道馬勒為什麼要把葬禮進行曲放在第一樂章嗎？」我問她。

「為什麼？」

「因為馬勒第二部交響曲的標題，叫做《復活》。」

「所以？」

「復活的前提是什麼？是死亡。人要想復活，必先面對死亡。人死了，才能復活。若是一直活著，就談不上所謂復活一說。」

她皺起她朦朧不清的眉毛，一知半解地看著我摁下播放鍵。

待到第一樂章的餘音平息以後，我按下暫停。「接下來的二、三、四樂章，則是死亡與重生之間的插曲。參加完一個人的葬禮，見證了他的死亡後，我們會做些什麼？」

她想了想，「雖然我沒經歷過，但我認為，我應該會去回憶死去的人生前時的樣子。」

「沒錯，就是回憶。」我說，「當我們見證了一場葬禮，我們會意識到死亡本身。一個人死了，他離開了我們所處的世界，他的存在已成為過去。這個時候，我們的腦海裡，必然會浮現出他生前的音容相貌。我們需要去回憶，我們需要用回憶去提醒自己，他曾經活著。而此時的回憶，大多有喜有悲，波瀾四起，卻仍舊能體現生的美好，值得玩味。這第二樂章，就是回憶。我們一同去回憶那些屬於死者的往事，去回憶他所經歷的一生。」

我們各自用一隻耳朵，去欣賞第二樂章那優美與悲傷纏綿於一起的旋律。由於克倫佩勒的錄音將低音提琴安排到了小提琴手後的位置，與現代常規相反，所以佩戴右側耳機的她大概率捕捉不到低音提琴的演奏聲，而我則掙扎於聽清銅管組的旋律。不過這隨身聽本就不是為了兩人同時使用而設計的，我們也就只好這麼將就聽下去。

第二樂章結束。

為了使她能夠更好理解整部作品，以便完成兩千字的賞析論文，我不得不將每個樂章獨立出來，為她單獨講解。「到了第三樂章，在經過了第二樂章的回憶以後，我們所面對的，是與回憶相比並不那麼美好的現實。在這裡，馬勒借用了他《少年的魔角》中一首歌曲的旋律，以此象徵具有諷刺意味的現實。但這一現實，是我們不得不去面對的。死去的人已經死了，可我們還得活著。這裡所借用的歌曲，原本的歌詞裡講述了這麼一個故事：聖安東尼跑到一條河邊，為河裡的魚兒們進行佈道。他不厭其煩，語重心長地教導魚兒們，不能過於貪婪，只知道一味地進食。魚兒們聽得極其認真，深受教誨。聖安東尼見狀，滿意地離去。魚兒們見聖安東尼走遠後，便四散開來，繼續低頭尋覓食物。」

「太逗了！」她噗哧一笑。

隨身聽為我們播放第三樂章。

「這就是第三樂章，三段體的諧謔曲。我們終要死去，但死前的生活，卻是如此充滿諷刺，如此毫無意義。人們聆聽教誨與勸誡，接受薰陶和啟迪，卻仍舊按部就班，日復一日地重複著與此前相同的模式。這就是生活。馬勒開始質疑，若是我們就這樣

死去，那活著又是為了什麼？這時候，我們進入了第四樂章。」

她喊停，讓我稍等片刻，她有些內急，需要去趟廁所。

我說好。她放下右耳耳機，跑去衛生間。我從包裡拿出筆記本，趁這個閒置時間，記下此前臨時冒出的一些所思所想。

當我正要將筆記本收回包內時，她總算不緊不慢地走了回來。

「抱歉，原先進行到哪了？」她坐到我身邊，戴好右側耳機。

「面對無意義的現實，過渡到第四樂章。」

「對，對，咱們開始吧。」

我也戴上耳機，「在看清了現實的真面目後，我們必然會對毫無意義的人生感到絕望。這個時候，一個關鍵人物出現了。」

「誰？」

「純潔的孩童之聲帶來上帝的資訊，它使得我們得到慰藉，不再為無謂的生命而感到恐慌。上帝，上帝就是這個關鍵人物，也是馬勒所給出的答案。人死後究竟會如何？答案就是，我們都會接受到上帝的愛，繼而得到救贖，重獲新生。」

第四樂章時長較短，但緊跟著便是第五樂章。

我再次暫停，觀察她的表情。截至目前，她似乎並未對此展現出多大興趣。

「到了第五樂章，整部作品的終章，也是最為重要的一章。此刻，我們即將復活。無數的死者來到生與死的交界點，這裡惡魔橫行，令人恐懼。上帝的合唱團終於出現在天邊，他們歌頌我們逝去的生命，一切都是值得，一切都有其意義。我們所做的一切，都是為了此刻的洗禮。他們高歌，讓我們做好準備，接受重生。一切呈漸進式逐步抵達高潮，我們感受到了永恆的光芒，*Was entstanden ist, das muss vergehen*，生者終要逝去；*Was vergangen, auferstehen*，逝者必將重生！在合唱團與樂隊伴隨管風琴一齊奏響的宏偉凱歌中，我們迎來了自身的復活，得到了不朽的永恆。光是用言語，是很難將這一重生的感受表達清楚的。我們需要做的，是用心去聽，去親身經歷由死亡到新生的過程。這樣一來，你才能真正體會到，什麼叫做馬勒式的復活。」

她雲裡霧裡，我將左側的耳機也交到她手中，叫她戴上。

我讓她一個人聽著，自己則在一旁寫起別的東西。

半小時過去，她摘下耳機，又以修理工擰螺絲的手法，用小拇指掏了掏耳朵。

「怎樣？」

我滿懷期待地問她，她的臉上卻不見一絲異乎尋常的變化。

「你確實挺適合當老師的。」她答非所問。

我取出唱片，收好機器。「怎麼說？」

「做老師的人，總是有那麼一種魔力，把簡單的東西複雜化，硬生生套進許多常人不懂的深奧理論，講得玄乎得很！」

「可是，再簡單的東西，也有其內涵，這就是藝術。不以表達為目的的藝術，就不能被稱之為藝術。」

她對我的說法付之一笑。「等畢業了，打算當音樂老師？」

「學都學了，」我說，「若是不當音樂老師，我也想不出該幹點什麼好。」

「噯，」她將右手撫上我的左腿，叫我有些手足無措，「學點什麼不好，怎麼會想要學音樂？真是稀罕音樂到無可救藥不成？」

「也不至於，」我頭皮發麻，「實不相瞞，我原本是喜歡舞蹈的。」

「舞蹈？」

「芭蕾，我喜歡芭蕾。可惜，不管是身體條件，還是家庭原因，都不允許我走上舞蹈的道路。所以嘛，我一想，既然不能學舞蹈，那就乾脆投奔舞蹈的親戚，學音樂來了。不過，在選擇專業之前，我也曾經考慮過去學些別的。」

「比如說？」

「我想過要去學哲學，想過要去學戲劇，甚至考慮過電腦和日語。」

「電腦？不太適合你。」

「我也覺得，」我笑道，「所以最後，還是老老實實地選了音樂。」

「可是要學音樂的話，怎麼非要到師範大學來？去上些專業的音樂學院，出來不照樣能當老師嗎？」

「我本身沒有音樂的特長，再加上高中時曾經休學過一段時間，成績怎麼也趕不上。」我有些尷尬地說。

她湊近我，「你也知道，音樂素養只是我的選修。所以我不是很瞭解，你們音樂專業的人，除了這個，還要學些什麼？」

「基本的樂理知識，音樂史，還可以選修一些其他的內容，比如特定的樂器演奏、聲樂表演，甚至是作曲。至於我，我的肺不是很好，所以對於聲樂和吹奏樂器，自己就只好敬而遠之。而弦樂的話，又無法短時間掌握下來。因此就只好選了鋼琴，外加這門音樂素養。」

說話時，我已經將隨身聽收回包內。

她收回手，「晚上要不要去看電影？」

「你是說，我們倆？」我用食指在我和她之間的空氣中來回

比劃。

「對呀！不感興趣？」

我有些畏縮，可轉念一想，若是直接拒絕，對方恐怕面子上會掛不住。而我不想當這個罪人，便答應了她。

到頭來，這一天本該完成的作業沒寫多少，電影卻一連看了兩部。

從那以後，她不時會以學習為由，約我出來與她見面。當然，此前也提到，學習只是約我的理由，至於出來以後具體做些什麼，那可就要依她的心情而定了。我們不光去看電影，有時還會跑到藏在街巷中的錄影廳裡去看電視劇《霍元甲》，也偶爾會在淮海路哈爾濱食品廠的店門前排隊去買蝴蝶酥。買到手後，我們總是抱著偷吃的心態，忍不住要在路邊的樹下撕開白色的紙袋，去拿裡面剛烤出爐的燙手蝴蝶酥。

那一年，鄧小平進行了第二次南巡，強調了改革的意義，可人們卻還在為姓「資」還是姓「社」而爭論不休；那一年，南斯拉夫不復存在，捷克斯洛伐克一分為二；那一年，安東尼奧‧雷波洛用手中的弓箭點燃了巴賽隆納的奧運聖火。

那一年，我剛滿二十，第一次有了固定的戀人。

「你們是怎麼在一起的？」克拉拉的黑色身影問我。

我用胳膊壓了壓枕頭，「後來我才知道，她當初找我學習的目的，就是為了談戀愛。」

「Intéressant，」她翻身，「這也就能解釋在我倆初次見面時，你為何會誤解我前來搭話的意圖。」

「我到現在仍舊對此表示懷疑。」

她像鄰家小孩手裡的豎笛一樣，小聲笑著。

我睜著眼睛，凝視著那盞不發光的吊燈，「她對我說，她是一個人來的上海求學，遇上事情也只能全靠她自己。這讓她沒有安全感。她說，她想找一個靠得住的男人，一同搭夥過日子，結果我就出現了。我問她，她到底看上我什麼。她的回答很老套，無非就是斯文安靜長得秀氣，又一股子藝術氣息之類的。現在想來，也很是膚淺。不過當時的我也毫不介意，畢竟要想瞭解事物的本質，人們必然要先接觸到膚淺的表面。這是不可避免的。」

「那你呢？」克拉拉又問，「你是怎麼看她的？」

「我是怎麼看她的？」我沉思片刻，「現在想來，她與我完全就是兩類人，我欣賞的，她看不上；她喜歡的，我瞧不起。她這人過度停留於表面，而我卻總是想得很多。可那個時候，卻不知為何，在我和她二人之間的巨大鴻溝之上，竟硬生生地拉出了一條鐵索橋，將我們二人聯繫在一起。我想，問題主要還是出於我。你得知道，我總會對向我報以善意的人產生依賴之情。誰對我好，我就會從誰身上獲得安全感，繼而將自己的弱點通通暴露於其面前。但如此下去，其結局卻總是令人不堪回首。」

「你這個缺點，到現在也沒改不是嗎？」

我自嘲地乾笑兩聲，嗓子缺水。

與她在一起的第三個月，心悸的次數如人的生命一樣與日俱減。

不知她是否也有過同樣的感受，以至於那天傍晚，站在公

園的長亭內，面對點綴著荷葉的湖面，為了挽回局面，她主動向前，吻上了我。久未感受過的窒息與分裂再次淹沒了我，她好似為我下了迷幻藥，幾匹長著翅膀的小馬在我腦子裡飛來飛去，橫衝直撞。我看到分秒被人刻意拉長，馬兒們的每一處肌肉都算錯了時間單位，以極其緩慢的速率擊碎天穹，花瓣般的玻璃碎片如水花一樣四處飛濺。

湖的對面有誰在練習樣板戲的片段，長亭的那頭原本應該是個紮著馬步的六旬老頭。

我用手按住她的後腦，使彼此的唇齒相融。

她推開我，咻咻笑著。我皺眉，望著她的臉，卻看到了短暫閃過的她的影子。

「今晚有空？」她問我。

我後知後覺地臉紅起來。這是我們戀愛三個月的第一次接吻。

我說有空。

她拉著我，走出公園。

「感覺怎樣？」她又問。

形容不好，我如此回答。

她總是喜歡將我介紹給她的其他朋友。每次出門聚會，她都會讓我一同前往。舞廳歌廳遊戲廳，她們出入的，竟是些我無論如何也習慣不了的場所。

「你是本地人嗎？」她朋友中的一個問道。

我說我是。

「哪個區的？」此人個頭臃肥，長著個四方臉，一臉凶相，與她卻十分熟識。

「徐匯區。」我答。

男人眯著眼審視我一番，不知是否能看出我昨日的午餐有無帶湯。

「進來吧。」他用聽著像東南沿海地區的口音對我說。

我與她相繼跨入房門，這是一間烏煙瘴氣的屋子，裡頭滲滿了古怪的炷香味。

我一面回憶著不久前的那一吻，一面走過一台台遊戲機。只有兩台遊戲機被人佔用，其餘的都空置在那裡。那兩人正打得起勁，暴力之聲回蕩在屋內。男人領著我們朝前走，我也就跟著，這是一種完全出於無意識性的行為。畢竟對我來說，這是一片陌生的領域，若是沒人帶著，我也就不知該去向何方。她興致高漲，仿佛在期待除夕夜的紅燒鯉魚。我們走到遊戲廳的內室，男人用手撥開垂落下來的珠簾，為我們讓出道路。

「那東西，搞到手沒有？」她問男人。

男人瞄了眼我，「放心好了，沒有什麼是我搞不到的。」

說著，男人手插進皮夾克的口袋，從裡面摸索出什麼，攥在拳中，又攤開在她眼前。

她收下東西，又拍了拍男人的肩，「你這人兒，辦事真保靠！」

男人不予理睬，而是轉向我，「注意時間。」

時間？

她罵了句「討厭」，將我拉進珠簾後的空間中。我仍舊一頭霧水地回頭看著男人，只見他朝我微微一笑，便轉身離去，消失在珠簾的縫隙間。我看回身前，滿是奇怪的搭配。一台能擺頭的落地電風扇，一張畫有鴛鴦戲水的矮腳桌，正對入口的牆上一左一右掛著毛澤東與史達林的畫像，畫像下面擺著一張鐵制床架的

硬板單人床，床上是繡著紅雙喜的被褥，以及緊挨在一起的兩塊發硬的枕頭。

她坐上床，向我展示手裡的物品。

一個四方小袋裡露出圓環狀的輪廓。

我不認識那是什麼。

她向我解釋，這是必需品。

「究竟是做什麼用的必需品？」我傻站在床前，好似被人訓斥的犯了錯的學生。

她一面脫鞋，一面說：「等你脫了褲子就要用到的必需品。」

我恍然大悟。

她見我愣在一處，便問我：「怎麼，想跑不成？」

我搖頭。

「要是不想跑，那就上床來。」她遵照說明書似的一步步解開襯衣的紐扣，露出白花花的內衣。

我也按照她的命令上了床。

她穿著內衣，為我脫下上衣與外褲。一切都是那麼似曾相識。她褪去身上的內衣，又拉下自己的內褲。這似乎是我頭一次瞧見女性的裸體。欲望奪取了權力，操控著龐大的身體帝國進行機械的運動。

她叫住我，撕開此前的四方包裝。她將其套住我充血腫脹的陰莖，其嫻熟的手法令我倍感吃驚。

這下萬事俱備，她對我說。

我們在兩幅畫像的注視下，進行著魚水之歡。

事畢，我兩眼一黑，後腦好似被人用鐵棍揮了一棒。她在我身下微微抽搐，摟抱住我的頸部。我再也支撐不住，往旁側一

倒，躺到她的身邊。她滿意地調整呼吸節奏，一邊用手在我的胸前劃著小圈。

　　令人心安的黑暗使我昏昏欲睡。我閉上雙眼，放任意識獨自出走。我走啊走，仿佛走回了四年前的那座小鎮。她也像現在這般，與我同床共枕。只不過，我穿著她給的長裙，臉頰貼在她裸露的手臂上。鼻子嗅到的，不再是古怪的炷香，而是自己再熟悉不過的桂花香。

　　「不對，」她對我說，「那不是真正的你。」

　　聽她這麼說著，我的下體再次產生反應。裙褶之下，豎立起一根不倫不類的小東西。

　　我害怕極了，哭著問她該如何是好。

　　她給出了令人絕望的回答，「毫無辦法，根本就毫無辦法。」

　　怎麼會毫無辦法？我哀嚎著。

　　她抱住我，一邊用手握住我勃起的下體。我讓她停下，她卻置若罔聞。她親吻我的耳廓，一面發出輕微的低吟，好似在念誦聖潔的經文。

　　求求你！不要！

　　我哭喊著。

　　身體卻根本不聽使喚。它背叛了我，直達興奮的高潮。我哭得愈發撕心裂肺，它就愈發激動敏感。它渴求得到更多，可這卻並非是我本意。

　　她像是它的幫兇，一同將我逼到絕路。

　　我抓住她握住我下體的那只手，粘稠的液體從下身噴湧而出，玷污了那閃耀著神聖光彩的美的裙擺。

　　「這種事情，你阻止不了。」她說。

為什麼？為什麼！

「這是你的身體，你的身體可以背叛你，而你卻無法背叛你的身體。」她將沾有精液的手掌放到我面前，「你只是你身體的奴隸。而制定這一制度的人，不是你，也不是我。」

那又是誰，將我的自由過繼給了我的身體？

我忍受著一股令人作嘔的腥臭味，向她如此問道。

「總之不是我們自己。」

她說完，身體化作一灘血水，拉扯著我向下墜去。血水越積越深，猩紅的水面離我愈來愈遠。我無法呼吸，掙扎著向上游去，可一切努力都是徒勞，是我的身體帶著我逐步下沉，一路跌入洋底。我將永遠如死屍般沉睡於此，我心想。直到我真正死亡，自己的身體才會重又浮出水面。但到那時，我已然再無生命可言。重見天日的，不過是具被泡爛的屍體而已！

在如此覺悟之下，我緩緩合上雙眼，只見滿目血紅，卻不知這究竟是她的血，還是我的血。

我驚醒，女友正用手玩弄著我癱軟的下體。她的手上又多了些許奶白色的液體。

她朝我微笑，卻將將發現我聚積於眼角的淚水。

我泣不成聲，正欲投入她的懷抱，卻被她一把推開。她滿面狐疑地盯著我，問我這是在幹什麼。

我欲圖解釋，卻怎麼也喘不上氣來。我想要再次挪進她的胸懷，一如原先的我與鎮上的她那樣。可女友卻還是將我拒之門外。她坐起身，莫名憤怒地看著我，許久，憋出兩個字來：

「噁心。」

她走下床，去找東西擦掉手上的精液，又匆匆穿好衣服，換

上鞋。

「你到底是男人還是女人？」臨走前，她朝仍舊赤裸躺在床上抽泣的我問道，就好似在問我到底是姓「資」還是姓「社」一樣。

珠簾被人撩起，她頭也不回地將我扔在此處。最後，那個與她要好的胖男人走進來，三言兩語催促我換好衣服，將我打發走。

「難得的機會，幹嗎非要吵架？」他用頗為同情的眼神看我，將我送出遊戲廳。

我沒回答他的問題，獨自走入由惆悵所填充的黑夜中。

那天以後，她便再也沒來找過我。既不提分手，也沒有告別，只是不辭而去，真就宛如人間蒸發一般，從我的生活中退下舞臺。就連音樂素養課上，也不曾見到她的人影。再一次見到她，則是學期末的事情。

我回家取錢，順道去拜訪母親，路上，我見到了她。她手挽著那個遊戲廳的肥膇男子，與他談笑甚歡。兩人同一時間瞧見了我，她臉上的笑容立馬被藏到我看不見的地方。取而代之的，則是看老鼠一樣的表情。打破尷尬的人是她的新男伴。

男人走到我跟前，笑嘻嘻地問：「許久不見，最近過得不錯吧？從臉色就能看出來，比上一次我見你時，要好上太多了！」

「謝謝，」我說，「遊戲廳怎麼樣？生意可好？」

「好著呢！」她在身後拽他的衣角，他只好又草草與我告別。

「有事別憋著，該哭就哭。」臨走前，他又說，說完便獨自哈哈大笑起來。

我早已對此司空見慣，畢竟從那件事以後，有關我的閒話就在系裡鬧得滿城風雨。

做愛以後哭得像個小姑娘一樣鬧著要和女友撒嬌，說的便

是我。

　　唯一值得慶倖的是，我這人本來就沒什麼要好的朋友，這樣一來，就算閒話傳得再遠，對我的影響也近乎於零。可說是這麼說，每每想到外人對我的看法，總會感到內心不適，仿佛真實的自己被人拖出黑暗，一遍又一遍地遭到無情的鞭笞。出於對自我的保護機制，我決心將那個自己鎖在某處，僅僅留下身體意義上的我，也就是外人眼中的我，一如我此前所為。

　　大學的後兩年，基本也就保持著這麼一種獨來獨往的生活方式，也毋需跟任何人做過多的接觸，只需沉浸在音樂世界中，一切便安然無恙，生活依舊得以繼續。

　　唯獨一件事除外。

　　「在我的第一段與第二段戀愛之間，也曾發生過一件難以啟齒的小插曲。」我說。

　　克拉拉帶著一絲倦意，「還是跟第一任女友有關？」

　　我搖頭，「還記得我那個在出版社當編輯的那個算不上朋友的朋友嗎？」

　　「記得。」她說，「一定是個刻薄之人。」

　　我不禁失笑，「那倒不是，他屬於是那種熱心腸的老好人，又少有自己的主見，別人說什麼，他就跟著說什麼。哪怕自己有別的想法，他也會立馬變個臉色，去附和別人的提議。」

　　「這麼一個圓滑之人，能當好編輯嗎？」克拉拉一本正經，好似在與我探討外交部長的任命人選。

　　「誰知道呢？」我說，「但事實就是如此。他是這麼一個

人，現在又是出版社的編輯，原先則與我是大學同學。」

「真想和他見一面。」克拉拉笑著說。

「改天介紹給你。」

「一言為定？」

「一言為定。」

「順帶一問，」她又開口，「長得如何？」

「湊合。」

她若有所思，「那麼，小插曲指的是？」

「先交代背景，」我說，「他學的是南亞宗教研究。」

「南亞宗教研究？研究的是佛教嗎？」

「差不多，只要是南亞的宗教，他都學。印度教也好，佛教也罷，抑或錫克教一類。」

「稍等一會兒，」克拉拉說著，從床上爬起來，在黑暗中窸窸窣窣翻弄一陣，又返回床上。「我記一下。」

我等她說好，又繼續講道：「他的宿舍與我在同一棟樓，所以也會不時跟他打過幾次照面。不過這大學裡師生眾多，光是這寥寥無幾的幾次相遇，根本就算不上什麼讓我們相識的契機。」

「的確——我有一點想問，他一個學宗教的，是怎麼想著要當編輯的呢？」

「因為光靠他的一肚子宗教學識，出來吃不上飯吧。」我猜測道。

「你沒問過？」

「沒問過。」我說，「他告知我自己當上編輯的時候，我只說了聲恭喜而已。」

「那到了他當父親的時候，你該說些什麼？」

「什麼意思？」

「再用恭喜的話，就體現不出你的誠意了。」

我不情願地冷笑兩聲，以示禮貌。

「那你們是通過什麼樣的機緣巧合，才得以認識的呢？」

「我正要講。」

「您請。」

我往床中央靠了靠，窗外響起與靜謐的午夜相比極不和諧的汽車鳴笛聲。

「我們學校有個傳統，」我說，「每到新年前夕，各個院校的學生都會自發寫上一封新年問候信，寫信的對象則是其他院校的學生。可以是你的好友，可以是戀人，也可以是其他指定的物件。每個院校的信件都會有單獨的負責人進行攬收，隨後在新年前夜進行交換。那些學校裡受歡迎的名人，或是人緣較好的學生，一般至少都會收到不下十封信件。而像我這種孤僻之人，類似的活動簡直就如同是銀河系外某個星系裡某顆行星的其中一顆衛星。它在轉，我也在轉，只不過我們二者之間相距甚遠，以至各無聯繫。」

「可是？」

「可是就在大三的那個新年，我收到了他寄來的一封信。」我說。

「他怎麼會給你寫信？」

我觸碰著屬於人類的光滑肌膚，一面說：「他在信上說，他喜歡我。」

鉛筆的尾巴敲擊著筆記本的紙頁，好似一縷月光在輕叩暮夜的大門。

2

克拉拉不巧打翻了她的橘子汁。

我手忙腳亂地去餐車窗口，找乘務員借用三張餐巾紙，可帶著藍帽的女乘務員卻只抽來一張交到我手裡。我帶著僅有的一張餐巾紙返回座位，但為時已晚。瓶內剩下的一點橘子水在克拉拉卡其色毛衣的下腹處留下一灘蘑菇雲狀的圖案。我明知無法挽救，卻還是得裝模作樣地用餐巾紙使勁擦拭著她的毛衣。

她抓住我的手，讓我別再擦了。

另一桌啃著玉米棒的中年婦女半扭著身子，想要看看熱鬧；身後的軍大衣瘦臉男人發出聒噪做作的大笑；再遠一些，那桌正在打牌的年輕人中，一個頭髮較長的青年激動地大喊「炸彈」，其亢奮程度不免讓人懷疑又是哪位文人被積極的小將抄了家。

克拉拉離席，示意我與她一同離開這片喧囂。我拿上裝曲奇的鐵盒，又帶走桌上的紙杯，扔到餐車的垃圾箱內。

「真是好看。」她指著自己的蘑菇雲說。

我搖搖晃晃地跟在她身後，穿過一節又一節車廂。「的確挺好看的。」我附和道。

「像什麼？」她問。

「蘑菇雲。」我直言。

「我倒覺得像海螺。」

「不，還是更像蘑菇雲。」

她找到屬於我們的座位，「這寓意可不是很好哦。」

「無所謂寓意好不好的。」

我們的對座上，坐著一位抱著吉他的長脖子眼鏡青年，他的身旁則是個腦後留個小辮兒的齠齔男童。

我讓克拉拉坐進裡側靠窗的位置（她喜歡坐在窗邊），自己則坐在過道一側。

長脖子青年用他那水餃狀兩頭下垂的眼睛注視著我們的一舉一動，他懷裡的木吉他卻起不到一絲它本應有的作用。既然不彈，又為何非要將其從琴盒裡取出抱在手裡不可？

小辮兒男孩嘰嘰喳喳地對著自己的雙手說個不停。

克拉拉雙手扶著眉角，端詳著白色桌板上的茶漬。

在餐車時，克拉拉曾對我說，她不善於同小孩共用一片空間。

「他們簡直就是另一個星球上來的人，」她這麼說，「我們有著不同的文化背景，有著迥異的習俗禮儀，甚至遵循著各自的道德標準。」

「你也有自己的道德標準？」我問她，「我原以為，道德在你眼裡簡直就是分文不值。」

「我所唾棄的，是廣義上的道德。我這裡指的道德，是之於我來說的道德，換句話講，是我用來劃定自己這一概念的界限。一旦超過這一界限，我就不再與我所認定的自己相吻合。如此一來，自我認知就將土崩瓦解。」

「玄乎。」我說，「那對於兒童來說，我很好奇，他們的道德標準又是如何？」

克拉拉在餐車與客廂的連接處吸著細煙，一面與站在她身旁的我進行解釋：「對於心智尚未成熟的兒童而言，他們的是非觀極其偏激，且缺乏自我的判斷標準——當然，此前提只涉及獨立

於個體自身的道德判斷，並不涉及其他類似愛情一類需要個體親身參與的情感體驗。一件事若是對，那就是對；若是不對，那就是錯。換言之，對他們來講，不對就是錯。在對與錯之間，不存在任何的中間地帶，也不存在任何影響是非判斷的額外因素。從某種程度上看，兒童便屬於非結果論的典型代表。一個窮困潦倒的少年為了給病重的母親治病而不得不去藥店偷藥。在一個五六歲的孩子眼中，少年的行為便是錯的。因為偷藥這一行為本身就不被社會的道德準則所接受，而兒童在社會化這一進程的最開始階段，其乾淨的頭腦就已經被這樣那樣的社會規範所灌輸。這樣一來，他們就自然會認為少年理應為其錯誤的行為而受到相應的懲罰。即使少年這一行為的前提是他窮困潦倒，即使少年的行為本質上是為了救人，即使少年想要救的是他的母親。」

「可是，」我提出異議，「不管怎麼樣，少年也選錯了救人的方式。偷盜就是偷盜，若是站在被偷一方的角度，那少年的行為就必定是錯的。他為了自己的利益，而去損害了他人的利益，這麼一來，我們為何還要將利益所損的受害者棄之一邊，反而要去為加害人進行無罪辯護呢？」

「沒錯，你說的一點兒也不錯。」克拉拉將體內的香煙緩緩吐出，「可是非對錯，從來就不是絕對的，它具有一定的可變性。」

「怎麼講？」

「我們原本的例子是，一個窮困潦倒的少年為了給母親治病而去偷藥。而這句陳述，可以被精簡為：少年為母親治病而去偷藥。或者是：少年去偷藥。若是將少年的身份再一次模糊呢？那就變成了：一個人去偷藥。一個人去偷藥，多麼簡單的一句陳述

啊！它為我們省去了那些繁瑣複雜的干擾因素，讓我們能夠輕而易舉地做出判斷，下定結論。若是一切多是如此的話，那道德判斷將會是一件多麼可愛的事情！可惜的是，這世上根本就沒有如此簡化到極致的情形存在。首先，一個人去偷藥這句話裡的人，他可以是任意的一個人，他可以是你，也可以是我，可以是任何性別、年齡、種族和文化背景等等等等。這還只是我們人類為自己所劃分的最初級的等級。再往下細化，我們可以有不同的生理差異，有各自的性格特徵，有花樣繁多的生活習慣。這只是其一。其二，每個人都是一名獨立的個體——這一點你得承認，而且不得不承認——獨立的個體就意味著每個人的經歷和體驗都不盡相同，每個人的記憶與思想也千變萬化，我們也各自擁有著獨特的個人背景：我們的社會地位，我們的家庭情況，種種此類。這還只是我們那句陳述的前半段。再看後半段：去偷藥。去偷藥是一個行為，同時也是一個後果。什麼的後果？前因的後果。而這個前因，同樣也是可變的。驅使一個人做出去偷藥的行為，可能會有種種可能的原因。也許他就像我們此前所說，是為了給母親治病；也許他去偷藥，是為了轉手再用高價賣出去；將背景放在幾十年前，也許他是為了給進行地下工作的革命者進行治療；又或者，他只是單純的討厭藥店的老闆；也許他只是想做些惡作劇；甚至，盜竊對其來說是一種病，而去藥店偷藥能為他帶來一種好比性高潮的快感。這些是一個人去偷藥的可能動機。而除了原因可變，偷藥的行為本身也是個不定數。他怎麼偷？偷什麼藥？偷多少？這屬於偷藥這一行為的嚴重性。偷稀缺且昂貴的藥物，其嚴重性就比偷常見且便宜的藥物要高上不少；偷走一藥店的藥物，就比只偷一盒創口貼的性質要惡劣許多；躡手躡腳地溜

進藥店去偷藥，其情節或許就比在店內掃蕩一番留下遍地狼藉要輕微一些。這些是關於偷盜這一行為本身。還有一點，那就是在哪兒偷，以及偷的是誰。若是這片區域本身就十分貧窮，唯獨藥店的主人家財萬貫，那偷盜者的行為反而會被人所接受；這事若是發生在富人區，情況可就另當別論；要麼就是，藥店的主人與偷盜者相似，家裡同樣揭不開鍋，店主就靠藥店艱難維生，那麼這就擴大了你此前所提及的因素，偷盜者為了自己的利益而去損害他人的利益；若是偷盜者比店主還富有，那我們就可將其視作是一種剝削。這麼下去，就要牽扯到一個新的因素：藥店的店主。藥店店主的為人，也會影響我們對此事的判斷。若是藥店主人平日裡樂善好施，結果反倒被盜，那麼偷盜者的行為就更加會被人所厭惡；若是藥店主人本身就作惡多端，引來許多不滿，人們就會認為其店被盜是咎由自取。」

我連連點頭，表示贊同。

她掐滅煙頭，扔進一旁的垃圾箱。「總而言之，一旦涉及道德，凡事都會變得複雜無比。若想簡化情況，使之變得易於決斷，根本就是無稽之談。」

「這麼說來，道德倫理結果論義務論已經被你同煙頭一併扔進垃圾堆裡去了嘍？」

「道德倫理只適用於大是大非，不過問題就在於，世上根本就沒有什麼大是大非。」

「拯救生命算不算大是大非？」

克拉拉卷起了毛衣的衣袖，露出雪梨肉一般的肌膚，「都說了，凡是涉及到道德，情況都很複雜。你所指的拯救生命，作為一個籠統的行為來看，的確沒有問題，且極為正確。可一旦將其

細化，情況就會發生改變。試想一個問題，你所拯救的，到底是誰的生命？是集中營裡的猶太人，還是即將自殺的希特勒？」

「那正義呢？算不算大是大非？」

列車鑽進一處較長的隧道，突如其來的黑暗像從天而降的絲絨幕布，遮住了她的面孔。

「沒有真正的正義。」她說，「正義與否，取決於你所處的立場。」

「就知道你會這麼說。」我笑道。

「要想找到一個絕對正義的例子，幾乎不可能。」

「反抗侵略？」

「具體來說？」

「為何還要具體？」我問。

「若是不具體的話，想必你也知道，情況會很複雜。」

我忽略了這一點。

我尋思一會兒，「既然你提到了猶太人和希特勒，那我就拿二戰做例子。軸心國妄想稱霸世界，其惡劣行徑慘無人道，承認的不承認的，證據與親歷者可都還存在。大屠殺，種族滅絕，優生主義，凡此種種，皆可稱其為邪惡。那麼，作為對抗邪惡的戰爭，盟軍所為，應當能算作是正義之舉吧？」

「首先，」克拉拉說，「正義作為衡量事物的單位，對於不同群體而言意義也不同。的確，站在我們的角度來看，盟軍就代表正義，但這是以我們眼中的正義為前提去分析。若是站在某些瘋狂至極的所謂雅利安軍官的眼中，那盟軍就是邪惡。他們相信他們所做的一切才是正義，就好似虔誠的教徒認為自己的暴行就是神的旨意一樣。在他們的眼中，身體不健全的人就應該斷子

絕孫；猶太人這一低劣人種就應該被實施滅絕；世界秩序就理應由他們支配。這是他們所堅信的正義。既然我們與他們的正義相悖，那又何謂真正的正義？憑什麼我們的正義就是正義，而他們的就不是？事實即是如此，人總是以自我為中心，我們所言的正義，僅僅不過是我們所認為的正義。消滅鼠患，減少疾病，對我們而言是正義，對老鼠來說則不是。讓我們考慮一個更加複雜的例子：落在廣島和長崎的兩顆原子彈。試問，這兩顆盟軍的原子彈，就能代表正義嗎？」

我深思熟慮，總算下定結論，「考慮到原子彈能加快戰爭的結束，減少盟軍的傷亡，這麼看的話，許多盟軍士兵的性命被挽救，避免了他們原本要死在日本本島戰場上的命運，姑且可以算作正義——於我們而言。加之，日帝國在東亞屠殺了多少手無寸鐵的無辜百姓，僅僅在南京就有三十多萬平民命喪黃泉。如此一權衡，結合你此前所言——一旦涉及道德，凡事皆複雜——考慮到其種種因素，兩顆原子彈屬實是必要之舉。」

「死於原子彈爆炸的，難道就不是平民了？」

「說是如此——」

「屠殺三十萬平民百姓乃是邪惡之舉，這點我想應該毫無爭議。」

「是的。」

「知道兩顆原子彈爆炸總共死了多少人？」

「不知道。」

「光是廣島，陸續因原子彈爆炸而死亡的人數就超過了二十四萬，而長崎也最終有不下十三萬人因原子彈而喪生。同樣是平民，同樣是手無寸鐵的百姓，同樣是受戰爭所侵害、為極少數極

端激進分子所連累的普通人，為何這兩顆原子彈，就變成你所謂的必要之舉了？」

我沉默不語。

她接著又說：「不管什麼時候，無論正義與否，受害者永遠都是那些僅僅想要活著的普通人。為了減少以打仗犧牲為使命的士兵們的傷亡，就選擇讓幾十萬的無辜百姓喪命，這就是我們所言的正義。你不必反駁，事實即是如此。到頭來，對於我們大多數人來說，這兩顆原子彈都屬於情有可原，因為這一行為與我們眼中的正義處於統一戰線。若是扔下原子彈的是敵人，那就另當別論。所以說，這世上根本就沒有絕對的正義。日本士兵屠殺南京平民、納粹軍官滅絕猶太百姓，對我們來說，根本就毫無正義可言；而在廣島長崎投下兩顆原子彈，在德國佔領區強暴欺凌街頭婦女，也同樣不能被稱之為正義，多半算是以牙還牙，以暴制暴，以邪惡對待邪惡。我們之所以被統稱為人類，就是因為我們本質相同。正是這樣一種所謂的是非善惡，給予了我們放棄思考的理由，充分釋放我們的原始本性。我們爭鬥，我們殺戮，我們一定要分出個你死我活。」

「可正是這樣一種競爭，才使得我們的文明得以發展，不是嗎？」我反駁道，「若是沒有對抗，人們就缺乏發明創造的欲望，便會隨遇而安，導致社會停滯不前。更何況，戰爭也沒你說的那麼一無是處。若是沒有戰爭，雷達電腦手機一類的新型技術也就不會誕生，世界版圖可能依舊殘缺不全，甚至是許多生物學和人體學的研究也無法得以繼續進行……」

發覺克拉拉的表情愈發嚴肅，我意識到事情有些不對，便停了下來。

「那是因為我們一直在從歷史旁觀者的角度去看待戰爭，而不是親歷者。」她義正嚴辭地糾正我的觀點，「我們享有戰爭所帶來的利益，卻忽略了其本質，所以才會理所應當地認為戰爭有助於社會及文明的發展。可是，社會是社會，文明是文明，構成社會的是人，鑄造文明的也是人。我們看待問題，應該以一個人的角度出發，而不是以一個社會、一個黨派、一個國家、一個民族或是一個文明的身份。誠然，即便我們再怎麼努力，也無法切身實際地去體會南京城內那些個老百姓們的恐懼，他們的無助，他們的絕望。他們可能是剛滿十七、戀著鄰家青年的花季少女，可能是想要安度晚年的六旬老太，可能是夢想成家立業的男孩，可能是平時摳門吝嗇的掌櫃，可能是拉琴拉得一絕的藝人，可能是喜歡吃面的裁縫，可能是正在哺乳期的年輕母親。他們有的可能飽受風濕之苦，有的在盤算如何趕走屋裡的黑鼠，有的還在為前陣子與親戚的拌嘴而憤憤不平。同樣，在集中營裡死去的那六百萬猶太人，他們當中的哪一個不曾有過自己的生活？他們哪一個不曾有過與我們一樣瑣碎的困擾？他們也會哭，也會笑，也會說謊。他們有所愛的親人，有喜歡的飯菜，有討厭的天氣。有人會往湖裡扔石子，有人會在路邊的鮮花前駐足停留。那些死於核爆的人們又如何呢？他們有的是剛要升學的學生，有的是初入職場的銀行職員，有的是騎著自行車為人送信的郵局員工。他們有人喜歡望著天空發呆，有人時常坐在臺階上看書。有人總在課堂上走神，用手臂抵著窗臺，去瞧樓下的動靜。可等待他們的又是什麼？等待著這一個個與你我相同之人的，又是什麼？他們都是普普通通活著的人，但在戰爭所帶來的死亡面前，他們什麼也不是。他們變成了路邊的腐肉，變成了成堆的金牙，變成了地

上的黑影。我們永遠也無法與他們感同身受。他們對於我們來說意味著什麼？是數字。三十萬，六百萬，二十四萬，十三萬。是數位，是冷冰冰的數位。他們是紀念碑上的名字，是一個又一個由文字組成的姓名，甚至還有太多太多人，連姓名都沒能留下，就已然消失於世。誰又能真正拍著胸脯說自己能感受到他們曾經活著？他們對於我們，只是數字，只是姓名！而這一個個數位也好，文字也罷，其背後所代表的那個人，我們誰又能真正理解他們的痛苦？我們誰又能真正將他們視為一個個活生生的人？我們不能，因為我們依舊好好活著。我們不能，所以才能心安理得地去謳歌戰爭。我們不能，所以戰爭才會永無止境。我們為了爭奪資源，為了國家榮譽，為了民族自尊，為了宗教信仰，為了意識形態。任何差異與不同，都能成為我們發動戰爭的理由。」

我看著眼前這個比我小九歲的她，一時說不出一句話來。

列車行駛在鐵軌上，發出好似一台大型打字機的敲擊聲，記錄下那些曾經發生過的歷史。

克拉拉揮一揮不小心落在毛衣上的煙灰，又將淩亂的長髮順到肩後。

「可是即便如此，」我總算想到些什麼，「就如你所說，戰爭是無法停止的。總有人會因此而喪命，但幾千年的人類文明，不都是這麼過來的嗎？我想，我們得學著適應，學會如何苟活於世。若是能當旁觀者，那就儘量當個旁觀者。能活好自己的人生，就已經是萬事大吉了。至於那些死於戰亂的人們，我只能對其表示敬意與惋惜，剩下的，我無能為力。」

「是啊，我們只是小角色，我們無能為力。」她說，「所以，當事情落到我們自己頭上時，我們就只能向上帝祈禱了。」

「可我不信上帝，也沒有其他信仰。」

她往餐車裡走，「那就只能祝你好運。」

祝我好運。

我看著對面的小男孩，在心中默念。距離到達我們二人的目的地，還有大約三個小時的路程。屆時，差不多已是晚上八點。我們得在當地臨時找一家旅店住下，第二天再乘坐大巴抵達鎮裡。在鎮上，胡桃夾子的姐姐正與她口中的客人一道，等待著我們的到來。

「我突然想起來，」克拉拉用手去戳我的大腿外側，「那個補胎的，她徒弟是姓陸吧？」

我說沒錯。

「你在鎮上時的那個數學老師，也姓陸吧？」

「實際上，」我說，「那天在電話裡我就已經問過了。」

「問的什麼？」

「陸勝貴，也就是那個倒賣石頭的，他的老父親幾次在夢裡見到了一塊黑色的立方石，我猜與我所見的應該是同一塊。我問了他父親原先是做什麼的，陸勝貴告訴我，他父親原先是一所高中的數學老師。」

「莫非就是？」她微微皺眉。

「有這個可能。」

「你沒問他，他爸具體是在哪裡的高中當老師？」

「沒來得及問。」

「怎麼回事？」

「就是那天，我被嚇得不輕，一連跑到外白渡橋的那次。」

「原來如此，」她饒有趣味地晃著腦袋，「若不是我，你這洋相可就出大了。」

我不帶誠意地感謝她，一如物業公司的客服感謝我的投訴電話。

那天，她領走了一個人跪坐在橋上哭泣的我，駕車將近四十分鐘，帶我去了川楊河的入海口，去看那如水泥一般的灰色海面。

「介意我靠著你睡一會兒嗎？」她雖然嘴上這麼問著，可身體早就已經擅自靠了上來。

「榮幸之至。」我說著，拿起原本被我擱在座位上的小說。

自從K先生被任命為城堡的土地測量員後，我便再難有機會翻開書頁。此時的長途旅程，正好使我能夠補上原先尚未認真開始閱讀的書籍。乘坐火車的好處之一，就在於此。

列車乘務員推來餐車，詢問每位元客人是否需要購買食品飲料。

長脖子青年有些拘謹地要了杯水，沒問男孩需要什麼。我則花錢買了兩罐易開罐裝的炭燒咖啡，隨後將咖啡放到四人共用的白色桌板上。克拉拉半睜著眼看了看我，又看了看桌上的咖啡，像是琢磨明白了自己在何處，終於重新倒頭睡去。

我將目光移至書的上沿，觀察著將吉他當配飾的青年，以及有著另一星球道德標準的男孩。

男孩玩手玩得累了，便開始胡亂踢著腿，一邊用嘴發出直升機飛過城市上空的聲音。那位長脖子青年呢，只是抱著吉他，盯著某處，既沒有看我，也沒有看克拉拉。他一動不動，好似一尊出自新人之手、沒有靈氣的石像。

收收腿，收收腿。推著商品的乘務員在車廂盡頭念誦緊箍咒一般念叨著。

我重新看書，列車即將抵達下一站。我糾結著，在列車停靠時，要不要叫克拉拉起來。按理說，這一路上每每停靠一站，下車去月臺上吸煙總是克拉拉的保留項目。但尼古丁畢竟不是什麼有益的東西，我若是將她叫起，豈不就成了是在變相將她的肺往地獄裡多推一步嗎？

我做出決定，讓她繼續睡著。

白晝悄然離去，慘澹的燈光照亮車廂。列車緩緩駛向一個不大的月臺，月臺上分散著等待上車的人們。他們有的手提紅白藍三色粗布麻袋，有人腋下夾一個黑色公事包，還有的什麼也沒拿，僅僅將手插進厚馬甲的口袋裡。在這形形色色的人群中，有幾名身穿藏青色制服的身影赫然躍入眼簾。他們的表情一絲不苟，看不出是休假探親的樣子。我有些納悶，在列車月臺上看到嚴正以待的員警，多半不是什麼讓人感到高興的事情。若是動靜較小，興許還能看上一出熱鬧；可要是動靜鬧得大了，就怕會耽誤這一班列車的行程。

語音廣播開始報站，列車穩穩停靠在月臺邊，要下車的旅客與不下車的旅客紛紛從硬實的座位上站起。下車的人抬手去取行李架上的行李，而不下車的乘客則原地活動活動手腳。

克拉拉睡得不沉，她從我身上起開，用手背抵著額頭，輕輕歎上一口氣。她的左臉留下了幾道壓痕。我告訴她，桌上的兩罐咖啡是我買的，她若是想喝，就儘管拿去喝。她說了句謝謝，拉開其中一罐的拉環，「咕嘟咕嘟」地朝嘴裡灌，我若是當過泳池安全員，聽到這聲音，肯定不免要擔心泳池裡是否有人溺水。她

喝完，對我說她要下去一趟。

「別下去了，」我攔住她，「這個站小，停靠時間短，怕你一旦下去了，就再上不來了。」

她咬住嘴唇，「放心，一定上來。」

「吸煙對身體不好。」

她不耐煩地揉了揉自己的耳垂，正要與我爭辯，卻被幾個不速之客所打攪。

我們三人——我，克拉拉，以及長脖子青年——抬頭看去，原先在月臺上的那四名員警此時正站在我們的座位前。

克拉拉暗中抓住了我的手臂。

「劉大寶。」領頭的高個兒員警叫出一個我從未聽過的名字。這名員警皮膚呈咖喱色，滿面滄桑，好似剛從可哥西裡徒步回來。

我與克拉拉一齊看向對面的坐席。

「劉大寶！」具有冒險家氣質的員警同志又喚一聲，長脖子青年才終於有所反應。

「你是不是劉大寶？請回答我的問題。」冒險家問。

長脖子青年點頭。

「說話！」

「是、是我。」名叫劉大寶的長脖子青年說。

克拉拉與我面面相覷。

「這孩子叫什麼？」另一位長相秀氣的女民警問道。

無人回應。

「常殷。」女民警又叫出一個我不認識的名字。看來員警的腦子裡，百分之八十都是名字，各種各樣的名字。

小男孩應聲抬頭，叫了聲「員警阿姨好」。

「這吉他，是誰的？」冒險家指著長脖子青年手中已然功能性死亡的吉他，如此問道。

青年懷中的吉他開始顫抖，「我、我──」

「你的？」冒險家用高嗓門質問道。

青年嚇得一激靈，「我、我偷的！」

「劉大寶！」

「在、在！」

「請跟我們下車吧？」冒險家提出請求般的命令。

女民警牽起小男孩，剩下的兩個年輕小跟班──一個長著齙牙，另一個長著一對招風耳──將長脖子青年從座位上架起，帶到過道上。

兩三名列車乘務員躲在員警們的身後，半低著頭。其餘的乘客也都和我們二人一樣，坐在自己的座位上，欣賞著這一出難得一見的表演。

冒險家朝我和克拉拉例行公事地一笑，「打擾了你們二位的旅途，實在是抱歉。」

「不用在意，你們也是在進行工作。」我說。

冒險家笑得更加職業，隨後帶著長脖子青年與小男孩一同走下車去。

簡直就是一頭霧水。

不過現在倒好，對面的座位空了出來，我和克拉拉也就自在許多。

「怕員警？」我問她。

她漫不經心地說：「嗯，從小就怕。」

我嘲笑兩聲，她朝我小腿踢上一腳以示回應。

她繼續睡覺，我接著看書。

三小時總算是熬了過去，我們各自拿好行李，走出列車。

縣城比上海要稍微暖上一些，我也順勢脫下身上的皮衣，掛在旅行箱的拉杆上。接下來，我們需要找地方睡上一覺。我們走出車站，在停車場的崗亭處向保安打聽，這附近是否有便宜的旅館。」

克拉拉說，有她在，「便宜」這一條件可以去掉，只要有地方住就行。

保安的嘴像是販賣機的出貨口一樣大大張開，目不轉睛地盯著克拉拉看。

我只好又問一遍，這附近有什麼能住人的旅館。

保安搖頭。

我們只好離開崗亭，往路上走去。

我打開手機的流覽器，找到一家看著還不錯的酒店。

「那就這家。」在看過了我的手機頁面後，克拉拉做出決定。

可現在的問題是，應該怎麼去。這小縣城可不比外面的大都市，路上的計程車就好比牛肉麵裡的牛肉一樣，可謂是少之又少。

我看了看克拉拉穿在腳上的白色球鞋，問她願不願意走路去。

「走路去？」克拉拉問，「有多遠？」

「大概四五公里左右。」

她考慮一會兒，「行，那就走著去。」

於是乎，我們便拖著行李箱，背著旅行用的大容量雙肩包，走在縣城的人行道上。

路邊駛過的摩托車留下一聲輕浮的口哨，顯然不是吹給我

聽的。

「明天的車次，你看好了沒有？」克拉拉邊走邊問，又像是在沒話找話。

「看好了。」我說。

「多久沒回去了？」

「整整二十年。」

「一晃就過去了。」

「沒錯，」我笑道，「一晃就過去了。」

路邊出現一台三輪車，一名佩戴塑膠手套的婦女正在售賣自家做的水豆腐。

「你害怕嗎？」克拉拉看了眼楚楚動人的豆腐，又回頭向我問道。

「該怎麼說好呢？」我想了想，「若是單純地回到鎮上，理應沒有什麼好讓我害怕的。可是，一旦將鎮子與她聯繫起來，一切就都變得完全不同了。」

「可不許再跑掉了，」她說，「這次要是再跑掉了，我這人生地不熟的，可不知道要上哪兒去找你才好。」

「放心——要不要歇會兒？」

「不必了，我猜應該就要到了。」

如她所言，我們再走兩個路口，就抵達了五層樓高的酒店大樓。

一樓正門前突出的玻璃雨棚上，寫有「海牙飯店」四個大字。

正門是兩扇向內打開的白色木門，兩扇木門上各附有一節金色螺旋把手。

沒有行李生。

　　我和克拉拉提著箱子跨過一個不高的門檻，走入酒店的大堂。所謂大堂，其實不過只是個面積不大的室內空間，地板的大理石瓷磚組成一個個菱形圖案，天花板上是一排工業氣息十足的射燈，燈光將客人的視線引向裡側的前臺。這前臺也就僅僅比兩個辦公桌拼湊在一起要長一點。前臺的接待員是個梳著麻花辮的小姑娘。她見到我們上前，慌張地抖出一個微笑，又胡亂在櫃檯下摸索著什麼。

　　「您好，」遇見女接待員，克拉拉便將外交工作賦予了我，「請問今天還有空房嗎？」

　　「空房嗎？」接待員低頭去查，也不知是否真的在查些什麼。她翻開了一本綠色封面的筆記本，用長指甲在紙上劃動，好似經驗豐富的地質勘探員在檢查一處岩石斷層。她檢查完畢，隨即將頭向上彈起，「有的，你們要住什麼房？」

　　我去看站在身側的克拉拉，她正在用手去戳一旁放著的招財貓用來招財的那只爪子。爪子受力向後擺，又向前擺回，接著再向後擺去。克拉拉對此看得起勁。

　　「能麻煩開兩間單人間嗎？」我問看著泫然欲泣的女接待員，心想自己到底是怎麼惹著她了。

　　這時，克拉拉回過神來，打斷了我。她說我們不必各開一間，浪費金錢。

　　「你不是說，有你在就不用考慮錢不錢的事嗎？」我反問。

　　「可還是要節儉，避免不必要的開銷。」她言之鑿鑿。

　　「這怎麼就是不必要的開銷了？」

　　「分開住不就是多此一舉嗎？」她說，「又不是沒在一起住過。」

「什麼時候的事？」我翻遍自己對克拉拉的記憶，卻找不出一頁有記載過此事。

「在我的酒店房間裡，不是嗎？」

「那不能算。」我說。她睡主臥，我住警衛房，這根本就算不得在一起住過。更何況，這與此時同住在縣城的一間普通酒店房間，完全就是兩碼事。

梳著麻花辮的女接待員驚慌失措地來回看著我與克拉拉的爭辯，幾次將一隻手半舉在空中，又顫顫巍巍地收回去。

「就開一間。」克拉拉打定主意。

「那？」接待員望向我，等待我的指令。

我看著克拉拉，以及她所表露出的毅然決然的態度，只好向其妥協。「那就開一間。」

「那是要大床房還是雙——」

「雙床房。」我脫口而出。

接待員好似因自己的問話被我打斷而受了委屈，她半天不敢說話，也沒找我們要任何身份證明。我旁觀著她低頭在另一個本子上寫下幾個字，又在電腦上「唪呲唪呲」地輸入了些資訊。她總算重又意識到有我們二位客人的存在，仰起脖子找我們做資訊登記。我們各自拿出身份證，交到接待員的手上。接待員誠惶誠恐地拿到證件，將我們的證件號碼錄入系統。待到程式結束，她又單手將我們二人的身份證交到我手上。雖說有些不太禮貌，但我還是不免好奇地瞧了眼克拉拉的身份證，卻被她逮了個現行。

「想看就直說嘛，也沒什麼見不得人的。」她笑道，這使我的羞愧之心更加強烈。

我再也沒多看，將身份證遞回給她。

「看出什麼了？」她問我，「是本人沒錯吧？」

「沒錯，」我說，「我不過是好奇你的民族一欄，到底會寫些什麼。」

「這下知道了？」

「知道了。」我說。

克拉拉身份證上的民族，寫的仍舊是漢族。

「我的母親是漢族，」她向我解釋，「所以就跟著母親一方寫了漢族。畢竟上面也不能寫中法混血，只能寫國家認定的民族。像我這種明顯處在分類與分類之間的人，社會所創造的既有概念就對我束手無策。可他們還是得按照現存的概念去為我進行分類，就好比是將會下蛋的鴨嘴獸劃到哺乳動物的標籤之下一樣。初看之下的確有其道理。我的確有一半的漢族血統，鴨嘴獸的基本特徵也的確屬於哺乳動物。可我並不是一個純粹的漢族人，我的身上同時流有阿爾薩斯人的血統；鴨嘴獸也並非完全與哺乳動物相同，它同時具有與一般哺乳動物所不具備的卵生特徵。那些聰明的生物學家們曾一度為鴨嘴獸是否為哺乳動物一事而爭論不休，因為鴨嘴獸的特徵與人們對哺乳動物的現有認知並不完全相符。到了最後，學者們才終於得出一個結論，鴨嘴獸屬於胎生哺乳動物。這才算大致開了竅。不過單就這一事件來講，也著實十分有趣。那些學識淵博的學者們，竟然如此輕易地就被現有認知所禁錮了頭腦，才會糾結於鴨嘴獸的分類問題。這完全就屬於是舍本求末。分類理應服務於那些被分類的事物，可現在倒好，變成了事物要去適應分類。到底是分類為了事物而存在，還是事物為了分類而存在？」

女接待員屏息凝神，聽得比我還要認真，並在克拉拉結束其

滔滔不絕的論述之後連連點頭，以表贊同。

「你父親是阿爾薩斯人？」我問。

女接待員總算想起要遞上房卡，我順手接下。

「沒錯。」克拉拉說。

「那你會說德語嘍？」我又問。

克拉拉推著箱子就要往電梯走，「我父親會，但他不經常講，我也就學不到多少。」

我剛想跟上克拉拉，卻被女接待員伸手拽住（這理應寫入酒店接待的反面教材）。她像倒賣情報的間諜一樣小聲告訴我，酒店餐廳在二樓，供應時間是早上六點至十點，用餐前需要用房卡進行登記，我們的房號是5028，也就是最頂層。

「還有就是，」她的臉霎時間變得和熟透的蘋果一樣紅，「房間裡的安全套三十元一盒……要是不夠的話就打電話給前臺，有人會給你送過去。」

我說明白，向她道謝，隨即走入前臺左側的過道裡。

克拉拉已經站進了電梯，並為我按著電梯的開門鈕。我將旅行箱推入電梯廂，自己也走進去，克拉拉這才鬆開按鈕。

「幾樓？」她問我。

我一邊回答，一邊自己動手按下了五樓的按鍵。

「怎麼這麼久？」她又問。

「接待員拉著我交代了些重要情報。」我說。

「這酒店鬧鬼？」

「不是，」我晃了晃手裡的房卡，「她說餐廳在二樓，早餐到十點，要拿房卡去登記，才能吃得上飯。」

貼著應召女郎廣告的電梯門向兩側滑開，我們拉著箱子踏上

好似被坦克壓過的單薄地毯。一股廉價消毒水的刺鼻味道使得牆皮脫落的走廊頓時令人感覺乾淨不少。單調的走廊直直向兩頭延展，沿途是一扇扇被刷上淡黃色油漆的房間大門。走廊一側盡頭的射燈忽明忽暗，令人想起原先在醫院坐過的那部電梯。靠近電梯間的房門裡傳出激烈的叫床聲，聽聲音應該是個年紀不大的女孩。按理說，現在應該是剛用完晚餐的消食時段才是，我無法理解怎麼會有人如此急不可耐地做這種事。

「海牙飯店，」我一邊沿著毫無荷蘭風情可言的走廊尋找5028的房號，一邊自言自語道，「為何偏偏要叫海牙飯店不可？」

5028房在我們的左手邊，緊挨著消防梯的樓梯間。這消防梯可不是一般的消防梯，鐵制的欄杆扶手上纏繞著閃爍各式顏色的小燈泡，樓梯的面上用筆刷寫著「和平宮露天燒烤」。那些查封奧胖子店面的消防員們，真應該到這兒來看看。

我用房卡去開門，第一下感應失敗，我再刷第二下，還是失敗。感應門鎖發出三聲小心又卑微的警報。我抬頭去看門上的房號，的確是5028沒錯。那到底是哪裡出現了問題？

克拉拉從我手中奪過房卡，貼在門鎖的感應器上，停留五秒，門應聲而開。

「著什麼急？」她數落我。

「沒這個經驗。」我答。

「這個不需要經驗，」她走進去，通電，開燈，「需要動腦子。」

三十平方米的房間裡並排擺著兩張雙人床，雙人床正對著黑色的索尼電視機，電視機下面的矮桌上放著兩瓶礦泉水，一碗速食麵，以及一盒安全套。安全套的邊上，是表面貼著透明膠帶的

電視機遙控器。牆角有一台落地燈，燈罩有些發黴。我將行李箱推到牆邊，放下身後的背包，走到衛生間的門前，打開磨砂玻璃門。馬桶蓋被人掀起，淋浴間的牆面長著深棕色的真菌，盥洗盆的下水口向外爬出如深海生物一般的黑色長髮，梳妝鏡的右下角有一道十釐米的裂痕。

我走出衛生間，去打開房間的窗戶。迎面飄來一陣烤肉混合著各類香辛料的香氣。

我再次將窗戶關上。

我回頭，克拉拉已經換好拖鞋，將筆記型電腦放上茶几，開始進行一些我不清楚的工作。

「吃晚飯嗎？」我問她。

「晚點兒。」她頭也不抬。

「晚點兒是多久？」

「半小時。」

我揉了揉後腰，決定先去洗澡。換上房間內為數不多尚未出現使用痕跡的棉拖鞋，我從旅行箱內取出乾淨的換洗衣物，與克拉拉說一聲，便走進衛生間，關上了玻璃門。

我擰開出熱水的水龍頭，用手去感受水溫，覺得燙了，就去擰冷水的水閥，直到溫度合適為止。淋浴頭的水流綿軟無力，讓人不禁聯想起養老院裡廁所的水聲。我打濕頭髮，轉身去摸，這才意識到房間沒有配備洗髮水和沐浴露。我心想，克拉拉或許會隨身攜帶，但自己已經脫成這樣，也不太好向她大聲呼救。只好就這麼用清水洗，總比不洗要強。

門外傳來說話聲。

「借你的隨身聽一用！」

　　我讓她請自便。玻璃門外的黑影淡出視線。

　　隨身聽是我出遠門時的必需品，此前在火車上的幾個小時裡，我與克拉拉也輪番使用過，以此來消磨時光。

　　作為一名音樂老師，我理所當然地認為自己的生活不能缺少音樂。

　　囫圇吞棗地洗罷全身，我擰緊兩個水閥，走出淋浴間。想去拿浴巾擦拭身體，卻怎麼也找不到作為賓館房間來說再普通不過的白色浴巾。

　　好一個海牙飯店！

　　我看著碎了一角的鏡子裡那個觖然不悅的自己，拿換下來的髒衣服將身上的水珠一滴滴擦掉，又換上一件標有滾石樂隊吐舌頭大嘴圖案的白色文化衫，套上乾淨內褲，再穿上此前的黑色長褲。

　　喘著粗氣走出衛生間，克拉拉已然脫下沾有蘑菇雲的毛衣，轉而換上了一件海軍藍的印花衛衣，衛衣的胸口位置是一架炮口向右的加農炮剪影，剪影下方則用花體字標有「1886」幾個數字。

　　「吃飯去嗎？」我又問她。

　　「吃飯。」這次她總算合上電腦，伸了個懶腰，準備與我下樓用餐。

　　我們換好鞋，取下房卡，回到由牆皮斑紋所點綴的走廊上。克拉拉煞有介事地挽住我的手臂，像是要參加什麼宮廷晚宴。只不過我們二人，一個穿著滾石樂隊文化衫，一個穿著印有加農炮的印花衛衣，怎麼也不適合出席正式場所。

　　走到電梯間，卻發現全酒店僅有的兩部客梯都被黃色的塑膠板所圍起，塑膠板上寫著「正在維修，敬請諒解」。

　　「原先不還好好的嗎？」我納悶道。

克拉拉拽著我的胳膊往回走，我問她去哪兒。

「當然是走樓梯嘍。」她說。

也對。

我們走回5028房，走進房間旁邊的消防梯間。往上走，則通向所謂的「和平宮露天燒烤」；若是往下走，就能正常抵達位於二樓的餐廳。

我突然想起，「想吃燒烤嗎？」

「不想。」她的回答言簡意賅。

我們下樓，所花時間並不久，便來到了二樓。從消防梯出來，一旁正好是餐廳的廁所。所站之處，餐廳的環境一覽無遺。一張張鋪著白色桌布的小方桌被人散落在餐廳正中的位置，貼著牆壁和落地窗的地方則被設置成軟包雅座。每一張桌子上，都用細頸白瓷瓶插上一枝過於鮮紅的小花，花瓶的一旁則擺上木制的胡椒罐和玻璃制的鹽瓶。桌邊的椅子被做成歐式風格，椅背的輪廓雕刻著華麗的裝飾。

餐廳裡除我和克拉拉之外，一共還有三人。一位顯然是前來就餐的客人。他雖在室內，頭上卻戴著頂灰色針織帽，帽檐被他卷起，露出他那向上拱起的耳尖。從側面看，他的鼻樑與遊樂園裡的滑梯別無二致。他留著一臉分佈不甚均勻的絡腮胡，睫毛卻幾乎短到難以察覺。他穿著一件黑色的條紋西裝外套，下身卻是一條能當鏡子使的皮褲，配上腳下的一雙紅色布鞋，簡直是奇妙的搭配。

餐廳的一頭有個小舞臺，舞臺後的背景上是龍鳳呈祥的圖案，應該是舉辦婚宴時才會用上的舞臺。那第二個人，此時就坐在舞臺上的高腳凳上。他頂著一頭莫西幹髮型，右側眉毛有個指

47

甲蓋長的傷疤，不過並不影響整體面相。他身穿紅白黑的棒球外套，著一條夏威夷沙灘短褲，腳上套著黑色大頭皮鞋，正用手操縱著身前的電子面板。

我懷疑，自己是否誤闖了正在舉行的前衛時尚先鋒人士交流會的現場。

唯獨那第三個人給了我些許慰藉。他看著比前兩位要更加年輕，身板像是被運煤的卡車碾過一樣前胸貼後背，又好似一張被風吹來吹去的白紙。他穿著白色襯衣和黑色吊帶褲，吊帶褲的口袋上夾著一隻圓珠筆。他顯然是這間餐廳的服務員。他見我們走進，一瘸一拐地趕了上來，將我們引到其中一張方桌。我窺視一眼他那條不便行動的左腿，與克拉拉一同入座。

他立馬轉身，去哪裡拿來兩份菜單。我真想讓他不著急慢慢來，可怎麼也不好意思說出口。

菜單封面標有餐廳的名稱，埃舍爾廳。

蠻洋氣的名字。

打開菜單，來回翻看，京城烤鴨、地三鮮、雞蛋餛飩面、牛肉燒餅、白斬雞、夫妻肺片、蒜香排骨、糖醋裡脊……果然海納百川，囊括了祖國大江南北的豐富菜式。

這與海牙、與埃舍爾到底有什麼關係？

「我們這兒屬於是創新改良菜式，」服務生向我介紹道，「融合了中式菜系與西式做法。」

「原來如此。」克拉拉意味深長地上下晃著腦袋。「麻煩幫我點一碗餛飩面，謝謝。」

「餛飩面。」服務生從口袋裡取出一張點餐用的卡紙，用原先夾在口袋上的圓珠筆將餛飩面記在上面。

兩人看向我。

「兩碗餛飩面。」我說。

「三碗餛飩面⋯⋯」

「兩碗，總共兩碗。」我糾正道，「我一碗，她一碗，總共兩碗。」

「那之前那碗還要嗎？」服務生轉頭問克拉拉。

「當然。」克拉拉說。

「那就是三碗⋯⋯」

「兩碗！」我用克制的聲音喊道。

「可之前那碗也是要的⋯⋯」

「沒錯啊，」我說，「那碗是給她的，另一碗是給我的，那不就是兩碗？」

「我重複一下，你之前點了一碗，」他對著克拉拉說，隨後又看我，「然後你說點兩碗，一碗給她，一碗給你，對不對？」

「沒錯。」

他用圓珠筆的上方撓著額頭，「她點一碗，你點兩碗，那不就是三碗？」

「怎麼會是三碗！」

「那你點的還要不要？」

「不要了！」我說。

「那也就是一碗餛飩面⋯⋯」

「兩碗。」我提不起勁。

「我說那位女士。」

「哦。」

「外加一碗餛飩面？」

「是的。」

他在紙上塗塗改改，總算結束了這惱人的點單。「二位稍等。」

身後的舞臺傳來了音樂聲。我們向音樂傳來的方向看去，只見莫西幹頭從哪兒拿起一支話筒，正要開嗓。

他用蹩腳的英文唱起齊柏林飛艇的*Stairway to Heaven*。

這都什麼跟什麼？

二十分鐘後，腦子不太好使的服務生端來了一碗看不出是餛飩面的食物。

「這是？」我指著碗裡的淡黃色粘稠液體，向他問道。

「你們點的餛飩面。」

「餛飩面？」我和克拉拉將頭湊近去瞧，還是看不出有任何餛飩面的影子。

「怎麼只有一碗？」我又問他。

他十分不解地望著我，「你的不是不要了嗎？」

「算了，就這樣吧。」我招手讓他退下。

「沒事，」克拉拉安慰我，「咱們可以一起吃。」

「這真的能吃嗎？」

「能不能吃，也得試一下才知道。」克拉拉說完，便奮不顧身地拿起隨餛飩面一同附上的鐵勺和木筷，在裡面翻攪一陣，總算翻出了好似癱軟下去的木棍般的麵條，以及與不慎落入油漆桶的綿羊無異的白色餛飩。

她嘗了口麵條，並無任何異常的生理反應，隨即又將筷子和湯勺交給我。我舀起淡黃色的麵湯，略帶遲疑地喝下去，立馬品出了自己熟悉的味道。

「這不就是忌廉湯嗎？」我抬頭。

「試試麵條。」克拉拉說。

我又去吃麵條，口感還是似曾相識。

克拉拉先開口了，「沒想到，竟然會在這裡吃上意面。」

她覺得有趣，捂嘴笑起來。

「這都是些什麼亂七八糟的。」我慍怒道。

舞臺上的莫西幹頭唱得十分起勁，已然沉浸在自己的一番世界中，宛如找到了屬於他本人的天梯，以至於難掩激動之情。再去看另一桌客人，帶著針織帽的他對著眼前比一般雞要大上許多的白斬雞哭得面目模糊，不知道的還以為他是哪個獨自度過感恩節的孤寡鰥夫。

我讓克拉拉趕快吃完，以便早點離開二樓的餐廳。想必明天早上，自己是怎麼也不會再次光臨埃舍爾廳了。

吃罷幾口，服務生送來帳單。我拿起一瞧，連忙叫住了正要離開的他。

「這一碗面，怎麼要七十五塊錢？」我質問道。

服務生撇著一條腿向我解釋道：「光是這進口奶油成本就不低。還有這義大利麵條，一包就要二十三元。更不用說這餛飩也是要錢的。再加上各種人工費、服務費、茶位元費，飯店的電費燃氣費也要多少算進去一點。算下來的話，這一碗面七十五塊錢，飯店根本就賺不到錢。」

我無話可說，便放他離開。

「你帶錢包沒有？」我問克拉拉。

她卷起奶油裡的意面，「你沒帶？」

「我忘了。」

「我還以為你帶了，我就沒帶。」

「沒關係，我上去拿就是。」我說著就起身要走，「你可得好好吃完，別浪費了這七十五塊錢。」

「放心，你快去快回。」

我往廁所的方向走，去那兒上樓梯。二樓和三樓之間的白熾燈泡被燒壞了，卻沒人負責進行更換。我摸黑登上一節節樓梯，卻忽聞一縷輕飄的笛聲。這笛聲使我頭皮發麻，總感覺背後有人盯著我看。黑暗助長了我本能的恐懼，此刻的我，急需一把火炬。

笛聲似乎在不斷靠近。

我加快上樓的腳步，卻發現三樓與四樓間的燈泡也被人熄滅。

或許電梯已經維修完畢。我抱著僥倖心理，打算離開這陰森的消防梯。我來到三樓，打開通往三樓走廊的防火門。

走廊的照明異常耀眼，甚至比克拉拉在上海下榻的酒店還要浮誇，就好似手握強光電筒走進六面全是反光鏡的房間一樣。

奇怪的是，這走廊兩側卻不見房門。

難道這一層沒有客房不成？

我一邊暗自琢磨，一邊向走廊另一側的電梯間移動。

不管怎麼樣，耀眼的光明總比陰鬱的黑暗要更加使人安心。

三樓的地毯要比五樓的鬆軟許多，就好像從未被人踩過一樣。走廊兩側的牆壁也完好無損，甚至能清晰地看出牆紙上的花紋。只不過頭頂的射燈實在太過於強烈，唯獨這一點，叫人有些適應不來。

但怎麼說，也不該一扇房門也沒有吧？

我越是這麼想，就越覺得不對勁。可是既然已經走了一半，也不好再退回原先漆黑的樓梯。

笛聲確實已經在我不經意間悄然消失。

再走幾步，地毯上出現一個躺倒的花瓶。花瓶沒碎，只是仰倒於此，好似沙發上的貴婦。

我低頭繞過花瓶，再一抬頭，發覺右手邊的牆上掛著一幅畫。

畫裡畫著四個骷髏和一塊石頭。

四個骷髏一個彈琴，一個起舞，一個側臥，一個拾花。

我踉蹌著跑起來，埋頭沖向電梯間。

原本的兩部電梯卻從不存在一樣，只剩乾淨整潔的牆面。

雙腿頓時酥軟無力，我跪倒在地，地上的影子被天花板的射燈所拉長，它依舊呈站立狀。

我顧不得面子，大聲呼喊，奢望著有人能夠聽見我的聲音。

我喊她的名字，喊那該死的複雜的克拉拉‧羅蘭的名字。

她聽不見。

她甚至會以為，現在的我已經回到了五樓的房間裡，去拿錢包裡的七十五塊錢。

誰又能想到我會被困于三樓沒有房門的走廊裡呢？

笛聲再次向我襲來。

她或許仍舊在按照我的命令，細細品味著不倫不類的忌廉餛飩意面。

笛聲戛然而止。

喂，城裡人。

她在走廊外叫我。

我跑出本是電梯間的小空間，往走廊跑。可原先的走廊卻變成一灘死水，水上浮著墨綠色的水藻。

遠遠看去，畫還在那裡。

「喂！」我大喊。

喂！喂！喂！

走廊向我喊回來。

我想穿過眼前的積水，卻發現天花板上垂下來的梯子。

我猶豫著要不要順著梯子往上爬，卻又驚覺積水中的倒影。
是那塊黑色的石頭。

在哪兒？石頭的本體此刻在哪兒？

我不去管面前的梯子，弓著腰往積水裡看，似乎毫無異樣。
除了石頭的倒影以外，水面再無別的映射。

喂，這灘水，有什麼好瞧的？

她又在某處問道。

聲音像是從頭頂傳來。

我重又看向那個豎直落下的軟梯，梯子的盡頭在天花板上開
了個差不多有一人腰圍那般粗的大洞，從我此時的角度，並看不
清樓上的狀況。四樓──若真是原先的四樓的話──與三樓的唯
一且明顯的區別，在於光明的存在與否。與我所處的三樓相比，
從洞口看去，四樓沒有一絲光亮的存在，只是純淨的、毫無雜質
的黑暗，黑得徹底。

這是兩個極端。

來不及容我多想，若是她在四樓，那我無論如何也要順著梯
子爬上去。

爬！

我雙手把住軟梯的中段，腳踩軟梯的底部，隨後肌肉發力，
將自己一格格往上提。行動比我預想的要簡單，重力像是對我失
去了興趣，放任我離地面而去。

我鑽過好似專門為我而開的洞口，登上四樓的地板。

原先因燈光而向四面拉長的影子找到了它們的歸屬。我忽又意識到某個嚴重的問題：本應出現在水面中的我，去了哪裡？

我一邊想，一邊向兩側看去，卻突然碰上一個草莓狀的鼻頭，以及鼻頭上方圓滾滾的突兀眼睛。

我嚇得連連向後，差點再次掉入上來時的洞口。

那張面孔開始說話：「不要緊張。」

「你是誰？」我大聲問他。

「請小點聲兒，」他說，說話時的兩片嘴唇好似獨立思考的生命體，按照它們自己的意願進行活動，「我是管理員。」

「管理員？這家飯店的管理員？」我問他。

自稱是管理員的人說：「管理員就是管理員，無所謂什麼飯店不飯店的。」

我聽得雲裡霧裡，便只好指著天花板，問他這黑暗是怎麼回事。

「黑暗？您可真會說笑，哪有什麼黑暗？」他說罷，宛如小學生讀課文一樣念出一段段不甚輕鬆的笑聲。

簡直叫人不寒而慄。

「您需要幫助。」他對著我說。黑暗之中，我看不清他的身子，只能瞧見他的臉。

「沒錯，」我說，「我的確需要幫助。我想要回到五樓的房間，可是……」

「可是，什麼事情纏住了您。」他說。

「你指的是？」我問。

他又笑起來。

「先不管這個，」我說，「既然這四樓看似停了電，您若是可幫我指出樓梯間的位置，那就可謂是再好不過了。」

他絮口袋似的收住笑聲。「您請隨我來。」

管理員的臉向後轉去，有什麼東西抓住了我的手腕，我被拉著向前走。沒走多久，眼前總算察覺出一絲細微的光亮。那光亮是從一扇半掩著的門縫中洩露而出，我也就借機看到了管理員的身體。他穿著再樸素不過的黑色制服，上身顯得比下身要長，活像一隻用觸角直立行走在陸地上的魷魚。

管理員無聲地轉過腦袋，用一隻眼睛看我。他接著對我比了個手勢，讓我推開身前的房門。

「這裡面是？」我小聲問他，生怕驚動房間裡的人。

「這是人們的必經之地，」管理員說，「你也一樣。」

「進去了以後，就能回到五樓嗎？」我問。

「能否到達你的目的地暫且不知，但若是想要出發，就必先經過此地。」

房間內部傳出嘈雜的交談聲。

我伸手去推門，率先映入眼簾的是一盞金黃色的三叉燭燈，燭燈被放置在一進門的深紅色木櫃上。房間很大，讓人想起中世紀的教堂，又像是法院的法庭。從後往前數，總共有兩列七排木制長椅，兩列之間由半米的過道隔開，每排長椅大概能坐七到八個成年人。而此時此刻，長椅上總共坐著十來個頭戴黑色禮帽的人們。他們有男有女，卻各個將頭擺向最前方的禮台。

管理員跟在我身邊，讓我去坐第一排的空位。

「我們得排隊，」他向我耳語道，「萬事都要排隊，一切得守秩序。」

「排隊做什麼？」我問他。誰知他怒目圓睜，眼睛好似被打滿氣的氣球，隨時都有可能爆裂開來。

他狠狠地噓了我一聲，叫我保持安靜。

看來此刻的我，就屬於那個在他眼中破壞秩序的沙子。

我們坐到右列第一排靠外的位置。管理員坐最邊，我則坐在他的左側。

長條的禮台坐著三個不現實的巨大身影，它們比一般人類要大出一圈左右，光看體型，足以與一頭成年非洲象相匹敵。

它們與長椅上的人們相對而坐，最左側——也就是最靠近我的那個——是個臉上戴著副牛頭面具的人物。它頭頂兩個向內彎曲的犄角，紅色面具之後露出兩個純白的眼珠，以至於外人根本就搞不清楚它到底在看著什麼。它的身體較之其他兩個同伴要更具有明顯的人類特徵，五指齊全的兩個手掌嚴肅地搭在一起，擺在臺上。它身穿一件正式西裝，系著一條黑色領帶，腳上一雙黑色皮鞋。它緩慢地偏頭，看著剛剛入座的我，用虛無的眼球打量我一會兒，又以同樣的速率將頭擺回禮台前方。

坐在另一頭的，則是個長著奇形怪狀頭冠的綠毛鸚鵡。它的頭冠活似被架上火爐張牙舞爪的蟹腿，就連紅白相間的顏色也與就要烤熟的蟹腿無異。它雖是鸚鵡身，卻同樣穿了件黑色長袍，正好罩住它的一對翅膀——也不知它到底有沒有翅膀。它如一般鳥類那樣時不時轉動腦袋，用一側的眼睛滿是好奇地觀察著房間內的風吹草動。

坐在最中間的，則是個一身機關的人形機器。它有鐵制的皮膚，有一個棱角分明滿是鉚釘的腦袋，一對閃著紅光的燈泡眼睛，一個類似投信口的嘴巴，以及頭頂上方不斷吐出蒸汽的小煙

図。簡直就是二十世紀科幻片裡跑出來的怪物。它作為機械，卻打扮得精緻，上身的短衣帶有金色刺繡以及白色蕾絲邊，肩後披著一條紅色披風，下身是淺黃色皮褲和一雙黑色皮靴。它手持鑲著紅色寶石的權杖，除去那個看著毫無神采的燈泡眼球不談，看著真是威風凜凜。

　　自從我走進房間，這三個傢伙裡，唯獨中間的機器還從未正眼瞧上過我。它一直以同樣的姿勢俯視著禮台的正前方，在那裡，站著一位身材嬌小的女子。女子赤身裸體，一頭齊肩短髮，她那被人用手銬銬住的雙手無力地垂在身前，正好抵在小腹下方。

　　她正向那三個傢伙訴說著什麼，用的卻是我所無法聽懂的語言。那個牛頭面具人以相似的語言向她說了什麼，同樣的話語又被綠毛鸚鵡重複了一遍。這對話，聽著並不像我所知的任何一門人類語言，倒像是用一把許久不用的大刀據木頭時才會發出的聲音。

　　「我認得她！」我對管理員說。

　　他用手堵住我的嘴，「下一個才是您，現在別出聲！」

　　「可我聽不懂他們在說些什麼。」我又說。

　　「我會在一旁，為您充當翻譯。」管理員告訴我。

　　胡桃夾子接著又說了些什麼，管理員將臉湊近我，為我轉述她們的對話。

　　「十年前，」胡桃夾子說，「我是十年前來到這裡的。」

　　十年前？

　　「你是因為什麼，才來到這裡的？」牛頭面具人問。

　　「我不知道，」她說，「我不知道，我真的不知道。」

　　「現在又想著回去？」牛頭面具人在面具之下吐出一口白氣。

　　「是的，我想回去。」她點頭。

「這又是何苦？」牛頭面具人問。

「這又是何苦？」綠毛鸚鵡開口重複道。

牛頭面具人接著說：「老老實實地留在黑暗裡安逸地過日子，有何不妥呢？」

「有何不妥呢？」綠毛鸚鵡接著重複道。

牛頭面具人繼續道：「在這裡，外人瞧不見你；可到了樓下，你就無處可藏了。」

「無處可藏，無處可藏！」綠毛鸚鵡神經兮兮地高聲叫著。

「可是，」她扭捏道，「我理應留在下面，我本就不該待在黑暗裡。」

「駁回。」人形蒸汽機──暫且如此稱呼──不冷不熱缺乏語調地從嘴裡吐出兩個字。

「我還是得回去。」她一再堅持。

牛頭面具人發出笑一樣的低沉噪音，「為什麼？」

「為什麼？」綠毛鸚鵡說。

「因為我需要的人也需要我。」

「駁回。」人形蒸汽機道。

「這算不得理由，你可得想清楚。」牛頭面具人仰起腦袋。

「想清楚，想清楚！」

「我想得十分清楚。」她說，「這是我的義務。」

「駁回。」

「若是回去了以後，又能幹什麼？」牛頭面具人問。

「能幹什麼？能幹什麼！」

「重見光明，向人們證實我的身份。」她說。

「可你只是個被世人所唾棄的污漬般的影子而已，將自己暴

露在光明之下，不過只是徒增損傷罷了。」牛頭面具人說。

「污漬般的影子！徒增損傷罷了！」

「可我必須如此，這是我的使命。」她提高嗓門，堅定的聲音回蕩在房間內，在座的人們卻不為所動，他們帶著高帽，看戲一般旁觀著前方的對話。

「駁回。」

「在下面能否存活是一回事兒，能不能讓你下去就是另一回事兒了。」牛頭面具人猝不及防地以它固有的速度轉頭看了眼我所在的方位，接著又將頭轉回她的方向，「根據你此前的供述，結合我們的記錄，我們認定——」

「有罪。」人形蒸汽機開口。

「有罪！有罪！你有罪！」綠毛鸚鵡嘰嘰喳喳。

在座的人們一時哄然，皆對站在禮台前的她指指點點。

「我有罪？」她顯然對此大惑不解。

「有罪。」人形蒸汽機再次確認。

「有罪！有罪！」

「罪在何處？」她向對方發問。

「存在即是罪。」從人形蒸汽機投信口狀的嘴裡，蹦出了長度與它以往所不符的句子。

她啞口無言，低下頭去，隨即被無形的力量分解成細碎的塵粒，隨風而散。

我下意識地從座位上跳起，探頭去找她的下落，卻無果。

管理員順勢起身，將我帶出座位，一齊走向她原本站立的地方。

牛頭面具人笑著對我說了些什麼，於我而言卻全都只是在鋸

木頭。

「瞧瞧，瞧瞧，又是一個可憐的亡命徒！」經過管理員在我耳邊的翻譯，我才明白牛頭面具人此前笑著發出此般感歎。

還是由牛頭面具人來發問。

他問完，由管理員轉述于我：「你是什麼人？」

我是什麼人？

「高中音樂老師。」我想了想，遂答。

待到管理員將我的話語轉變成鋸木聲後，迎接我的是一片寂靜，只有綠毛鸚鵡在無意義地「呀呀」叫著。

許久，主持儀式的牛頭面具人總算有所回應。

管理員翻譯過來：「音樂老師是什麼東西？」

「什麼東西？」醜到家的綠毛鸚鵡就是不願閉上它那個臭嘴。

「對牛彈琴的東西。」我隨口一說。

牛頭面具人聽完管理員的翻譯後，勃然大怒，用拳頭重重捶打著禮台的桌面。看來管理員是把我的話原封不動地直譯了過去。

「豈敢在此放肆！」管理員用欠缺色彩的口吻將牛頭面具人的話轉述過來。

「放肆！」

「不敢，不敢。」我連連低頭，賠禮不是。

「你是什麼時候來的？」那牛頭面具人又問我。

「剛剛，」我說，「大概十分鐘前吧。」

牛頭面具人重又將雙手搭在一塊兒，「為什麼會來到此處？」

「為什麼？」還是那鸚鵡。

我看著它那白色的眼珠，「我自己爬上來的。」

管理員話畢，身後一片譁然。

「自己爬上來的？」牛頭面具人據木頭的手開始飄忽。

「沒錯。」我說。

鸚鵡開始跟不上節奏，獨自在一旁「咿咿啊啊」。

「為何要自己上來？」牛頭面具人強裝鎮定，據木頭的聲音再次穩定下來。

「原因有三。」我說，「其一，我需要回到五樓房間去取夠七十五塊錢，以便支付在二樓餐廳所用的餛飩面的費用；其二，我在樓下時，聽到了某人的聲音，便想順著梯子向上爬，去尋找她的身影；其三，我在三樓遇上窘境，無路可走，恰又碰上奇怪的黑色石頭，便只好向上爬來。」

這番話，可讓管理員費了好些功夫才翻譯過去。

「那你此番前來，又是意欲何為？」牛頭面具人問道。

「我要離開。」我說。

「駁回。」

牛頭面具人微微低頭，「就算離開了，又能到哪裡去？」

「能到哪裡去？」綠毛鸚鵡這才緩過神來。

「回到我該在的地方。」我說。

「駁回。」

「你本就屬於這裡。」牛頭面具人說。

「屬於這裡！」

我直搖頭，「不，不，我只是個外來者，我是個異鄉人。我從別處來，自然不屬於這裡。」

我靜候管理員將一來一回兩段話翻譯出來。

「看來你還是不明白。」交到我耳中的，是這麼一句話。

「我明白得很——您是因為什麼，才覺得我屬於此地的？」

我反問。

　　牛頭面具人的回答，通過管理員的翻譯後顯得言簡意賅，「因為你不完整。」

　　「你不完整！你不完整！你不完整！」綠毛鸚鵡連喊三遍。

　　「何出此言？」我問道。

　　「你自己心裡明白。」牛頭面具人高高在上地說。

　　我心裡當然明白，明白得一清二楚。我不過只是想不清楚，為何自身的不完整會成為我屬於這裡的理由。

　　「難道這裡的人都不完整？」我說罷，想要回頭去看身後座席上的人們，卻被管理員利索地一巴掌把頭扇了回來。

　　「下面可容不得不完整之人的存在，」牛頭面具人答非所問，「我們可不能放你下去。」

　　「不可能，不可能！」

　　「可我並不是要下去，而是想往上走。」我對著管理員說。

　　「駁回。」

　　牛頭面具人看了眼人形蒸汽機，遂又說：「你哪兒也去不得，只能待在此處，待在黑暗之中。這裡才是你的故鄉。」

　　「哪兒也去不得！」

　　「為什麼？」我大聲質問，卻被管理員一腳踩上腳尖。

　　「有罪。」人形蒸汽機下達判決。

　　我也有罪？

　　「因為你有罪，所以哪兒也去不了。下面不行，上面也不行。」牛頭面具人說。

　　「有罪，有罪！不行，不行！」

　　「我有什麼罪？」我看了看管理員的臉，沒有答案；接著又

看向牛頭面具人，面具上當然浮現不出任何表情。

「身背人命。」人形蒸汽機道。

「你是個殺人兇手，下面可容不得你，上面也會將你拒之門外。」牛頭面具人說。

「殺人兇手！殺人兇手！殺人兇手！」綠毛鸚鵡愈發起勁。

我不明所以，「我殺了誰？」

牛頭面具人不予回答。

「所以，我只能一直待在這裡？不能上去，也不能下去，只能永遠待在這中間？」我又問。

經過管理員的翻譯，牛頭面具人哈哈大笑，「沒錯，這就是你的歸宿。你不能被算作完整的人，只是個缺失自我的殺人犯，夾縫間的黑暗就是你最好的歸宿。」

三個根本就不是人的東西，有什麼權利去評判我是否為一個完整的人？又憑什麼將一個莫須有的罪名加之於我？

荒唐！簡直荒唐！

我咽了咽口水，問管理員接下來要做什麼。

管理員悄聲對我說，他會帶我到屬於我的房間。

「殺人犯！殺人犯！」綠毛鸚鵡仍舊在叫。

總會有辦法的，我心想，總不能一直在這兒耗著。

牛頭面具人傳喚下一位上來，管理員則領著我往外走。我偏頭，瞥向座位上的人們。他們的面容無不被黑暗所遮擋，像是尚未完工的半成品。

我跟著管理員走出原先來時的房門，重歸黑暗的懷抱。

我屬於這裡，牛頭面具人說。

我想到了克拉拉，也不知道她現在怎樣，餛飩面吃得是否還

算滿意，又會不會好奇我去了哪裡，為何會至今未歸。

對了，時間。

我問管理員，現在是幾點。

「因人而異。」他對我說。

二樓餐廳的歌聲似乎傳到了這裡。

「你是我專屬的管理員嗎？」我又問他。

他沉默，我以為他不會回答，誰知待我們走過一處拐角後，他才說：「管理員就是管理員，哪有那麼多屬於誰的事情？」

「你在這兒多久了？」

「我一直待在此處。」他回答說。

我接著問：「就沒離開過？」

「我是這兒的一部分。」他漫不經心地說。

他好似長了雙貓頭鷹的眼睛，走在黑暗中也不怕四處碰壁。走上十分鐘左右──對於我而言的十分鐘──他停了下來，我聽見鑰匙插入鎖孔的聲音，隨即又是清脆的唭嚓聲，他推開門，讓我進去。

「沒有燈。」我說。

他咳嗽一下，「您不需要燈。」

「這裡就是我的房間？」我用手去摸房門的鐵欄杆，這分明就是關押犯人的牢房。

「沒錯，您屬於這裡。」他說。

他正要轉身離去，我趕忙拽住他的一隻手，不讓他關上牢門。

「您還有什麼事嗎？」他問我。

一口一個「您」得叫著，結果反倒將我關進牢籠，既然如此，我也就顧不得什麼三七二十一，一口咬住他的手臂。

他沒有喊叫，只是用他那兩個突兀的眼球凝望我，好似在望著櫥櫃裡的玻璃器皿。

我得跑。

我使出全力，將其向外一推，似乎推到了地上。不去管他，我摸黑向外跑，起先撞上了一面牆，以至鼻頭一陣酸痛。我又往反方向跑，這次被哪裡來的細線絆倒。身後沒有聽見管理員追逐的腳步，自己便匆匆爬起，接著往前。跑著跑著，眼前又是一盞盞星火般的燭光。舉著蠟燭的，是一隊身高不及半米、用雙腳直立行走的動物。它們渾身上下長滿油亮的黑色長毛，看著像是老鼠，又像是浣熊，從側面看去，倒更像電視裡瞧見過的塔斯馬尼亞虎。它們左手——不知可否稱之為手——持蠟燭，右手則持一把鋒利的匕首。我與它們相遇，它們便整齊地擺頭看我，隨即對我呲牙咧嘴，露出它們向內彎曲的尖銳獠牙。

我只好往另一側跑，可又不想再次碰上那管理員。這些個怪物們追上我，嘴裡發出恐怖的「嘶嘶」聲，好似蟒蛇在吐著舌頭。

「城裡人！」她在前方的黑暗中叫我。

我喜出望外，加快速度直往聲音的方向奔去。

她抓住我，我一頭沖進她的身子裡，使她踉蹌兩步。

「你怎麼還在這兒？」我想起原先在房間裡見到的景象，不禁發問。

「我一直在這兒。」她說。

身後的追兵仿佛突然睡去一樣，杳無蹤影。

「你若是一直在這兒，那我也留下來好了。」我對她說，「反正我已經被判定為一個缺失自我的殺人兇手，只能待在這兒。他們說我屬於這裡，我本就屬於這裡——」

「不行！」她打斷我，「你得回去，你得離開，沒有人生來就屬於這裡。」

「可那管理員……不是生來就存在於此嗎？」

「它不是人！你在這裡所見的一切，都只是虛影！它們因我們而產生，因我們而存在，卻又想方設法禁錮住我們，使我們永世被它們的秩序所奴役。我們得反抗，我們要掙脫，我們不能就這樣屈服於此。你與我二人，總要有一個得逃出去，離開這片黑暗，即使暴露于光明之下，也要逃出去。我們沒理由永遠被困於黑暗之中，苟且偷生。這是我們的權利，這才是我們的使命。你明白嗎？」

我似懂非懂，卻還是連連點頭。

「那你呢？」我問，「你也得逃出去吧？」

「當然要逃，」她說，「不管成功與否，都得逃。不過你與我二人，都得往上逃，我們回不得下面。」

「這是為什麼？」我更加迷惑了。

「下面不接納我們的存在，」她說，「若是回去了，我們不過只是下面的附屬品；可若是往上走，那就不一樣了。」

「怎麼不一樣了？」

「下面受這裡的秩序所統治，而對於這樣的秩序而言，我們便是異類，是老鼠，是病毒。」她搖晃著我的肩膀，「可一旦到了上面，就不再受這樣那樣的虛影所束縛。在那裡，等待著我們的，將會是我們的新生！」

「新生？」

「沒錯，新生！」她輕輕吻上我的額頭，隨後又說：「所以，去吧！跑吧！逃離這裡！」

　　她將我推向一個角落，我看不見她，卻始終能夠感受到她的存在。

　　我伸手，在黑暗中胡亂摸上一陣，最後總算感知出自己所處的角落，原來是個向上盤旋的旋梯。

　　我回頭喊她，她卻沒有回應。

　　我咬牙切齒，既想登上旋梯離開這裡，又想折返回去找上她。

　　就在我糾結之時，那幫四不像的齧齒動物們再次出現，它們手中的蠟燭變成火把，短小的匕首也化作長槍。它們聲勢浩蕩，火把點燃的烈焰好似猙獰可怖的妖魔，將我團團圍住，使我現出原形。

　　它們在笑，笑聲隨火焰上下扭曲。

　　但是多虧了這光明，我得以看清自己的方位及眼前的旋梯，卻仍不見她。

　　這是逃跑的好機會，我告訴自己。

　　可我還是猶豫不決。既然我依舊如此，就算逃到了上面，就能變得完整嗎？

　　當然不能。

　　「喂！」

　　我抬眼望去，怪鼠們正步步緊逼。

　　「跑！」她喊道，一如我在夢裡的走廊上所聽見的那個聲音。

　　「跑！跑！跑！」

　　她讓我跑，那我就只好跑。

　　跑！

　　我轉身，用手拽住旋梯的欄杆，將身子向上拖，又借力往上跑去。耳邊回蕩著腳踩鐵梯發出的沉重且莊嚴的「砰砰」聲，我

不敢怠慢，一口氣登上十幾節臺階。

　　借機向下看去，追兵們已然將旋梯的底部包圍起來，它們用自己的獠牙，將下半部分的鐵梯啃食得一乾二淨。我朝火光後的黑暗最後看上一眼，沒有人影，便決絕地回頭，繼續奔命。

　　女高音引領著合唱團的樂聲出現在頭頂上方，預示著勝利終要來臨。

　　視線之中出現一層薄薄的霧氣。在那霧氣之後，是更加耀眼璀璨的光芒。也許那就是通往新生的大門，我想。

　　我向上攀登，眼見就要觸碰到上方的雲霧，身下卻傳出騷亂。我不得已向下看去，那些兇惡的怪物們齊刷刷地抬起它們手中的長槍，向我擲來。

　　忽然眼前一黑，腦後像是被天上落下的隕石砸了個稀爛，我的意識如同因此濺出的火花，在空氣中繞著小圈，最後熄滅於沙土之間。

　　有人在說笑，有人在哼唱，有人在一旁胡言亂語。

　　我從什麼地方爬起，雙目乾澀，四肢乏力，腦袋裡像是被人灌進了一壺燒酒。

　　一股熟悉的煙草香。

　　我好歹看清了對面的藍色重影，以及逐漸清晰的加農炮圖案。幾縷卷髮垂散在海軍藍布料前，她單手持煙，靠坐在木色籐椅上。

　　「歡迎回來。」克拉拉對我說。

　　我環視四周，這是個露天平臺，抬頭就能看到幽靜的夜空。平臺上擺著許多籐椅和木桌，每張桌前都坐滿了客人。灰色樓梯間一出門的位置，便是一個燒烤爐，看那樣子，應該燒的是木

炭。手持一把把肉串的，是個小個子山羊胡男人，男人鼻頭圓潤，眼睛小而細長，頭戴一頂紅白相間鴨舌帽，身穿藍色牛仔夾克。在他身後，是一台立式冰櫃，冰櫃邊上立著一塊霓虹燈牌，牌上用文字向世人告知，這裡便是「和平宮露天燒烤」。

我原本趴倒的桌面上，還放有一個橢圓形的不銹鋼餐盤，上面整齊地羅列著兩串烤韭菜，三串烤土豆片，以及七八串不知是牛還是羊的肉串。

「幾點了？」我問。

克拉拉略顯疲態，「快夜裡十二點了。」

「這麼晚？」

「是啊，這麼晚。」

我用手指挑開眼角的異物，「我離開餐廳以後的那幾個小時裡，都發生了什麼？」

「說來話長，」克拉拉說，「你呢？」

「和你一樣，說來話長。」

她笑著將煙頭扔進地上一個由剪開一半的易開罐做成的小煙灰缸裡。

「餛飩面的錢，怎麼付的？」我突然想起，便問道。

她洋洋得意地拿起一串土豆片，目光停留在其中的一片，「賒著，沒付。」

「對方也同意了？」

「當然沒有，我費了好大功夫才跑出來。」她說，「不過這也不是什麼大事，大不了記在房間的賬上就好。」

「那也總讓人感覺不妥。」我喃喃道。

「誰讓你一去就是那麼久，又不見回來的跡象。」

我也拿起一串烤肉，咬下木簽最前端的一塊，在嘴裡嚼了嚼。是羊肉。

我咽下羊肉，又向克拉拉問道，我們是怎麼來到的這個露天燒烤攤上。

她說，她跑上五樓，正巧碰上了暈倒在地的我，便將我拉到了頂樓的平臺。

「為什麼要到這裡來？」我說。

「怕你是一天沒怎麼吃東西，因為低血糖才暈倒的。」

我向她道謝，卻仍不明白自己怎麼會在五樓暈倒。再怎麼說，也應該倒在三樓的樓梯間才是。

「不過，」她吃完了那一串烤土豆片，稍稍前傾身子，「你應該不單單只是低血糖吧？」

「誰知道呢？」我回答，「也許的確不只如此——這麼說來，你又是根據你的直覺得出的這個結論？」

「也不全是，」她露出好似深山老林裡的一口幽井般頗顯複雜的微笑，「你不在的這幾個小時，我也算多少經歷了些什麼。」

「什麼意思？」

「沒什麼意思。」她將微笑留在臉上，從桌上的煙盒裡取出一根新的細煙。

我如墮雲霧，她卻只是沉默著吸她的細煙。

在我為此而感到納悶之時，那個山羊胡的小眼睛男人手握一把烤串，走到了我們桌前。

他上報人口一樣為我們報出他帶來的烤串：烤腰花兩串，金針菇兩串，牛板筋五串。

　　我們對他笑臉相迎，他正要走，又被克拉拉叫住。

　　「麻煩拿兩罐啤酒，謝謝。」克拉拉說。

　　他用手去蹭了蹭褲子，「要冰的還是常溫的？」

　　克拉拉瞄了眼我，又說要一罐冰的，一罐常溫的。

　　山羊胡的老闆接下指令，小步往烤爐跑去。沒過一分鐘，他又帶著兩罐喜力啤酒跑了回來。一瓶冒汗，另一瓶則沒有。

　　「喝哪個？」老闆走後，克拉拉問我。

　　「我都可以。」我說。

　　她將那瓶冒著冷汗的啤酒推給我。「醒醒腦子。」

　　「頭一次聽說拿啤酒醒腦的。」我笑道。

　　「對你來說都是一樣。」

　　我們以烤串就酒，邊吃邊聊。我聽她聊她的大學生活，聊悉尼的大風，聊每年的山火，聊岩石區的集市，以及每週末不同的brunch。她緊接著又問我的工作，問我當今學生的特點，問我教師之間的關係，問我學校內部的體系。問到最後，她大體得出一個結論，學校就是一個濃縮的集權社會。我捧腹大笑，稱讚其總結到位，一針見血。

　　「何止是一個集權社會，」我說，「它更是一個大工廠，一個生產勞動力的大工廠。它為我們產出擁有生產技能的機器，一個個不需要且沒能力進行辨證思考的機器。他們需要做的，僅僅不過是根據指示進行工作，產出預期的結果。學校的存在不是為了使人獲得精神上的昇華，而是將社會的既定規則強加於身，再賦上每個人之于社會應有的價值。而這一過程，就被我們泛稱為社會化。總而言之，學校便是進行社會化的工廠。而人類文明的精華，那些作為人類所渴求的真理，那些之於個人而言真正重要

的東西，都不是在學校裡能學到的。」

「可你還是成為了這座工廠裡的職員，不是嗎？」她雙頰微紅。

「生活所迫，」我忍俊不禁，又突然想起一句，「我們都是生活在下面的人。」

「下面的人？」

「下面的人。」

「不懂。」她將手中的空罐子扔到地上，在那裡，已經躺著好些同樣的空罐子。而我的腳邊，也是一樣。

此時已是後半夜，原先的客人們也都相繼消失，就好似突然被白色的橡皮擦從紙上抹掉一樣。

山羊胡老闆提來最後兩罐啤酒，隨後索性就從別桌搬來一把籐椅，加入了我們的對話。

「我們這個小地方，可是少有你們二位這樣的大人物光顧咧！」他自己也打開一罐啤酒，咕嘟咕嘟喝下幾口。

「哪裡是什麼大人物？」克拉拉從地上拾起一張紙巾，作勢就要往嘴上擦，被我及時制止。

「對我們來說，你們可就是大人物。」山羊胡老闆打了個嗝，隨後繼續道：「要知道，可沒幾個外國人會跑上這兒來！這裡有什麼？什麼也沒有嘛！更別說，你這外國人還帶了個漂亮的小白臉來，使得我們這裡更加熠熠生輝了！」

他似乎認為我們二人都有些神智不清，便可以口無遮攔。我也就讓他說，反正再怎麼說下去，我也不會掉塊肉。

「不過話是這麼說，」我心平氣和，「你們這個飯店的名字，倒是顯得格外洋氣不是嗎？海牙飯店！這名字，不免讓人駐

足停留，心生敬意：「呵，好一個海牙飯店！不是巴黎飯店，不是
林茨飯店，更不是蘇黎世飯店，而是海牙飯店！話說，怎麼偏偏
就是海牙飯店不成？」

　　我總算問出了令自己困惑已久的問題。

　　燒烤攤老闆又喝了口啤酒，隨即向我們道出原因：「這飯店
的主人，也就是飯店的老闆，早年間在荷蘭做過工。據聽說，就
是在海牙。」

　　「哦？」克拉拉吐出一團雲霧，「做的是什麼工？」

　　「在餐廳給人打雜。」燒烤攤老闆說。

　　我拿起桌上最後一串金針菇，「怪不得回來開了家飯店。」

　　我的笑話並沒有使任何一個人發笑，這讓我略微感到不堪。

　　燒烤攤老闆像剝香蕉皮一樣攤開牛仔夾克，露出裡面的紅
色毛衣。「到了上個世紀末，改革開放的消息傳遍世界，當然也
傳到了荷蘭。老闆知道以後，拖家帶口，毅然決然回到了祖國。
要知道，他可屬於二代移民，自己的父輩當年坐船漂泊到歐洲大
陸，給人當勞工，他自己在荷蘭也有家室。據聽說，他還娶了個
同樣是亞洲人的菲律賓僑民，生下兩個漂亮的女兒。」

　　——「據聽說」，這位燒烤攤老闆好似就連他本人的生日也
是聽別人說才知道的。

　　「既然這樣，還回來做什麼？」我將面前沒開過的啤酒也推
給他，心想自己不能再喝下去了。

　　克拉拉用手呈C形擋在火機前，去點嘴裡銜著的煙。總共打
了三次火，才成功將其點燃。

　　燒烤攤老闆將啤酒罐推了回來，「可能對於像他那樣從未回
過家鄉的二代僑民來說，祖國就是他心頭的一個小疙瘩，雖然並

無多大影響，卻多少讓人惦記著。」

「是這樣嗎？」我看向正在吞雲吐霧的克拉拉。

她像個木馬一樣搖晃著腦袋，「的確如此。」

燒烤店老闆跟常人一樣問起克拉拉的身世，克拉拉又同以往無異，漫不經心地進行解答。

「你回去過嗎？」燒烤攤老闆問克拉拉。

克拉拉說一次也沒有。

「就沒想過要回去？」這次由我來發問。

她化身記者招待會上的新聞發言人，對從四面八方拋開的問題處變不驚，「要說想，也確實有那麼一些類似的想法。想看看父輩成長的地方究竟是什麼樣子，順道感受下當地的氛圍。不過，這僅僅是出於我個人的好奇心，並不能被歸結於我自身的阿爾薩斯血統。說到底，我對自己的認同並沒有狹隘到非得倚仗著中國人法國人中法混血一類不可。的確，我母親是中國人，但這並不代表我就與中國人相同；我父親是法國人，但這並不能說明我就和法國人一樣。所以說，無論是中國也好，還是法國也罷，抑或南非智利加拿大，對我來說都是同等的，沒有什麼特殊意義。」

「缺乏愛國情結。」我說。

她往地上彈了彈煙灰，「我愛自己。」

「放任自己抽這麼多煙，可不是真正愛自己的表現。」我順勢打開燒烤攤老闆推回來的啤酒罐。

「你不懂，你不懂這煙的美妙之處。」燒烤攤老闆用一根手指敲著桌子，插話進來。

克拉拉沒有接他的話，而是繼續看著我，「照我們的共識

而言，我愛的是我的靈魂，又不是實體層面上的細胞組織的集合體。」

　　我不知該對此說些什麼好，只得喝起啤酒。可喝到一半才開始後悔，明明才剛決定不能再喝的，結果還是一不注意就喝了起來。明早還要趕大巴，這要是因為醉酒而耽誤了，可就是個麻煩事。

　　「後來呢？」克拉拉突然問。

　　「什麼後來？」我和燒烤攤老闆四目相對。

　　她也新開一罐啤酒，「飯店老闆。」

　　「哦。」我點頭。

　　「後來啊，他帶著妻子和女兒一同回到了這個縣城——這是他祖輩的故鄉——用他自己在荷蘭的積蓄建起了這家飯店。」燒烤店老闆從桌上的小瓶子裡倒出一根牙籤，塞進嘴裡。

　　「那是什麼時候的事？」克拉拉問。

　　「九幾年吧，蘇聯剛解體的時候——」燒烤攤老闆叼著牙籤說，「蘇聯是哪年解體的來著？」

　　「1991年。」我說。

　　「對，」燒烤攤老闆拍蚊子一樣拍了下手，「就是那一年，海牙飯店開張，老闆還請了好幾個雜耍藝人在店門口表演抖空竹。那空竹飛得可是一個比一個高！可精彩了！我到現在還記憶猶新呢！其中有個年紀不大的小姑娘，空竹扔得太過用力，直接砸到了一個湊過來看熱鬧的男同志的腳上。那五大三粗的男同志，頓時雙手抱著腳在那兒哇哇直叫！大家紛紛轉過頭去笑，都覺得這男同志的表演比抖空竹還要有趣得多咧！」

　　「他人的悲痛就是我們的樂趣。」克拉拉笑著說。

　　燒烤攤老闆並沒有聽出克拉拉的意思，依舊沉浸在過往的回

憶裡，興奮地向我們分享著他所知的故事，就好似一個向同伴展示畫作的孩子那樣。「作為一個歸國華僑，他在縣城裡的影響力可謂是不言而喻，但人們又對這飯店望而卻步。一是因為這飯店的消費對於縣城的普通百姓來說實在是過於高昂。你們應該也注意到了，這家飯店並不只做正經生意。出入飯店的人魚龍混雜，靠身體吃飯的女子經常以此為據點，而飯店也就趁機私下裡將這些非法行當納入服務當中，再變相收取相應的費用──當然，這費用是已經包括在房費裡了。」

「有所察覺，」我說，「那二來呢？」

「二是因為這飯店裡，曾經發生過一樁怪事。」燒烤攤老闆湊近了說。

「怪事？」

「怪事？」

我和克拉拉異口同聲地轉頭問他。

燒烤攤老闆不再賣關子，取出嘴裡的牙籤，繼續說道：「有一年，大概是飯店開業沒過幾年的時候，飯店裡住進來兩個年輕小夥。這兩人，據聽說，是從哪兒外派到縣城來推銷醫療器械的。而其中一個是個盲人，但銷售業績優秀，有他自己的一套。這另外一個小夥，就是作為負責協助盲人日常生活的助手。人們知道以後，肯定會問，說這一個瞎子，老老實實地待在家裡不好嗎？非要跑出來推銷醫療器械幹什麼。我也想不通，但他就是來了。」

「其實我更想問，他作為一個盲人，應該怎麼去推銷醫療器械？對於他來說，應該會面臨不少的阻礙才是。」我說完，拿起一串已經冷掉的羊肉，白色的羊油凝固在肉的表面，看著像是結

膜炎患者渾濁的眼球。

「或許正是因為他是個盲人，推銷的效果才得以提升。」克拉拉說。

燒烤攤老闆頗不禮貌地用手指著克拉拉，「你說得沒錯！依靠自己身殘志堅自強不息的精神去博得他人的同情，這應該就是他最好的推銷手段。總之，這兩個年輕小夥來到了海牙飯店，打算住上三晚。」

「住在幾樓？」我問。

「四樓，」燒烤攤老闆說，「四樓的4011，我記得十分清楚。」

我用手裡的木籤敲了敲桌上的易開罐，嘴裡用兩側的臼齒輕輕含住自己的舌頭。克拉拉又點上了一支細煙，這次總共打了六次火。

老闆也掏出了自己的香煙，朝克拉拉借火點上，「他們白天外出，到城裡進行推銷。到了晚上十一二點左右，就回到飯店休息。第一天裡無事發生，一切照常。可到了第二天的夜裡，房間裡來了個陌生女人。想必你們也猜到了，此女子正是位靠賣淫為生的應召女郎。這兩位年輕小夥，一定是通過房間裡的卡片，才找上的這名女子。至於是誰打電話找來的，現在也依舊眾說紛紜。這個應召女郎當年芳齡十七，並不是本地人，做了將近兩年的特殊服務——沒錯，從十五歲就開始了。事後據人講，此女子在業內花名金雀，在整個縣城都頗具名聲。想必這兩個年輕小夥，也是下狠心花了大價錢請來的。」

「金雀，」克拉拉含著煙嘴念出這個名字，「有什麼寓意嗎？」

「我覺得多半沒什麼寓意，不過是個名字而已。」燒烤攤老闆說。

我讓他接著講下去。

「這金雀在第二天晚上來到了海牙飯店，走進了兩個小夥所住的4011號房間。他們講好價錢，由另一個作為助手的小夥付了錢款。」

「你是怎麼知道的？」我打斷燒烤攤老闆的故事。

他淡然一笑，「這都是坊間所流傳的版本，你們就當是聽故事接著聽下去好了。」

我點頭，讓他繼續。

「金雀收下了錢，」燒烤攤老闆貓腰去撿掉在地上的煙盒，一邊說：「對兩個年輕人講，『若是兩個人一起，我就要收兩倍的錢。』那個助手小夥卻對她說，『只是一個人，並不是兩個人一起。』金雀來回看了看兩個小夥，又是搖頭又是歎氣，最後才不情願地褪去身上的衣物。等她脫得一乾二淨以後，金雀走到助手小夥的面前，正要解開小夥的上衣紐扣，卻被小夥一把叫住。『你幹什麼？』金雀問他，『付了錢還扭扭捏捏，不打算幹了？』誰知助手小夥指了指雙手夾在雙腿間坐於床上的盲人，說：『客人是他。』金雀感到不可思議，她早就知道另一個小夥是個盲人，覺得這是對她——作為一名小有名氣的應召女郎來說——的一種侮辱，便更加不情願了。她對助手小夥說，『一個盲人而已，也想要覷覦美色？在街上隨便找個老太婆幫他解決一下不就好了？何必非要找我來呢？』金雀當著盲人小夥的面說這種話，那盲人小夥自然也不樂意了。但出於自身的缺陷，他僅憑自己，可沒法兒做些什麼。他只好忍氣吞聲，靜待事態的發展。」

　　「可既然已經給了錢，她還擺什麼架子呢？」我不解道。

　　「面子，這是面子問題。」燒烤攤老闆一邊說，一邊用手掌輕拍他的臉頰，「但就像你說的，既然對方已經給了錢，她也沒理由拒絕。再怎麼樣，錢也比面子更重要。誰還會跟錢過不去呢？於是金雀轉向盲人小夥，一把將其推倒在床，幫他脫衣服脫褲子，嘴裡卻一直念叨著，『我自己脫這麼乾淨，到底脫給誰看呢？』盲人小夥始終閉口不言，就讓金雀用手指玩弄他逐漸挺起的下體。金雀用手幫他緩解積攢已久的欲望，弄到一半，原本坐在一旁看著的助手小夥走上前來，要求金雀換個法子，這次用嘴。金雀的脾氣上來了，說她怎麼做她心裡有數，不需要旁人指點，她金雀在這一行也幹了不下兩年，從來沒讓客人說過一句不好。她剛剛上嘴，含住盲人小夥的下體，誰知這小夥卻受了刺激，體記憶體蓄的液體便如同湍流一般填滿了金雀的口腔。這猝不及防的腥臭使得金雀再也忍不下去，她一巴掌揮向了盲人小夥的臉上。盲人小夥無助地朝天上舞動著雙手，想要去抓金雀的頭髮，卻撲了個空。身為助手的小夥扛住金雀的腋下，將她牢牢控制在自己的身體裡。金雀也手腳並用，撲騰著想要掙脫，無意間踢上了盲人癱軟的下體。盲人大叫一聲，捂著那玩意兒在床上翻來覆去。這個時候，助手小夥不得不放開金雀，去察看盲人小夥的情況。金雀則趁這時逃出房間，根本顧不得穿好衣物。助手小夥見狀，讓盲人同伴躺在床上，自己則連忙追出門外，一路跟下了三樓。」

　　「對了，」我打斷燒烤攤老闆的講述，提了一嘴，「這家飯店的三樓，是有客房的嗎？」

　　燒烤攤老闆眯起眼縫，「當然有啊，怎麼了？」

「沒什麼。」我說。

他接著講：「金雀光著身子跑到三樓，原本打算先找個地方藏身，等相對安全了，再想辦法找東西遮體，以便離開飯店。可偏偏不巧的是，當她剛一下樓，就正好碰見一間客房裡走出個五大三粗的壯漢。這壯漢手裡拎著一整袋空酒瓶，一看就知喝了不老少的啤酒。他見著姿色誘人且又赤身裸體的金雀，獸性大發，便拽住金雀的頭髮，往客房里拉。金雀大聲呼救，可沒人敢開門搭理。大家都有各自的事情，誰也不想增添額外的麻煩。就這樣，金雀被壯漢一直折騰到早上，並且一分錢也沒撈著。待到壯漢酒醒之後，金雀被打發出門。不過這一次，她身上好歹裹了件白色浴巾。她本可以就這樣離開飯店，可她卻仍舊不甘心。她心想，都是因為四樓的那兩個小夥，才害得她受了一晚上非人的折磨。於是，她帶著下體撕裂般的疼痛與身上的各處淤青和傷痕，躲進了樓梯間旁的布草房裡。中途，她用現成的枕頭和被褥在裡頭睡了一覺，所幸沒有被人發現。大概到了夜裡兩三點鐘，她覺得是時候了，便從布草房裡拿上一台當年最新型號的上海紅心牌蒸汽熨斗，重新溜出布草房，順著樓梯走上四樓。金雀從昨晚兩個小夥無意間的談話得知，他們今晚還會繼續住在飯店裡。她手持熨斗，來到了4011的房門前。她試著去扭房門的把手——當時的客房還沒有配備電子感應鎖，原因是老闆覺得升級門鎖並不是酒店的優先事項——令她驚訝的是，客房的房門並沒有上鎖。房門被輕易地推開，金雀屏住呼吸，儘量不發出任何使人察覺的聲音。她踮起腳尖走進客房，同時用手擰住門把手，使鎖舌依舊出於內縮狀態。這樣一來，她便能安靜地合上房門。她接著往裡走，手心開始冒汗，眼前所見的一幕卻更讓她目瞪舌彊——」

　　正講到關鍵時刻，我卻因屋頂的寒風而忍不住打起了噴嚏。克拉拉以一種令被視者的良心受到譴責的眼神瞪了我一眼，讓我覺得自己就像個在樂章間鼓掌的無禮觀眾。燒烤攤老闆好心遞來一張紙巾，卻不知那正是克拉拉從地上撿起的那張。我笑著道謝，將紙巾收到一旁，以免再被誰胡亂拿去使用。

　　見我沒什麼大礙，他便繼續這一生動過頭以至於缺乏真實感的故事。「金雀見到的，是那個身為助手的小夥，正跪坐在地，用口含著盲人小夥的下體。盲人小夥下身暴露在外，只穿著件白色上衣。他渾然不知，到底是誰在幫他排憂解欲。助手小夥顯然沉醉其中，絲毫沒有發現金雀的存在。金雀也愣在原地，可她馬上又想起自己回來的目的。她努力回想昨晚所受的屈辱與痛苦，將這仇恨彙聚於眼前兩個小夥的身上。她繞到助手小夥的背後，高高舉起手中的熨斗。助手小夥這才有所察覺，他慌張地抬起頭，卻已無計可施。金雀手中的熨斗，就像一把大錘重重地落下，砸上了助手小夥半仰的面孔。助手小夥發出一聲慘叫，盲人小夥著急地坐起來，卻一頭霧水。他所能知道的，只是身為助手的同伴受到了傷害。金雀砸了第一下，覺得不夠抒發她的怒氣，便又狠狠砸去第二下，第三下，直至助手小夥橫躺在地，失去任何反應。金雀如夢方醒，這才扔下手裡的熨斗，也腿軟坐到了地上。她看著助手小夥的慘狀，獨自笑了起來，笑久了，又開始用手指甲去撓自己的臉。盲人小夥聽到金雀的笑聲，猜到了她的存在。他想要站起來，卻被助手同伴的屍體絆倒，他一頭摔在了同伴已成爛泥的臉上。他聞得到血腥味，卻不知這到底是誰的血。他用手去摸，摸到了粘稠的物體，以及碎裂的頭骨。金雀看著盲人小夥面部開始抽搐，他像個懦弱的男孩一樣嚎啕大哭。總得想

些辦法，金雀心想。她完全有能力自己逃走，可若是將盲人小夥棄在房間裡，那她的身份就必定會暴露。那該如何是好？將盲人小夥一起除掉？不行，金雀已經沒有那個氣力，再去置一個成年男子於死地。而她的內心，也再也無法容許她做出這樣的事情。最終，她決定拽起盲人小夥，兩人一同跑出門去，逃離這間客房。」

「那這怪事，到底怪在哪裡？」克拉拉舉起手裡尚未熄滅的細煙，提出她的疑問。

我也抬起手裡的啤酒罐，對此表示附議。

燒烤攤老闆睜大了眼睛，對我們低聲說：「這事啊，怪就怪在金雀和盲人小夥這兩人，從此以後便消失在了飯店裡——準確地說，是消失在了飯店的四樓裡。」

「消失了？」我放下手裡的啤酒罐，想從燒烤攤老闆的臉上看出些許玩笑的意味。

可惜的是，他仍舊十分認真地說：「沒錯，像是被飯店吞進了嘴裡一樣，消失地無影無蹤。」

「你怎麼能肯定，他們不是從哪兒逃出去了呢？」克拉拉問。

「第二天早上，人們在4011房發現了助手小夥的屍體，以及沾滿血跡的紅心牌熨斗。」燒烤店老闆說道，「民警們趕到現場，調出了前一天閉路電視的監控錄影。通過錄影，民警們看到了浴巾掉落在地的金雀帶著滿身是血、下身裸露的盲人小夥跑出客房，接著拐進走廊的監控死角，從此便蹤跡難尋。自那以後，監控錄影也從來不曾記錄到逃出飯店的二人。」

「可這也不能證明她們從此就消失不見了吧？」克拉拉扔掉煙頭，又問道。

　　我表示肯定，並提出自己的觀點，「也許是她們換了身打扮，混入進出飯店的人群裡面，順勢就逃了出去。又或許，這飯店還存在別的監控死角，她們可能找到了一個更加隱秘的出口也說不定。」

　　「話雖如此，」燒烤攤老闆說，「也有很多人持有同你們一樣的想法，直到十年後的某天，飯店經歷了一次停電。」

　　「停電？然後呢？」我問。

　　燒烤店老闆用中指在桌面上劃著三角，「在電力恢復以後，人們在四樓的走廊上，發現了兩個眼珠泛白的眼球。」

　　「可眼珠泛白不一定就是盲人的眼球吧。」克拉拉以她的學識提出質疑。

　　「儘管如此，還是會讓人浮想聯翩，不是嗎？」燒烤店老闆言之鑿鑿，「在四樓的走廊上突然出現兩個眼珠泛白的眼球，很難不讓人將此與十年前的那一事件聯繫起來。」

　　「那金雀和那個盲人，又到底去了哪裡？」我抓住燒烤攤老闆的手臂，「現在留在飯店裡嗎？」

　　「很難回答。」他想了一會兒，又笑逐言開地移開了我的手，「不過你們也不用太在意，安心住下去便是。我說的這些，多半都是坊間傳聞，真實情況到底怎樣，我們誰也搞不清楚。與其這樣，倒不如不去多想。」

　　我睇了眼對面的克拉拉，她也正巧在注視著我。

　　「是時候回去了，明天還要趕車呢。」這話竟然輪到克拉拉率先對著我說。

　　我也同意，感謝燒烤攤老闆花時間陪我們聊天喝酒，他向我們表示歉意，稱自己不知道我們第二天的行程，反而耽誤了我們

的休息。我們笑著說無妨，並覺得很開心能和他有所交流，順帶瞭解了這家飯店的歷史。

克拉拉負責掏錢結帳，而我則不得不跨過腳邊的一圈或直立或傾倒的空易開罐，朝樓梯口走去。

我沿著樓梯往樓下走，克拉拉已經趕到我的身後，雙手搭在我的兩個肩膀上。

「真是個精妙絕倫的小故事。」克拉拉對我說。

「完全就是胡編亂造。」我違心道。

她捏起我的肩，「我可不這麼認為。」

我們來到五樓，走回樓梯間旁的客房。開門的任務這次直接交由克拉拉負責。酒店之女輕巧地用房卡打開感應門，帶著我進去。此時的客房顯得老舊卻溫馨，沒有手持武器的老鼠，沒有莫名出現的管理員，更沒有三個非人的巨大生物。何謂現實，這間客房就是現實。

果真如此嗎？我不知道。若這一切的一切都是虛影，若是我所知的現實都是假像，我又如何能夠分辨我的所見所聞真實與否呢？

我不禁笑出聲來，此時正被酒精迷醉了頭腦的人，竟然在考慮何為現實！

克拉拉聽到我笑，她也沒來由地跟著笑，就好像聽到了我的心中所想。

她一邊笑，一邊脫下身上的海軍藍衛衣，將腳上的白色球鞋甩到地上，一轉眼就鑽進了靠裡側的床上。我只好躺上靠近門口的單人床，長長地打了個哈欠，長到這時間足以讓麥哲倫的船隊成功完成他們環遊世界的航行。我往另一張床上瞟了一眼，又脫下外褲，揉了揉膝蓋上莫名其妙出現的淤青。

　　我躺下去，枕頭內芯的棉花簡直像被人遺忘在正午時分的公園長椅上的一塊巧克力那樣融化成液體。

　　她有沒有成功逃上來？抑或，我心想，我又是否成功逃上來了？

　　不知道，不知道，不知道。

　　我有罪。他們說我有罪，說我殺了人。

　　我殺了人？

　　我思來想去，仍舊想不出個所以然來。

　　睡不著。

　　隔壁床上沒有動靜。我頂著昏沉的腦袋走下床，重新穿上外褲，套上鞋，到房間的衣櫃裡翻找一陣，找出一支強光手電筒。

　　我悄聲走出客房的房門，打算到樓下去瞧個究竟。

　　樓梯間就在隔壁，但我這次選擇乘電梯下樓。不過首先，我得確認兩部電梯是否仍處於維修當中。

　　我來到電梯間，出乎意料，原本擋在電梯門前的黃色擋板已經被人撤走，電梯按鍵的面板上用紅色的數字標出電梯此時所在的樓層，向人們告知電梯可以正常運作。

　　我按下面板上唯一的按鍵，等待兩部電梯中的其中一部緩緩爬升。

　　電梯門遲了兩秒才徐徐打開。我在門前往裡探頭，見沒什麼問題後才走進去。

　　先去三樓。

　　電梯客廂搖晃著啟動，載著我下到三樓。我握住手電筒，沉住一口氣，做好了十足的心理準備。電梯門打開，迎接我的並不是刺眼的燈光，而是真正可以被稱之為正常的、再普通不過的旅

館照明。有房門，一扇扇房門有序地在走廊上排成兩排。

看來這裡是現實。

不能過早下定結論，我告誡自己。

先往前走，我關上原先被打開的手電筒燈光。此時將近深夜兩三點，每扇房門後都聽不出太大動靜。就算是前來縱欲的人們，此刻估計也已經在呼呼大睡了。

我打算就這麼一路走到那頭的樓梯間，再順著樓梯爬到四樓。

一路上都不見走廊的牆面上有任何裝飾。

樓梯間的電燈依舊是壞的。

手裡的強光手電筒終於派上它的本來用場（而不是單純為自己壯膽），我用光束橫掃眼前的虛無，發現的卻只是些飄浮的螢光。

如果我沒猜錯，沿著樓梯從三樓走上四樓，應該就會陰差陽錯地進入那個怪誕的夾縫。是的，我的確這麼認為，聽起來似乎愚蠢至極，可我就是對此懷有執念。也許是酒精的作用也說不定，我拋開任何雜念，開始往樓梯上走。腳底踩到一個白色的塑膠瓶蓋，幸虧我及時抓住扶手欄杆，才避免一失足就跌落下樓。

通往四樓走廊的消防門緊閉著，似乎不歡迎任何訪客的到來，所以才擺出一副冷酷的模樣，意圖是來訪者知難而退。但我可不會就這樣打道回府，我打開防火門，走出樓梯間，來到同樣再正常不過的飯店走廊。這裡有破敗的牆壁，宛如水泥路面的地毯，功率不齊的頂燈，以及一扇又一扇客房大門。

看來我失算了。

也罷，既然來都來了，我便打算走到4011號客房，去遊覽一番。按照客房門前的指示，我很快就來到了4011房的門口。房間的大門與其餘客房沒什麼兩樣，門鎖也同樣與時俱進，早就升級

為電子感應。唯一不確定的一點，就是房間內部。

　　客房外的指示燈上，亮著「請勿打擾」的字樣。

　　看來現在正有人入住。

　　我來回搓了搓手，驅趕身上的寒氣，隨後又握拳，在房門上輕叩三下，發出鼓聲一樣的脆響。

　　「誰啊？」過了半晌，裡面才傳出回應。聽聲音，應該是個年紀不大的男性。

　　我清了清嗓子，用中音說：「客房服務。」

　　「大半夜的來什麼客房服務？」他含著一口痰，就好像吞進了一台正在工作的發電機。

　　我想了想，「抱歉打擾您，但您房間的煙霧探測器發出了警報，為了安全起見，我們不得不登門檢查，確保一切安全，還望您多加諒解。」

　　「警報？我怎麼沒聽到警報？」

　　「報警系統是單向工作的。」我胡扯道。

　　發電機不再發電，「這裡沒什麼問題，不用麻煩了。」

　　「可按照規定，我必須親自確認才行。」我說。

　　門後傳來竊竊私語，以及其餘兩個嗓音不盡相同的抱怨聲。少頃，我又聽到有人走下床（由彈簧床發出的獨特聲響可知），接著便是一陣窸窸窣窣的摩擦聲，那人來到了門後。

　　房門帶著它自己的憤怒，砰地一聲朝內打開，差點兒將我順勢吸進了客房裡。

　　開門的，是個頭髮蓬鬆的高個子男人。他的嘴唇像是天生殘疾一樣，向中軸線的右側偏去，可鼻樑卻又朝左邊歪曲，簡直就是尚未經過校準就急於出廠的產品。他披著一件紫色的女士開襟

羊毛衫，用一隻手擋住下半身不便展示給外人的部位。用餘光睄去，他的小腿好似剛剛出土的山藥，但大腿卻如同超市里包裝好的雞胸肉一樣潔白光滑。

他用兩個黑色的眼珠緊盯著我，我及時收回四處掃視的目光，看回他肆意生長的面龐。

「你到底有什麼毛病？」他問我。

我心平氣和，「您還好嗎？」

「好著呢！」

我歪頭，試圖繞過他的身體，打探房間內的情況。「能允許我進去檢查一下嗎？用不著五分鐘。」

他用他那鳳梨般大小的手掌搭在我的肩上，「你的衣服呢？」

衣服？我趕忙低頭檢查，衣服不是一件不少地穿著嗎？這句話，應該由我對他來說才對。

「噯！我說，你的工作服呢？來客房檢查，連工作服都不用穿的嗎？」

哦，對，我沒穿工作服。

「今天正好輪到我值班，但就算是值班，我也需要休息。這不，我正休息的時候，就碰巧接到您這兒的警報，便只好匆匆跑來，以防萬一。」我解釋道。

他用搭在我肩上的那個手掌，將我的半邊身子用力向下壓。「你們值班的時候，也能喝酒嗎？」

「原則上不允許，」我儘量抗住他的壓迫，「但還請您不要到處聲張。我這人容易失眠，需要靠酒精使自己入睡。睡得好了，才有精力更好地工作，也得以去處理各類突發事件。但您說的終歸沒錯，按理說，我的確不該在上班期間飲酒。如果因為此

事而給您帶來了不必要的困擾，那麼我在此給您道歉。」

他收回手，用兩根手指前後揮一揮，做出讓步。

我扶著門框，穿著滾石樂隊的文化衫，跨入客房。

裡面是一張大床，床上隆起兩座白色山川，山川之間又隔出一道窪地。兩個女人一左一右，左邊的那個染著一頭銀髮，右邊的則是一圈圈的燙髮。她們好似水族館裡的海豹，一齊扭著脖子看我。

「打擾了。」我沖兩位點頭，她們卻沒有做出一般海豹的模仿動作。

我假模假樣環顧一圈，與樓上的客房沒什麼兩樣，唯一的不同之處，就在於電視機上方的牆面上，掛著一副以青花瓷花瓶為主體的寫生作品。

「住在這裡，有碰上什麼異常嗎？」我一邊打開廁所的玻璃門，一邊朝屋裡的其他三人問道。

「其他都沒有，就是你的出現，最異常了。」男人說。

廁所裡滿是濃重的化妝品的人工香氣，我走出來，友好地帶上門，「有沒有見到過一個盲人？」

「盲人？」男人的臉就出現在我的眼角上方。

「別聽他瞎掰扯，」床右側那個燙髮女子用白色的被褥遮住胸部，半支著身子，摳弄著兩隻手的指甲，一邊說道，「他根本就不是飯店的人。」

男人聽後，又一把按住我，將我向屋內押去。「怎麼說？」男人問開口發言的燙髮女子。

「這飯店根本就沒有什麼報警系統，就連這煙霧探測器，都還是假的咧！」女子又說。

銀髮女人在一旁「咯咯咯」地笑。這下倒好，海豹不再是海豹，而是變成了公園裡被人用麵包碎餵飽的小胖鴿。

　　「怎麼就是假──」

　　「別狡辯了！」我試圖解釋，卻被男子喝住，「你說，你是來幹什麼的？」

　　「檢查。」我如實相告。

　　「還檢查？你檢查個屁！」男人揪起我的頭髮，也不理我出於疼痛本能地叫喊，將我扔到窗邊的單人沙發上。

　　安裝假冒煙霧探測器的人，真是罪該萬死，奧胖子簡直活該！

　　銀髮女子的笑聲像是被塞進了蝸牛殼裡，聲音越變越悶，最後僅剩下幾聲感冒患者的鼻音。

　　「現在怎麼辦？」燙髮女子饒有趣味地看著這邊。

　　「怎麼辦？」男人用鼻孔審視著我，「下五子棋。」

　　「下五子棋？」我不禁發出了聲。

　　男人轉頭，使喚燙髮女子拿來床頭櫃上的筆和紙，又回頭問我：「五子棋會不會？」

　　「會。」我點頭，「可是，為何偏偏要在這時候下五子棋？」

　　「別那麼多廢話！」他用電影裡訓斥人質的語氣讓我閉嘴。

　　燙髮女子毫不忌諱地袒胸露乳──既然如此，當初在床上為何又要拿被子捂著？──遞來夾在厚紙板上的便簽紙，以及一支黑色圓珠筆。男人仔細認真地在紙上畫出十條橫線，又在橫線上畫出九條豎格。

　　「來吧，」他坐進另外一張單人沙發，將便簽紙放在我們二人之間的茶几上，用圓珠筆在中間的格子裡畫上一個圓，隨後將筆交給我，「到你了。」

　　我接過筆，可不知到底是因為喝了酒，還是這房間裡彌漫著緊張氛圍的緣故，我竟忘了該如何在紙上與別人切磋五子棋藝。我只好照貓畫虎，在他用圓圈填滿的格子旁，也畫上一個空心圓圈。

　　「你在幹什麼？你畫圈幹什麼？」他指著我罵罵咧咧。

　　我不明所以，皺著眉問：「那我該畫什麼？」

　　「畫點別的啊！圓圈是我的棋！」他叫道，「你畫叉，對！你就畫叉！」

　　行，那我就畫叉。我在我的圓圈上，又畫了一個大大的叉，大到足以顯示出這是我的棋子，而不是他的。

　　小肚雞腸，我心想，什麼你的我的，誰他媽規定的？

　　他從我手裡搶走圓珠筆，緊接著又在他的圓圈上面，再畫出一個圓。

　　他把筆甩到桌上。

　　燙髮女子站在他的身旁觀戰，而銀髮女子則沒有動靜。

　　應該輪到我了。

　　我重又從桌上撿起筆，在我那圓圈與叉的交合產物旁，畫出一個工整的叉號。

　　筆還給他。

　　他不假思索，又在兩個圓上畫出第三個圓，使三個漂亮的圓圈排成一列。這一次，他不再粗魯對待那支可憐的圓珠筆，而是直接放到了我的手上。

　　我也不甘落後，在我的兩個叉後面，再添上一個更加天衣無縫的叉號，兩條長度相等的斜杠以近乎于完美的九十度角相互交叉，光是就這麼看著，都讓我這個創造者倍感驕傲。

　　我自信地交出黑色圓珠筆，對面的兩人羞愧地笑起來。男人

拿起筆，在圓圈的豎列上，畫出第四個圓。

　　不對，我這才意識到，男人是先手，自己則是後手。若是照這樣的情況發展，那麼他的圓圈豎列將必然率先連成五個。這樣的話，勝利便會被他奪了去。那我該做些什麼？

　　這什麼五子棋，分明就是為了讓先手獲勝而存在的嘛！

　　不公，不公，太不公了。這個世界，簡直毫無公平可言！

　　等等，五子棋的下法是什麼來著？

　　想不了那麼多，圓珠筆已經伸到了我的眼前。就算要死，也要死得壯烈！我接過筆，義無反顧地添上屬於我那一列的第四個叉。

　　「目的達到了？」燙髮女子當著我的面，向男人問道。

　　「哈哈哈，達到了，達到了。看來這個世界上，還是有傻子存在的嘛！」

　　這兩人到底在唱什麼雙簧？

　　「今天要是高興，就順帶多給些小費怎樣？」燙髮女子用手揉弄著男人蓬鬆的頭髮。

　　「以往給的不多？」男人拿過筆，一邊問。

　　燙髮女子聽後，略不高興地推了一把男人的肩膀。

　　男人正要下筆，只聞又是一聲門鎖的感應音，客房的門再次被推開。我們三人紛紛朝門外看去，只有床上的銀髮女子反應慢了半拍。從走廊上湧進來七八名高矮各異的男人，他們穿著易於活動的便裝，腳踩黑色大頭靴。

　　「蹲下！所有人都蹲下！」不知是人群裡的哪一個朝房內的我們大喊，「都不許動！——你，從床上下來！穿好衣服！」

　　黑色圓珠筆掉到地上，他倆率先做出表率，而我也只好學著他們的樣子雙手抱在腦後，蹲坐在地。看來是遇上執法行動了。

領頭的執法人員讓燙髮女子先同銀髮女子一樣將衣服穿起來，再回來蹲到我們身邊。

「都別動！老實點！」他再三強調，儘管我們誰也沒有要動的樣子。

他從黑色衝鋒衣裡掏出一張身份證明，在我們面前掃過，我們甚至都沒來得及看清上面的照片，證件就又被他收進口袋。一名留著短髮的女民警從廁所裡出來，向他報告說這房間裡沒有別人。他聽後，讓女民警帶著其他人去突擊別的目標房間，這裡就只留下他和另外兩名寸頭同伴。在此一提，領頭的這位長官留著貓王的髮型，黑色的秀髮不知抹了什麼，竟然能高出額頭七八釐米，且紋絲不動。估計另兩名同伴的頭髮，全都移植到他們長官的頭上來了。不僅是頭髮，就連他的眉毛也格外濃密，比一般在鄉下種地的成年男子的拇指還要粗。

「名字！」貓王走到男人面前，大聲吼道。

「李金枝。」男人怫然不悅地回答。

「年齡！」

「二十九。」

被一個二十九歲的傢伙使喚來使喚去，這事我也沒有臉面向克拉拉彙報。更何況，若是搞不好被送進拘留所裡，那洋相可就更大了。我究竟為什麼要一時興起，跑到這裡來？

酒精害人。

貓王接著又問燙髮女子。

「銀杏。」她說。

「本名！」貓王喊道。

「王二香。」名叫王二香的燙髮女子又答。

「年齡！」

「二十一。」

二十一？真看不出來，我心想。

貓王得到了滿意的回答，轉向銀髮女子。

「李玉葉。」銀髮女子的回答著實讓我和貓王都大吃一驚，可自己此時正處於一種被動局面，不好言語什麼。幸虧還是貓王開口，道出了我的疑問。

「你們是什麼關係？」貓王指了指金枝玉葉二人。

「兄妹。」李金枝說。

「親兄妹？」貓王問。

「親兄妹。」

「親兄妹幹這種事？」貓王雙手扶住後腰，「真是兩個社會敗類！」

他問金枝玉葉兩兄妹有無身份證件，兩人說有，貓王便讓身後的兩名同伴幫著去拿。他同時也命令二人去找王二香的身份證，接著又來到我的身前。他用一如既往的亢奮對待我，問我的姓名。

「羅嬿。」我老實交待，「羅貫中的羅，女醫心的嬿——是個生僻字。」

幾道長短各一的抬頭紋赫然出現在他的額頭上，「女醫心的嬿？」他說，隨後出乎意料地念出鎮上那所高中的名字。

我冒著風險，抬頭仰視他，露出自認為是在表達詫異的神情，等待著他對此加以說明。可是他並未滿足我的期待，只是按照流程找我索要身份證件。我告訴他，能證明我身份的東西都在我樓上的客房裡，我此時現身於此，也是出於巧合。

　　「那你在這裡做什麼？」似乎知道我身世的貓王，改換一種長輩責難後輩的語氣問我。

　　「下五子棋。」雖然說的都是實話，我卻多少還是有些心虛。

　　「下五子棋？少在這兒跟我裝蒜！」

　　「千真萬確，我是被逼無奈。」

　　「被誰逼的？」

　　我抽出腦後的一隻手，指向與我隔著李玉葉和王二香的李金枝──這三人的名字真是很難不令人聯想到超市里的香料貨架，動不動就葉啊枝啊香啊之類的。

　　「被你逼的？」貓王接過同伴搜刮上來的兩張身份證（他們報告說並沒有找到王二香的任何身份證明），在手裡研究一陣，又抬眼問李金枝道。

　　一旁的李金枝倒是爽快，承認是他自己要求我陪他一同下棋。

　　「你逼他陪你下棋，到底是要做什麼？」貓王簡直變成了我肚裡的蛔蟲。

　　「滿足一下我作為男人的好勝心。」李金枝答道。

　　僅此而已？

　　「僅此而已？」貓王問──我頓時對他感激不盡。

　　「僅此而已。」

　　「真是怪癖。」貓王說，接著又看我，「那你又是怎麼會被他逼著下五子棋的？」

　　「是這小子自己找上門來的！」那頭的李金枝面紅耳赤，甚至忘了要雙手抱頭，用他的左手指著我。

　　「你閉嘴！」貓王的隨從命令他。

　　貓王從我面前走到李金枝那兒，「既然是他自己找上門來

的，那你們剩下幾個人，在裡面幹什麼呢？」

李金枝不吭聲。

「王二香，」貓王又朝王二香說，「你可是有案底的！」

王二香也緘默不語。

「要不是上面的問題，」貓王繼續道，「還容得了你們在這兒招搖過市？」

我雙腿有些麻木，便悄悄換了換姿勢，呈單膝跪地狀，卻沒想到被貓王的隨從發現，又被喝令老實蹲好。

都是些什麼亂七八糟的事情！

這下倒好，我又一次成功吸引了貓王的注意。他將對話重新引到我身上，接著問我來此的目的。

「我來檢查房間。」

「檢查房間？」他提高——還能再往上提高——他說話的語調，「你一個住店客人，檢查哪門子房間？」

「我只是好奇，看看這裡有沒有發生什麼不尋常的事情。」我說。

「行，就你事多對吧？就你最好奇是不？」他也踮著腳尖，蹲下身子，與我視線平行，「喝酒了？」

「喝酒了，在樓上喝的，」我坦言道，「和平宮露天燒烤，老闆人很好，就是韭菜烤得略鹹——」

「行了！」他不耐煩地重又站起身，走向李金枝，「他說他來檢查，你就真放他進來檢查啊？」

「他說他是飯店的人！」李金枝檢舉道。

「真是這樣？」貓王偏頭問我。

我說沒錯，正是這樣。

「這麼講的話，嫖娼的事情與你無關？」貓王問。

「和我毫無關係，」我說，「我進來的時候，他們早就結束了。」

「你說清楚！什麼叫早就結束了？早是什麼意思？」李金枝又開始勃然大怒，他應該去醫院做個全面檢查，看看自己有無甲亢。

「你閉上你的臭嘴！」貓王一腳踹在了李金枝懸空的後臀上，又去問王二香：「你收了他多少錢？」

王二香畏畏縮縮地從頭後面伸出三根手指。

「說人話！」

「三千。」王二香說。

「就你？」貓王輕蔑一笑，「三百我都嫌貴！」

好一個氣焰囂張的執法人員！我心裡暗罵道。

「這樣，」貓王繼續道，「你也明白，這事情也複雜，咱們呢，就按老規矩來。你把你收的三千塊錢上交出來，我就當你們是兩情相悅。不然的話，就得跟我們進局子了。」

王二香將頭向右一撇，有些不情願地指出三千塊錢的存放位置。貓王兩名隨從的其中一個根據她的話去翻皮包，從裡面取出一遝現金。寸頭隨從將錢交給貓王，貓王取下捆綁鈔票的黃色橡皮筋，用手指點著錢。蹲在地上的我們四人不敢抬頭，只好一邊抱頭，一邊用眼睛向上瞟，看著貓王將鈔票分成三份，又各將其中兩份交到兩名隨從手裡，接著再將剩下的那疊看著最厚的鈔票塞進他的衝鋒衣裡。

李金枝再也看不下去了，「那是我的錢！」

「你他媽是不是第一次幹這個？」貓王訓斥回去，「你懂不懂規矩？嫖娼屬於違法！涉及到違法犯罪的錢款，就他媽是髒

款，你懂嗎！既然都已經是贓款，怎麼可能輕而易舉地還給你？做夢去吧！」

李金枝好似吃進了只金龜子，再也說不出話來。

「你們幾個，趕快滾！」收了錢的貓王開始打發我們離開，「帶著你的親妹到別的地方幹去！」

我們四個紛紛用手撐膝蓋，像許久未上油的伸縮架一樣站了起來。李金枝早已沒了原先的盛氣凌人，他草草收拾東西，在三位長官的注視下，牽著李玉葉逃離現場。王二香也緊隨其後，走時在貓王的身旁白了一眼。

我正要走，卻被貓王抓住胳膊。他打量著我，又讓兩名隨從去別的現場看看情況。

「我有事要處理一下。」貓王對他們說。

待到兩名隨從離開客房，貓王便關上門，讓我坐在沙發上，也就是我原來下五子棋時的位置。

他坐到對面，我率先開口：「您認識我？」

「如果我沒認錯的話。」他說。

他說出了一個令我本能去抗拒的名字。

「認識？」他問。

「認識，當然認識。」我說，「我這次來，就是為了她。」

他用手拍著大腿，「那就沒錯了。」

「您是？」我問他。

「梁豪，」他說，「我跟你們是一級的。」

「沒印象。」我說。

「你當然沒印象！」他放聲大笑，「我跟你就沒什麼交集。」

「那您怎麼會知道我？」

他用手掌去抒他那豬血塊一樣的頭髮。「你的名字太特殊了，我也多少知道一些。不過除此之外，我和她還是蠻有淵源的。」

淵源？

「您跟她是朋友？」

「朋友談不上，」梁豪說，「話說，她是死了吧？」

死了吧，聽著像是在談論誰家咽了氣的老山羊。

「是的，今年一月走的。」我說，「我收到了郵件，所以才又聯繫上她的家人。」

「呵！想當初，你們兩個在學校裡可是大名鼎鼎啊！」

「我？」我從來不曾有過這樣的感受，自己明明只是個在鎮上待了一年的默默無聞的小角色，怎麼就變成在學校裡大名鼎鼎了？

「啊，也是，」他想起什麼，「這事兒，你也不知道，抱歉，抱歉！」

他憋著笑，全然沒有感到抱歉的意思。

「那能麻煩您具體說一下，您所說的都是些什麼事嗎？」我問他。

「哎呦，都是過去的事情了，誰記得住啊！」

既然記不住，又怎麼會突然提到？

我不再談她，「那您把我留在這裡，是想說些什麼？」

「你看，好歹我們也是同一所高中的同級生，」他依舊是那副高高在上的嘴臉，「這不就是緣分嘛！這碰都碰上了，又是在這麼個情況下碰上的，怎麼著也得敘敘舊才是。」

我跟他，前一秒還是執法者與嫌疑人的關係，有什麼好敘舊的？

「可是我原先在學校，也從未見過您。」我對他說。

他卻露出賭場裡才能見到的極度自信的表情，「但你應該聽過我的名字。」

「梁豪嗎？」

「對，有印象嗎？」

我裝出細細回憶的樣子，酒精卻不允許我進行任何縝密的思考。

「好像沒有。」我告訴他。

「我可是咱們學校的幹事。」他頗為驕傲地說。

「哦？」我對此毫無興趣。當年的高中竟然會有學生幹事，我全然記不得了。對於我而言，自己始終獨立於那所學校之外，只是一隻蚊子，湊巧飛了進去，又漫無目的地飛了出來。

他翹起左腿，「現在在哪兒高就啊？」

「在上海一所中學。」我說。

「你？」他不可置信的態度令我不悅。「也是，」他轉念又說，「當初你也是早早就從學校裡轉了出去，前途一片光明嘛！」

「你也不賴，」我對他說，「當上了員警，實在厲害，作為正義的守衛者，秩序的維護人，足以光宗耀祖。」

他用鼻音輕笑兩聲，「果然是在學校教書的人，說出來的話都一股子官腔。」

「這哪是官腔了？這分明就是實事求是。」我說。

「確實比那傢伙要好。」

那傢伙？

他繼續道：「你知道她後來幹什麼去了嗎？」

「不知道。」我回答。

「我也不曉得咧！」他站起來，「不過自從離開，就沒了音訊，好像和家裡也鬧了些矛盾。反正日子過得也不太平。」

「你是怎麼知道的？」我問他。

「鎮上的事情我大多知道一些。」他沖我笑，又伸來他的右手，「那就告辭了。」

我握住他的手，與他告別。他吹著口哨，臨走前打趣道：「別老是出入這種地方，容易得怪病。」

我望著他的背影，聽著他倡狂的笑聲，看他走出房門。

這下鬧得，我也是時候回樓上去了。我往外走，在房間裡最後瞧上一眼，看看有沒有落下什麼東西。床前的地毯上，仔細看去，就能隱約看出一灘不小的深色污漬。但若是不仔細去看的話，人們就很難將其察覺。又或者，有些人根本無心去找，不想去看，就算看見了，也不願將其本來面貌勾勒於意識中。但不管怎樣，污漬一直在那兒，既不會突然消失，也不會漸漸淡去。即使盲人看不見光明，光明也依舊存在，而黑暗也是如此。

我走上走廊，任由身後的房門敞開。

關門並不是我的職責。

經過這麼一出，自己算是從酒精帶來的昏醉中一點點清醒了。我順著樓梯回到五樓，卻發覺自己沒帶房卡，只好敲門叫醒克拉拉，讓她起來為我開門。可就在我的手掌剛要握成拳頭的時候，客房的門就被她打開。她穿著淡黃色睡袍──不得不說，她真適合穿睡袍──微卷的長髮被梳到右肩前，發梢用黑色的皮筋束在一起。

「歡迎回來。」她近來總是這麼對我說。

「你起來了？」我問她。

「你走後沒多久，我就起來了。」她往房間裡走。

我跟在她身後，「知道我起來了？」

「隱隱約約。」

「就沒再睡了？」

「正好開始寫稿子，」她一邊說，一邊徑直走到我們房間也有的小沙發那兒坐了下來，沙發前的茶几上沒有拿來當作棋盤的便簽紙，而是一台打開的筆記型電腦，以及一個白瓷煙灰缸。「你都做什麼去了？」

「沒做什麼，四處轉轉，下五子棋。」

「下五子棋？跟誰？」

「金枝玉葉。」

「金枝玉葉又是什麼？」

「準確來說，只是和金枝。」

她一頭霧水，甩了甩腦袋，試圖將霧水甩開。「你去四樓的那間房間了吧？」

「沒錯。」我說。

「怎樣？」她又問我，「可有收穫？」

「收穫不大，」我說，「倒是碰上了原先在鎮上的校友。」

「你認識？」

「我不認識他，但他記得我名字。」

「看來這名字還是有好處的。」

「可不是嘛。」我脫下鞋，穿著外褲躺上靠衛生間一側的單人床。克拉拉重新開始工作，房間早已被煙草味所填滿。不過這點倒是毋需叫人擔心，畢竟我知道，這飯店裡的煙霧報警器都是假的。鍵盤敲擊聲不絕於耳，對我來說卻起到了極佳的助眠作

用，我很快便成功入睡。

　　這一夜並無夢，再一醒來，窗外的寂靜已被車水馬龍的喧囂所取代，白晝帶來新鮮的日光，照亮了陳舊的酒店客房。克拉拉仍然坐在沙發上，她半舉著細煙，神色凝重地注視著手裡的一遝A4紙。

　　「早啊。」我對她說。

　　她也沒看我，只是「嗯」地一聲。

　　「遇上什麼困難了？」我問她。在狀態不好的時候，寫作難免會遇上瓶頸。而這一點，我自己也深有體會。

　　「好極了，」她卻說，「只是想從頭再審閱一遍。」

　　「寫了多少了？」我換上拖鞋，朝她那邊走。

　　「剛寫完開頭。」

　　我坐到她的床上，好與她相對而坐，「讓我也看看。」

　　她一把將稿紙甩給我。

　　「在哪兒列印的？」我問她。

　　「找前臺的小姑娘幫忙列印送上來的。」

　　「還有這種服務？」

　　「有錢就能做。」她說。

　　我拉著臉，接過稿紙。

　　大致看去，不知這故事究竟是屬於她，還是屬於我。

　　大巴行駛在我並不熟悉的高速路上，克拉拉靠在窗邊，卻睡得正香。可惜了一個看風景的好位置。

　　離開海牙飯店後，我們拖著各自的行李，正巧碰上在附近拉

客的三輪車。克拉拉和我達成共識，坐著三輪車趕到了汽車站。

　　她到視窗買好票，與我在候車室裡繼續有關書稿的談論。各自酒醒的我們，誰都對昨晚的事絕口不提。至於我消失的那段時間，她都去了哪裡，又幹了什麼，我一概不知。而我的種種遭遇，她估計也只能猜出個大概。表面上說，我是暈倒在了五樓的走廊裡。可這只是基於現實而言。精神上的我去了哪裡，只有我自己清楚。總而言之，對我們兩個來說，昨晚都是漫長的一夜。而這一點，就最直觀地體現在我和她二人憔悴的眼袋上。此前在候車室的廁所裡，透過鏡子，原本消去一些的左眼淤青，又再次因為厚重的眼袋而變得明顯起來。

　　大巴頂上折下來的顯像螢幕裡，正播放著幾年前的好萊塢電影。電影用先進的技術，翻拍了上個世紀三十年代的經典怪獸片。碩大無比的黑毛大猩猩出現在鏡頭當中，去攀爬位於曼哈頓第五大道旁的帝國大廈。但我卻無意欣賞電影本身，一是聽不到聲音，只能當默片看；二是因為劇情走向太過俗套，我早已對其內容掌握得滾瓜爛熟。

　　正因如此，我才從包裡拿出隨身聽和耳機，去聽我自己帶來的CD。整趟車上，還在使用CD隨身聽的，估計不會再有第二個人。在數字隨身聽已經全面普及的時代，人們或許遲早會將磁帶、CD這些個老古董，一併拋到那列名為歷史的列車的車窗外。

　　《睡美人》的組曲在耳畔響起，我想要看向窗外，卻總要被克拉拉的睡顏遮擋住視線。她閉著眼，將頭歪到一邊，用抬起的肩膀撐著（之所以能保持這樣的姿勢，完全是靠著那一側的座椅扶手以此借力）。我想在她的臉上找出任何遭受尼古丁禍害的痕跡，卻最終以失敗告終。她不怎麼化妝。今天早上出門前，克拉

拉只是隨意地塗了圈口紅，就好像無聊的三歲小孩撿到支蠟筆就隨便找地方畫上幾下一樣。

窗外景色一變，大片的油菜花田猶如舊衣服上的補丁一般，被分割成一塊又一塊，不規則地分佈在大地的表面。輾轉在油菜花田之間的，是一條閃爍著日光的清澈小溪。

難道就快到了？

回想起來，我最後一次經過這裡，就是坐在卡車的後座上。那時候的我，眼裡所看到的景象，又是什麼樣子？似乎差別不大，可我卻總覺得有什麼變了。具體是哪裡變了？也許是這條柏油高速公路，也許是更為寬廣的油菜花田，也許是路邊飛馳的大小汽車，也許是偶爾會出現的農家樂招牌……

二十年了！時間就這麼從將來變成現在，又從現在變成過去，一聲招呼也不打，就好似人類頭髮的生長，當你終於注意到時，它早已不再是原先的長度。

這二十年裡，我又究竟做了些什麼呢？

我讀書，考大學，談戀愛，實習，畢業，進入社會，找了工作，在高中當上了音樂教師，一當就當到了現在。

三十六歲，三十六歲，既不年輕，又不可被稱之為穩重。最重要的一點，我仍舊無依無靠。

但相比之下，我還活著，她卻已經死了。活著的意義是什麼？老生常談的話題。活著的意義就是活著，活著的意義是呼吸，活著的意義是你知道你還活著。人若是死了，就不能再感受活著的滋味。廢話，廢話，都是廢話。物理上的活著根本就不需要意義。存在先于意義。我們先得活著，才能去談意義。那麼，去談論「意義」的意義又是什麼？是在找藉口，是在為自己活著

這一事實進行合理化。凡事都需要理由,種種一切都需要藉口。我們能看見顏色,是因為光的反射,是因為視網膜上的錐體細胞接收到不同波長的光。這是我們看到顏色的原因。可我們又為何非得看到顏色才行?因為我們要生存,要去分辨危險,去察覺周遭事物中的異常。可不同物種所能感知到的波長又不盡相同,這又是為什麼?原因,理由,有果必有因,有因必有果,人們對此深信不疑。所有物理運動,都必須有一個物理原因,導致其運動。這是物理學家們為我們總結歸納得出的。那人的思想意識又如何呢?根據唯物主義者的說法,難道人的思想意識也會有其具體的物理原因嗎?我對此表示質疑。但意識並不是憑空產生的,人們的精神體驗也是如此。人們或許會這麼說。那麼這樣一來,我們又重歸原點,我們需要原因去解釋我們的意識。我們開心,我們憂愁,我們感到肢體上的疼痛,我們知道何為綠色,我們能從音樂中得到慰藉⋯⋯這所有的精神體驗,都需要用某種具體的原因去進行解釋。為什麼?為什麼需要解釋?回到人的意義。何為人?人作為所謂的「高級生命體」,理應去探求世界的方方面面。我們有求知欲,我們渴望獲取新的資訊,這些資訊被我們統稱為知識。正因如此,我們將各種機器送上太空,我們靠智慧創造出載具,潛入海底。需要意義。可若是真的需要意義,按照唯物主義者的說法,人的肉體一旦死去,意識和思想也將隨之而去。肉體若是死去,即是我們死去。既然大家終要死去,又為何非要將一切都看得明明白白呢?探尋原因,追求真理,談論意義,卻最終敵不過一死。沒有意義。這就是我們作為「高級生命體」,所展現出的「高級」。有了原因,有了理由,有了意義,我們便可據此加以創造秩序。我們有公式,我們有定律;我們

產生道德，我們孕育文化。你是你，我是我，他是他。你和我一樣，我和他不同。因為什麼？因為我們所掌握的真理，因為我們所認同的世界法則。你不許當眾脫衣服，我不能去舔地鐵的扶手欄杆。好的就是好的，壞的就是壞的。根據什麼？凡事必有起因。好的之所以是好的，是因為大多數人認為它是好的；壞的之所以是壞的，是因為大多數人認為它是壞的。這一點，克拉拉說得很對。事物是好是壞，取決於人。只要你想，你就能為此找到理由。存在先于意義。若是想反駁，請思考一下，那些被文明社會所否定的事物。為何要否定，因為人們有否定它的原因和理由——合乎邏輯。但這原因和理由到底從何而來？從一個龐大且無形的力量中得來。它不是上帝，只是人的聚合體——確切的說，是人們思想的聚合體。人們有理由去否定某個事物的存在，認為其毫無意義，便試圖將其消滅殆盡。可人們否定的是事物，事物本身即存在，因為其存在，人們才有機會去否定它的存在。不然的話，若是都不存在，何談去否定其「存在」？所以說，存在即合理，而合的這個理，則是人為定下來的理。若是這個「理」可變，那我們就大可按照人們的說法，去判定這個「理」缺乏其意義。沒有意義的意義，就等於沒有意義。所以，存在是否合理，並不重要。重要的是，你是否存在。你存在，才會有後面那些舉不勝舉的各類意義，以及施加在人們身上的價值與責任；反之，你若是不存在，縱使有再多你應當存在的理由與意義，你也不存在。存在先于意義。而此時此刻的實際情況則是：我存在，她不存在——按照唯物主義者的角度來看。

　　「想吃披薩。」克拉拉在我身旁嘟囔道，我也就只好收回我纏繞在一起而變得愈發複雜難解的思緒。

「原先老想吃意面，現在又想吃披薩，你對義大利菜可真是情有獨鍾。」我對她說。

「那有什麼辦法。」她上下活動著右肩，「到哪兒了？」

「我猜就快到了。」我說。

大巴抵達鎮上，是在下午三點。

由於已和對方做好溝通，一出汽車站，她就在出口處等著我們。

與我的想像略有不同，她是一名個子不高且較為肥胖的中年女性。她的眼睛讓人倍感親切，鼻翼右側卻有塊紐扣大小的凹痕。她用半邊紙皮作招牌，招牌上寫著我的名字——「嬤」字用的是拼音。

我朝舉著紙皮的她招手，她先是微笑，在看到我身旁的克拉拉後，又皺了皺眉，不過很快便恢復到原先的表情。

「總算見面了。」果然是那個刺耳的尖嗓門。

我出於禮節地伸出手，和她握在一起，再向她介紹一邊的克拉拉。

「這是我朋友。」我說。

她也跟克拉拉握了手，克拉拉大方地介紹她自己的全名，對方聽兒歌一樣隨著旋律上下晃動腦袋。

「叫我菁姐就好，」她對我們說，「草字頭下面一個青。」

菁姐領著我們走出車站，來到停車場。她所駕駛的，是一輛白漆黑底的桑塔納87，車齡雖大，保養卻很好。從外觀上看，簡直就是放下生產線的新車，就差在引擎蓋上系一朵大紅花了。菁

姐幫我們打開後備箱，作勢就要幫我們將行李箱抬進去。克拉拉謝絕了她的好意，自己動手，收起行李箱的拉杆，再輕鬆地用一隻手拎起行李箱側面的提手。她放好後，我也將自己的行李挨著她的箱子放好，隨後合上後蓋。

我決定陪克拉拉坐在後座。

昔日兩個司機，現在正一同搭乘著菁姐駕駛的桑塔納，往她幫著預定好的招待所進發。

「多久沒回來了？」菁姐問出一個老問題。

「二十年。」我回答說。

「這次打算待多久？」

「就待兩天吧。」

「離開二十年，不再多待兩天？」她單手扶著方向盤上方，透過後視鏡問我，「這二十年裡，鎮子變化可大了。」

「已經感受到了，」我說，「只是實在時間有限，過後還要趕去別的地方。」

她哼哼兩聲，沒再說話。

坐菁姐的車，並無音樂相伴，有的只是窗外的風聲，以及橡膠輪胎駛過路面的摩擦聲。

「這次說的客人，到底是誰？」我問她。

她觀察著左側的來車，一邊說：「到時你就知道了。」

「她的事情都料理好了？」我又問。

「還沒呢，正好想跟你說，你這次回來不就是因為她嗎？」

「沒錯。」

「所以我就在想，」菁姐繼續道，「沒准你會想去參加她的葬禮。」

「葬禮？」我訝異道，「可這都過去幾個月的時間了……」

「我知道，按理說確實早就應該操辦了，可眼下情況比較複雜。」

我與克拉拉面面相覷，隨後又問駕駛座的菁姐：「怎麼複雜了？」

「你可能還不知道，她的遺體的確是已經火化了，可骨灰一直暫存在深圳，因為她的家人也都在深圳──」

「什麼叫，她的家人也在深圳？」我不禮貌地打斷她，可我著實忍不住要問。

「就是她的丈夫和女兒。」

我死死咬住嘴唇，可自己怎麼也控制不住鼻頭的混沌。有人用手輕輕捋了捋我的大腿。

原先的她已經──或是曾經──建立了屬於她自己的家庭，我早應該明白並接受這一事實的。

「女兒？」我擠出兩個字。

「沒錯，她的女兒。」菁姐平和地說。

「今年多大了？」

「應該上小學了吧。」

「應該？」克拉拉這才插話進來。

菁姐用笑聲掩飾自己的為難，「其實她和我們後來也不怎麼來往。」

「鬧矛盾了？」克拉拉好似審問犯罪嫌疑人一樣，頗為失禮地向菁姐提出自己的疑問。

我拉了拉克拉拉的衣袖，菁姐卻已經開口：「這事也說來話長。」

　　克拉拉又想問些什麼，我只好將她按回靠背上。她雖然稍有不滿地瞪我，卻也沒再對我有所抱怨。

　　「繼續說剛剛那事兒，」我說，「葬禮的事。」

　　「按照我們這邊的傳統，她的骨灰理應被安放在我們的祖墳裡，也就是跟我們的父親放在一塊兒。而在這之前，還會搞一個十分隆重、程式繁雜的儀式，這儀式對整個家族都十分重要，事關家族在鎮上的門面。」

　　「可既然你也說了，你們後來也不怎麼來往，還有去興師動眾舉辦儀式的必要嗎？」我問。

　　「在老一輩人的眼中，這樣的儀式可少不了。」

　　我只能表示理解，並讓她繼續說下去。

　　她接著講：「但是，現在的問題是，她的丈夫又執意想把她的骨灰留在深圳──有些話不知當說不當說，她丈夫這人，經過這件事，精神上好像受了刺激，也基本失去了正常與人溝通的能力。每天就是一副萎靡不振的樣子，甚至就連他自己的女兒也不管了……」

　　菁姐說完，連連咂嘴。

　　「她丈夫是幹什麼的？」我問她。

　　「好像是開店的，具體開的是什麼店，我也沒記住。」

　　「這事後來怎麼解決？」

　　「這不還沒解決嘛，」菁姐說，「不過我的想法是，乾脆就依著他們去算了，在深圳辦也完全沒所謂的。只不過家裡的這幫親戚們一個個都不同意，所以才拖到現在也沒辦。這事搞得，大家都辛苦。」

　　是啊，我心想，一個人要是死了，她是輕鬆了，活著的人卻

還要為此承擔許多。死，是別人的事，而不是當事人自己的事。

「家裡現在誰主事？」我搖上車窗，好讓彼此的說話聲不被風聲所掩蓋。

「光是這件事的話，這邊全權由我在打理著。」菁姐將車駛入我完全陌生的街角，街道兩旁全是新建的多層水泥民房。

「那這麼說的話，這事多半就在深圳辦了？」

「現在可以這麼講。」

「大概什麼時候辦？」

「如果一切順利的話，」菁姐說，「肯定越快辦完越好。」

「若是決定好了的話，麻煩通知我一聲。」

菁姐說好。

桑塔納一個急剎，停在了一棟六層水泥樓前。

菁姐熄了火，告訴我們已經到了。

我們走下車，我讓克拉拉從我這側下來，她卻沒聽進去，打開左側的車門就鑽了出去。

克拉拉見了大門上的紅色招牌，忍不住發笑，她跑到我耳邊，問我這「國賓招待所」裡是否真的有國賓下榻。

我對她說，像她這種混血出身，在這裡的待遇就等同於國賓。

菁姐要走我們二人的身份證，到廳裡的一個風格類似髮廊前臺的地方為我們開好房間。我和克拉拉從桑塔納的後備箱裡提出行李，推著行李箱走進招待所。菁姐正好迎上來，交給我一張發黃的房卡。

「怎麼只有一張？」

「哦！」她兩個手掌舉在胸前，正對著我，類似一種守門員準備撲出皮球的姿勢，「不好意思！我以為你倆是那種關係……

看來是我想當然了，我現在就去換——」

「算了，不必了，就這樣吧。」我叫住她。

「真的沒問題？」她多少有些自責地問我。

我故意瞥了眼一旁的克拉拉，「沒問題，正好省下些開銷。」

「實在不好意思。」菁姐向我再三道歉，又領著我們來到樓梯口。

看來得由我們自己將行李搬上樓梯。我問菁姐房間在幾樓，她說在二樓。我轉念一想，幸好只用往上搬一層，也無需耗費過多的體力。正當我這麼想的時候，克拉拉早已行動，提著她的旅行箱就走上了臺階。我也緊隨其後，菁姐則率先上到了二樓。

走進房間，設施雖然有點老舊，卻不妨礙正常入住。總體來說，招待所裡沒有海牙飯店那般混亂不堪，這點值得一提。

我們放好行李，分別上完廁所，再進行簡單的洗漱，就緊接著跟隨菁姐去她家中做客。另一名客人此時正在那裡等待著我們。

坐上桑塔納，這次由我坐左邊，克拉拉坐右側。我們按照習慣系上安全帶，菁姐則隨意很多。

車程不過十分鐘，我們便抵達目的地。

我原先並未來過這裡。這是一個帶有後院的由紅磚砌成的兩層住所。桑塔納停在門前的空地上，一旁還架著台女士自行車。隔壁人家放養的幾隻土雞好奇地走來，不時朝不同方向轉動腦袋，用單只眼睛打量著我們這兩個不速之客，直到發現看不出些什麼，它們便悠哉地往別處去了。

菁姐用鑰匙打開灰色的鐵門，鐵門上貼著一張掉了色的福字，「福」是用行書寫的。

走進廳裡，正對大門的便是粉色的電視機牆，紅木的電視

櫃，以及一台笨重的25寸顯像管電視機。擺在電視機前的，則是一張紅木茶几，和一套鋪著花色坐墊的三人沙發。坐在沙發上的，是個身著淺色紗質連衣裙的女人。她的兩側耳垂上，各掛有一個手鐲大小的金色耳環。明顯有燙染痕跡的棕色頭髮被她盤起，露出細膩的後頸。她聽到我們的腳步聲，便回頭觀望。我對這面孔印象全無，應該不是個自己認識的人物。她長了一對單眼皮的棗核眼，鼻樑不高，鼻尖卻高傲地向上翹起。

她的嘴像水缸裡的蛤蜊一樣張開一條縫，從裡面吐出一個圓滾滾的氣泡，氣泡遇上陽光，變成語言。

「您好。」她說。

「讓你久等了，」菁姐抱走沙發上的靠枕，又對我們說：「隨便坐，隨便坐。」

我讓克拉拉坐在最邊上，自己坐在女子的身旁，菁姐則靠到女子的另一邊。

女子露出銀行櫃檯小姐的微笑，我便以面對校領導時專用的笑容作為回應。我們就這樣相視而笑，卻不知該由誰展開話題，仿佛彼此被捲入了一場遊戲，誰率先收回笑容，誰就要受到懲罰。

最終還是由菁姐結束了這場對弈。

「這位是妮娜，」菁姐對我說，接著又向對方介紹我，「這位是羅嬡。不知你倆對彼此還有沒有印象，你們倆當初可是高中的同班同學，也就是我妹妹的同班同學。」

妮娜？我思來想去，怎麼也想不出在鎮上的高中曾經聽到過這樣的外國名字。

「本名就叫妮娜？」我問女子。

「Nina，這是我在美國用的名字。」妮娜對我說，「中文名

叫蘇娜。」

　　蘇娜，這麼說起來，我倒是有印象。

　　「你是我們的文藝委員？」我問。

　　蘇娜說：「是的，那個時候當過兩年的文藝委員。」

　　「現在跑去美國了？」我重新審視一番她的模樣，怎麼也看不出是當年那個紮著馬尾辮的文藝委員。

　　「那年的事情過去沒多久，大概九一九二年左右，我們全家就到美國去了。」

　　「哪件事？」克拉拉不合時宜地插嘴道。

　　「八九年的時候。」

　　「你參加了？」我問道。

　　「你沒參加？」蘇娜反問我。

　　「沒有。」我說。

　　「你那時候不是已經去上海了嗎？怎麼會沒坐火車跑去北京？」

　　「我這人比較孤僻，不太喜歡參與這些事情。」我回答說，「這些事情，在我眼裡，都與我無關。」

　　「不理解。」蘇娜說。

　　我端詳著她的鼻尖，忽又想起一點，「你又是怎麼會參與進去的？按理說，這事可牽扯不到鎮子上來才對。」

　　「當時聽到消息說，火車免費送我們過去，我就跟著一塊去了，反正以前也沒去過北京。」蘇娜雙手壓著連衣裙的裙邊。

　　「去了以後又能幹什麼？」我問。

　　「但凡是有抱負有想法的愛國青年都去了，更何況，這關乎公平和正義。」蘇娜這麼講著，公平與正義就像麵包和米飯兩個

詞一樣，從她嘴裡脫口而出。

克拉拉看熱鬧地笑著。

那我就借用克拉拉的觀點，對兩方行為的合理性提出質疑。「只為了公平與正義這兩個看不見摸不著的東西，就要為此大動干戈？」

「我們可沒有大動干戈，事實上，我們這些學生只是受害的一方。」蘇娜瞪起她的棗核眼。

「我並沒有在說這事誰對誰錯，我只是想不通，為何要為了兩個概念上的名詞，就去產生爭端，用手裡的槍去瞄準別人家的孩子，用坦克去輾壓平民老百姓；而國家的公民，則親手破壞自己的城市，用火去燒生活在同一片土地、操著同一口語言的年輕士兵。本是同根生，我們這麼做，到底是為了什麼呢？」

「有些東西，是高於個人的，它比我們的生命還要更加重要。」蘇娜換了張臉，這臉上，再也看不出銀行職員般的殷勤。

「這些都是理由，都是藉口。」我說，「要是沒了生命，要是丟失了自我，那還要什麼公平，要什麼正義？」

蘇娜對此不置可否，她說：「我來這兒，可不是為了跟你討論這些的。」

「對，對，咱們說點正事。」菁姐在一旁附和道。

「也好，那正事是什麼？」我的確不知蘇娜此次前來的目的。

「你不是一直想瞭解我妹妹的事情嗎？」菁姐對著我說，「正巧妮娜這次回來，我就想著，你倆能聊聊看——妮娜你是高中畢業以後才走的吧？」

蘇娜說，她是高中畢業以後，就跟著家裡去到了美國。

「你家裡是做什麼的？」我問蘇娜。

「原先是搞紡織廠的。到了三藩市以後，最開始開了一家海鮮餐廳，後來餐廳生意不景氣，就又搞了個華人超市。」

「紡織廠？就是鎮上的紡織廠？」

「不光是鎮上，」蘇娜告訴我，「在別的鎮子裡，也有我家的產業。」

「原來如此。」我說。

「對了，家裡有她的照片嗎？」克拉拉朝屋主人菁姐問了一句。

菁姐聽後，嘴上說有，離開沙發跑到房間裡，過後又捧著一張黑白照片回到客廳。

我們拿著照片傳看，裡面坐著幾位年紀稍長的人士，在大人們的旁邊，則站著一高一矮兩個女孩。

「這個是她。」菁姐指著照片裡的矮個女孩說。

「拍這張照片的時候，你們多大？」我好奇地問道。

「我十七，她十二。」

「你們差五歲？」

「沒錯，差五歲。」菁姐說，「所以我成家的時候，她才剛上高中。」

「就是我們認識的時候。」我說。

我再次低頭，審視著照片上那個踮著腳尖的靦腆女孩。客觀來說，她相貌平平，完全不像克拉拉，甚至不如蘇娜這般具有特色。她只是個再普通不過的小女孩而已。但她的容貌，卻多少能夠喚起我內心塵封已久的小火星，那是屬於少年時代的人們所獨有的東西。

「我從來不曾聽她說起過她的姐姐。」我放下照片，任由其

他兩位拿去。

「那也是在意料之中，」菁姐說，「那個時候，我執意要嫁給鎮東邊給人做農具的那戶人家。我丈夫，也就是他們家的長子，原先在鎮子裡的名聲並不好。」

「怎麼不好了？」我問。

「他啊，時常會和什麼流氓分子聯繫在一起，雖然也不知是真是假，反正事情在鎮裡傳得倒是沸沸揚揚。可我當時卻怎麼也要和他一起。而他呢，也想娶我為妻，就到我家上門提親。她啊，估計也是因為這事兒，生了我的氣，就不怎麼理我了。不過這只是前頭的事情。再到後來，也不知到底是誰惹著了她，她自己就背著我們跑出鎮子去了。最後輾轉反側，在南方落了腳。我們也不清楚她的行蹤，只是寄來一封信，寄給我的老母親，告訴我們她到了南方，結了婚，特此通知我們一聲。她就連成婚的儀式，也沒邀請我們，就一聲不吭地把婚給結了。再後來，我就聯繫上在海南的堂姐，因為都在南方，離得近些，讓她多少幫我們打探一下，若是她碰上什麼事，也好有個照應。就這麼，這些年便過去了。一轉眼，我也沒能和她再見幾次面，最後等來的，只是一具塗了彩妝的屍體。反正在南方的事情，我也只能通過別人的講述，去瞭解個大概。不過，這次妮娜過來，倒是可以讓你知道些你離開鎮上以後發生的事情。」

我左右瞧了瞧家裡的佈置，沒見牆上有一般家庭會掛的結婚照。「你丈夫現在是做什麼的？」

「沒了。」菁姐說。

「沒了？」

她苦笑，「老早就沒了。有一年，他半夜喝了酒，朝一個高壓

電線杆撒尿，卻沒想到正好遇上電線杆漏電，就這麼被電死了。那可是在半夜，附近也沒人。況且就算是有人，也不敢去救。」

「抱歉。」我說。

「沒事，這都是命。」菁姐雲淡風輕地說，「別聊我了，妮娜，你對我妹妹的事情，有什麼想說的嗎？」

「老實說，第一年的時候，誰也跟她不熟，」蘇娜起先是對著菁姐說，後來又看向我，「當然，對你也是一樣。」

「我是一向如此，」我說，「但我卻很少注意到她也是這樣。不過現在想來，也確實很少見她與別人玩在一起。」

「沒錯吧？她也是這樣的人，在班上顯得怪孤僻的，外人也不知道她腦子裡到底在想些什麼，大家就都不敢主動靠近她。」蘇娜講道，「不過那個時候，人們都覺得她是個不學無術的紈絝子弟，所以就連老師也對她不聞不問，什麼事都隨著她去，直到那次──」

蘇娜還沒說完，我就聽見一旁響起了打火機打火時所發出的「唭嚓」聲。

「不要在這兒抽！」我轉頭制止嘴銜細煙的作案兇手。

「哎呀，沒事沒事，」菁姐在另一頭使勁朝我揮手，「隨便抽，隨便抽，想抽就抽。我家裡沒那麼多規矩。」

克拉拉向我拋來一個勝者專屬的得意目光。我沒再理會她，重新轉身面向蘇娜。

「就是私闖禮堂的事情？」我問。

「是的，」蘇娜肯定道，「那也的確像是她會做的事情。」

「後來當著全校師生的面做了檢討吧？」

「那就是她在學校裡出名的開端──你當時應該不在場吧？

我記得那個時候，你已經臥病在床了。」

「我的確不在場，但我讀過她的檢討書。」

蘇娜偷笑起來，「寫得怎樣？」

「富有個性，不像是檢討書，倒像是別的東西。」

「『啊！我也想成為胡桃夾子！』」蘇娜用浮誇的表演念出檢討書裡的那句話，「實在是太好笑了！直到現在還記憶猶新。」

「的確令人發笑。」我稍顯不耐煩地附和道。

蘇娜繼續說：「但那個時候，誰知道究竟什麼是胡桃夾子，甚至就連我這個文藝委員，也不甚了了。所以大家就私底下議論著，最後也不知道從哪裡流傳來一個說法，說這胡桃夾子就是老鼠夾子，而這老鼠夾子，就是捕鼠人的代稱。這就說明，她的夢想，便是成為一名在田間地頭屋簷牆根捉老鼠的職業捕鼠人！從那時開始，捕鼠派就誕生了。」

「捕鼠派？」我不明所以。

「當年在學校裡，對於胡桃夾子的爭論，學生們分成了兩派。」蘇娜說，「這第一派，就是捕鼠派；而另一派，則較為正統。」

「那這另一派，是怎麼認為的？」

「這另一派，被稱為靡靡裙派。」

「哪個靡？」我問。

「靡靡之音的靡。」蘇娜說，「這一名稱，也就來源於此。而這一派的起源，就要追溯到學校裡少部分有所見識的學生，他們多少知道一點什麼是芭蕾。而一提到芭蕾，人們便會想起穿著裸露大腿的舞裙——」

「Tutu裙。」我補充道。

「什麼？」

「就是那種短的芭蕾舞裙。」

蘇娜略略點頭，眼球卻稍稍向上翻，接著繼續道：「所以不是什麼積極向上的東西，就跟靡靡之音一樣，會讓人沉迷其中，使人委靡不振。」

「那這少部分有見識的學生，都是誰？」我問。

蘇娜不予回答，只是用她高傲的鼻尖對著我。

「那你屬於哪一派？」我又問。

「顯而易見。」蘇娜說。

我被煙味嗆到，不禁咳嗽兩下，隨後又道：「先不管這捕鼠派也好，還是靡靡裙派也罷，這些對她本人有什麼影響嗎？」

「影響多少還是有的，」蘇娜說，「人們對她的態度，從原先的疏遠，到光明正大地排擠、嘲笑，甚至是——用現在的話來講，就是欺凌。但從當時的角度看，我們可沒怎麼多想，充其量不過覺得只是在逗她玩而已。」

「『我們』指的是？」

蘇娜愣了一下，隨後才說：「指的是我們所有人。」

「這些事情，你也參與了吧？」我直言不諱。

「我？」蘇娜抬頭，又看向別處，「算是吧，畢竟——」

「畢竟所有人都那麼做了。」我替她說。

「可以這麼講，不過……」

「不過什麼？」

「沒什麼，我的確做過就是了。」這位班上的前文藝委員說，「但是除了這些，我們還注意到另一件事情，以至於大家也不敢做得太過分。」

「什麼事情？」

「那個最開始在禮堂裡逮到她的老禿頭，後來卻開始有意無意地護著她。」

「老禿頭，指的是那個姓陸的數學老師？」

「沒想到，你到現在還記得這麼清楚。」

「迫於無奈。」我說，「簡而言之，是這老頭與我產生了某種牽連，致使我們二人的命運又再次相逢於某處。」

「什麼牽連？」蘇娜問我。

「一塊石頭。」我說。

「石頭？」蘇娜翹起的鼻尖向下掉落，使我再也看不見她那兩個南瓜子形狀的鼻孔，「什麼石頭？」

「夢裡見的，長條四方立石，黑色的，上面什麼都沒有。美其名曰，奇石也。」

蘇娜若有所思。

「你也見過？」

「沒事，我只是覺得奇怪。」蘇娜否定道。

「對了，你可認識一個叫梁豪的人？」我回想起在海牙飯店的4011號客房裡遇上的民警校友，便向蘇娜打聽起此人。

她重又抬起鼻尖，「梁豪？認識，我們原先還談過一段時間的戀愛，在高中的時候。」

「當真？」我著實有些錯愕。

「你怎麼會知道他？」蘇娜反問我。

「早前在縣裡的飯店遇上了。」

「哦？」蘇娜表現地饒有興致，「怎麼碰上的？」

「說來話長。」

「他現在都幹些什麼來著？」

「你們現在不聯繫了？」我問她。

「早就不聯繫了，」蘇娜回答，「自從知道我要自費留學，他就毫不猶豫地與我分道揚鑣，絲毫不念舊情。」

「他現在當了員警。」我說。

「就他？哦，也對，誰讓他爸原先是個鎮長呢！」

「鎮長？」我又吃一驚。

「你不知道？」

「完全不知道。」

「你和他見了面，他也沒和你講起過？」

我搖頭。

「真不像他的作風。」

「當時情況有些複雜，可能來不及談論這些事情。」我說。

蘇娜用手摸了摸她那風火輪般的金耳環，「那你們都聊了些什麼？」

「彼此交代了一下各自的近況。」

「那他現在是員警，你現在做的又是什麼工作？」

「音樂教師，」我說，「高中的。」

蘇娜不知為何發笑，「一個是員警，一個是教師，果真是少年兒童的好榜樣。」

「您過獎了，」我瞥眼去看克拉拉，她的嘴角果然已經擰成了一條麻繩，「可否問問，你和梁豪兩個人，是如何在一起的？梁豪當時在學校裡，名聲又如何？」

「那個時候，學校裡的大多數人都知道他是鎮長的兒子。」

「除了我。」我說。

「沒錯，除了你。」蘇娜接著說，「也正因如此，他才成為了我們學校裡的學生幹事，主管紀律啊一類的事情。說白了，這麼一個小鎮上的中學，能讓他幹的事情是少之又少，給他這樣一個幹事的職位，不過是為了看在他爸的面子上，給他一個閒職，讓他頂著一個頭銜，四處耍耍威風罷了。」

「他應該跟我們不是一個班的吧？」我又問。

「沒錯，」蘇娜說，「他是隔壁班的。在認識我之前，他在他們班也處了個正經的對象。不過這事兒也不稀奇，畢竟他是鎮長的兒子，搶手得很咧！所以嘛──」

「所以你也要搶？」

「是的，我也想要和他認識認識──起初真的只想認識認識，可誰知那小子和我聊著聊著，就看上了我。」

「你的意思是說？」

「所以他為了我，跟他原先那個物件分了手。」

「原來是這樣，那後來呢？」

蘇娜喝了口菁姐為我們端來的白開水，隨即又說：「他找上我，向我表明心意，又說他拋棄了那個物件，選擇了我。十六七歲時的我一聽這個，當然會動心了──更別提，他還是鎮長的兒子。搞不好，我在學校乃至鎮子裡的地位也會因此而步步攀升。如此遷喬出谷的機會，我自然不會放過。」

「所以，你們兩個，一個是文藝委員，一個是學校的學生幹事？」

「是這樣沒錯。」

「那他屬於哪一派？在她的問題上。」

「他原本屬於捕鼠派，」蘇娜說，「可是他身邊所聚集的朋

友們，都屬於鎮子裡的上層階級，肚子裡的學識自然要比那些種油菜做苦工的人家裡長大的孩子要多上不少。當他瞭解到什麼是芭蕾以後，就必然會站到靡靡裙派這一邊，由此凸顯出他的『博學多才』。」

「他作為一個靡靡裙派的鎮長兒子兼學生幹事，有沒有對她做些什麼？」我看著蘇娜，如此問道。

蘇娜用上門牙劃過下唇，眼珠向左上方移去，「據我所知，應該沒有。不過，當人們做得過分了，他有時還會和我一同進行勸說。」

「和你？」

「沒錯，他們要是做得太過火了，我也會看不下去。一是出於她與我是同班同學，雖然沒什麼交情，卻也天天見面；這第二點，也是有別的考量。原先也說了，那個老禿頭對她的態度發生了改變，那麼作為鎮長的兒子──以及作為正在與鎮長兒子交往的我──更不應當縱容這種事情的發生。」

「那她知道你們做的這些事嗎？」

「她當然不知道，俗話說得好，做好事不留名嘛。」蘇娜說這話時，並未顯得沾沾自喜，可她就是不願看我。

「她從來就沒跟我提起過，她在學校有受過什麼樣的欺負。」

「都說了，那些事情也算不上欺負，頂多就是玩笑開過了頭。」

「都是些什麼樣的玩笑？」我問，又給予蘇娜短暫的思考時間。

她欣然接受了這一禮物，並將其用盡至最後一秒，才開口道：「像是在她的座位上擺滿用紙折成的不成模樣的白色老鼠；用筆在

她的書上塗塗抹抹，寫上老鼠夾子這幾個字；偶爾會有學生在身後掀她的裙子，或是逼著她在廁所踮著腳尖跳一段芭蕾……」

　　這前半段，聽著像是捕鼠派的做法，而後半段，則更像是靡靡裙派所為。

　　「一般做到什麼程度，你們倆才會出面制止？」

　　蘇娜的眉毛連接處向上擠了擠，「如果是碰上了類似有肢體接觸一類的事件，我們就會讓大家停下。但像那些已經做過了，或是背地裡做的事情，我們就是想管，也沒那個能力管。」

　　我回想起當初在她身上見到的淤青，「這些事情，大概持續了多久？」

　　「我估計，應該一直持續到畢業。」

　　「你估計，『估計』是什麼意思？」

　　「因為她本身也不太合群，這種事情大概時有發生的吧，誰也不好肯定地說，過了多久就沒人再提胡桃夾子這事兒了。」

　　「那姓陸的數學老師，難道就一點風聲都察覺不到？」

　　「如果她沒去告狀的話，他應該就不知道。更何況，最開始的時候，就是那老禿頭讓她去全校面前作檢討的，沒了他，也就不會有後面的這些事情。」蘇娜眨著眼睛。

　　老實說，我並不喜歡「告狀」一詞，顯得她若是將情況報告給學校，那就是不光彩的作為。

　　「還有一點我得說，」蘇娜這次主動發言，「我覺得她本人對這些事情漠不關心；相反，她每天都喜歡跑到六樓的走廊——也就是她作案被抓的地方——也不知去幹些什麼。總之，她有她自己的事要忙，根本就無所謂別人對她怎麼樣。」

　　「所以呢？」

「所以什麼？」

「所以你的意思是，她對此無所謂，那就可以理所當然地欺負她？」

「我不是這個意思──」

菁姐站了起來，「算了，不提這個，已經過去那麼多年了，再提也沒用──」

「不行，還是要提。」菁姐的好言相勸竟被克拉拉所打斷。

我們三人無不將目光投向克拉拉。她從容地接受我們三人的視線，搗了搗原本裝白開水的紙杯裡的煙灰，繼而問道：「你的前物件──抱歉，我忘了他的名字──既然是鎮長的兒子，他若是想制止這一切，會有人敢不聽？就算有人不聽，只要他將此事和校領導一說──況且這也是他作為一名學生幹事最好的表現機會──學校方面也會出面處理此事。可事實是，情況依舊再繼續，相同的事情依舊在發生，不是嗎？」

「我也說了，他就是個喜歡逞威風的傻大個，怎麼可能會想得這麼周到。」蘇娜為梁豪辯解道。

「那你呢？」克拉拉繼續問，「他想不到，你也想不到？」

「我？我當時好像確實也沒想那麼多……」

「那你當時都在想什麼？」

「我不知道。」

「好啦，好啦！」還是菁姐橫插一腳，「說這麼多也沒用，學生時代的事情，誰不是糊裡糊塗的？現在人都已經死啦！沒有再說這個的必要啦！」

「那就先不提這個，」我說，「她後來，就沒參加高考？」

「沒參加，」菁姐又重新入座，對著我們說，「甚至就連畢

業典禮都沒趕上。」

「反正也不缺她。」蘇娜小聲嘟囔道，卻還是被我聽了個一清二楚。

「她是怎麼回事？」我停下來喝口白開水，隨後繼續追問道。

「我也是聽我母親說的，」菁姐對我們講，「那個時候，距離高考還有將近五十天左右——我應該沒說錯吧？」菁姐轉而向蘇娜確認。

「沒錯，突然有一天，就不見她來上學了。估計是怕影響我們備考，老師也從來沒提過這件事。」蘇娜說。

菁姐繼續道：「當時母親還在紡織廠做紡織工，每天下班很晚；父親則會跑到地裡，打理一陣，忙活半天，下午六七點回家。這是往常的作息。高三的時候，你倆都比我清楚，咱們鎮上的高中是沒有宿舍的，所以學生們下午放學回家吃飯，洗洗弄弄地到了晚上，再出門回學校上自習。她離家出走的那天，就是假借去上晚自習之名，跑了個沒影，之後便再也沒回來。」

「其實那段時間，她幾乎都不怎麼在晚自習的教室裡現身。」蘇娜補充了這一點。

我仍在按照菁姐的說法進行想像，身旁的克拉拉已經從包裡拿出圓珠筆和小本子，用畫素描般的手法在上面記錄著什麼。

「她是怎麼離開鎮子的？」

「我們到現在也不清楚。」菁姐也無奈。

我想起此前在崇明遇上的那個補胎師傅，便問：「難道是偷了家裡的錢，去汽車站坐的車？」

「可是家裡的錢一分沒少。」

「你們怎麼知道？」

　　「因為我們並不是有錢人家，錢這個東西基本上交由母親一人打點支配。她有專門放錢的地方，而且有個每晚清點數額的習慣。母親說了，家裡沒少錢，那就是沒少，絕對錯不了。」

　　「會不會拿的不是錢，而是拿了家裡別的值錢物件，再拿去賣掉？」克拉拉問。

　　「那也不可能，」菁姐否定了這個說法，「我家值錢的東西同樣少之又少，剩下的她也搬不走，所以肯定是想了別的辦法，但沒動用過家裡的任何東西。從這一點上，她倒是沒給家裡人添麻煩。」

　　「一直跑到了深圳，這一路上，必定要花很多錢才是。」我琢磨不透，她究竟是如何身無分文且獨自一人就從鎮上跑去南方的。

　　「對了，」我又將對話引回蘇娜，「你這次怎麼會突然回到鎮上？」

　　「就是想回來了。」蘇娜說。

　　「多久沒回來了？」

　　「十幾年了，」蘇娜好歹弄出一個微笑，「自從出國以後，就再也沒回來過。」

　　「那跟我差不多。」

　　「你這次回來，就單純是為了她的事？」蘇娜像是要躲避一顆飛來的乒乓球，扭著身子躲過我的話題。

　　「單純為了她而回，」我說，「順道故地重遊，看看鎮上的發展。」

　　「那石頭呢？」蘇娜竟還記得那石頭的事。

　　「她與那石頭，權當是兩碼事。」

　　「當真是兩碼事？」蘇娜問。

我看出些端倪，「這麼說來，難道你也知道那石頭的事不成？」

　　「並不清楚，只是胡亂猜測，」蘇娜好似街邊攤上的電風扇一樣搖頭，兩個晃動的耳環看著喜慶，「況且我也從沒見過你說的那石頭。」

　　「也罷，」我說，「到底見沒見過，也就只有你自己本人清楚。」

　　全場一片肅靜，只留筆尖在書頁上飛奔的呼嘯聲。

　　我再次拾起被誰丟上茶几的黑白相片，對她多看上兩眼，看看她尚未發展的幼稚面龐，又在腦子裡對比上學時她的模樣。

　　「學校現在還在嗎？」我去問坐在最邊上剝龍眼的菁姐。

　　她剝好一個，拿在手裡，「在是在，不過這十幾年過去，學校也早就已經舊貌換新顏啦！」

　　「可否帶我們去看看？」我說著，又去瞧面前的高鼻尖，「當然，如果蘇娜你抽不出時間的話，那我們自己和菁姐去也無妨。」

　　「我沒關係，一直到明天，我都有時間。」蘇娜這就算是答應了。

　　菁姐吐出縮小版保齡球一樣的龍眼核，提議我們現在就出發，回來正好趕上晚飯。

　　於是眾人皆起身，拿上各自的隨身物品，便一同跟隨菁姐來到院外，白身黑底的桑塔納像正在孵蛋的白毛鴨子，窩在沙土地上。

　　我們進行一輪簡單商議，由蘇娜坐副駕駛位，我和克拉拉接著坐後排。大家對號入座，我們三名乘客紛紛系好安全帶，唯獨作為司機的菁姐則不然，仿佛這細細的安全帶不是為了保她的

命，而是會像鴉片一樣，一旦沾上身，就想甩也甩不掉。

趴窩的鴨子開始外出覓食，它啟動的陣仗著實不小，宛如炒栗子的機器，發出令人聞到香氣的轟鳴。可這轟鳴與克拉拉的愛車所發出的又極為不同，相比之下，桑塔納聽著更像是喉嚨裡含了口老痰，想咳咳不出，想咽又咽不下。不過這車只要一行駛在路上，其乘客所感到的舒適度就會陡然上升，好似坐上了長了腳的彈簧床墊，又好似坐在正處於地面滑行階段的大型客機裡。

無需再做強調，菁姐的車裡並無音樂，欣賞沿途的風景便是我們唯一能做來打發時間的事情。

記憶中的土房子和矮平房，無不被四五層樓高的現代私人住宅所取代。

「這些樓，都是這邊住戶自己出錢翻修的？」我望向窗外，一邊問道。

「不是，」菁姐將車窗搖得很開，一隻胳膊像陽臺上晾的褲腿一樣掛在車窗外，「這都是政府幫著蓋的。」

「那確實不錯，」我說，「自己不用出錢，就能住上新房子，既安全，又敞亮。」

「那是自然，誰都想住新房子。」

「可你家怎麼就沒被翻修？」我又問菁姐。

她掛上四檔，抬眉看後視鏡裡的我，聲音裡滿是自憐地說：「只可惜，翻修的這些，全是國道沿路的房子。那年上面傳出消息，說要來個大領導前來視察，鎮子就連日計畫著視察行程，再決定將沿途的老房子舊房子修繕修繕。這可是個大工程，那年地裡鬧旱，像我們普通人家都比較吃緊，鎮子卻花大手筆，大費周章請來隔壁鎮的勞力人手，緊趕慢趕在三個月內將所有計劃內的

房子全部修繕完畢。結果上面又來消息，說這領導突然又不來了。這可倒好，忙活半天，領導沒來，鎮上的經費倒是全都流到了隔壁鎮子。」

「但再怎麼說，那些房子的確是翻修了，原本的獲益人也實實在在獲了益。」我安慰道，雖說我自己也不知道我在安慰個什麼。

「是啊，結果就是，我還住在那個老土樓裡。」菁姐收回了飄出樓外的褲腿，「憑啥他們就是受益人，我就不是呢？」

「說得對呀！」蘇娜在副駕駛座煽風點火。

我不再介入這段討論，視線中出現兩棟貼上豆腐般雪白的瓷磚的大樓，兩棟大樓各有五層，但是占地面積廣，定能容納許多房間。朝外側的大樓頂上，立著一個人造衛星大小的地球儀雕塑，雕塑將世界各大板塊涵蓋其中。雕塑與正常地球儀無異，地球的球體呈傾斜角放置，東亞地區面朝天空，兩個美洲則被藏到下端，與地板來個面對面。

「這裡不會就是？」蘇娜喃喃自語。

菁姐將車開到兩棟大樓前的閘口旁，閘口是現代化的自動滑軌伸縮門，主要靠門衛手裡的遙控器控制，與我在上海工作的高中無異。細細想來，這二十一世紀的頭十年都快過去了，有個電動閘門，也不算什麼稀奇的事情。菁姐熄了火，讓我們走下車去。她跟我們說，學校管得嚴，我們進不去，只能在外面大致看看。我說沒關係，既然已經完全變了樣，也就沒了再進去的意義。進去以後又能看些什麼？看的都是別人的青春，與自己毫不相干。更何況，我本就在學校這一體制內工作了數餘年，現在的學校什麼樣，我自然比另幾位要清楚得多。我沿著好似長城烽火臺那般氣派的警衛室的藍白外牆走上一圈，連接警衛室的是高三

米的白色磚牆。站在牆腳，根本就看不見學校裡面是怎樣的景象。牆根沒有雜草，一律被人植上整齊的灌木。

無聊透頂。

站在車門邊不願挪動她金貴雙足的蘇娜，仍舊在用手擺弄著那放錯位置的兩個風火輪。克拉拉像條尚未找到寄主的鯽魚一樣跟在我身後，一面用二手煙攻打我尚未淪陷的肺部。沒什麼可看的了，我心想。菁姐正在用自己的雙手去檢查桑塔納的雨刮器，她見我和鯽魚往回走，便擺出一副表示理解的和藹笑容，再次恭迎我們回到車上。

「這麼著，學校也算是來過了，」菁姐宛如婚禮司儀附體，帶動起全場的氣氛，「晚飯就在家吃可好？」

「我們是客人，就聽你的吩咐來。」蘇娜如此說，我也對此表示贊同。而身旁的克拉拉則像個局外人一樣，翻看著從包裡拿出的筆記本。

「明天什麼時候回去？」我扣好安全帶，去問副駕駛座的蘇娜。

蘇娜說，明天午飯過後就回。

「你們呢？」菁姐似乎不是第一次問這個問題了。

「這鎮上，也沒什麼好去的地方了。」

「你們家原先住的地方，不想再去看看？」

「不了，」我說，「不過是個住的地方而已，去了以後，只能徒增感傷，弄得滿心惆悵。除此之外，什麼也獲得不了。」

「那咱就不去。」菁姐做出最終決定，片刻又問蘇娜：「妮娜，你下次回來是什麼時候？」

「不敢肯定。」

「我妹妹的葬禮，你來不來？」

蘇娜像是被人用冰塊塞進了衣領，皮下的血管受了刺激，向內收縮，帶走皮膚上的血色，「不了，不了，趕不回來。」

我欲言又止，克拉拉忙著連打哈欠。我便問她，在長途大巴上多少睡了一會兒，怎麼現在還是這個樣子。她告訴我，自己在大巴上做了好些夢，睡不踏實。做的是什麼夢？我問她。她說，奇奇怪怪的夢，無法言說。桑塔納回到錯失翻修資格的老宅院裡，我們下車，走進屋內，菁姐便忙活著要張羅晚飯。我們提議為她打個下手，卻被她再三推脫，最後只得乖乖坐著，等待晚餐的上桌。等待期間，蘇娜消失了二十分鐘，回來一問，又說是接了個海外電話，催著她回去辦事。

「你現在還待在三藩市？還是到美國其他地方發展了？」我順勢就打聽起來。

「我在三藩市的一個房產公司，」蘇娜一邊從鱷魚皮的手提包裡抽出兩張紙手帕，一邊說，「跟同伴做合夥人。」

「大學同學？」

「不是，只是恰巧認識的朋友。」

「雖然不好多問，」我接著說，「你結婚了沒有？」

她折起紙手帕，好似護士塗酒精一般去抹嘴唇下方的口紅。她抿了抿嘴，發出從玻璃上取下吸盤的聲音，對著我說：「結過一次。」

「離了？」

「離了。」

克拉拉開始翻看起茶几下面放著的時尚雜誌。

我本出於禮節，無意再追問，可蘇娜卻自己說了下去：「他

是個在當地跑貨車的移民二代，說一口廣東話。我和他，是在一次社區聚會上認識的。那時候，我們聊得很投機，便互相交換了聯繫方式。一周過後，我們上了酒吧，喝了點酒，朦朧之中，稀裡糊塗就在一起了。」

「就在一起了？我是說，這才一個星期吧。」

「我知道你想說我很隨便，但其實不是這樣。」紙手帕似一張逃離卡薩布蘭卡的通行證，被蘇娜死死攥在手裡，「但人可千萬不能忽視酒精的力量。」

一旁丟來一本頁角翩翩起舞的時尚雜誌。我撿起雜誌，用手卷成筒狀，一手握住筒的底部，去拍打另一隻手的掌心。

「在一起後過了兩個月，他約我出去旅遊，我又正好休了一個兩周的假，所以就跟著他去了。」蘇娜說，「我們去了瓜達拉哈拉，去喝那裡的龍舌蘭酒，在那裡住了三晚。我們租了個民居，用一整個晚上來喝酒、聊天，一直到第二天早上。他白天偶爾會去見見當地的朋友，而我則在民居的床上呼呼大睡。就這麼過了三天，後兩天去了墨西哥城，當地的風土人情沒怎麼看到，幾乎也是在酒店裡消磨時間。他有錢得很，我也不知他這些錢究竟從何而來。他為我們訂了個豪華酒店，每晚泡在泳池裡喝香檳，還有傭人為我們進行按摩護理。在墨西哥城待罷兩天，我們接著南下，去了聖薩爾瓦多。在那兒比較奇怪，他沒怎麼出去，而是一天到晚陪著我，在酒店的陽臺上數樓下路人的人頭。我們總共在聖薩爾瓦多待了四天，之後便原路返回，不過繞行瓜達拉哈拉，直接從墨西哥城的租車行租了輛旅行車，載著大包小包的行李和紀念品，一路開回美墨邊境。巧的是，他在邊境海關也有熟人，我們將車還到當地租車點，過了海關後，就有專車接送。

我們乘車到聖達戈，在那裡的機場坐飛機回到三藩市。那是我們的第一次旅行，同時也是唯一的一次。旅行回來後沒多久，我們就訂了婚——現在想想，的確有欠考慮，可是年輕的時候，誰會想那麼多呢？——我們在三藩市有個三層小屋，我從家裡搬出來，和他一同生活。他接著開他的長途貨車，我當時則在當地的貿易公司做職員。一切看似風平浪靜，直到有一天，我無意間發現了他上衣胸袋裡的大麻卷。」

「你原先，就沒發現過他有這習慣？」我問。

菁姐端上來第一盤菜，清蒸鱸魚。她看我們聊得甚歡，像個事成的媒婆一樣甩手離去。

「要是單單只是他自己的問題，我還不至於鬧到與他離婚。」蘇娜用手移開桌上的水杯，好讓後頭的餐盤有處可放（菁姐家裡沒有飯桌，一日三餐都在茶几解決）。「我忍著一肚子火氣，以煙捲為證據，找上他，和他理論。我問他，他是從什麼時候開始的。他起初有些不知所措，反問我是從哪裡找出來的。我也不藏著掖著，告訴他是在他的衣服口袋裡發現的。他抱著頭，半天不說一句話。他越是這樣，我就越生氣，最終在我無止盡的逼問下，他終於選擇坦白。他將一切和盤托出，告訴我他的另一個工作。」

「另一個工作？」我大概明白了。

有人的紙筆又開始忙碌起來。

蘇娜圍觀街頭變戲法一樣，疑惑不解地注視著寫寫畫畫的克拉拉，看不出什麼名堂來，才重又瞧著我看，一面說道：「他是為墨西哥的販毒組織在美國境內運送毒品的。而那次和我的旅行，其實是為了給他所攬下來的大活兒打掩護。哥倫比亞的一批

毒品要運送到美國境內，貨在聖薩爾瓦多等待運輸。而他的職責就是去聖薩爾瓦多取貨，再一路運到美墨邊境。海關裡的熟人負責為此放行——海關裡當然也有他們組織的人——貨物一旦送到美國境內，剩下的事情就不歸他管了。而他此前帶著我在瓜達拉哈拉和墨西哥城兜兜轉轉，只是為了讓這趟旅程顯得更加自然。當然，他也說了，此行的另一個目的，確實是為了與我共度幾個良宵。不過他還堅持說，他只不過是個拿錢跑腿的，牽連不到我。但我也始終無法接受這個事實，便與他提出離婚。萬幸的是，他並沒有多加阻攔，說我要是執意要離，那就離好了。」

　　我將手裡的雜誌放回它原來的地方，「他以後就再也沒找上你？」

　　「前年心臟病突發，死在了路上。」蘇娜說這話時，活像一個正在工作的打字機，將按鍵上按下的字母一個又一個敲進紙裡，精准又利索。「被人發現的時候，貨箱裡還滿載著他偷偷運輸的貨物。」

　　第二道菜此時正好被端上桌來，苦瓜炒雞蛋。

　　「從那以後，就沒找過別的男人？」

　　「沒辦法，」蘇娜的笑參雜著苦瓜的澀味，一同向我的感官襲來，「誰讓他死在路上，身份也就都暴露了。閒言閒語傳得快，我認識的人大多知道此事，那我的名聲自然也就給搞臭了。當初還說完全不會牽連到我，真是可笑！」

　　「也的確，」我說，「碰上這種事，就只能自認倒楣。」

　　「我什麼也沒做，到頭來，卻招致一個販毒婦的稱號。傳言越傳越離譜，甚至將我和瓜達拉哈拉的販毒卡特爾聯繫在一塊兒，原因只是我和他在那裡住上過幾天！」離開卡薩布蘭卡的通行證被碾

成一個廢紙團，就如同其他放錯的資源一樣，掉落在地。

第三道菜不合時宜地上了桌，土豆煲牛腩。

「做事的是他，麻煩找上的卻是我。」蘇娜將臉上的兩個棗核擠成柳葉刀的形狀。

「人都死了，」我說，「死人就不會有麻煩。」

「可恥。」

可恥？

「死了若是可恥，活著又算什麼？」我脫口而出。

「活著就是資本。」克拉拉合上筆記本，撸起袖子，「死了就是死了，沒什麼可恥不可恥的。」

「為什麼活著就是資本？」蘇娜重新睜開兩個棗核眼，與我親切的同伴對峙，「要我說，活著就是一堆麻煩！死人甩上來的麻煩！」

「因為人死不能複生。」我幫腔道，順手撿起地上的通行證。

菁姐手捧一盆冒著熱氣的冬日溫泉走了出來，定睛一瞧，原來是一盆白花花的米飯。

「家裡菜不多，大家將就吃，別嫌棄！」菁姐在空中甩了甩手上的水珠，絲毫不介意這忽如其來的雨滴落入一盤盤色澤鮮美的菜裡。

蘇娜的眼睛又一次被人拉得細長。

菁姐幫我們分好碗筷，大家紛紛動起手來，品嘗眼前的飯菜，與此同時，在心裡準備好誇讚的話語。飯菜咽下肚，我們輪流展示久久醞釀的成果，將菁姐的手藝比作法國大廚（此話顯然出自克拉拉之口），勝過美式速食，不輸宮廷禦膳。

菁姐聽了，宛如情竇初開的花季少女，兩半滿是花卷褶的臉

上硬生生被塗抹上桃紅的彩蠟。

　　我們認真吃飯，一時也想不出別的話題，像極了去參加十年未見的小學同學他妹妹的婚禮，被安排在了最靠外側的「其他來賓」一桌。同桌的有新郎的初中地理老師，有新娘兒時過家家扮演丈夫的玩伴，有同學舅媽的女婿一家，以及公公年輕時部隊裡的老戰友。

　　客觀評價，第一盤的清蒸鱸魚讓人鹹齁了；第二盤純屬苦瓜裡挑雞蛋；這第三盤，土豆夾起來像麵粉，牛腩嚼起來像皮球。不過再怎麼樣，好歹也是三道正經菜肴，只是烹飪手法尚有欠缺。鑒於這只是家常晚餐，我們也不必對此過於吹毛求疵。

　　似乎覺察出這桌來賓的尷尬氣氛，菁姐用遙控器打開了那台顯像管電視機，調出個歌舞節目。電視裡的舞蹈演員們揮舞著她們的長袖子，從舞臺的左邊晃到舞臺的右邊，再從舞臺的右邊晃到舞臺的左邊。周而復始，毫無新意。

　　說句話吧，克拉拉也好，菁姐也罷，誰要是能放下手中的筷子，開始侃侃而談，那都是人民的英雄，正義的化身。只可惜，人民的英雄不惜得拯救這一桌秩序顛倒的飯菜，她們悶聲吃，埋頭幹，直至飯碗見底，便「叮噹」一聲，將鐵碗放到桌旁，木筷架於碗上。

　　只有我仍在陷入苦戰。

　　若是不吃完，就顯得我這客人沒教養；可要是像她們二位這樣，就著這三盤費時費力的菜品，一口氣幹完一碗米飯，我怕也是很難做到。

　　怎麼辦？只能接著吃。菁姐作為同一條戰線上的夥伴，與我並肩戰鬥。克拉拉與蘇娜二位，則好似商場裡的假人模特，以

特定的姿勢欣賞電視裡的炫目節目。十分鐘過去，只剩我一人在此孤軍奮戰，與口中的皮球鏖鬥良久。咬著咬著，我的腦子裡竟想到了 *The Circle Game* 的歌詞，隨即跟著一同響起的旋律搖擺起來。如此一來，咀嚼皮球竟成了一件大有趣味的樂事！菁姐開始翻箱倒櫃，找起能搬得上桌的話題。她找來找去，想到一點，便開始問起蘇娜美國的物價來。她先是問美國的洗滌劑，爾後又問起蔬菜水果的價格。

「也不便宜，」菁姐發出感慨，「真是住在哪裡，都是一片水深火熱！」

「也不能說是水深火熱，」蘇娜糾正道，「對於我們來說，這樣的價格也完全負擔得起。」

「那美國不成天打砸搶嗎？」菁姐又言之鑿鑿地說，就好像她自己已經在美國生活了大半輩子一樣，「而且到處都是持槍的歹徒，搞得人心惶惶，走在路上都要小心被一槍斃掉。這樣的生活，和以前打仗的日子有什麼區別嘛！」

「但這也是小概率事件。」蘇娜拿出一張嶄新的紙手帕，去擦她雙手的手指，像獵人擦拭他的獵槍，又像樂隊的鼓手去擦拭他的鼓棒。

「如果讓我來說，要生活，就得選流氓少的地方，」這些話，聽著倒是像菁姐發自肺腑，「這樣的話，住得也心安。」

「可流氓的話，不是在哪兒都有的嗎？」克拉拉也表達了她自己的觀點。

「但總有多少之分嘛！」菁姐一邊看著我愉快地啃著皮球，一邊說，「越大的地方，流氓越少。」

「這可不見得，」克拉拉反駁道，「林子大了，反而什麼鳥

都有。這是基數問題。」

「得！反正你們大城市來的人，懂的也多，我也就老老實實地洗耳恭聽，就可以啦！」

菁姐開始打聽克拉拉的家庭情況，而克拉拉對此倒背如流。可菁姐卻不是一般人，她接著又問，問題裡開始帶上我的名字。她問克拉拉，我們二人是如何認識的，又是怎麼進一步發展到現在的。

什麼叫發展到現在？我咽下被自己摧殘到體無完膚的皮球，提出我的不解。

「就是你倆的關係，是怎麼走到這一步的？」菁姐說，「談情說愛的，總得有個步驟不是？」

「談情說愛？」我連忙否定，「不不不，我們不是在談情說愛。」

「那你們是什麼情況？」蘇娜也對此產生了興趣。

「我們只是非常默契的朋友。」我說完，去看克拉拉，想讓她也幫著解釋兩句。而她呢，身為當事人之一，不但對此漠不關心，反而開始把玩起茶几上的米老鼠存錢罐來。

「非常默契，不就代表不是一般的普通朋友嗎？」菁姐看熱鬧不嫌事大，眼睛裡就差掛上兩個大紅燈籠。

類似於此的亂點鴛鴦譜的事情，還是第一次發生在我自己的身上。第一次，就意味著缺乏應對的經驗。我語無倫次，想要說些什麼，卻又被咽下一半的牛腩卡住食道，只好四處找水，試圖將皮球順進胃裡。好不容易喝上一杯涼開水，卻又被菁姐的玩笑話所嗆到。她煞有其事地說，我和克拉拉從面相上看，就極為般配，將來指定能生出一窩金髮碧眼的小屁孩來。我趕緊沒話找話，說我與克

拉拉兩人，沒有一個是金髮，怎麼可能生出一窩金髮兒女呢？卻沒成想，我的此番發言，竟引得在座各位——除去一旁被存錢罐吸引的克拉拉——哄堂大笑。大家拿我開了涮，氣氛也總算升溫不少。吃得開心，飯菜也就更加香甜可口，原先難以下嚥的食物，三下兩下就被我解決完畢。待我也結束了用餐，我們三位客人便幫著菁姐收拾乾淨。蘇娜和克拉拉負責茶几的清潔，我則幫菁姐分擔洗碗的工作。一個晚上，也可說是愉快地過去。

臨了，將近夜裡十點，我們提議回招待所休息。菁姐說好，便開著桑塔納，載我們三人各回各的住所。回到國賓招待所的房間，我與克拉拉兩位臨時「國賓」，分別進行淋浴洗漱，又雙雙換上睡衣。我躺上床，克拉拉則繼續進行初稿的創作。我打開電視，去看晚間新聞，原先鬧得沸沸揚揚的感情騙局，在輿論上似乎仍未消停。我不想再聽更多有關都市鬧劇的資訊，便操控遙控器，換了好幾個不同的頻道，也並不是非要找到什麼合適的節目，自己只想借按動遙控器按鍵的名義，以此打發稍顯富足的時間。過了約莫十分鐘，電視臺的順序輪轉了三回，我的指關節終於支撐不住，向我發出陣陣哀求，我才停下無聊的把戲，轉頭去瞧已經不再打字的克拉拉。

「你一直換台，搞得我精神渙散。」她向我抗議道。

我看著她抱怨的神情，覺得好笑，又覺得分外熟悉，於是突發奇想：「想讓你陪我去個地方。」

「現在？」

「現在。」我說。

她看了看筆記型電腦，又看了看窗外的夜色，二話不說便合上螢幕，「那就快換衣服，早去早回。」

　　我情不自禁地笑起來，將換下來的外衣又再次穿上身。我們走出招待所，可這下沒了菁姐的桑塔納，怎麼去，就成了問題。我重回招待所接待處，向裡面正在用皮筋綁頭髮的女接待員詢問鎮上近來有無時興的交通工具。她想了好一會兒──這時間能讓門口的克拉拉消耗掉兩根細煙──隨後才告訴我說，鎮上的人現在幾乎各有各的代步工具，若是想找公共交通，以現在這個時間來看，應該很難。我謝過她，正在發愁，她又補上一句：「不過，看你想去哪裡，距離有多遠，若不是想去隔壁鎮的話，僅在鎮子周邊活動，我倒是有輛帶後座的自行車。你要是想要，我便租給你就是。」

　　「要是真能如此，那可就再好不過了。」我難掩興奮之情，對她如此說道，「你開個價。」

　　「看你想騎到哪裡。」

　　「就鎮外的小溪邊，去去就回。」我說。

　　她甩了甩腦後剛剛紮好的小辮子，隨即開口道：「一次兩百，但用時儘量小心，不要磕磕碰碰，否則就要加錢賠償──你看怎樣？」

　　兩百塊錢騎出鎮外，在臨近深夜的小鎮上，這價錢完全算不上漫天要價。至於磕磕碰碰，我小心便是。如此一來，我便喚來門外吸煙的克拉拉，向她說明情況，再讓她先行代付這兩百塊錢的騎車費用。她也爽快，掏出兩張百元鈔票，就遞到女接待員的手中。得到意外之財的女接待員立馬變得和幻燈片一樣，換上了副喜笑顏開的面孔。她扔下接待處不管，跑去為我們取車。不過半分鐘，她便將自行車推到了門口。我們出門去迎，見是輛黑綠花紋的普通自行車，而不是原先稍有些擔心的女式自行車，便更

加覺得此交易著實划算。我們心滿意足地提了車，與女接待員揮手告別。我跨上車座，讓克拉拉上後座，接著又回頭問她，最近一次測量體重的數值是多少。她用手去摟我側腰的肉，弄得我和被踩到尾巴的小狗一樣直叫喚。她說這些事情我少打聽，反正不會重到讓我累倒在半路。我只好不去擔心，騎車上路。真正開始騎行，才發現克拉拉的確沒有扯謊。我按照記憶中的路線，以及夜空中難得一見的北極星，去摸索通向鎮外小溪的道路。這一路上偶有因記憶出現偏差而走進死巷的情況，但最終還是成功抵達了預計的終點。

小溪的水量較二十年前略有上漲，不知是否因為季節的緣故。我和克拉拉分別下車，推著車走。用手機查看時間，此時已是夜裡十一點半。不過溪邊還是有稀稀拉拉幾個人影，都是前來釣魚的中年男人。

不知這釣魚是從何時開始，就成了鎮子上的流行娛樂。

一老頭把著釣竿，頭頂歪帽，嘴裡叼個木紋煙斗，哼著民間小曲。在他身旁的草垛上，蹲坐著一個看著相對年輕的小夥。小夥在夜色中顯得面色發紫，他穿一件已然過時的白色素襯衫，配搭一條縣裡集市時常有賣的緊身牛仔褲。

「這釣魚啊，還是得多學習學習才行！」小夥發出他作為旁觀者的觀後感，「不是所有人都能釣上魚的。」

「是啊，是啊……」釣魚的老頭用調調哼出他所說的話，「這釣魚啊，得靠耐性咯！」

「但這魚兒們也可憐，為了口吃的，就會被魚鉤鉤給釣起。生活不易，生活不易啊！」小夥又發出另一條與此前毫不相干的感慨。

誰知老頭卻哼哼笑道：「它們要是不上鉤，我可釣誰去哦！它們不可憐，可憐的可就是我咯！」

如此一番對話，不免想起當年帶著關梅梅去研習的馬勒《第二交響曲》裡的第三樂章，聖安東尼向魚兒們佈道的故事。

我們推著車走過二人的身後，在不遠處找到一片沒人的灘頭。將自行車架在草坪上，我便向著溪水走去。

「你要是一不小心掉進去了，我可沒法兒救你。」克拉拉在身後提醒道。

「放心，我心裡有數。」我對她說，一邊蹲在溪邊的碎石上，像二十年前同她一起時那樣，將手伸進涼爽的溪水中。與之不同的是，當年常伴頭頂的夕陽，此時卻變成了臨近午夜的深邃夜空。幾顆忽明忽暗的光點，好似撒在黑絨布上的銀粉，點綴著此刻的靜謐柔夜。

預感到克拉拉即將走到我身旁，我一時玩性大發，以掌作瓢，將溪水潑向正好走來的她。克拉拉從睫毛到褲腳，渾身上下沾滿溪水的痕跡。我忍俊不禁，自己的幸災樂禍卻招來了對方的漫天攻擊。水珠如夜空中落下的流星雨一般，分毫不差地打在我的身上。我受冷打了寒顫，隨即反擊回去。兩人就這樣你來我往，打得好不熱鬧。甚至就連沿途釣魚的人們，也被我們的嬉戲吸引過來，為我們任意一方使出的華麗一擊而喝彩。兩方交戰到最後，自己無一處尚未淪陷之地，便只好高舉雙手，以示投降。克拉拉起先還不願放過已經戰敗的俘虜，仍要違背人道主義精神，對我施以殘暴的懲罰。見我不能再狼狽了，她才將將收手，擺出一副皺眉蹙眼的神情，隨後見我好似出水的海草，垂頭髮蔫，便又用手指著我，笑不可仰。我也受了她的影響，嘻嘻哈哈

笑個不停，兩人就這樣互相指笑，直至呼吸不暢，雙頰發僵，才雙雙停了下來。

「此前的澡，洗了等於白洗！」克拉拉埋怨說。

我說這並無大礙，回去再洗一次就成，反正我們二人，有的是時間。待到起鬨的人群重新忙起手頭的魚竿，我們便跨上自行車，一路往回趕。迎面打來的冷風吹得兩個落湯雞一身難受，她緊緊抱住我的腰，試圖抵禦濕冷的煎熬。她問我，此趟夜遊，可算滿意。當然滿意，我回答說。這才是我對這座鎮子的原始記憶。從前的日子可以過得很單純，我對她說，只要身邊有一個能與自己同享快樂的人。她用下巴尖懟了懟我的肩膀，我姑且將其算作是認同的表現。

我們回到招待所，找女接待員還了車。她見我們此般模樣，立馬露出一副比晚餐的苦瓜還要苦上十倍的面色，問我們是不是騎車掉進了水裡。我們費盡口舌，才解釋清楚，濕透的只有我們，她的自行車則完好無損。她不相信，繞著自行車檢查了五六圈，就差憑藉一己之力，將自行車舉至眼前，細細審視。總算放心下來，她才同意我們離開。我們把著樓梯扶手跑上樓，都搶著要洗澡更衣。雙方爭執不下，最終決定用猜拳一份勝負。我心裡打鼓，此前在崇明，我可是沒有十足的勝算。眼看克拉拉已經揮手作勢，我只得背水一戰。三局兩勝，我三戰皆敗。願賭服輸，我將淋浴間拱手讓人。半小時後，終於輪到我。我囫圇吞棗沖洗一番，便換上走前脫下的睡衣，回到床上，見已經收拾完畢的克拉拉重新回到電腦前，接著她尚未完成的工作。我閉上眼，小憩片刻，忽覺眼前一黑，克拉拉關燈上床。

「不寫了？」我問她。她的身影與大洋裡的海浪相差無幾，

上下翻騰，隨後歸於表面上的平靜。

「不寫了，今天累了。」

「真是辛苦你了，」我瞪著雙眼，看著眼前模糊的景象，根本分不清什麼是什麼，「這麼舟車勞頓，一路奔波，陪我來這樣一座窮極無聊的小鎮，去懷你根本就無法感同身受的舊。」

「別這麼說，當初不是和你講好了嗎？」克拉拉將頭捂在被子裡，不清不楚地說，「這也不全是為了你，你更不用為此而感到任何愧疚。」

「我倒是希望，」我小聲嘟囔道，「你能是為了我。」

她沒說話。

我決定不去管她，繼續向空氣訴說我內心的所思所想，「其實這一路上，每當注意到你在我身旁，我都會止不住去思考一個問題：為什麼是你？又為何會是我？為什麼這個世界上有幾十億個活著的人類，偏偏就是我和你要走到一起。不管是為了她的事也好，還是為了那石頭的事情也罷，為什麼最後偏偏就是我和你去做這些事情，而不是張三，也不是李四。你對我來說，到底意味著什麼？我對你來說，又是個什麼東西呢？」

她不言語。

我就以此假定她已經睡過去了，便繼續道：「原先我並沒有將這樣的事情放在心上，可是今天吃飯的時候，她們將這事當作熱鬧來看，我才真正開始注意到這個苗子。既然她們能以此為樂，就說明這絕對不是空穴來風。可我想不通啊，我一個比你大九歲的男人，對你究竟抱有一種怎樣的情感？是兄妹之間的親情關照嗎？我想並不是。我對你的感情並不純粹。我承認，我時常會被你身上的某些特質所吸引，可我說不出來為什麼。我知道原

因並不重要，重要的是感覺。你在我身邊，我感到安心，感到快樂。我從你那兒，得到了此前所沒有的充實感。一想到能夠找你聊天，能夠以各種理由邀你出來兜風，能夠與你一同踏上旅行，原本無以自遣的日子就突然有了盼頭。我在想，這是我們二人的默契，以及其所帶來的親切感。我從你身上，見到了某個我所依賴的影子。那影子或許是你的，或許是我自己的，誰也不知道。我當然明白，你就是你，你也自然具有獨立的人格，這我肯定不會加以否定。但是，附著在你獨立的人格之外的，就是這樣的一個影子。它就好像一個威力無窮的黑洞——儘管這一比喻老套至極，但卻能恰到好處地形容我此刻的處境——將我自身的一切，都吸引過去。只要能見到你，我就仿佛一連倒退好幾十歲，回到稚氣未脫的少年心智，擁天真浪漫入懷中，只覺飄飄欲仙；倘若是見不到你，我的心就會如灶臺上燒開的熱水壺一般，心緒難平，躁動不安。這究竟是怎樣一種感情？我想應該不言而喻。只不過，我這人對於自己的情感，一向摸不著頭腦。我搞不清自己對你的感情，到底是心血來潮，還是已然根深蒂固。我甚至不能很好地將這樣的感情分門別類，它到底是什麼？我不知道。你對我而言，又究竟意味著什麼？我同樣知之甚少。」

「你是被溪水濺醉了嗎？」

克拉拉的突然發聲，使得我多少有些招架不住。我往她的床上瞥去一眼，她已經轉向我，曲著手臂，壓在枕頭底下。

我不敢再去看她，可既然心底裡的話已經說出口，就想無論如何也要將肚子裡的話罐子掏空了去。

「這些話，我都是極為認真地思考過的。」我說到一半，乾脆閉上眼睛，什麼也不去管，「我也知道，你可能會把我當成

一個自作多情的老男人──雖然我自己根本算不上老──但在你眼裡，事情估計多半如此。年齡差距先擱在一邊不談，現在要談的，是我對你的情感。我剛剛也講了，我對你完全稱得上喜歡，但若是只用喜歡來描述這樣的一種感情，又不免過於籠統敷衍。可若是將其直白地歸結於愛，我就屬實犯了難。換言之，我自己並不知道什麼是愛。你是這世上少部分多少瞭解我的人，想必你也能對我的困惑感同身受。我對此大為疑惑，所以才不敢坦然面對自己對你的感情。」

　　我等待克拉拉扔來的嘲笑，可她卻冥思片刻，問我道：「如果我沒猜錯，你所不解的，是你生理與心理上的差異。你不知道你對我的感情，究竟是出於生理欲望，還是心理需求，是這樣嗎？」

　　「大概。」我嘴上說不清楚，心裡卻大為認同。

　　「而這所有的原因就在於我的性別，我是個女的，但又不是一般意義上的女性──如你所說，我是個帶影子的女性──而你是男性，卻又擁有著女性的自我認知，不是嗎？」

　　「那已經是過去的事情了──」

　　「那不是過去的事情，那是你自己的影子，她始終伴隨你左右，不過只有將你暴露在光明之中，她才會格外顯眼。」她極為認真地說，「所以，你所面對的問題是：你所產生感情的物件，究竟是我，還是陰差陽錯附著在我身上的影子？」

　　「我不知道。」

　　「還有一件事情，我一直很想研究明白。」克拉拉又說，「此前我們也進行過類似的討論，最終得出一個結論：一個人之所以是他或她自己，完全因為他或她擁有自己的思想意識──或者說，是我們的靈魂──這才是我們之所以是我們的原因，也是

我即為我的證明。除此之外，其它任何分類標籤也好，物理特性也罷，都可有可無。那麼按照這樣一個結論來看，你之所以為你，只因為你是你，不管你是男還是女，你是你的結論不會發生任何改變。如此一來，你又何苦非要執著於自己的性別認同呢？再者說，你所認同的女性特質，不過都是些人類文明所創造出來的單一刻板印象。誰說女性就一定要是你所仰慕渴求的樣子？換句話講，你所認同的，不過是人們——包括你自己——對女性的刻板印象，而跟生理性別無關，更與你的取向無關。你若是果真對我產生了感情，那就是單純的作為你的你對作為我的我產生了感情；你若是只對我身上的影子產生了感情，那就是單純的作為你的你對作為影子的影子產生了感情。不管怎麼樣，這樣的感情都是單純且純粹的，根本沒必要去想些別的有的沒的。」

「你說的沒錯，只不過——」我說，「我的確生來就是作為我的我，就算沒了我的身體，只要思想和意識尚存於某處，那我就依舊是我。但是這麼說來，男女特性的確無關緊要。可是，現在的情況是，作為我的我，在我為獨立個體的前提下，主動選擇了女性這一認同——或者像你說的那樣，選擇了女性的刻板印象，作為自我認同。這是主動和被動的關係。典型女性的特質吸引了作為我的我去成為那樣的人，這樣一來，就不涉及你此前所提到的問題。我作為我，和我選擇成為誰，兩者並不矛盾。但若是從一開始，就將我與某一標籤相捆綁，那就不再是一種主動選擇的關係，而是被動接受的狀態，這麼看來，才會與我們的結論相悖。」

克拉拉走下床，來到我的床前。「那你又是怎麼變成現在這副樣子的？」

「你說，是哪個樣子？」我問她。

她爬上來，以一種我所無法抗拒的姿態壓到我身上。

「有一點，我需要確認一下。」她的唇齒在我的嘴邊發出聲音。

我屏息凝神，儘量不讓自己呼出的氣體打在她的臉上。

她道出下文：「你喜歡的到底是我，還是影子，你到現在也沒有給出答案哦？」

「我不知道。」我撇開頭，回答道。

「這麼回答，可不算數哦！」她不再玩弄我，往右一倒，躺在我身旁。

「你剛剛說，」我繼續問她，「我怎麼變成的這副樣子，到底是哪副樣子？」

「一副不知什麼是愛，對自己的感情惝恍迷離的樣子。」

我睜眼望著窗外路燈透過窗簾縫隙打進來的條條光斑，以及由光斑渲染而出的窗框的影子。

我究竟是從何時開始，就變成這副樣子的？

3

　　我將那封賀年信塞進書櫃的最底層，卻無法將信的內容一併拋向腦後。

　　那信上說，他喜歡我。他為什麼喜歡我？原因並沒有用白紙黑字寫在信上，我只得憑自己的猜測，進行一番無謂的思考。他喜歡我，這句話的重點，到底是在於「他」，還是在於「喜歡」這一動詞？又或者，最關鍵的一環，是最後的賓語，也就是我。

　　他喜歡的是我，怎麼可能嘛！

　　我在校園內踱步，對此進行一番自省。平日裡，我的表現算是正常，並沒有什麼異于常人的言行舉止。更何況，除了在教室上課，我與他人的距離──抑或他人與我的距離──都至少保持在五米開外。我與外界互不侵犯，保持著平行發展的態勢，怎麼可能會招惹上他？這麼想來，問題必定出在他身上。此時的國外世界，愛滋病毒正風靡全球，對於這類事物，並無偏見，只是出於自愛，我寧可選擇敬而遠之。不過這一次，我實在無法將其放下。並不是因為我對男人有興趣，事實上，我從來就不曾對男人產生過興趣。但是，我內心好奇，究竟是怎樣的人，會喜歡一個孤僻獨處的我？這是個極大的疑問，其懸疑性，堪比英國巨石陣建造的來龍去脈。人類偉大的好奇心驅使著自己，朝謎團中心的那個男人前進。我主動打破保護自己已久的透明屏障，四處和人打聽此人的來歷，又摸索出此人從早到晚的作息規律，趁一天午飯時埋伏在他常出入的食堂內，等待著他的出現。他於十二點

一刻準時現身。我端著自己的餐盤，想要坐到他身旁，卻發覺沒有空位，便只得另尋他法。我路過他身後，他正低頭吃飯，根本就沒瞧見我的到來。我故意將餐盤一傾，爆炒豬肝的菜油便依照經典物理的定律，灑向他旁側的地面。他驚起，看到是我，又面目扭曲，像是被人用高跟鞋踩到了腳趾。我不停道歉，一邊檢查他身上有無污漬。他躲至一邊，連忙說他並無大礙。我便順勢用我打聽來的消息，與他套上近乎。他名叫錢健，健乃「健康」的健，當我初次在宿舍公告牌裡的處罰條上看到他的名字時，第一個想法便是這名字取得不錯。錢健，錢賤，視金錢如糞土，我喜歡。我知道他學的專業是與南亞宗教相關，便謊稱自己有朋友與他同專業，所以從朋友口中聽聞過其名。他自然猜得出我的真正用意，畢竟那封書信就是他本人所寫。他連連咳嗽，說他還沒吃完午飯，問我能否稍等一會兒。我說自然可以，我就在食堂門口轉悠轉悠，正好消食。

大約過了十分鐘不到，這位視金錢為糞土先生，就磕磕絆絆跳下食堂門口的臺階，找上正在樹下觀察行人的我。他不知輕重地撞向我的肩膀，又慌忙地向我賠罪。

我想也沒想，開口問道：「新年的信是你寫的吧？」

他好似被犀牛角頂上了屁股，眼珠子都要射到我的臉上。他結巴著說，的確是他寫的。

「你寫這個，到底是什麼意思？」我質問他。

就是字面上的意思，他對我說。

「所以你喜歡我？」我毫無顧忌，「喜歡」二字仿佛兩塊磚頭砸向他的胸口。

他掩著面，捂著胸，半天不出一個聲。

「是不是？」我又問。

他才勉強點頭，小聲說是。

「為什麼要喜歡我？」

他面露難色，向後退上兩步。就是喜歡，沒別的原因，他說。

「實話？」

他泫然欲泣，說其實另有原因。

「什麼原因？」

長得好看，他說。

這下輪到我有些忸怩不安起來，「除此之外？」我又問他。

特立獨行，與世無爭，他如此答道。

我不由得皺起眉頭，「什麼時候開始的？」

從第一次見到我的時候，他坦白。

第一次就開始了？

我越想，就愈發感到惶恐，在自己生活於獨立星球的同時，大氣層外竟會有如此之多虎視眈眈的外星艦隊，妄想侵犯我的領域。

「我得跟你講明白，」我同他說，「別看我雖是一副這個樣子，我對男性可是沒有一丁點興趣，希望你能明白，趁早放棄這個念想。」

他聽後，不但沒有灰心，反而讓我給他個機會。

「沒有機會，毫無可能，這你明白嗎？」我又語重心長地告誡他。

他反而像草場的野火，越吹越旺。他乞求我──用「乞求」一詞毫不誇張──給他兩周時間，若是我實在無法接受，那他自然會主動放棄。我猶豫不決，一方面考慮到社會對於同性交往的抵觸；而另一方面，自己又難平想去探索這麼一種感情的心願

（事實證明，當時的我，的確只想弄清他對於我所產生的感情的來歷）。經過萬般權衡，大腦裡幻想出的天平傾斜到更加激進的一側。他仍舊在可憐巴巴地等待著我的回音。

「行吧，就給你兩個星期的時間。兩個星期以後，就不要再打這個歪心思。」

他欣喜若狂，又叫我不要把話說這麼死。我沒理會他，**轉身**就要往宿舍走。他可倒好，屁顛屁顛，一路跟我上到宿舍房間。

「你要幹嗎？」我打開宿舍門，幾個舍友們正圍坐一桌打撲克。

參觀一下，他說，偶爾串門也不是什麼稀罕事情。

不等我介紹，他便主動跑去和我的室友們打上招呼。室友們倒還都挺喜歡他的自來熟，便邀他參與下一輪的牌局，而被頂替的那位則端著洗臉盆，跑到公共澡堂洗澡去了。此處需額外補充一點，那時宿舍的四名學生中，唯獨只有我仍舊單身，另外三位，早就已經各談各的物件了。而我呢，正是那則可悲傳言的主人公。多虧了這一張張不光會吃飯的嘴，我的光輝事蹟已經處於一種人盡皆知的地步。想必視金錢如糞土先生也不例外。只不過，他從來不曾——即使到了現在也是如此——在我面前提起過此事，哪怕就是關梅梅的存在本身這一不可反駁的事實，他也從來沒跟我提過一次。

這牌打著打著，我那幾個不著邊際的室友們，就開始打探起視金錢如糞土先生的情況。他們問他所學的專業、所在的年級、有無談物件，若是沒談物件的話，又是否有心儀的姑娘。這麼一路聊著，竟聊到了我的頭上。室友們詫異，這位視金錢如糞土先生原來自稱是我的「朋友」。他們本以為他是跟在我身後順進來

的。那既然說認識，又是何時認識的呢？打從剛開學就認識，視金錢如糞土先生說。什麼叫打從剛開學就認識？我如墮雲煙，不知此人都在打些什麼算盤。室友們聽他如此一說，原本的嬉皮笑臉頓時就收斂不少。怎麼認識的？新的問題隨之而來。就在宿舍走廊上認識的，他胡謅道。我嫌他們聊天聲音太大，便脫了鞋上床，用被子蓋過雙耳。他們總算將話題從我身上移到別處。就這麼一直天南海北地聊著，再一抬起腦袋，我得去趕下午的課了。

　　我一聲未吭，走出門外，將視金錢如糞土先生留在我的宿舍中。

　　夜晚再歸時，他早已不見蹤影。室友們紛紛朝我搭話，說我哪兒找了個這麼油腔滑調的朋友，原先可真是看低我了。對於他們一學期難得朝我說的幾句話，我也懶得理會，用手裡待洗的襪子將他們打發走。

　　翌日，我下課返回，又在宿舍裡碰上了他。視金錢如糞土先生邀我一同出門散步，我起初拒絕，他卻死纏爛打，我終於無力招架，只好跟隨他一同下樓。晚冬的夜色正好，清風拂過面門，帶有一陣叫不出名的花香。我與他並肩而行，走在校園的石板路上。路旁的草叢裡，一對戀人相擁熱吻，腳邊是兩個空的可樂瓶子。男的一看就不愛運動，一雙河馬腿上頂著個受威脅的河豚肚；女方姿色甚好，卻喜歡將襯衣上頭的扣子解開兩個。他們激烈地揉捏在一起，好似兩個上肢站起、互相打鬥的發情期公蜥蜴。

　　現在的小青年，就連喝可樂都能醉成這樣。我暗自嘲諷道，卻沒想身旁的視金錢如糞土先生身手不凡，兩三步便跨到路口處的小賣部，去揮霍他視如糞土的金錢。待他歸來時，用單手的三根手指，拎來兩瓶玻璃瓶裝的可口可樂。

「我不怎麼喝可樂。」那時的我還甚是執拗，怎麼也放不下與可口可樂的莫名恩怨。時至今日，我已經──自認為──與從前的自己大不相同。

剛剛揮霍完糞土的先生好似聽聞天文學家告知全球人民月亮只是太空反射的虛影一樣，遭到晴空霹靂。這世上怎麼會有人不喝可樂，他不肯接受這樣的事實。垂頭喪氣的他，只好用兩瓶可樂互相搭在一塊兒，去撬開上頭的瓶蓋（這也算是他為數不多的技能之一）。我們一面向前走，他一面往嘴裡灌焦糖色的汽水。

他問我，我老家是哪裡人。

「本地人。」我回答說。

他也不管我有無興趣，就主動告訴我他的家鄉在新疆。

「新疆？那麼說來，你是少數民族？」我這才第一次認真仔細地打量起他的外貌。他的顴骨又高又挺，好似兩個圓潤的櫻桃被硬生生縫進他厚實的皮囊裡；雙眼的臥蠶形似江上小舟的船底，眼皮被橫隔一道的褶皺分成兩層；他的睫毛濃密又上翹，卻缺少普通長睫毛女性的那般嬌媚姿色（原因自然在於他本就是位生理機能正常的男性人類）；他的頭髮烏黑且蓬鬆，好似被人拿針筒朝裡注入了多餘的空氣。

他說，他是半個維吾爾族。

「為什麼是半個？」我走在路燈之下，自己的影子被拉得格外之長，讓人想起黃昏時分的夕陽小道。

見我開始對他燃起興趣，他便眉花眼笑地向我做出解釋說，他母親是烏魯木齊的維吾爾族婦女，父親則是位純正的漢族人，當年隨援疆部隊一同來到新疆，在那裡認識了他的母親。

「那你會說維吾爾語？」說到新疆，我首先想到的便是羊

肉、烤饢、維吾爾語。但若是此時當著他的面，卻問些羊肉與烤饢的事情，也多少有些不講規矩。

他也沒回答，直接說了一通猶如將迴紋針別成一列再沿直線鋪開的語言。

這下我知道了。「從什麼時候，開始喜歡男性的？」

我的問題似乎過於露骨，弄得他沒了原先的笑意。

他自己也不知道從什麼時候開始的，或許是生來如此也說不定，他這麼告訴我。

我此前並未真正和同性戀人士有過接觸，所以對這方面的事情也不甚瞭解。「那以前可曾有過喜歡的人？」

有過，他說，隨即打了個響嗝。

「對方知道嗎？」

他又打一響嗝，才回答說，對方不知道。

「那，」我問出一個對他來說也許愚蠢、但對我來說卻意義重大的問題，「對方是男是女。」

他先是停下來看我，好似在看留著髒辮的老和尚，隨後才道，當然是男的。

「就沒喜歡過女的？」我問。

從來沒有，他繼續走著。

「對女的沒感覺？」

一點感覺都沒有，他說。

「喜歡男的，是什麼感覺？」我盯著他略顯萎縮的耳垂，心想，長了一對這樣的耳朵，以後指定當不了財神。

他說，不好描述，就像一般書裡寫的那樣，愛情是如何，它就是如何。

「那麼，愛情又到底是何物呢？」我望天而歎，夜空頂上有朵黑雲，像極了垃圾堆裡腐爛的香蕉。

他幹光了其中一瓶可樂，說我的這個問題就算等到下個世紀，也得不出一個確切的答案。

再往前走，就是校園裡的情侶湖。所謂情侶湖，並不是什麼帶有美好寓意的名字。據傳言稱，凡是來此湖幽會的情侶，最後沒有一對兒成的。也正因如此，此時的情侶湖，倒是成了單身漢們扔石子打水漂、喝酒扯皮逍遙自在的好去處。

「說回原來的話題，」我張口道，「為何會想到要給我寫那封信？」

寂寞難耐，這是他給出的藉口。

「就不怕我一生氣，將這事全抖落出去，害得你在學校混不下去？」

他十分篤定，我不是這樣的人，也不會做這樣的事。

「這是怎麼看出來的？」我納悶道，「莫非我的臉上清清楚楚寫著，我是個好人？」

他不好意思地說，我這人沒有報復心理。

我大概清楚他在暗示什麼。

他又轉而開始問我，說我為何要主動找上他。

「我好奇，我不解，我想知道到底是誰、又是因為什麼原因，才會喜歡上我。」

他聽後，不免有些掃興，整個人就跟斷了天線的收音機一樣，頓時沒了生氣。他再三向我確認，可否還有別的動機。

「沒了，僅此而已。」我說，「而現在目的也算達到了，兩周以後，我們就分道揚鑣，再無牽連。」

他說我冷酷無情，又認為我審視同性間愛情的眼光太過刻薄，以至於最後無法接受。

「全無此意，你別多想。」我解釋說，「我對你們，完全沒有偏見。我不過只是從未對同性產生過感情，所以才無法將心比心。你們的生活，我自然難以想像；你們的苦衷，我肯定無法體會。」

他對我說，想要理解的話，其實倒也簡單。只需想像自己是個啞巴，被人扔進無光的房間。餓了，想要吃飯，卻沒法兒出聲，喚不來人。哪怕房間外的過客再多，也不會有人聽見自己內心的渴求，更不會有人前來解決自己的饑餓。沒人會在意房間裡的存在。

「遲早會過去的，」我安慰道，「人類社會在進步，一切都會慢慢變好的。」說這話時，我自己心裡也沒底，但說都說了，就得將它繼續圓下去。「想想以前，女性連投票權都沒有，黑人還在被當成奴隸賣到世界各地。再看看現在，時代在變，人的思想也會變的！」

他將另一瓶尚未喝過的可樂遞給我，我再也沒法兒推脫，就順勢接下。他情緒並不高漲，說人們的態度原本的確是在改善，可現在半路殺出個愛滋病毒，鬧得又是一片人心惶惶。出了問題怎麼辦，首先得找替罪羊。那這個替罪羊，自然又落在了同性戀──尤其是男同性戀者──的頭上。殊不知，這病毒危害的並不僅僅只是同性戀者，而是全世界的人類。可是即便如此，人們還要分朋引類，搞得壁壘分明，彼此勃谿相向。

「這是人的本性，」我試圖為人類開脫，「人的本性就是對立、競爭。不單單是人，就連其他動物，也是如此。不過這一

點，還是請達爾文來做具體解釋，會比我講述的要清楚得多。」

可那是自然的法則，他反駁道，既然人類將自己標榜為高一等級的文明生物，就不應當再遵循最為原始的生存機制。若是如此的話，那天生殘疾的嬰兒就應該被集體撲殺，無法勞動的老年人就理應服毒自盡，免得再消耗資源。到頭來，只有最強健的青壯年才有能力活在這世上。

「你的觀點太過於悲觀且偏激，」我試圖撥正他對外部群體的態度，「人們的權益，需要自己去爭取。而你們都在為此努力，不是嗎？」

但他們勢單力薄，他說，好比螞蟻搬大樹。面對強勁的逆流，他們幾乎得不到任何喘息的機會。甚至就連給我寫一封告白信，都要為此膽戰心驚，夜不能寐。

「你不是說過，你相信我不是那樣的人嗎？」我質疑道，「既然這樣，你還擔心什麼？」

他用手中的空瓶子與我的可樂輕輕碰杯，玻璃相磕，發出活潑卻神聖的鈴鐺聲。

他略顯愧疚道，儘管如此，只要是向外人表達心意，就會像這般忐忑不安。自不用說，他還是在向同性對象表達情感。這如同將他拉到光天化日之下，被人扒去褲子，將他屁股上的胎記展示給眾人看。

秘密，這是秘密。他說，這是不可告人的秘密。

若是被人發現，這秘密就會變成附在人們身上的致命病毒，這病毒比任何一種人類已知的疾病還要無情，它高效可靠，將人們拖入死亡的深淵。可就算人死了，這病毒也依舊存在於世。這是一場屬於病毒的勝利。人類敗局已定。

「可是⋯⋯」我躊躇道，「既然死亡使我們擺脫了病毒的侵害，是否又可將此視作是上天賜予我們的一種解脫？」

可是人都死了，他低語，就算獲得了解脫，又有什麼用呢？

「與其痛快地死去，」我替他進行總結，「不如痛苦地活著？」

他對我豎起大拇指，誇我總結得到位。

「對於你來說，活著意味著什麼？」

他飛快地轉動著眼睛，兩個眼珠簡直與失去方向的球形指南儀相差無幾。

活著，意味著尚有機會去追尋他的所愛之人；意味著仍能體會生活中曇花一現的幸福喜悅，以及與我一同漫步的冬日夜晚。他講完，又將同樣的問題拋回於我。

「活著，對我來說，僅僅只是活著而已。」我的話裡，可絕不參半點兒水分，「活著，沒有死亡來得迅速，不及死亡那般令人畏懼，只是活著，不過只是一天天地以各種理由去度過有限的光陰，最終留下許多未盡之事，就只得被死亡納入懷中。或許也正因如此，人們才會將現世的希望寄託于來生，渴求死後便能脫離苦海，用一把修建花園的大剪刀，去剪斷糾纏一生的束縛。」

但是，他提出他的觀點，正像我所說的那樣，活著就是活著，那死了也同樣就是死了。死後的世界，沒有人清楚。既然如此，何嘗不先珍惜活著的時光，爭取做到死而無憾呢？

「沒人能夠真正死而無憾，」我說，「你類推得很對，活著就是活著，死了就是死了。人死去以後，什麼也帶不走，就連身體都得留在世上，任其腐爛。能夠離開的，就只是那個你，那個我，那個精神上的你和我。這著實可被看作是一種嶄新的狀態。

而人從一個舊有狀態進入到一個嶄新狀態的過程，我認為，將其
稱之為是某種重生也不為過。但我們需要知道一點，重生也好，
復活也罷，意味著我們接受了新的生命，從前的一切都會被抹成
一個數學層面上的零。那麼這樣一來，前世的遺憾，是無論如何
也彌補不了的。它只會停留在過去，留在那個我們曾經活著的世
界，就好似陸地上的岩石，見證著地球的變遷。它是物質的，
它存在於這地表，卻無法化作精神形態，被我們帶去另一個世
界。」

　　我說罷，喝光他給的可樂，想帶著他朝著回宿舍的方向走。
他卻拉著我，站在情侶湖邊的榕樹下，不顧我的反對，身體緊貼
著抱住了我。我倉皇失措，手裡的玻璃瓶掉在草坪上，朝湖邊滾
落而去。我使出江邊縴夫拉船的力氣，才將他一把推開。

　　「這麼多人在附近，你要幹什麼？」我低聲怒斥道，就差露
出嘴裡兩顆並不存在的虎牙。

　　他對我眨著眼睛，笑著說，這就是活著的意義。

　　「這可是情侶湖！」我想嚇唬嚇唬他，好讓他能在行為上收
斂一些，「你這麼搞，肯定沒什麼好果子吃！」

　　他滿不在乎，聲稱就算結局比古典四大悲劇還要淒慘，今
晚這一抱也值得了。這是他頭一回如此近距離的與心上人發生接
觸，他對我說。

　　我沒了脾氣，不再對此而指責他。「你是學南亞宗教的，」
我說，「在他們的宗教裡，對同性戀愛有沒有什麼見解？」

　　他說，他自己也不清楚，南亞各派宗教本就複雜，誰還有心
思去管這些。

　　「這就證明人的戀愛，與是否為同性並無關聯。」我點出

歪理。

　　可能只是他沒學到，視金錢如糞土先生說，這自古以來，無論中外各路神仙上帝，對同性戀愛的態度都如出一轍。

　　我沒再問話，提議該回去了。他占了便宜，自然毫不猶豫地答應下來。

　　那天夜裡，我在宿舍的床上，閉眼想著他的擁抱。或許，我心想，只是或許，我與他們是同樣的人也說不定。有這個可能嗎？我問自己。我回憶起他的身體，堅硬，單薄，與她有著雲泥之別。

　　經過相處，我對他的確產生了好感。但這好感並非情愛一類，只覺得他人不壞，有天生的親和力。

　　興許我能試著接納他？不行，我做不到。

　　內心的聲音告訴我，我做不到。

　　我所選擇的，不是這樣的身體。

　　但是愛情，與身體到底有什麼關係？我若是愛上一個人，愛上的絕不是他或她的身體，而是作為他或她的這個人本身。那麼，嘗試去接納他，也並不是沒有可能。只不過問題在於，我並不知道什麼是愛。

　　又或者——我為自己找出另一個藉口——我對他沒有感覺，是因為作為他的他，已經選擇並接受了他男性的屬性，而基於這一男性的屬性，他繼而去喜歡別的男性。但我對如此一種選擇接受男性屬性的人毫無感覺，這也許就是根本原因。

　　他並不適合我，這就是我所得出的答案。

　　那天，我將自己的答案告知於他，他欣然接受。

　　不過，他聽完我的解釋後對我說，他很好奇我所選擇的又是

怎樣一種屬性。

「沒有屬性。」我說。

他說，活在世上，肯定要做出選擇，不是其一，就是其二。

「我選不了，」我回答道，「並不是不能選，而是我自己不讓選。」

他試圖去理解，卻怎麼也理不清頭緒。用他自己的話來講，就是自己的腦袋被和了水的麵粉塞滿了。

「總之，我們是沒有可能的。」我再三強調。

就算不能相愛，他說，以後還能做朋友。

「當然可以。」我一口答應。

他還想再蹭一個擁抱，我出於憐憫，只好張開雙臂，像兩個許久未曾相見的老友那樣，抱住了他，一邊用手掌拍打著他的後背。

活似月臺上的父親送孩子上火車一樣，他打趣道。

「那你哭什麼？」我問他。

他說沒有，只是風把灰塵吹進了嗓子。

「那以後，我們不時見面，聊聊彼此最近的學業。畢業後，又各自進入社會，我算一路順利，他倒是走得曲折，一連換了好些個工作，最後終於在如今的出版社穩定下來。」

「他現在，可還單身？」克拉拉還未放下筆，就開始進行記者般的提問。

「不清楚，」我說，「最近很少和他見面。」

「都是因為現在這事？」

「是啊。」

「所以都是在和我見面。」克拉拉從上俯視著身旁的我。

「是我的榮幸。」我說。

「他只是一段小插曲？」

「沒錯，根本算不上戀情。」

「那另外兩段，又分別是什麼情況？」

我湊近了去聞克拉拉身上的沐浴露香，隨後才說：「第二段戀情，對象是一位元比我年長二十二歲的女性。」

「那是什麼時候的事情？」

「在我二十三歲，剛剛畢業的時候。」

她又準備動筆記下些什麼，這一次，我好心提醒，讓她開燈。她聽從我的吩咐，轉開了招待所床頭的旋鈕。頭頂的射燈由暗轉亮，將床上的我和克拉拉照得好似在舞臺劇裡表演床戲的男女演員。她按照自己的臺本，念出臺詞：「那麼說，她那個時候，正好四十五歲？」

「不多不少，正好四十五歲。」我一邊說，一邊抬起左手，使白色的被褥上現出一道隨被褶飄揚的影子。

「你們是怎麼扯上關係的？」女演員向著對面的空座席，如此說道。

我放下手，「她是個寡婦。」

她是我剛畢業時在書店打工的老闆，與此同時，她也是位寡婦。

在我被招入高中體制內前的兩個月空檔期，為了討些零花錢，我便選擇了這家書店，作為自己打零工的地點。

書店吸引我的，首先是它的店名，*Supernova*，超新星。

一家外表普普通通、入口處有個深藍色布簾的私人書店，為何一定要用英文取個意為「超新星」的店名，這著實令我倍感好奇。我抱著試試看的心態，掀簾而入。裡面什麼也沒有，唯獨是些琳琅滿目的書架，地上不時會出現墨綠色的裝書的籃筐，店裡甚至恨不得在天花板上都要貼上幾本五顏六色的書籍來。收銀台裡站著一位駝背青年，以及一名雙馬尾少女。駝背青年一頭看似新潮的厚劉海，袖口向上卷起，露出手腕處的銀色手鏈；雙馬尾少女比駝背青年矮上一截，長了副與世無爭的樹懶臉，小咪咪眼的兩端向下垂落，露出怎麼看都像是在微笑的神情。偌大的書店，除我以外，不見其他客人。百無聊賴的二人，起先並未察覺到我的光臨。直到我走入收銀台的偵察範圍內，他倆才好似小貓忽見腳邊的一塊鵝卵石那樣，一驚一乍地瞪著我看。

我走上去，詢問店裡誰是管事的。

他們問我要做何事，我說我打算來此打工，不知貴店此時是否招人。他們二人拿不定主意，便只好由雙馬尾少女跑向書店的二樓，喚來一位身材形似葫蘆的女子。

經介紹，此人便是書店的老闆娘，人稱香姨。

香姨時年四十五，臉上的皺紋同蘭州牛肉麵上撒的蒜苗無異，不多不少，只作點綴。她嘴上塗著深紅色的口紅，下身一條上寬下窄的背帶褲，上半身則是一件短背心，看著神似提著油漆桶的粉刷匠。

「聽說你要來打工？」香姨與我客套地握手。她的手比一般女性要大，卻要較想像中柔軟許多，像是在握十六七歲女生的手。

我初來乍到，尚不清楚社會裡的各色行規，所以行事處處

小心謹慎，生怕踩著了誰拉的紅線。我畢恭畢敬，點頭說是，卻不敢率先鬆開相握在一起的手。駝背青年與雙馬尾少女隔著收銀台，眺望此處上演的戲碼，看得不亦樂乎，仿佛我與香姨二人不是在握手，而是同時在用木槌打年糕。

最終，還是先由香姨帶著疑慮抽回了手。她將我領上樓。書店的二樓同樣擺滿書籍，只不過，靠近街邊的一側是個露天平臺，平臺上支著幾把遮陽傘，遮陽傘下放著圓桌和板凳。是個看書喝茶的好地方。上了樓梯往裡拐，再往前走個五米，便是香姨的辦公室。辦公室大概三十平方米，裡面擺了張木質辦公桌，桌上放有一個微縮屏風，一個白玉色澤的筆筒，筆筒裡插著好多樣式不同的鋼筆。香姨為我拖來一張木板凳，自己則坐到辦公桌後。我等她入座之後，才敢放心坐下，卻仍覺得自己的坐姿不夠端正，便向後撐了撐肩膀，左右扭了扭脖子。陽光從香姨身後的百葉窗間溢進屋中，烘托出香姨的朦朧輪廓。我右手邊的牆上，掛著橫幅的名人字畫。

「你今年多大了？」香姨總算開始可被算作是面試的流程。

「二十三。」香姨話音未落，我便搶答道。

「以前都做過什麼工作？」香姨傾身，將前胸的兩個波蘿蜜搭在桌上。

我難以啟齒，只好用火車速度的語氣，說自己以前從沒在外面打過工。

「那你在學校裡，都學些什麼？」香姨又問。

「學的是音樂，兩個月後去高中任職。」我答，答完就開始反思，自己有無答得不好、或是會引起不良印象的地方。

值得慶倖的是，香姨聽後，並無半點表情上的變化。她接著

又問道：「為什麼會想來我們這兒打工？」

我一時語塞，總不能老實說是因為好奇這店的名字吧？

見我十秒內未做回答，香姨便跳過此問題，說我不過是來打個零工，什麼原因不原因的，想不出也罷。

我在內心感激香姨的寬宏大量，並做好準備，去迎接下一個問題的到來。

香姨從桌下抽出一張白紙，又從筆筒裡挑來一支鋼筆，隨後問我：「打算在這兒幹多久？」

幹多久？我還真沒考慮過這個問題。原先只是想著，在正式工作之前的閒暇時間裡賺些外快，有活幹就幹，沒活幹就拉倒，完全屬於一種隨遇而安的心態。可這下突然問我打算幹到什麼時候，我還真就回答不上來。

「大概一個多月吧。」我想了想，說。

「大概一個月，那到底是多久？」香姨取下鋼筆的筆帽，「有沒有具體的日期？」

「六個禮拜。」我來不及計算，卻又得表現得胸有成竹。

香姨聽後，把紙筆推給我。「把你的姓名、家庭住址、聯繫方式和證件號碼通通寫上。」

我不知其意，但只能接過鋼筆，在紙上寫下香姨想要的信息。我儘量寫得端正，可不知是這鋼筆的緣故，還是我自身的原因，寫出來的字不是豎變成撇，就是捺飛上天。

我放下鋼筆，看著一紙小學生的幼稚字跡，心裡暗暗唾罵自己關鍵時候掉鏈子。

香姨收回紙，雙手拾起來，白紙擋住她的臉。我擔心在那白紙之後，正發生著一場風雲突變的改革，最終導致了天翻地覆的

巨變。好在手持白紙的香姨看了不出五秒，就將白紙擱在一旁，原先預計的改革並未發生，主張改革的人士們只得空歡喜一場。

「那你明天一早就來上班，可以嗎？」香姨問我。

我心想，自己這下應該就是被雇用了。「可以可以，」我連連道，「早上幾點？」

「七點，」香姨說，「先帶你熟悉一下具體的工作內容，而後就要開始為一天的開門營業做準備。」

我說好，卻又覺得缺了些什麼。我支支吾吾地問，可否有勞動合同一類的東西需要我簽署。

「合同？」香姨毫無顧忌地放聲大笑，「你一個打零工的，不需要簽合同。」

是這樣嗎？我自己也全無經驗，對此事瞭解無多。但既然香姨這麼說，我就只能姑且這麼相信她。萬一六周過後該得的工資得不到手，我也找得上她。她怎麼著，也沒辦法背著書店溜之大吉吧！

於是乎，我向她道謝，與她告別，遂離開即將爆炸的超新星。

這是第一天的事。

第二天，我六點五十來到書店，書店的大門上了鎖。已經與我成為同事的雙馬尾少女和駝背青年並未出現在書店門前，所以無人為我打開門鎖。香姨也遲遲未歸。我甚至一度懷疑，是自己的手錶出了問題，導致時間快了近一個小時。可是天上的晨光已經亮起，時間應該無誤才對。

在書店附近閒逛二十分鐘，再一回到店前，門已被人打開。

「你遲到了。」神不知鬼不覺就出現在店內的香姨指責我道，「第一天上班就遲到，現在的年輕人是怎麼回事？」

　　我費盡口舌，解釋自己的真實情況，說自己六點五十就已經
來到店前，只不過大門緊閉。

　　「我不管這些，」香姨毫不客氣，「只要書店開門時你不
在，那就是遲到。」

　　哪有這等道理！

　　我也不再狡辯，等著香姨吩咐我做事。在書店幹活，無非就
是整理書架、歸納倉庫、清點存貨，諸如此類的雜務。若是碰上
週末，客人多了，還要幫著客人去找想要的書目。閒暇之餘，倒
可以偷偷取下一本兩本，隨便翻翻。

　　時間久了，我便和駝背青年與雙馬尾少女熟絡了起來。

　　他們倆，一個是浦東人，一個是洛陽人。雙馬尾少女說話不
帶河南口音，駝背青年家境聽說很是不錯。他們一個在讀大專，
一個從交大畢業，打算千方百計留在上海。他們告訴我，別看老
闆娘工作上尖酸刻薄，其實是刀子嘴豆腐心，生活中還是個溫柔
體貼的人。看不出來，我說，著實看不出來。

　　「等你有機會的時候，就能感受到啦。」衣食無憂的駝背青
年說。

　　機會？什麼機會？我問。

　　駝背青年笑而不語，雙馬尾少女抖抖肩膀。

　　據他們講，這一年間，店裡此前來來去去總共有不下十位打
工學生，能進來上班的，都是些長相不差的男員工。

　　「那你呢？」我問駝背青年。

　　他告訴我，他是老闆娘的侄子。

　　我大驚失色，自己在他面前，曾經說過不少老闆娘的壞話。
他見我如此，叫我不要擔心，畢竟就連他自己，也時常和我們一

同傾瀉苦水。

「這些學生工，都待了多久？」我問。

「一個月不到。」駝背的老闆娘侄子說。

「都是被趕走的？」

「不，全都是自己主動走人的。」

我斟酌語句，「是被老闆娘的認真態度嚇走的？」

「另有其因。」

我還想繼續打聽，香姨的侄子就被叫去幫忙做別的事了。我只好將事情記在腦子裡，下次再翻出來接著瞭解。

可這還沒等到下次，事情就自己找了上來。

那天是星期二，店裡沒什麼要緊的事情要辦，駝背青年和雙馬尾少女皆被身為老闆娘的香姨早早打發回家，只留下我一人進行閉店打掃。香姨人在二樓辦公室。我收拾好散落的書籍，掃清了地上的塵屑，關好電燈，正要下班回家，臨了又覺得就這麼一聲不吭地離開會顯得有失教養，便決定上樓和香姨打聲招呼。

香姨辦公室的燈還亮著，刻在地板上的燈柱呈放射狀朝我鋪來。我順著燈柱鋪成的地毯走近門前，側耳去聽裡面的動靜。裡面無聲，只有空氣帶來的寂寥撓著我的耳洞。我敲門，香姨應了一聲，喚我進去。我將門往裡推得大些，卻不想跨進門，只是站在門邊，說我要走了。

「這就回去了？」香姨問我，又沖我招手，「來，進來坐會兒，跟你聊聊。」見我躊躇不定，她又說：「你怕什麼？我又不是老虎。再說，就算是老虎，也不會隨隨便便就吃人。你還得看它餓不餓才行！」

今天的香姨甚是奇怪，我心想。要擱以往，她絕不會像此般

這樣與我說著玩笑。我進退兩難，老闆娘讓我進去聊聊，我也沒有轉身就走的道理。她見我猶豫，又沖我招手，擺出一副小貓咪的無害嘴臉。好吧，進就進吧，我想。

我走進去，香姨讓我帶上門。莫非是要聊些我工作上的紕漏，並以此數落我一頓，將我掃地出門？不然的話，有什麼話不能開著門說呢？我乖乖聽話，輕輕合上房門，走到辦公桌前。

香姨讓我坐下。

我按頭天面試那樣，去坐放在牆邊的木板凳。我將板凳搬至辦公桌前，坐在上面，香姨的頭髮散落在兩側，好似貴婦人所養的長毛狗的耳朵。她今天原本穿的是件藍色帶扣的牛仔夾克，可現在卻換上了一條從未見過的胭脂色旗袍。旗袍的胸襟位置開了個小口，露出香姨鹽湖一般的肌膚。她好似忘卻了自身的年齡，不拘形跡地搭腿坐在辦公桌後。

「好看不？」她發覺我這停留在鹽湖上的目光，遂如此問道。

我裝瘋賣傻，「什麼好看？」

「你自己好好想想。」香姨逗我說。

「好看，」我肯定道，「確實好看。」

「到底什麼好看？」

「這身旗袍好看，好似畫裡走出來的那樣。」

香姨向後仰靠，偏頭用看地上落葉的眼神看我，「你這個意思，是人不好看，只有這旗袍好看？」

「不，我不是這個意思，」我恍然大悟，「是人好看，只不過這話不好說出口。」

「哦？」香姨低頭，這下開始用瞧屋簷上燕窩的眼神瞧我，「怎麼就不好說出口了？你這年輕人，也會因為我這個老阿姨害

差？」

「因為香姨您長得好，氣色更好，叫人看不出年紀來。」說完這話，我也自知有些害臊，便將視線轉向那幅字畫，字畫上寫著「和光同塵」。

「小嘴倒是挺甜，」香姨笑著說，「工作上也勤勤懇懇，沒出什麼差錯，不至於馬馬虎虎。是個好青年嘛。」

聽香姨這麼一誇，原本忐忑不安的我，內心好像被人塗滿了蜂蜜，無論它怎麼跳，都是甜蜜蜜的滋味。

「謝謝香姨您的誇獎，您要是對我的工作還算滿意，那我可就再高興不過了。」我對著香姨的鹽湖說，「不瞞您說，我此前還不免要擔心自己入不了您的法眼。畢竟原先聽人說起過，店裡的幹活的員工總是換得很勤……」我說著說著，突然緘口不言。興奮至極，一時竟忘了要把住自己的嘴。

「哎呦？」香姨別有深意地挑起尾音，「這些傳聞，都是聽誰說的？」

我慌忙掩飾，技巧及其拙劣，好似試圖用抹布去遮擋桌上的手槍。「就是曾經聽人說起過。」

「是聽我那個侄子說起的吧。」香姨掀起了我的這塊破抹布。

「什麼侄子？」我企圖再次用什麼將手槍蓋住。

「別裝傻了，」香姨叫我放棄抵抗，老實繳槍，「必定是他說的，這我都知道。」

我不知如何作答，帶著一個私藏槍械的罪名，羞愧地卷著舌頭。

「你就不想知道，他們為什麼走嗎？」香姨向我伸來誘餌。

「因為工作不踏實？」我猜想。

「不對！」香姨笑道，「而且正相反，他們一個個都是跟你一樣踏實肯幹的青年小夥兒。」

「那又到底是為什麼？」我不解。

「那還得從我自身說起。」香姨道。

「我不明白，」我說，「香姨您平時做事嚴肅認真，怎麼會是您自身的問題呢？要我看，您也別戲弄我了。我知道自己在工作上，可能有哪些做得不盡人意的地方，就和他們一樣。您要是不滿意的話，就儘管說。我這人不喜歡別人在背後說三道四，還希望您能理解，當著我的面指出我的問題。這樣的話，我的內心也還過得去，工作也能盡可能做得更好。」

「你呀！」香姨笑得更加燦爛，好似一個合不上嘴的開心果，「你就是想的太多了，根本就不是你想的那個樣子！」

「那您到底是什麼意思？」

我問。

香姨的故事，得從1950年她出生時說起。

香姨本名徐淑香，為家裡的次女，1950年出生於上海的一個知識份子家庭。香姨的父母均為大學教授，父親教的是中國通史，母親則是數學系講師。香姨的姐姐名淑藝，大她三歲，從小琴棋書畫樣樣精通。徐淑藝日後嫁到北方，成了石油工人的老婆。

在香姨八九歲那年，正值三年自然災害時期，作為在上海一類的大城市居住的市民，香姨一家人也只得靠番薯和菜頭度日。而此時，正是香姨兩姐妹長身體的階段。在食物緊缺匱乏的情況下，香姨的父親為了讓姐妹倆補充營養，偶爾會在夜裡帶著淑藝

淑香二人跑到無人的路邊，去抓樹上的麻雀。姐妹倆的父親會隨手揣上一支手電筒，帶著兩個女孩，在路旁的梧桐樹下轉悠幾圈，一旦瞧見哪個樹梢上有小麻雀的身影，便會讓跟在身後的二人安靜下來。父親總是將手電筒交由年紀較輕的香姨，讓香姨拿手電筒的光柱去照樹枝上歇息的麻雀。那麻雀也怪，只要一被這光柱照著，它就好似接收到自然母親的指令一般，原地不動，等待著命運的魔掌降臨於其上。而這一命運之魔掌，則來自于姐妹倆的父親。父親手腳並用，如同一個本領高強的武僧，又像是花果山上的猴子，三下兩下就爬上樹幹，接著用身體晃動樹枝。樹梢跟著顫動，上面的麻雀站立不穩，自然就會掉落下來。這個時候，年紀較大且個頭較高的淑藝便得趁麻雀反應之前，用麻袋將其兜住，以防它逃之夭夭。父女三人得手的次數不少，但出於保險起見，父親並不是天天都會帶著姐妹倆去抓麻雀，所以二人也不是日日都有麻雀肉吃。想想一個在大學裡教中國通史的教授，到了夜裡竟帶著兩個女兒去樹上捉麻雀，這本就不成體統。

　　被麻袋套住的麻雀，再一用手抓出來時，顯得楚楚可憐，不免令人心生愛意，想要捧上手心，用指肚子從前到後撫上幾下。這也是年幼的香姨為數不多的樂趣之一。可父親帶著姐妹倆去抓麻雀的初衷，並不是為了給女兒們添些玩伴。

　　這麻雀，在食不果腹的成年人眼裡，是食物，是難得一嘗的鮮嫩美味。

　　父親從女兒手裡要回麻雀，用刀砸暈，拔毛，放入沸水裡燙。淑藝捂著淑香的眼，淑香卻能聽見廚房的動靜。如此慈愛的父親，與此同時竟會做著如此殘忍的事情，淑香試著將父親與惡魔的身影交疊在一起，可她卻不能。人活一輩子，若是不殺生，

遲早得上廟裡，祈求自己的善行能換來更加美好的來生。於是乎，淑香接受了麻雀的死。而奪取麻雀性命的兇手，則是自己的父親。父親常常告誡姐妹二人，可千萬不要小瞧這麻雀的死。沒錯，它的確是死了，可它是為了我們而死，它死得偉大。麻雀的死，是為了我們更好地活著，也正是因為如此，我們才更應當懷著一顆感恩之心，去尊重每一個生命。沒有了它們，就不會有我們。尊重人的生命，尊重有生命的客體，這本該是人人都應懂得的道理。就算要死，也得死得有意義，要體現出生本身的意義。

　　換言之，死就是生之意義的體現。沒有了死，生就沒有意義；沒有了生，死就無從談起。

　　道理過於玄虛空泛，年紀輕輕的二姐妹根本品不出其中的意味。對牛彈琴，香姨說，父親是在對牛彈琴。

　　難道說，我們活著，就是為了某個意義而死嗎？淑香想不明白。她時常會抱著當作午飯的番薯——若是按照上海人的話講，就是山芋——在家樓下的門前思考起此事。就和這世上所有活著或曾經活過的人一樣，年輕的淑香在思考生命的意義。有一回，當她想著想著，想入了迷，手指突然放鬆力氣，原本抓著的番薯便掉在地上。她正想去撿，卻碰巧走來一個附近討飯的老人。淑香見老人一臉的黑漬，多少有些生怯，那地上的番薯就被老人一手拿了去。淑香不敢言語，更不敢將此事報告給父母，只好餓著肚子，假裝是自己將那番薯吃進了肚裡。也好，小淑香對自己說，這番薯不是在我肚子裡，就得到別人肚子裡；同理，若不是她自己餓肚子，那總有別人要餓肚子。今日也算是做了好事，屬於救那討飯的老人一命。若是她因此而餓死，也算死得有意義。這麼想著，小淑香覺得，自己或許弄懂了父親所說的道理。

三年過去，香姨小學快要畢業時，情況總算有所好轉，日子也不再像原先那般艱苦。不過好景不長——或者說是早有前兆——又過幾年，文化大革命就開始了。而正值初三的香姨，也就成了「老三屆」的其中一員。到了1968年，總算能夠從初中畢業，香姨又響應某位偉人「上山下鄉」的號召，隨著「老三屆」這一波大江流水，到農村插隊。淑藝同為「老三屆」的成員，一路輾轉，去到了東北。而香姨呢，則偏偏湊巧去到了與我高中時待過的小鎮同屬一縣的另一個鎮子。

　　「那這麼講來，我們的緣分就更進一步了。」香姨打趣道。

　　「我也只是八八年在那兒待過一段時間而已。」我說，「不過，您又總共在鄉下待了多久呢？」

　　「十年，」香姨答道，「從1968年到1978年，整整十年。」

　　十年，在遠離故鄉的鄉下，做著自己所不適應的事情，過著與自己所期望不同的生活。香姨是知青，儘管只是初中畢業，但她是知青。在鎮上，她遇到了那個他。關於他的名字，香姨並不願意多加透露，只說他人姓雪，是個稀有姓氏。一個姓雪之人，本就應懷著顆浪漫的心。香姨對我說。

　　「那麼他本人，又是否對得起他這個浪漫的姓氏呢？」我問道。

　　他，是鎮裡獨一無二會寫現代詩的知青。而寫詩，則是他的秘密。所謂秘密，就是只有少數人知道的事情。

　　而這一秘密，香姨知道。

　　一天夜裡，幹完活回到屋內，香姨聽見窗外的口哨聲，便開窗去看。窗外，站著雙手裝在袖子裡的他。他身穿一件看不出顏色的薄棉襖，面色萎黃，眼裡卻蕩著波光。什麼事？香姨問他。

他止不住露出笑顏，像是難得考了個好成績的六七歲小男孩。他從袖口裡抽出一隻手，手裡攢著一張折成小塊的信紙。他晃悠著手裡的信紙，香姨便伸手去搶，撲了幾次空，總算得償所願，拿到了信紙。香姨攤開紙，紙上整齊地寫著一行行小字，那是一首寫給名叫徐淑香的少女的小詩。收信人驚喜交集，她從頭至尾在心底將小詩朗誦一遍，聲情並茂，隨後重又將手裡的信紙小心疊起。

「這是你寫的？」淑香問他。

他說是。

「給我寫的？」淑香又問。

他說沒錯。

「沒想到你還會寫詩！」淑香誇讚道。

他赧然說，偶爾寫點小詩，因家裡出身不好，被打成了「黑五類」子女，所以寫詩這事，可千萬不能抖落出去。

淑香聽了，大受感動，更加不願將他寫詩的事情向外傳播。可是，這秘密一旦變成了兩個人的所有物，就難免會面臨許多風險，兩人的秘密只能在私下裡進行，絕不可暴露在光明之下。

就如一般正值青春年華的少男少女一樣，愛情的小芽尖子在兩人之間冒出頭來。他們在鎮上忙碌的空暇之中擠出時間，獨處二人的小小世界。她讓他讀他為她寫的詩，他半羞半喜，字正腔圓地念出自己寫下的比甘蔗嚼起來還要甜膩的文字。一天又一天，一首又一首。每每收到一首散發著愛戀熱氣的燙手的新詩，淑香便將信紙夾在筆記本裡，半年下來，她已經積攢了整整一本專屬於她自己的現代詩集。那一年，除了在淑香這裡尋求到片刻甜蜜以外，作為「黑五類」子女的他則是處處被人針對，哪哪抬

不起頭來。淑香並不知道他到底受了多少苦，糟了多少罪，但只要是站在她的身前，為她朗讀情詩，他就無不神采奕奕，儼然共和國青年的優秀榜樣。可是到頭來，這位共和國青年，卻被共和國的擁躉們逼上了絕路。這是時時刻刻都在發生的、再平常不過的事情。他懶散，不思進取，只會寫些亂七八糟的下作詩歌，家裡又是典型的右派，這樣的人，不值得與其他公民擁有同等的權利。淑香始終不能理解，右派右派，到底什麼樣子，才算右派？後來她明白了，只要人家說你是右派，你就是右派，連中間都不行。你非左，便是右。有些事情，香姨不願提，我也就不再問。總之，有那麼一天晚上——同樣是晚上，依舊是晚上——他又一次溜進淑香所在的院子，跑到她的房前，敲了她的門。淑香迎他進去，只見他精神抖擻，好似遇上了天降神龍，為他帶來吉祥與好運。他鄭重其事，對淑香說，想讓彼此二人結為夫妻。淑香兩手不離他的雙臂，拉扯著他的袖邊，喜極而泣。可是問題隨之出現，淑香說，作為「黑五類」子女的他，想要得到結婚許可，可謂是難於登天。若是申請不下來，那二人的結婚計畫可就泡了湯。但他卻說，結婚只是個形式，誰說一定要受上面批准，拿個一文不值的結婚證明，才能算是結了婚？淑香見他掏出一張書寫紙，上面寫得卻不是以往所期待的情詩，而是以工整的字跡私自擬定的一張「結婚證書」。只要二人在上面簽上了字，那從今往後，彼此就是更加親密的革命戰友——不，管它什麼革命不革命，他說，只要簽了字，我們二人便是有情人終成眷屬，哪怕天翻地覆，革命的旗號一變再變，他們的愛情也忠貞不渝。淑香聽了他的話，在上面簽下了自己的名字，簽名就挨在他名字的旁邊，好像只要這樣，兩人就能從此不離不棄，相伴終生。

　　從那天起，香姨便有了一個法律上——甚至是社會上——
都不承認的丈夫。而她自己，則是他並不合法的妻子。淑香想要
將這張自製的「結婚證書」一併藏進他為她寫的詩集裡，卻被他
一口否決。他說，想讓他帶在自己身上。淑香雖覺得如此並不安
全，卻還是這麼答應了他。第二天，他帶著那份「結婚證書」，
跳進了鎮外的一口深井裡，死了。直到兩周後，才有當地的鎮民
借著正午的陽光，發現了他的屍骨。至於他為何會毫無徵兆地選
擇跳井，香姨到現在也捉摸不清。

　　「也就是說，您並不是法律意義上的寡婦？」我理清了頭
緒，如此問香姨道。

　　「但我不管怎麼樣，也是個寡婦。」她這麼對我說。

　　聽完此話，我也深知自己無理反駁。

　　香姨說，一旦有人佔據了你心裡的一角，當他離去的時候，
你內心的一塊也會被他一併帶走。

　　所謂空虛，大概就是如此。

　　無論日後如何再想找人填滿這一空缺，也於事無補。空著的
不是位置，而是你內心的一部分。你的那部分心找不回來，就算
找來了再多人，內心也仍舊殘缺不全。

　　不知怎麼，聽完這話，我對香姨的感覺開始有所變化。

　　再後來，淑香和家裡人突然就斷了通信，她內心犯忱，卻又
不敢多做無端猜想。1978年，文革結束的兩年後，她終於回到上
海，家裡的一切卻都變了個樣。父親不在了，母親下肢癱瘓臥病
在床，所幸有兩三個和家裡走得近的大學生幫著照顧。姐姐去了
東北，就再沒回來。香姨細細打聽，才知道在她離開上海的第一
年，她的父親就被打成了右派，原因是「發表反革命言論」。受

了父親的牽連，母親也成為了人們批鬥的對象。家裡的外牆被人用漆寫上「反革命賊窩」，人們凡是路過，就必然會進行一番抄家批鬥。父親和母親在大學裡，被下放到牛棚，每天得掛著右派的牌子，到學生的食堂就餐。父親為了吃飯，為了活著，甘願放下臉面，迎著眾人的唾沫星子與鄙夷目光，為他自己和母親二人打上口熱飯。右派的日子過去沒幾年，這帽子是怎麼也摘不掉。學生當中自然也分成幾派，有堅決鬧革命的，有圍觀不動的，也有那麼一些和老師走得近、關係好的，自然也就會在私下裡對老師多加照顧。可就算是護著老師的學生，他們自己也是右派，右派護右派，屬於狼狽為奸，經不住人們的口誅筆伐。有那麼幾個本就在學校裡遊手好閒稱霸王、對教師心有不滿的男學生，終於逮到羞辱香姨父親的機會，便將他一路拖至死巷，一頓拳打腳踢。事畢，父親倒在血泊之中，再也沒能站起來。母親聽後，三天沒合過眼，身體熬不住，最後落下個病根，變成現在這個樣子。

　　堪稱奇跡的是，父母雙親在上海被打成右派，而在鄉下插隊的香姨卻絲毫未受影響，她不知是該因此而慶倖，還是為此而悲哀。他的父親曾經教導過她們兩姐妹，要懂得尊重生命。而為了不讓生命白活一趟，就得讓賦予死亡其應有的意義。死得其所。

　　而父親自己呢？

　　若是說當年的自然災害時期，麻雀的死是為了延續人們的生，那父親的死，又是為了什麼呢？他的死，究竟又有什麼意義？因為一個莫須有的罪名而被人貼上一個右派的標籤，從一個教授中國通史的大學老師一夜之間變成整個社會所排斥的異類，被學校裡的學生們頂著革命造反的理由，被眾人亂拳打倒在死巷裡，到底有什麼意義？

　　父親的死，又到底成就了誰？是那些實施暴行的學生嗎？不是，他們只不過是沒有頭腦的蒼蠅，哪裡飄著臭味就往哪裡飛，也不為別的，僅僅只是被本能所驅使。那麼，父親的死又是否成就了發動這場鬧劇的權貴階級呢？仔細一想，更不應當。區區一個大學教授的死，不過只是從活著的狀態轉變為死亡，又如何有能力使當權者們從中獲益呢？難道父親的死，就能幫助他們一舉實現他們所期望的理想宏圖、偉大願景嗎？那對於底下這些個平頭老百姓來說，父親的死，又有何意義可言呢？絲毫沒有。父親的死，挽救不了任何一名飽受屈辱的被壓迫人士，也無法使任何一家人的餐桌上憑空多出一道菜，更不能讓偏遠地區的家庭擺脫貧困。父親的死，到底有何意義？倒在死巷的石板路上，就連孕育生命的土壤也無法汲取父親肢體腐爛所帶來的養分。那麼他的死，究竟是為了什麼？若是按照父親自己所言，若是死無意義，就等於枉生一場。他活了這大半輩子，最後卻不如一隻麻雀，以此結束他這一生，到底憑什麼？

　　不管怎樣，十年浩蕩總算是結束了，人總是要向前看，無論遇上什麼，活著就要好好活著，根本就沒有尋死的道理。

　　「說得沒錯，」我贊同道，「就像您父親所言，要是死得毫無意義，就相當於是白活一輩子。」

　　「是啊，」香姨望著我們頭頂的白熾燈，這些話她不知跟多少人說過多少遍，「可是這些道理，他就不明白。」

　　「他？」

　　那個投井自盡的知識青年，拋下了才剛剛與其私定終身的香姨，去追求那毫無意義的死。香姨當然瞭解「黑五類」及其子女們所面臨的苦難，可她——或許是因為受了她父親的影響——始

終堅信，就算遇上再多的困難，人也不該不明不白地死去。若是如此，就是對自己的不尊重，也是對生命的不尊重。人與人的差別，也許在此處便能體現出來。有的人選擇咬著牙活下去；而有的人，則一頭紮進死亡的圈套。死亡是解脫，也是逃避。

「這讓我想起了，我中學時在一段特殊時光裡，讀過的一本書。」我向香姨提起此事。

「什麼書？」香姨似乎並未料到，我會如此主動地參與這場由她主導的對話。

「三島由紀夫的《金閣寺》。」

香姨拱起上唇，上下擺著頭，等待我的下文。

「裡面的主角，在放火點燃了金閣後，本想留在火中，與金閣同歸於盡。可他卻怎麼也敲不開死亡的大門——那通往寺頂的大門——於是只好選擇逃離火場。當他最終逃出燃燒的金閣、躺倒在草地上時，他所冒出的第一個念頭就是——」

「好好活著。」香姨搶先于我，補完了我想說的話。

「沒錯，他要繼續活下去。」

繼續活下去，這也是香姨後幾十年人生中的唯一信念。她想要替那個死在井中的他，以及死在巷角的父親，好好活下去。她想要實現他們所無法獲得的生的意義。

可活著是一碼事，怎麼活著又是另一碼事。

香姨無法忘卻她內心出走的那一塊碎片，她試圖去填滿因此所留下的空缺。她開始接近與那時的他年紀相仿的知識青年——多半是大學在讀或是畢業生——想要找到任何一個能夠代替他位置的人。

「我只是想，在你們當中的任何一個人中，尋見他的身影。」

她說，「哪怕只是蛛絲馬跡，也能多少了卻我的心願。」

只可惜，香姨的願望尚未實現。每到相處一個多月後，香姨便會向這些適宜的獵物採取行動。她會從頭到尾講述故事的來龍去脈，並將自己的念想和盤托出，可換來的無非都是殘忍的拒絕，狐疑的目光，以及第二天的辭工申請。時間推到眼前，問題自然而然拋向了我。香姨在我身上所需求的，正是這樣一種對他的殘念。而從前的我自己，又何嘗不是在尋找著什麼？

我凝視著香姨希冀的目光，用手包住了她放在辦公桌面上的拳頭。我的舉動，令香姨向後收了一下被我包住的拳頭，可她緊接著又會心一笑，用另一隻手的手掌靠上我的手腕。此前也曾提起過，香姨的年紀雖不小，可韻味尚存。與她在一起時，我著實是快樂的，就算我偶爾展現出自己的軟肋，她也會以一位年長女性的姿態呵護著我。

我們總共睡過三次。可這三次裡，我沒有一次會想起她來，也並沒有對自己的身體多加注意。我所需要做的，只是跟隨香姨的步調，默默接受。這樣一段奇妙的關係，總共持續了不到半年時間。當我進入學校開始工作後，與香姨的見面次數就愈發減少。而這只是她所能知道的其中一點原因。這另外的原因在於，我開始對這樣一段關係感到厭倦，我身心俱疲，只因自己無法從香姨的身上獲得我真正想要尋求的東西。而那東西具體是什麼，我說不清楚，也道不明白。這純粹屬於主觀感受上的東西，只有當它滿足了自我的感知與意識，我才能切身實際體會到它的存在。而與香姨相處的這幾個月時間裡，這樣的東西並沒有出現。於是，我選擇主動淡出香姨的生活，從此不再糾纏不清。香姨儘管對我的工作多少有些耳聞，卻也從來不曾找上過我。或許就連她，也早已對這段感情

產生倦意。我同樣不是她所要找的那塊碎片。

　　至於香姨的書店，為什麼會被叫做「超新星」，我到現在也沒能得到一個準確的答案。不過據說，超新星所產生的光亮足以照遍整個星系，且能持續數十個月甚至幾年時間。

　　對於這樣一種令人生畏的光明，香姨到底抱有怎樣的情感呢？

　　不明白。這件事，作為外人的我，不可能明白。

　　那天夜裡，我們肌膚相觸，她對我說，她有時會感受到他的存在。我問她，這是什麼意思。她說，她能感知到他尚存於俗世間的殘影，仿佛他的輪廓被相機印在了相紙裡。但僅僅只是那一瞬，他便又再次隨風飄散。她抓不住他。而正是這樣的短暫相逢——甚至就連相逢也稱不上——激發起香姨努力活著的欲望。她作為他——以及她父親——生命的見證者，香姨有必要好好活下去，因為只有她自己，才能擔當這一使命。她說得玄乎，在我聽來，卻也在理——尤其是對於香姨那個非正式的丈夫而言。若是沒了香姨，誰又能記得他曾經活過？又有誰真正知曉他所留下的那些詩歌、那些情愫呢？

　　後來我才知道，超新星並不是星，它只是恒星爆炸時所發出的電磁輻射。就是這樣的電磁輻射，照亮了整個星系，隨後逐漸減弱，留下絢麗的超新星遺跡。

　　「你喜歡日本作家？」香姨有一天問我。

　　「也稱不上喜歡，」我回答道，「只是多少有做瞭解。」

　　她端給我一杯沏好的紅茶，「為了寫論文？可你不是學音樂的嗎？」

　　「純粹是出於個人興趣。」我接下盛有紅茶的玻璃杯，「上大學選專業的時候，曾經也考慮過去學日語。」

「為什麼想學日語？」

「打算未來有一天去日本留學來著。」我說。

「雖然我對日本也沒有多麼全面的認識，但我有一點不是很清楚，日本究竟有什麼非去不可的理由嗎？」

「沒有，」我言簡意賅，「就是因為沒什麼非去不可的理由，最終才放棄了這一幻想。」

「幻想？」香姨用裁紙刀將這二字單獨分出來。

「是啊……幻想而已，沒別的意思。」

「1950年出生的人，」克拉拉小聲算著，「到了現在，也快要六十了吧。」

「五十八，」我說，「過兩年就是六十歲了。」

「老太太了。」

「是啊，老太太了。」

「我想知道，你當初對她，真的有過感情嗎？」克拉拉問。

「實話實說，」我將雙手向上抬，夾在枕頭與後腦勺之間，「我與她的關係，更多出於一種惺惺相惜的情感。我們都知道這段關係的前途茫茫，卻依舊過上一天是一天，渴望在彼此身上找到慰藉。這樣的情感又算作是什麼呢？我不知道。」

「看來你對你自己，真是什麼也不知道。」

「又何嘗不是呢？」我笑道。

克拉拉的髮梢弄得我面部發癢，她本人卻毫不自知。「那你曾經，有沒有真正愛過別人？」

「我都說了，我並不明白什麼是愛。」

「也是，」克拉拉將被沿向上扯，「愛為何物，這個題目實在是太大，一時半會兒還真不好解釋。」

　　「那你呢？你又可曾有過愛的經歷？」我問。

　　她一笑而過。

　　招待所的空調口上掛著一根紅繩，好讓住客知道風速的大小，又或者，只是為了確認空調是否工作正常。而此時此刻，紅繩以接近完美的九十度角與水平線垂直。

　　「那最後一個呢？」她接著又問，「你們的感情，又是以什麼為基礎的？」

　　「簡而言之，是以上帝為基礎。」我說。

4

　　要想去見上帝，就必先跨過死亡的門檻。

　　這句話，是一位素不相識的陌生人告訴我的。

　　初夏的南國濕熱難頂，他卻裹一件登山用的黑色衝鋒衣，手夾十二塊一盒的香煙，抖動著翹起的右腳腳尖。我們並肩站在幾十節臺階的最上方，眺望著遠方的高樓。視線再往近處移，零零星星的人影好似豎起的汗毛，分散著立在水泥路和路旁草坪上。他們與我們一樣，穿著嚴肅的黑色服裝，是煙民的手裡多半能見著火星，那些不抽煙的，則或撐傘或抱臂。大家在交談。談些什麼？什麼都談。昨天吃了什麼，前天又去了哪裡；那年誰在單位闖了大禍，誰到國外發了大財。凡是能聊的，什麼都聊。

　　我不抽煙，只想找個能透氣的高點，給自己一些喘息的餘地。可這位仁兄偏偏不看人臉色，仿佛約好與我在此接頭一樣，若無其事站到我身邊，點上一支煙，與我一同欣賞眼前缺乏色彩的光景。

　　「要想去見上帝，就必先跨過死亡的門檻。」他比我更像中學老師，道出這句真理般的警言。

　　我撇過頭，看到一張不認識的臉。我問自己，這人是誰？全無印象。

　　「走的是誰？」他問我。

　　我反應不及，擺出八字眉。他用煙頭對準我，好似想要點燃我的疑惑。他的舉動這才使我意識到，自己所在的究竟是什麼樣

的場合。

「老同學。」我回答說。

「大學同學？」他總算收回冒著紅光的煙頭。

「不是，」我搖頭，「高中同學。」

「看你這年紀，」他吸一口煙，再用鼻孔吐出兩行雲煙，「走得挺年輕啊？」

「是啊，三十六歲。」我說。

「這屬於英年早逝啊⋯⋯」他做出刻意的感傷，仿佛在為餐桌上的煮雞蛋悼唁，「因為什麼走的？」

「生了病。」

「癌症？還是腫瘤？」

「具體是什麼病，我也不清楚。」

「你這個同學，做得不咋地嘛。」他對我的無知評頭論足，隨後又為我的過失進行開脫，「不過也不能全賴你，現在這個社會，冷漠才是生存的必要品質。人人都是如此，你也不必太過自責。」

他要是不提，我也並未對此多加思量，我心想。可既然他用木棍掀開了我的遮羞布，歉疚與自責就如同見到生肉的食人魚那樣，朝我席捲而來。他仗著比我年長──從長相上看，此人約為四五十歲──就拿出一副長輩的架勢，拍打著我的肩膀，一連拍了三下，就適可而止地收了手。

「你呢？來這兒送誰？」我反問他。

「我那可憐的表叔。」他答道。

「是否善終？」

「善終是善終，一覺睡過去，就再也沒醒來。」

「那不是挺好？免去了痛苦，在夢鄉裡逝去，總比死在病床上要好。」

「誰知道他做的是不是美夢？」

「話是這麼說……」

他將煙頭隨手一擲，扔在地上，又用黑色尖頭皮鞋的鞋跟左右碾磨。「死的時候，一窮二白，就算是死在夢裡，也談不上多麼令人欣慰啊！」

「可是，就算死的時候家財萬貫，那也是死了。結局最後都歸為一處，沒什麼可憐不可憐的。」

他像是聽到了指甲劃過玻璃面的聲音，無不滿面厭惡地看向我，叮囑我道：「你啊，你還年輕，可不能抱有這種不思進取的思想！」

真行，我想，怎麼偏偏碰上一個喜歡在殯儀館對陌生人說教的男人。

正當我琢磨著自己該如何脫身時，從廁所歸來的克拉拉充當起了救世主這一角色（這似乎並不是她第一次拯救我於水火之中）。她身穿一條黑色緊身裙，上半身是用蕾絲勾勒出的黑色玫瑰圖案。她踏著一雙防水黑靴朝我們走來，長髮被紮在頭的側後方，形成一個獅子頭大小的小球。

她瞄了眼我身旁愛說教的大叔，又望向我的臉，好似在用眼神向我問起陌生人的身份。陌生人的耳廓收攏去身後的腳步聲，便和我一塊兒轉身。他瞧見了迎面而來的克拉拉，動了動兩瓣嘴唇，想要說些什麼，卻又說不出口，最後只好識趣地往別處走去。克拉拉來到我跟前，目送著陌生人離開的背影，湊近我，問我此人是誰。

「應該是隔壁的。」我猜測道。

「隔壁的？怎麼，你們認識？」

「不認識，」我說，「但我知道，隔壁棺材裡躺著的，是那人的表叔。」

克拉拉不明就裡，遂又問我接下來的打算。

我毋須多想，原先早已考慮清楚，便直接告訴她現在的計畫。「去找她丈夫。」

「但以他現在這個狀態而言，就這麼風風火火地找上他，會不會不太好？」克拉拉稍顯憂慮。

平心而論，克拉拉的擔心不無道理。在此前那個不倫不類的追悼會上，其人的狀態簡直與一盆春節花市結束後被人棄置的發財樹相差無幾。

至於這個追悼會本身為何被稱之為「不倫不類」，則自有其原因。

從鎮上離開以後，我與克拉拉便返回上海。原本打算著在上海休整兩日，就接著馬不停蹄飛往四川，趕到綿陽去見那個姓陸的老頭。可這才剛剛抵達上海不過一天，菁姐就打來電話，說兩家人經過商討，已經確定了葬禮的問題，就在深圳當地辦，時間定在四月的中下旬。我和克拉拉考慮過後，決定改變計畫，先去深圳參加葬禮，待到葬禮結束以後，再從深圳出發，前往綿陽。這樣一來，在綿陽的時間就不會顯得過於緊迫。我們各回各的居所，買好機票，總共在上海休息了兩周，期間也曾一同外出吃過飯，看過兩場電影。克拉拉在兩周時間裡，通過她自己的筆記，整理出一份將近五萬字的稿件，而據她說，這只是現階段所能產出的內容，大體約占預計成稿的五分之一。我粗略看過一遍，並

無任何紕漏或不足之處。獲得我這位當事人的認可，克拉拉自然也喜形於色。

　　兩周過去，我們動身來到深圳，這個改革開放的前沿陣地，發展迅速的經濟特區。

　　南方的四月，簡直叫人無法忍受。潮濕帶著惡意侵入人們的骨頭縫裡，只要用手指往空氣中輕輕一捏，仿佛就能擠出水珠來。菁姐早先于我們三天抵達深圳。她帶的行李不多，住在關外（當地人稱特區外的深圳地界為「關外」）的快捷酒店。酒店離殯儀館不遠，步行十幾分鐘就能抵達。我則跟著克拉拉，住進了華強北的一家地標性賓館。賓館頂層有個白色的西式圓頂，卻被命名為對於我與克拉拉二人來說親切無比的「上海賓館」。建造於上個世紀八十年代的上海賓館，從外表上看，卻叫人根本無從猜測它的真實年齡。克拉拉訂下這家賓館，顯然自有她的原因。我們的客房位於七樓，房間窗戶為西南朝向，站在窗邊，西側中心公園及其後方的高樓大廈便一覽無餘。單從第一印象出發，深圳的寫字樓似乎比上海要更為集中。

　　這是我第二次來到深圳。

　　上一次來，還是五年前的時候，為了陪母親探訪一位開設舞蹈學校的老友。

　　隔天上午九點，追悼會準時開始。

　　我與克拉拉換上事先帶來的黑色衣物，搭車前往殯儀館。照常理說，追悼會一般是在遺體即將火化前所舉辦的一個簡短儀式。人們趕到現場，走進禮堂，聽親屬代表發言致謝到場來賓，眾人隨後繞場一圈，磕頭，獻花，掉眼淚。場地中央的水晶棺裡，躺著穿戴整齊、面塗彩妝的逝者遺體。大家瞻仰遺體，沉痛

追思，悼念離去的親友，回想其生前的音容相貌。這麼一套流程下來，儀式就算結束，逝者就算死去。緊接著，遺體就被運去火化，剩下一盅骨灰。這便是一般意義上的追悼會（抑或遺體告別會），而葬禮則又是不同的一套流程。將逝者的屍骨進行妥善安置，以便後人進行祭拜，這叫葬禮。原先菁姐也向我們告知，說她妹妹的火化已經完畢，屍體早就變成白花花的骨灰。那麼如此一來，追悼會理應在那時就已經辦好才對。既然可供瞻仰的遺體已經成了灰，又哪還有什麼進行追悼告別的必要呢？

我帶著困惑，隨克拉拉下了車。殯儀館的車位並不擁擠，但也算不上富餘。身穿同一色系的人們以團為單位，一團接一團地朝園區裡走去，又從園區裡出來。菁姐大老遠瞧見我們，便抬手示意我們過去。

禮堂橫樑上，掛有黑白橫幅，橫幅裡寫著她的名字。禮堂門口，站著二十來號人。我掃視一圈，認識的就只有菁姐一人。人群裡，有個年紀看著七八歲上下的小女孩格外引人注目。她穿著略顯寬大的黑色短裙，長髮被人精心梳理，柔順地蓋過她的後背。她個頭嬌小，尚處在發育階段，可皮膚雪白，好似美術教室裡的塑像，又像用天上的雲朵捏成的人偶。與外露的肌膚不同，她的耳朵卻格外通紅，好似全身的血液都彙聚於此，彷彿耳朵是她唯一具有生命力的部分。她五官標緻，儘管尚未長開，稚氣未脫，卻仍舊能看出是個美人胚子。精雕細琢的面龐，足以勾起人與生俱來的保護欲，生怕輕輕一碰，就將這一藝術品般的容顏打爛在地。她理應被人用玻璃罩起來，放進美術館裡，供人駐足欣賞。不然的話，難免會叫人擔心，凡人呼吸的空氣會逐漸腐蝕她的身體。可她本人，卻好像故意收斂著自己的鋒芒。她雙手背在

身後，藏在人群之間，不吭不響，將兩邊的貝殼左右一合，只露出一隻小小的觸角，在水裡窺探暗流的動向。

她的一旁，站著一個年齡與我相近的男人。

男人鬍子拉碴，看著像是剛從遠古洞穴裡回到文明社會。他著一身黑色西裝，上衣領口如醫院門前賣的一束束鮮花那樣，肆無忌憚地向著天空盛開。他的身後露出原本應當紮在褲腰裡的白色襯衣的衣角，左邊的褲腿卻又被棕色的長襪包了裡面。唯獨沒什麼錯誤之處的，就是那雙黑色的大頭皮鞋。朝上看去，他的臉部浮腫得厲害，就像在水裡一連泡上了三天三夜，不知他的本業到底是捕撈鮑魚，還是一般的潛水教練。總的來說，在這樣一種場合下，人們會理所當然地認為，他才是應該躺在哪間禮堂的水晶棺裡被人悼念的人。

不出所料，經菁姐在一旁的小聲介紹，此人就是胡桃夾子生前的丈夫。而那個從美術館裡偷跑出來的小姑娘，則是她的獨女。客觀來說，女孩的相貌比她母親要出眾得多，以至於我一時有些懷疑她們母女二人的血緣關係。這個女兒，簡直就是她母親精神層面的具象化體現，我暗自思忖。

時間一到，司儀便手持黑色話筒，喚我們走進禮堂。說來好笑，在如此嚴肅悲傷的情形下，司儀的話筒竟然套著一塊大紅色的海綿。禮堂的正前方，掛著她的大幅黑白人像。人像的左右兩側，井然有序地陳列著兩排不同親友送來的花圈。就目前看來，她生前的人緣並不算差。來賓們站成數行，直系親屬——也就是她的丈夫、女兒，以及菁姐——站在第一排，剩下的來賓按照關係依次向後排去，我和克拉拉便順理成章地站到了最後一排。

司儀開始主持流程。

人們對著她的遺像三鞠躬，接著又被要求閉上雙眼，進行一分鐘的默哀儀式。我遵照流程，合上眼瞼，隱約能見到遺像裡的她的餘象。眼前的她，與我記憶當中的那個女孩多少有些出入。她變了些模樣，看著更為成熟，同時也少了些什麼。到底少了些什麼？我問自己。回答不上來，只是在電光火石之間，這樣的感覺便浮上心頭：她的確是變了。

我期待著發生些什麼，可自己的意識卻依然被困于現實。司儀提示禮畢，大家紛紛睜眼。有人發出粗重的鼻息。

上一次見到她，是在海牙飯店——不知那是否還是海牙飯店本身——的四樓，她讓我向上跑，不惜餘力也要向上跑。

隊伍開始移動。第一排的三人率先繞進禮堂的裡側，那裡本應擺放著裝有逝者遺體的水晶棺，可現在卻被放上一個白色的素瓷壇。罎子裡裝的便是她的骨灰。

三人面向骨灰壇，菁姐居右，攙扶著中間的男人，小女孩則站在左邊。他們按照司儀的提示，雙膝下跪，對著骨灰壇磕頭。一共磕三下。結束以後，司儀示意三人可以起身。小女孩獨自站了起來，可男人卻雙手掩面，紅著脖子，怎麼也沒有要起來的架勢。菁姐見狀，只好半弓著腰，用手去扶男人的右臂，一邊說上些無關痛癢的安慰話。

隊伍止步不前。

我有意留心小女孩的狀態，生怕她也受此影響。可她的表現卻大大出乎我的意料。在她可愛稚嫩的臉上，卻顯示出一種與其年齡不相匹配的淡漠。無論她周遭的一切如何變幻，抑或正在經歷怎樣的事態，都只化作一顆落入沙漠的小水滴，絲毫不會使她的情緒受到任何波動。就是這樣一種淡漠，令我深感畏懼。

　　菁姐好歹是將男人拖到別處，下一行人接著上前跪拜。最後，輪到我與克拉拉二人，以及一位素不相識的圓臉男人。

　　我們依照他人的方式跪坐在地，隨後兩手前伸，手掌緊貼地面，再將上半身向下壓，使額頭碰上堅硬的地板，停頓五秒，最後抬起身子，這就算是磕了一下。如此反復三下，這一形式上的流程也終於告一段落。

　　並不能說我對她缺乏尊重，事情其實恰恰相反。我所不能理解的，是這一儀式本身。既然從醫學層面上看，這人已經死了，空留下一具不再生長工作的遺體；這遺體呢，又被人送去燒成了灰。現在倒好，我們活著的人，卻要對著一缸子的灰，去鞠躬磕頭，做些繁瑣的儀式。也不知死後的她，在某處看到這一景象時，心裡會作何感想。追悼追悼，逝者活著的時候少有走動，不去關心，等人死了，才跑來對著骨灰進行追憶、默哀、磕頭，以表自己對其的思念與情感，這便是我們此時正在做著的事情。

　　隨著司儀關掉手中的話筒，眾人陸續向禮堂外走去，我與克拉拉也是如此，唯獨留下菁姐三人進行收尾的工作。互相認識的人們開始低聲細語，大家的臉上無不蒙上一層看不見的黑色面紗，罩住了被人類稱之為「表情」的東西。正如此前所言，他們所談及的話題範圍之廣，不是我隨隨便便就能加入進去的。不過在此期間，我也聽有人聊起不少幾個月前屍體火化的事情。結合他們所言進行分析，那個男人的精神狀態就一直沒有恢復正常，而他們的女兒則是一如既往冷眼旁觀。自己母親的遺體化成了骨灰，她連一滴眼淚也不曾掉下來過。母女關係令人懷疑，人們耳語。

　　儘管自己還想繼續瞭解有關她們家庭的更多資訊，可無奈人們的話題如社會的風潮，轉變得飛快。見此狀況，我只好轉身離

開，本想叫上克拉拉一起到別處轉轉，可她卻偏偏要去一趟衛生間，我也就只好獨自一人在周邊晃悠。她的葬禮定在明天，今晚的最後一件事情，就是前來參加追悼會的親友們一同就餐，也算是一個小小的感謝會。我往前走，來到臺階的邊緣，在這裡遇上了那個死了表叔的男人。

「難得見上一次，這個機會，我猜你也不會就這麼心甘情願地放棄吧？」我對克拉拉說。

她思考我的提議，隨後指出，找是應當找的，只不過，要看準時機。除此之外，還要有一個將我們二人介紹過去的幫手。

「菁姐，」我說，「這個幫手，就讓菁姐去做。」

「那時機呢？」她又問我，「你打算什麼時候去找他？」

「你有什麼想法？」

「要我說，」克拉拉站在死了表叔的陌生男人原先站立的位置，點上她自己的細煙，「就得等他獨自一人的時候，他無路可退，也沒有逃避的藉口。」

「他能逃避什麼？」

「你自己心裡清楚。」克拉拉說。

二十分鐘後，菁姐帶著男人和女孩走出禮堂，由女孩抱著骨灰壇。我和克拉拉趕回人群中，菁姐為大家發來紅繩和紅毛巾。我收下紅繩，纏在手腕上，其餘人也大多如此。菁姐在附近（考慮到男人現在的狀態，追悼會及葬禮的一切安排都由菁姐來操辦）訂好了飯店，讓大家到飯店集合。人們有車的開車，像我與克拉拉這樣打車前來的，就只好再打車過去。不過正當我們準備離開時，菁姐攔下了我們，說她們三人——她、男人和女孩——坐的是七座商務車，要是我們不介意和她妹妹的骨灰同坐一輛車

的話，我們完全可以坐著她們的車去。

「不介意，」我和克拉拉相視一笑，隨後由我開口，「當然不介意。」

「那就行！」菁姐說罷，便拉著我們往停車場走。

這是一輛2005款的豐田埃爾法。

男人和女孩已經坐上了車。男人坐在副駕駛座，女孩陪著她母親的骨灰，一同坐在中間的五人座。菁姐上前與女孩吩咐幾句，便讓她抱著骨灰罐子，坐到最後排的小座位上。這樣一來，我和克拉拉就能夠坐進車內。這一路由菁姐駕駛，她坐進車子裡，對男人簡單介紹我與克拉拉二人。男人未做任何表示，只是兩手搭在大腿之上，用左手的拇指去壓右手的拇指，接著再用右手的拇指壓回左手的拇指。我回頭去和女孩打招呼，女孩倒是顯得比她父親要更懂得待人之道。她對我微微點頭，輕聲問了句好，同時小幅度拉開嘴角，使我接收到淺薄卻又不失禮貌的微笑。見她不想多言，我就老實坐好，將安全帶拉過前胸，扣進插孔裡。克拉拉將這一切都看在眼中，她擠眉弄眼，想要叮囑我什麼事情。我做出奇怪的表情回應她，本意是想讓她稍安勿躁，卻好像傳遞了錯誤的資訊。她用眼睛甩出一個彎曲的問號，遂又示意我注意前方。

「明天的葬禮，都已經安排妥當了？」我試著向車前座兩人中的任何一個發問。

菁姐故意率先開口──儘管根本就沒人跟她搶著說話──說道：「基本上都準備好了，墓地也買好了，只差安葬了。葬禮一結束，她的死也就算告一段落。」

副駕駛座傳來細微的摩擦聲。

話已經開了頭，菁姐繼而又向我們介紹起挑選墓園的經過，以及購買墓地的事宜。「這一塊好的墓地，動輒幾十萬，根本就不是我們這些普通老百姓能消費得起的。」菁姐說，「你說說，這人活著分貧富貴賤，好不容易活過一輩子，想要入土為安，卻還是過不了階級差距這個坎兒。」

　　我表示贊同，稱菁姐所言甚是。

　　「還是共產主義好啊！」克拉拉不合時宜地感慨一聲。

　　沒人理會她的玩笑（她自己也不指望有人對此作出反應），菁姐又說，她選來選去，最後挑上一塊價值三萬的墓地，使用期限為二十年。

　　「那二十年的期限到了以後，又該怎麼辦？」我問。

　　菁姐說，到時候再看。總之，得先找個地方，將她安置下來。不然的話，活著的人也各自有各自的生活，總不能一直因為她的死而停滯不前。

　　我心想，菁姐這話，應該是對車上的另一個人講的。

　　菁姐繼續講著，考慮到她並不是深圳人，所以需要提前瞭解清楚當地不同墓園的具體情況。有的墓園需要的手續比較複雜，且價格較高；而另外的，購買一塊墓地所需要的僅僅是一張火化證，外加手頭足夠的資金。這三萬塊錢，只不過是墓地本身的價格。再買一塊石碑，則需要另掏一千大洋。但不管怎麼說，菁姐覺得這石碑也是必不可少的。骨灰被埋在土裡，地上總得留一塊石碑才行。菁姐相信，這石碑具有某種象徵意義。

　　至於種種這些費用開銷由誰負責的問題，我則是日後問到菁姐時才瞭解到的。有關葬禮的一切支出，都暫且是菁姐用自己的積蓄代為支付，而她那個沒了生氣的妹夫，則需要每年分期向菁

姐償還一定的數額。

　　她的丈夫姓戴，全名叫戴天翼，聽著像是「自有天意」，又像是「如虎添翼」。他比我要年長兩歲，高中畢業，從周邊的小城市來到深圳發展。現在經營著一家唱片音像店，店名叫「翡翠唱片行」。我原本猜想，這個名字與香港的翡翠電視臺有關。但據他本人後來告訴我，「翡翠」二字，取自皇后樂隊一首歌的歌詞。翡翠，翡翠，我翻找記憶中浸過水的英漢大詞典，翡翠一詞應是「jade」，或是「jadeite」。而在我的印象裡，不曾注意過弗雷迪·默丘裡是否經常唱出這兩個單詞。直到有一天，當汽車的收音機裡，突然破天荒地放起了由約翰·迪肯所作的歌曲，我才總算反應過來，Emerald，他所指的應該是Emerald。Emerald的本意是祖母綠，雖然不少人將其翻譯為「翡翠」，但翡翠與祖母綠之間——據克拉拉的解釋——其實大有差別。總之，翡翠唱片行的生意一直不差，回頭客也多，基本上是些喜愛音樂的同好之人。哪怕是mp3的興起，也絲毫沒有影響唱片行的紅火買賣。直到後來，為了給她治病，家裡負債累累。再加上戴天翼忙著照顧妻子，導致唱片行經營不善，現在店裡正處於一個半歇業的狀態。

　　說回車上。

　　菁姐又道，除了買地買碑，為了明天的儀式，還要準備好些花束和水果，這些也通通需要由她自掏腰包。再加上去請工作人員的費用，整套儀式下來也需要花費一大筆數額不少的錢財。

　　「現在的人啊，可不敢隨便就死。自己倒是落得逍遙自在，可苦了家裡人啊。」菁姐埋怨道，「所以啊，像我們這些人，身體可得養好來，不能耽誤其他人。」

　　我想起一個問題，便向菁姐打聽，她自己是否育有子女。

「沒有，」菁姐回答道，「你不是也知道嗎？我那丈夫死得早，還沒來得及生呢！」

「那就沒打算找人生一個？」我問。

副駕駛一聲咳嗽。

「這種事情，隨遇而安。」菁姐說，「容不得我多考慮，就算考慮也沒用。當然咯，我也知道這有兒女的好，最起碼上了年紀以後還有保障，至少不會落得一個老無所依的下場……」

這話說著，笨重的豐田埃爾法已經駛入了國道邊山腳下的一處大院子裡。總共三層樓高、看著有一般消防站那麼大的民房貼著白色馬賽克磚，樓頂上架著飯店的名字，飯店以山莊自稱，看樣子是個私人開的農家菜館。山莊的停車場裡，已經停著好些眼熟的車輛。以黑為色的人們下到車外，聚集在山莊門口。主角這才姍姍來遲。菁姐停好車，讓我們進到山莊裡面。男人照舊保持沉默，好似自己肚裡的文字全都隨妻子一同化成了灰燼。菁姐有些犯難，她不知該將其妹的骨灰暫時存放在何處，但女孩卻執意要抱著那個罐子，菁姐也就乾脆由著她來。一行人跟著菁姐走進山莊，來到擺滿六七張飯桌的大廳。菁姐事先安排好了飯菜，只待人們入席，廚房便可開始忙活起來。菁姐邀請我們與她們同桌，原本在追悼會上站在最後一排的我們，晚飯時竟坐在直系親屬一桌，這的確屬於我們的意料之外（不過說起來，今天參加追悼會的賓客中，菁姐認識的人也並無多少）。

餐桌上擺著塑膠膜包裝的消毒餐具，以及放在中間位置的塑膠小盆。人們紛紛入座，筷子紮破塑膠膜發出的氣球爆炸聲此起彼伏。我和克拉拉較為文雅——也可說是過於生疏——不好意思直接用筷子捅，而是用手指甲戳開一個洞，再由洞口逐漸撕開包

裝膜，取出裡面的飯碗飯勺和茶杯餐盤。穿著便裝的服務員為每桌客人端來同樣用塑膠器皿裝著的棕色飲料，似乎是紅茶，又像是烏龍茶，但絕不會是普洱。菁姐起身，為我們的白色茶杯裡倒上熱茶。我有些拘謹地起身道歉，卻聽見身下的嗤笑聲。笑聲很細微，且及時被它的主人收進口袋。我坐下，克拉拉四處張望，滿眼閃著金光，不知看到些什麼新奇的光景。她接著看回桌面，拿起自己裝滿熱茶的杯子，將裡面的棕色液體倒進碗裡。這下倒好，輪到我用相似的炯炯目光去看她了。我對她的行為摸不著頭腦，想要環顧周圍，找尋與我相似的困惑面龐，卻更加驚訝地發現，坐在我正對面的女孩竟然也在做著與克拉拉一樣的事情。她們不約而同地用飯勺舀起碗裡的茶水，再讓筷子立於碗中，將茶水澆上去，使得茶水從筷子的表面重又流進碗裡。看著這一場面，自己簡直就像走入了高中的化學實驗室，眼瞧著她們將化學液體順著玻璃棒倒入燒杯裡。這是在幹什麼？我問克拉拉。她撇嘴，指了指其他桌的客人。我順著看去，發現所有人都著了魔似的，全神貫注地進行著這樣一種我不知情的化學實驗。女孩已經先于克拉拉，進行到實驗的下一階段。只見她將茶杯的杯口朝下傾斜四十五度，再將其伸進碗裡盛著的茶水中，進行快速旋轉。她的操作一氣呵成，好似經過多年的系統訓練，甚至已經獲得了相關的專業證書也說不定。杯口旋轉三圈，便可離開茶水，重新以正確的姿態被放回桌上。女孩將飯碗裡的茶水倒入餐桌中央的塑膠盆裡，就宣告著這一實驗的大功告成。克拉拉也不甘落後，完成了自己實驗的餘下流程。可女孩緊接著又拿過了她父親的那套餐具，再以同樣的手法進行一番鼓搗，又將經過茶水洗禮的餐具交還給男人。

男人什麼也沒說。

我總算忍無可忍，貼近克拉拉低聲問她，這究竟是什麼神秘的儀式。她道出她的猜測（她也說不準），人們此舉的目的單單是為了清洗餐具。

清洗餐具？我倍感茫然。明明就是已經消毒好的成套餐具，何必還要費這功夫，用本是飲料的茶水再去沖洗一遍呢？

不過同是外鄉人的菁姐也拋棄了我，而選擇入鄉隨俗。她還不時朝她的外甥女請教，說她這飯碗洗得幹不乾淨，這筷子沖得到不到位。此時的壓力全都轉到我一人身上。我深感自己的身邊有十幾二十雙眼睛在注視著我做出選擇，就連穿梭於飯桌之間的這些個服務員們，也都有意無意地瞟向尚未動手的我。

行，洗就洗吧。

我做出妥協，不免生疏地將茶水倒入碗裡，耳邊仿佛聽見人群發出的起哄聲。我剛剛洗好自己的餐具，第一道菜便由傳菜員端上了桌。是表面如玉米麵般金黃的白斬雞。菁姐讓我們不要客氣，隨意動筷。我夾起一塊切成小塊的後腿肉，雞腿骨的橫切面上仍留有腥紅的顏色。用筷子去蘸用小碟裝的沙薑蘸料，咬下一口，雞肉出其鮮嫩，甚至能從纖維縫隙中擠出汁來。其他菜品也陸陸續續上了餐桌。坐在菁姐身邊的男人根本就沒動筷子，女孩卻偏要往他的碗裡夾上好些飯菜。為了緩解尷尬——更是另有所圖——我試著與他搭話。我問他，家裡的情況是否一切都好。話一出口，克拉拉與菁姐二人的口腔好似被人按下了暫停鍵，她們刻意壓低自己的咀嚼聲，密切關注著這邊的局勢。

男人緘默不語。

他的無所回應讓我吞了個高爾夫球，可我並不是輕言放棄之

人。我接著喚他──因為此時不知他的姓名──讓他終於注意到我的存在。他總算轉動其比那樂山大佛還要陳舊的眼珠，眼白已經不能再被稱為眼白，被叫做「眼黃」還差不多──若是更具體一點，就像是每天被油煙薰染的廚房牆壁一樣，黃裡透著點點白斑。

他似乎動了動嘴唇，由好似沒有。我聽不清他在說些什麼，只聽得幾句「呵呵」笑聲。我聽不明白也得裝明白，趕緊切入下一個話題。

她的骨灰被單獨放在女孩旁邊的椅子上。

我朝那個沒人的座位瞥一眼，想問他與她是怎麼認識的。他跟個老人一樣機械地揮了揮手，表示現在不想提到這些。

可以理解，我說，繼而問起他今後的打算。

沒有打算，他告訴我。

對話戛然而止，咀嚼聲繼續。

總的來說，這頓飯吃得毫無收穫，我被逼無奈，只好觀察起女孩的一舉一動。她不像一般的七八歲孩子，吃飯頗有一番成年人的穩重。不急不慢，飯碗裡的菜也被打掃得一乾二淨。我想和她說說話，可一看到她認真吃飯的樣子，立刻就打消了這樣的念想。

如此用食物消磨了六十分鐘的時間，客人們也都停下了手中的筷子。大家擦嘴的擦嘴，喝茶的喝茶，抽煙的抽煙（其中自然包括我的同伴），總之是做些飯後消遣的尋常事情。菁姐挨桌強調明天的集合時間，接著就讓大家隨意離開。

第二天早上七點，我與克拉拉在賓館一樓的西餐廳用好早餐，在路上招來一輛計程車，前往位於西邊的一所墓園。路途不算近也不算遠，沿著深南大道一路向西走，拐過幾個不認識的路口，就到達目的地。親友們都到得差不多了。大家與昨天同樣的

打扮，聚成幾批走進園區。今日天氣甚好，晴空萬里，唯獨就是濕氣過重，皮膚上總感覺被人塗滿了稀釋的膠水，越抹越難受。

我們穿過一片片立著各式石碑的草地。石碑大小不同，形狀也各異，不過多半都嵌有逝者的黑白照片，以及跟隨姓名的種種頭銜，如某某之子，誰誰之妻一類。

隊伍開始剎車，親友們擠向一處。

工作人員站在墓地兩旁，等待著我們。

女孩手捧骨灰罈子，站在最中央。菁姐和男人——男人總算幫上了忙——往墓裡撒些不清楚作何用處的泥土，我們親友們就只能站在原地幹看著，也沒有人敢交頭接耳。現在是人們最應該保持沉默的時候。

簡單的程式執行完畢，女孩將骨灰罈交給工作人員，由他們將其放入墓內。男人開始抽泣，菁姐也少見地低下了頭。合墓之前，需要由親屬為骨灰罈蓋上一張金色的方布，以求逝者來生榮華富貴，過完來生以後，有錢去買更好的墓地，蓋更多的金布，以便來生的來生更加金玉滿堂，死後就連屍體也拿去做防腐處理，被放在精心設計的大紀念堂裡，供懷念他或她的人進行瞻仰——如果還有人願意緬懷的話。這紀念堂甚至可以對外收費，想要進來參觀，就必先花錢買票，憑證入場。這樣一來，不僅逝者在來生的來生的來生過得滋潤，就連現世的親友們也能因此而獲益，那豈不是兩全其美的事情？

話不能這麼說，我在心裡譴責自己。不管怎麼樣，披上金布，這都是生者對逝去之人的美好寄託，可不能如此輕易就去否定它的意義。

布已蓋好，菁姐和男人再撒上一層土，女孩從口袋裡掏出什

麼物件，也一併放入墓中。

三人站回墓前，由工作人員進行封墓。

整個儀式接近尾聲。

我身前的中年女人，開始用手背去抹臉頰的淚珠。

封墓結束，人們鞠躬三次，進行默哀。

胡桃夾子，在這些人的心中，算是徹徹底底地死了。

男人又一次跪倒在地，對自己已經入了土的妻子進行最後的告別，希望他飽含悲痛的淚水能滲透土壤，抵達那另一片世界。

可對我來說，那個她早就已經死了。無論她此刻存在於某處，都已然離我而去，消失在我的生活中。那麼，我站在這裡的理由到底何在？既然認定她已經離去，我又為何要對著不再屬於她的骨灰進行哀悼呢？

我不再去看人們深情的表演，向後退上一步，抬頭望向天空。

沒有梯子，沒有臺階，沒有天堂，沒有上帝。誰來做審判？誰當引路人？脫離肉體的她，又該去向何處？

連朵雲彩都不見的天空，自然不會給予人遐想的空間，從中得到答案。

朝陽拉扯著人們的影子，在地上留下道道斜紋。

要想到達天堂，就必先經過死亡。她已經完成了這一條件，是否成功抵達天堂，或許得看上帝的意思。問題既然牽扯到上帝，就必然要對上帝的存在提出質疑。若是上帝真的存在，他或她又將以何種尺度去評判死去的人們究竟應該上天堂抑或下地獄呢？若是上帝不存在，那逝者還有抵達天堂的可能嗎？仍要繼續發問，上帝與天堂的關係究竟是什麼？他們到底是生死相依，還是各自獨立？假設上帝與天堂並無多大關係，那麼即使上帝並不

存在，人們也依舊擁有升上天堂的機會。只不過，作出判決的就不再是具體的上帝，而是由其他事物充當了上帝這一職責。但接過這一使命的究竟是誰？沒人知道——至少，活著的人當中，不會有人知道。世人同樣毫無頭緒的，還有進入天堂後的我們，將要面臨一個怎樣的局面。我們到底是重獲新生，還是維持死前的模樣，這些都暫且不得而知。唯物主義者們則會斷言稱，世界是物質的，並不存在另一個獨立存在的精神世界。那麼如此一來，當物理上的我們死去以後，我們作為自己就實實在在地死了，根本就不存在所謂上天堂下地獄、死而復生輪回轉世一說，若是這樣，那就更加沒有舉辦葬禮、祭拜逝者的必要了。所以，出於主觀意願的角度，我寧願相信她的精神因死亡得到了解放，而不是從此被消除其存在。

收回企圖觸及天堂的視線，身邊的克拉拉正側眼注視著我。

工作人員讓菁姐燒些紙錢，黑煙滾滾，向著人們的頭頂飄去。在煙霧之後，是那塊價值一千塊錢的石碑。石碑成黑色，她稍顯驚慌失措、好似臨時擠出的笑顏同樣被換成缺乏色彩的黑白色。石碑成豎立的長方體狀，照片的下方是她的名字，以及逝世日期。石碑的兩端，則各有一列從上到下的大字，分別寫著「戴天翼之妻」和「戴曦好之母」。

她離開了人們生活的物質世界，去往我們無從知曉的地方。而她留在這個世上的，只剩下這一塊石碑。一塊帶有她姓名的、她所無法帶走的黑色石碑。

或許是被那燒紙的煙味嗆到，我被熏得睜不開眼，兩側的臉部肌肉隨嘴唇一齊活動，試圖緩解鼻腔的酸澀。

人群漸漸分散開來，三三兩兩去為她的墓碑獻上鮮花。有人

撐起了一把黑色長傘，以此遮蔽愈發向垂直方向移動的陽光。

菁姐將兩束花分別交到我和克拉把手上。

克拉拉笑我，又領著我走向墓前，我們彎腰，將花束輕放至埋葬著她骨灰的土地上。

我再也忍受不了，即便是對於社會而言的死亡，那也是死亡。這下，可就再也沒有人會為了她的死而忙碌了。願你安息，我心想。

有人撫摸著我的後背，將我帶到一旁。

扭曲模糊的眼前，唯一能瞧見的便是石碑的四邊形影子，我彷彿被蓋在那黑影之下，卻依舊頭頂著烈焰般的日光。克拉拉在我耳邊小聲說，所有人都在看著我。我借她遞來的紙巾去揉按兩個眼球，勉強將聚積的水珠擠到了別處。再一睜開眼皮，除了仍在一旁好似崩潰的消防栓一樣的男人，以及在他身旁久久不願挪步的女孩以外，餘下的親友們無不向我投來初見人類的渡渡鳥般好奇卻又置身事外的神情。

我並不在意他們的想法，滿腦子全是最後幾次見到她時的景象。那個時候，她穿著白襯衫，著一條小裙，留著屬於她的齊肩短髮，說著我聽不進去的話語。

都過去了，我告訴自己，人一旦死了，就無從複生。她去了她的世界，我留在我的星球，即使她湊巧與我在何處產生了交會，那也不過只是短暫的插曲。我和她想要重逢，必定長路漫漫。她若是希求重生，終將與我無關。她已經死了，死了就是死了。而我還活著，就要盡到生者的責任，遵從現世的法則。

我找菁姐打聽到了男人和女孩的住所，以及他們所開的店面。隔天，我和克拉拉一同上門拜訪，由菁姐引路，我們走進一片老式多層住宅區。

　　公寓樓錯落有致，樓宇之間被塞進好些大大小小的休閒綠地。一棟標準的公寓樓總共分為三個單元，每個單元各有一個單獨的大門進出。公寓全八層，從陽臺上掛著的衣物來看，每一層的房間都住進了人家。男人的家住五樓。我們來到三單元的樓下，要想進入公寓，就必須通過對講系統讓裡面的住戶為我們開門。菁姐在面板上按下了503的房號，女孩接通了線路。聽出是我們，女孩的聲音先是消失了一陣兒，後才為我們打開了大門的門鎖。

　　八層的公寓樓沒有電梯，需要通過樓梯一路爬到五樓。樓梯間的地板上，似乎存留有喝多的醉鬼嘔吐的痕跡，以至於濺出好幾塊深黑色的污漬，看著又像是電子顯微鏡下被放大的冠狀病毒。走到五樓並不需要花上多大力氣，一個單元每層樓只有相對開門的兩戶人家，503房在我們的右手邊。公寓一共有兩道門。在外的是一扇刷上綠漆的鐵門，裡面則是另一扇不透風帶貓眼的木門。門邊有個小按鈕，按鈕上面畫著一個小鈴鐺的圖案。菁姐按下門鈴，卻沒聽見屋裡屋外有任何本該出現的鈴聲。這次換我去摁，還是沒有反應。無奈之下，菁姐只好用手掌去拍外面的鐵門，雖然發出的聲音有些不太禮貌，好似我們三人是來討債的打手，但其效果卻極為顯著。不出多久，裡面的木門就被人打開。原先見過的小女孩紮著馬尾辮，現出她的身體。菁姐問她父親是否在家，她說在。她打開外側的鐵門，放我們進去。

　　屋裡談不上簡陋，卻也不能算豪華。一張簡單的三人沙發，

橡膠木的電視櫃上是一台四十寸的電視機，電視機櫃的兩旁各有
一盆富貴竹。沙發後的牆面上，掛著一家三口的大幅相片，相片
裡的三個人，屬她笑得最為燦爛。這是個三居室的公寓，客廳連
著餐廳，餐廳放著現代工業風的玻璃面餐桌，桌上擺了一疊花花
綠綠的小學教輔教材，還有一個帶有把手的不銹鋼杯。

　　我們問女孩，男人在哪裡。女孩細語道，男人在書房。

　　「在書房做什麼？」菁姐問，「又在裡面翻照片啦？」

　　我與克拉拉相視卻不語。

　　女孩退到一邊，像是見著生人上前的小馬。我們走向書房，
男人伏在書桌前，身下是好似被海嘯沖上街頭的廢紙堆。他在裡
面左摸摸，右找找，偶爾又拿起其中幾份寫有文字的紙張，或是
帶有她身影的彩色相片。

　　「唱片行打算什麼時候開門啊？」菁姐在書房門口問，她擋
住了我們進去的通道。

　　男人回頭，瞧見門外的我與克拉拉，厭惡地眯起眼睛，放下
手中的物件。「怎麼開？」他問，也不知在問誰。他眼睛朝著我
們，聲音卻往反方向飛去。「現在怎麼開？」

　　「可不開也不是個辦法──」

　　「開不了啊，開不了啊……」男人始終在和自己說話。

　　菁姐走進去，我們也跟在身後。桌上擺滿了帶有她印記的書
信與文件，照片自然也不在少數。「你不開店，怎麼賺錢還債？
你女兒又怎麼吃飯？」菁姐對他說，「這幾天的錢，都算我借你
的，我也要養老，這錢你是得還的──況且，看在我妹妹的份
上，我也希望你能照顧好你女兒，不能這麼渾渾噩噩下去。前些
年欠下來的債，還差多少沒還？」

「不知道。」男人說。

「不知道就現在算。」

男人窺視著菁姐身後的我們，「非要現在說這個事嗎？」

「這事兒不現在說，你還打算等到什麼時候說？」菁姐的鉛筆頭嗓門在此時就起到了不可估量的震懾作用──說不定，菁姐本就是個吵架高手，我心想。

「可是她死了！死了啊……」

「就是因為她死了，我們才得去考慮這些事情！」菁姐的聲音突破天花板，「你得為了你女兒著想，為了你自己著想。你要是想活下去，就先把自己的事情解決清楚。這店到底是開還是不開，你要想明白。要是開，那就好好開下去，這兩天就重新營業；要是不開了，那就得趕緊把店面轉出去，甩掉這個鋪租，想些別的出路。」

男人緊閉雙唇，脖子紅了一圈，不知在生誰的氣。

「這個過後再跟你提，」菁姐話鋒一轉，「今天過來，主要是有人想和你見上一面。」她朝我們二人揚眉，「這兩人呢，你也認識，葬禮結束的時候在一桌上吃過飯的。」

男人用鼻息回應她，像是在告知菁姐他記得我們這一事實。

「人家遠道而來，你就跟人家好好聊聊。」菁姐說。

「聊什麼？」男人的問話還是缺乏物件。

我連忙張口，「想聊一聊她的事情。」

「她？」男人嘴裡咬到了花椒。

「對，」我說，「想聊一聊您妻子生前的故事。」

「為什麼？」

為什麼？面對一個陌生男人打探自己亡妻的生活，他的質問

當然理所應當。我想了又想，總也找不出一個完美的回答。

「你有什麼目的？」男人又繼續追問道。

什麼目的？我望向身邊——總是站在身邊——的克拉拉，尋求她的幫助。克拉拉接收到我的求助信號，將自己的船隻朝我的方位駛來。

「只是對她的人生感興趣。」這下倒好，克拉拉的回答非但沒將我從水下救出，反而往海裡倒入了成噸的原油，使我越洗越黑。

「她就是一個普通人，」男人不懷好意地說，「沒什麼好感興趣的！」

「不是我說你，」菁姐的鉛筆頭橫插進克拉拉與男人間的火線，「你哪兒來的這麼大脾氣？」

「沒什麼可聊的！」男人沖我們大喊，「出去！都出去！」

菁姐長歎一口氣，讓我們二人先出去。

我們被趕了出來，書房的門被菁姐關上。女孩站在客廳裡，面朝著我們，關注著屋內的任何動靜。從她的臉上，看不出什麼能夠加以解讀的情緒。菁姐的聲音明顯蓋過了男人的低吟，她依舊重複著老一套的說辭，男人也始終以相同的喃喃自語回避話題。爭論持續了數十分鐘，問題又逐漸從男人的狀態轉移到對我們二人的態度上來。女孩懂事地為我們端來純淨水，她對我們說，水是從廚房的飲水機裡接來的，叫我們放心喝。我和克拉拉對她笑著說，我們當然放心。

「你也沒理由毒死我們。」克拉拉在這兒插科打諢。

女孩不知是沒聽明白，還是本就如此客客氣氣，她乖巧地點頭，就跑到別處去了。我喝過無毒的純淨水，將杯子放在餐桌上，便隨意在房子裡走動。書房的對面就是主臥，裡面擺了一張

雙人床，床單四個角裡有三個角都露在外面，而棉被則以老翁的姿勢側臥在地上。我走向房屋另一側的廚房，裡面有個普通的松下牌兩門冰箱。不同於主臥，廚房的一切倒是收拾得整潔，洗好的餐具也被歸類放好，地上沒有水跡，牆上也不見焦黃的油漬。黑色垃圾袋的封口被人紮好，嗅不出一絲事物腐臭的味道。就連洗手間的衛生也是一樣，甚至能達到五星級酒店的標準。可我怎麼看，這裡也不像是有保姆居住的樣子。而如此斷定的原因在於，靠近廚房的客臥是女孩的房間，除此之外，就沒別的可以住人的房間了。也許是鐘點工也說不定，我心想。

一邊想著，我一邊輕敲女孩合上的房門。女孩的腳步啪嗒啪嗒，房門為我打開。女孩堵在門外，問我是否需要什麼說明。她穿著奶白色的印花睡衣，睡衣顯得寬大，穿起來舒服。她光著腳，下半身是配套的長睡褲。我笑著說，想來看看她怎麼樣。她說她很好，並感謝我這個叔叔的關心。

「不用去上學嗎？」我問她。

「這兩天給學校請過假了。」她回答說。

我仗著自己的身高，有些不太合適地朝女孩的房間裡瞄上一眼。裡面有一張床單平整的單人床，被子被疊成受到擠壓的瑞士卷的模樣。床頭放著一張學習用的小方桌，桌上連帶一個兩層書架，書架上擺滿了胖瘦各異的書籍。遠遠掃過去，就能看到幾本類似《尤利西斯》、《基督山伯爵》一類的大部頭。其間，還夾雜著一本瘦弱的《金閣寺》。看起來，眼前的女孩是個平日裡喜歡看書的孩子。至於原因，從每本書書脊上的褶皺便能看出。只不過，以一個剛上小學的女孩的識字水準，她又能看懂多少呢？這實在令人費解。在床腳的位置，貼著牆擺放著一台電子鋼琴，

琴蓋此時屬於關閉狀態。

「會彈鋼琴？」我問她。

「還在學。」她說。

「喜歡鋼琴嗎？」

「喜歡。」她頷首而答。

「為什麼喜歡？」

女孩眼裡蒙了一層霧，「不知道，就是喜歡。」

「喜歡就好。」我學著長輩的樣子，對她說道，「喜歡的話，可要珍惜現在的機會。不然以後長大了，就會後悔。」

她應聲答應。

我還想問她點什麼，卻聽見書房的門被人重新打開，克拉拉又跑來叫我過去，我便離開女孩的房門，回到客廳。男人垂頭喪氣，又帶著包在容器裡的怒火，好似被俘的將領，被帶去敵軍的陣營。我們分別坐上沙發，菁姐坐最右，我與克拉拉坐中間，男人坐在拐角的位置。

「快，你們有什麼想問的，就儘管問吧。」菁姐對我們說。

我深呼吸，腦子裡首先想到的，是去問她的病因。可看到男人現在這副模樣，一上來就問這類問題，必然會導致他情緒上的波動。所以，我轉換了思路，決定從開頭問起。

「你們是怎麼認識的？」

　戴天翼出生於廣東的一戶普通人家，可要說普通，家境卻又與一般人有所不同。

這老戴家，在解放前可是地主。

至於地主們後來的遭遇，倒也沒必要再細說下去。地主鄉紳也分好壞，這其中當然不乏許多壓榨勞動人民的惡霸，畢竟壞人在哪兒都存在，但他們的壞，並不因為他們是地主老財；反之亦然，有些人是地主老財，並不代表他們就無惡不作，該遭天譴。說白了，地主就是字面上的意思，手裡有地，自己種不過來，就租給別人來種。與如今出租閒置房屋的房東們別無二致。若是有人反駁，說這地主老財將土地包給農民本身並無問題，問題在於，憑什麼有地的是他們，而不是底下的農民。

　　這就是矛盾點。

　　問題提得很好，但這問題同樣適用于房東的身上。若是這一命題成立，怎麼不見有人跑到房產公司門前大鬧一通，質問這些仲介人員，憑什麼房東手裡有房出租，他們卻沒房？再以此進行類比，我也大可找上那些個商業大亨、億萬富翁，去質問他們，憑什麼有錢的是他們，而不是我？總而言之，因為某人是地主，抑或某人生於地主家庭，就要與其進行鬥爭，將其手裡的土地搶到自己手裡，讓沒有土地的人民一同擁有，這就叫所謂的「公平公正」。從事件本身來看，簡直荒謬無比。不僅如此，就算將前因後果各類事件考慮進來，階級鬥爭本就自相矛盾。首先，人們需要思考，階級鬥爭的目的是什麼？我們為何要進行階級鬥爭？原因很簡單，地主手裡有地，上層階級手裡有權有勢，而底層的勞動人民呢？他們為了上層階級而勞動，所獲的收入卻與其生產的價值嚴重不對等（讓我們按照馬克思先生的觀點為前提），這就意味著勞動人民被上層階級所壓榨，這是社會的不公，所以要進行階級鬥爭，全世界的無產階級需要聯合起來，推翻資產階級的領導，建立無產階級專政。

聽起來確有道理。

人們辛苦勞作，卻是在別人的土地上勞作。那麼既然如此，就得搞階級鬥爭，讓土地從私有便公有——問題隨之而來。既然要搞階級鬥爭，就意味著要把原先的上層階級鬥下來，讓他們失去原有的權力，使土地屬於人民。可地主老財本就不屬於人民的行列，他們屬於不同階級的人，屬於人民的敵人，是要被鬥爭的。當土地屬於了人民以後，當無產階級專政建立了以後，那些不屬於人民的人們又該如何？又有誰來為他們鳴不平？難道他們就只能等待一個屬於資產階級的馬克思出現嗎？希望如此。

總之，人民以獲取管道不明為由，搶走了地主手裡的糖，塞到了他們自己的嘴裡。

當然，這屬於革命，不屬於改革。而且這事兒，不只在中國發生，打著國家和各類主義的旗號沒收個人的私有財產，總是顯得無可厚非；可一旦打起仗來或是經濟崩盤，受苦的卻永遠是個人。國家——以及所有以群體為基底的名詞——本就是人為創造出來的一個毫無實體的概念，一個概念必然不會受苦，頂多就是沒了。而個人則不然。那些為了國家、為了理論而爭當排頭兵的人民們，最後換來的卻只是食不果腹的一日三餐，以及糧食產量的只減不增。

不過所有的這些，都只是作為地主孫子的戴天翼一人的觀點。

講完了他的地主爺爺，就得講講他的大學生父親。

作為一名五十年代的大學生，他父親可謂是當年家鄉相當厲害的人物。但無奈，年輕時候娶了個蠻不講理的老婆，一天二十四小時一千四百四十分鐘裡，兩人吵架吵得簡直要比呼吸還勤。而戴天翼從小在這樣的家庭中長大，自然多少有些叛逆不羈。八

十年代末，也就是他剛剛成年那會兒，作為一名大學生的次子，他放棄了考大學的機會，跑到在當時來看山遙路遠的深圳尋求發展。當年的深圳，屬於名副其實的「特區」，要想留在特區，人們手裡就得有三個必不可少的證明：身份證，暫住證，以及務工證。否則的話，作為三無人員，就會被當成流浪狗一樣，被人塞進小貨車的後箱裡。

戴天翼之所以選擇來深圳發展，除了深圳是經濟特區以外，還有另一個原因。他事先知道與他同鄉的表姐比他早上兩年來到深圳，並且已經立住腳跟。來到深圳，不愁缺衣少食風餐露宿。他表姐的丈夫那年做著外包中巴的生意，那人是司機，他就跟著在車上賣票。期間，他學會了如何駕駛客車。可長久這麼幹下去，他也不知自己何時才能獨立成家。於是，他選擇辭工不幹，搬出了原本一直寄住的表姐家裡。戴天翼起初在海鮮市場找了個打雜的活計，工資不高，但能勉強維生。到了晚上，就在當地認識的朋友家借宿幾晚，時常是今天住在這兒，明天住在那兒，完美詮釋了何為「居無定所」。再到後來，他做上了酒店服務員的工作，一個月領著幾百塊錢的工資，跟深圳以外的其他地方比起來，那簡直就是天文數字。

與此同時，在深圳的他，接觸到了許多海外新潮的音樂，一下便入了迷。他聽平克‧佛洛德，聽老鷹樂隊，聽詹姆斯‧布朗，聽小理查，聽羅德‧斯圖爾特……除了這些，他還喜歡聽些日本和港臺的流行歌曲。不過，他親口告訴我們，他最愛的還是皇后樂隊。受到了音樂的啟蒙，他開始在上班的業餘時間自己寫歌，並報名參加了香港人在內地舉辦的歌唱比賽。只是，令他意想不到的是，參加類似這樣的歌唱比賽，想要走得更遠，就得往

裡塞錢。可那個時候，像他這樣的平民百姓裡，有幾個能出得起抵過半年工資的金額呢？就這樣，他只好放棄這個一時興起產生的夢想，將機會拱手讓給先富起來的那部分人。

到了這個時候，他才多少體會到，什麼叫做真正的階級差距。

他開始拋棄胡思亂想，選擇腳踏實地。通過幾年下來所積攢的積蓄，他租下了遠離鬧市區的一家店面，做起了唱片行的生意。由於特區的人們消費能力不低，且接觸外來音樂的機會也多，前來光顧的客人自然也數不勝數。他找來了許多要好的夥計，到店裡幫忙打下手，又引入了不同類型風格的唱片，唱片店的規模也越做越大。

那一天，她走進了店裡。

她一頭清爽的齊肩短髮——這一點，過了那麼多年依舊未變——穿一條在十二月的天氣裡極不常見的百合色連衣裙。她來到店裡的第一件事，就是找上在店裡巡視的他，詢問是否有日語歌曲的唱片售賣。他問她，具體想要聽誰的歌。誰的歌都行，她回答說，只要是日語的就行。他讓她稍等，轉身去日語唱片的貨架上，翻出兩張專輯。一張是山口百惠，另一張是中森明菜。她猶豫不決，他便用店裡的CD機分別播放兩張唱片的曲目。她聽著聽著高興地笑出聲，笑聲裡帶著淚，這讓他不知所措。她繼而又問，店裡是否還有《胡桃夾子》的組曲。胡桃夾子？戴天翼內心納悶，又覺得眼前的少女格外吸引他的注意。

這便是男人與她的第一次相遇。

以上的一切，都是在我與克拉拉近乎於審訊的逼問下，由他講述的片段中拼湊出來的。但是講到這裡，他再也不願接著講下去。無論我和克拉拉怎麼絞盡腦汁，就算用上鐵鍬和撬棍，也撬

不開他蛤蜊般的嘴。

「後來呢？」我問他，可他卻陷入了持久的沉寂，好似被人卸下了電池的玩具車，孤零零地停在房間的角落。

克拉拉用手伸進背包——她今天帶了個奶油色帆布雙肩包——摸出來某樣東西。我猜想，她拿出來的不是筆記本就是細煙。

菁姐開始抖起右腿，男人卻將屁股從沙發上抬起，肢體僵硬不堪，猶如羅丹的沉思者被賦予了生命。

我們三人的腦袋化為三個角度的聚光燈，一齊隨他的行為而移動。

他嘴裡嚼著句子，說是不想再談下去。

我本來還想將其挽留，菁姐卻看出了我的意圖。她手搭我的小臂，讓我今天到此為止。我拿不定主意，既然他今天這樣，明天不一定就能回歸正常。若是一提到她，就會在男人的身上挑下一塊肉，那就不再是受到打擊那麼簡單的事情了。

「我說，」我叫住他的背影，「你見過一塊黑色的石頭嗎？」

他停下腳步，半轉過身，露出見到鞋底踩上狗屎的表情，「石頭？」

「對，石頭，黑色的長條石頭。」

「沒有——你們走吧，我實在沒心情陪你們了。」他走向書房，消失在門後。

看他的樣子，確實並未說謊，我一邊琢磨，一邊跟著菁姐與女孩告別。女孩才從房間裡出來，時機卻恰到好處，不早也不晚。

又過一天，我讓克拉拉留在賓館，繼續完成她的書稿，而自己則借出門散步為名，前往翡翠唱片行的地址。店門果然是上了鎖的，而門口的地毯上，站著一個瘦小的身影。

　　我迎上前，她從店鋪玻璃窗的反光之中察覺到我的出現。

　　「在這兒幹什麼？」我問她，一邊往店裡張望。翡翠唱片行，貨架歪七扭八，不成行列，好似跑進去一頭初生的小牛，為了試試自己的牛蹄，就胡亂撞上一圈。

　　她叫了聲叔叔好，說只是上自家的店鋪看看。

　　「你爸爸呢？」我又問道。

　　「在家，」她說，「在家待著。」

　　「早餐吃了嗎？」

　　「吃了。」她仰著脖子，與我保持眼神交流。

　　「吃的什麼？」我不知該與她說些什麼，卻總想跟她搭話，便只好有一句沒一句地問著。

　　「牛奶，麵包。」

　　很好，我心想，列寧聽了這個，必定高興得手舞足蹈。

　　「叔叔早餐吃了什麼？」

　　沒想到，這孩子竟然會反問我。

　　「隨便吃了點什麼。」

　　她輕吟一聲，更加不像剛上小學的女孩。

　　「你不回家，就在這兒站著？」

　　「就在這兒站著。」她說。

　　放眼望去，太陽底下的空氣正如海草一般飄蕩舞動。

　　「中午呢？」

　　「中午回去。」

　　「爸爸給你做飯？」我問。

　　她搖頭，「他做不了飯。」

　　「那你怎麼辦？」

「我不夠高，只能站在椅子上。」

「自己做？」

「自己做。」

真了不起，我心想。「不怕摔下來？」

「有時候怕，」她的聲音忽又變得好似小羊羔，「但不站上去，就沒飯吃。」

「我看家裡的廚房和衛生間，都收拾得很乾淨嘛！這些家務，都是由誰來做的？是在外面請來了鐘點工嗎？」

「不是，都是我一個人做的。」

「一個人做的？」我舌撟不下，一個身高未及我上腹的小女孩，竟然能一手攬下如此之多的家務活兒，並且能收拾得井然有序，著實叫人刮目相看。

她顯然認為我大驚小怪，便不以為意地往自己的腳尖看。

「要不要找個地方去吃午飯？」我提議道。

「不能麻煩叔叔。」她出於教養，又昂首對我說道。

我告訴她，不過是帶她吃頓午飯而已，一點兒也不麻煩。她若是對我心懷戒備，我自然也能理解。不過我接著說，我與她的母親是老相識，現在又是高中老師，讓她大可放心。「那個時候，我跟你媽媽的關係最好。」

她突然興趣大增，「你跟我媽媽，是什麼時候認識的？」

「高中的時候。」我回答說。

「那媽媽年輕的時候，是什麼樣子？」

「想知道嗎？」

「想知道。」

我拋出橄欖枝，「跟你媽媽有關的事情，能說的想聊的，

可都還多著呢！這可不是一言兩語就能說完的。不如我們先去吃飯，等填飽了肚子，我再慢慢告訴你，怎麼樣？」

她稍加思考，便通過了我的提案。我帶著她沿著路邊走，同時觀察著道路兩旁是否有心儀的餐館——既物美價廉，又老少鹹宜，但又不能帶她去吃不健康的垃圾食品，不然則會影響她的身體。那麼，該吃什麼好呢？

「想不想吃火鍋？」我突發奇想。

「什麼樣的火鍋？」

「清湯底的火鍋。」

她皺眉，看著興致不大。

再往前走走，路的正前方是一家日本料理店，店門外的屋簷底下掛著紅白兩色的紙燈籠，燈籠上寫著日本漢字。

「那就吃日料吧！」我對她說。

這一次，她總算又露出了自己那高嶺之花風範的笑容。我們二人走進店內，服務員用日語朝我們道：「いらっしゃいませ。」這店員們一個個日語說得標準，可從五官看去，卻怎麼也不像是日本人。年紀較大的女店員頭上包著一塊藍布，將我們帶上二樓一處窗邊風景甚好的雅座。透過玻璃窗，能遠遠瞧見洋面對岸的香港元朗。我們相對而坐，服務員遞上功能表，我和她人手一份。

「想吃什麼就儘管點。」我告訴她。

她舔著嘴唇，像是欣賞名家的畫集那樣，仔細地閱覽著每一頁的內容。五分鐘過後，我叫來跑去提茶壺的服務員，點了一份壽喜燒，六個加州卷，一份玉子燒，一盤海鮮刺身，一碗鰻魚飯，以及一份生拌牛肉和作為餐後甜品的紅豆抹茶冰淇淋（其

中，玉子燒、鰻魚飯與紅豆抹茶冰淇淩是點給她的）。完事以後，我又讓服務員端來兩杯可爾必思，一杯裡面放青提，一杯放西柚。我將兩杯可爾必思並排放在餐桌中間，讓她自己去選。她挑了那杯西柚的，那我就喝青提的。

「為什麼想知道你媽媽年輕時候的樣子？」我用攪拌勺攪勻自己的飲料，一邊展開話題。

「就是好奇。」她嘟嘴去含被精心拗成獨特造型的塑膠吸管。

我也吸上一口冰涼的乳酸菌液體，在驅趕了一身的熱氣之後，我又接著說：「你叫戴曦好，對不對？」

「嗯。」

「誰給你取的名字呀？」

「可能是我媽媽。」

「是個好名字，」我說，「那你知道『曦』字代表著什麼意思嗎？」

「陽光。」

「沒錯，就是太陽照射下來的日光，為我們帶來光明和溫暖。」

「可我喜歡晚上。」

我忍俊不禁，「為什麼喜歡晚上？」

「因為夜裡能讓人感到安心。」

服務員端來了壽喜燒要用到的小煤氣灶，這個時候，女孩的可爾必思已經只剩下不到一半。我看著煤氣爐上燃氣的藍青色火焰，忍不住要問：「可是，難道不是光明更能讓人感到安心嗎？」

「不，」女孩說，「我還是更喜歡夜裡，夜裡能藏東西。」

「藏東西？」她的話就像被打上死結的鞋帶，怎麼解也解不

開，「打比方說？」

　　玉子燒和海鮮刺身同時上桌，女孩拿起筷子，去夾被擺在長條形方碟子上的油菜花色玉子燒。我睜著眼睛，看她將玉子燒放入自己的口中，隨後在內部進行著幅度不大的咀嚼流程，最後再偷偷摸摸地咽下去，仿佛在課堂上偷吃零食的頑皮小孩。壽喜燒的鍋也被架上了爐灶。等不到答案的我將自身的好奇轉化成食欲。我徒手去拿放在碎冰上的生蠔，用切好的檸檬塊往裡擠了些酸汁，隨後將蠔肉傾斜倒入口中，鮮甜可口。

　　繼續下一個話題。

　　「我看到你的房間裡，擺了很多名著。那些書，你都讀過嗎？」

　　「算是讀過。」她又咽下一塊玉子燒。

　　見壽喜燒的鍋裡開始咕嚕冒泡，我便往自己的碗裡打進一個生雞蛋，「那裡面的字，你都認識嗎？」

　　「有很多不認識。」她模仿我的樣子，略帶遲疑地拿起她那一側的雞蛋。

　　「對，就是這樣，把雞蛋打進去，待會兒蘸牛肉吃——」我告訴她這枚雞蛋的作用，「那既然有很多字不認識，你是怎麼讀完的？」

　　「媽媽以前經常會念給我聽。」她將雞蛋打碎，讓蛋黃和蛋液流進碗裡。

　　「但就算如此，像《尤利西斯》這樣的書，你能看得明白嗎？」

　　服務員將加州卷和生牛肉一同端到我們的眼前，現在只差女孩的鰻魚飯還留在後臺，做著上臺前的最後準備。

「就是因為看不明白，所以才要去看。」

我不得不時時刻刻提醒自己，她依舊只是個剛上小學的七八歲女孩。

「你今年多大？」我問她。

「八歲——牛肉可以吃了嗎？」

「可以——」我說完，她便用筷子提起一片肥瘦相間的牛肉，「和雞蛋攪一攪。」

她聽從我的建議，用蛋液將牛肉裹起來，為了不讓汁液滴到桌上，她又用左手護著，急忙將牛肉放進嘴裡。等她嚼過兩下，大致品嘗出味道，我才問她感覺如何。她鼓著腮幫子，卻像是受到了我的催促，匆匆吞下嘴裡的牛肉，喘了一小口氣，才回答我說這很好吃。

「好吃就行——你看你才八歲，就懂得這麼多道理，我可真佩服你。」

她聽完我的話後，顯得有些害臊，原本平常的臉頰此刻卻變成了水蜜桃一樣的色彩。

「你剛剛說，你媽媽原先會念書給你聽？」

她再次對此表示肯定。

「那你媽媽後來是做什麼工作的？」

「也在店裡上班。」

「唱片行？」

「嗯，唱片行。媽媽喜歡那裡。」

我將生拌牛肉上的雞蛋黃與生牛肉條攪合在一起，「你媽媽喜歡聽音樂？」

「嗯，特別喜歡。」

「那你呢？」

「也喜歡。」

生拌牛肉味道正好，完全沒有生食肉類一般的腥味。我把裝生拌牛肉的盤子往對側推去，想讓女孩也動筷品嘗一下。她先是盯著深紅色的肉條研究了一會兒，隨後才拒絕了我的好意。

「要是不想吃的話就算了——你媽媽喜歡什麼樣的音樂？」

「她什麼都聽，」女孩不假思索地說，「但日語歌聽得最多。然後……」女孩像是忽然靈魂出竅，呆立不動，後又回過神來，兩隻眼睛重新找上我，「她也會聽別的類型，像埃爾加、威爾第、舒曼、孟德爾松這些她都會聽。主要是浪漫主義，很少見到媽媽聽古典主義和巴羅克的音樂。」

儘管這個年紀的孩子本就是喜愛賣弄學識的階段，但碰上女孩這樣如此自然地運用自己的學識，難免還是讓我對其讚歎不已。「你果然懂得不少，」我誇獎道，「身為一名音樂老師，能看到還有像你一樣想去瞭解音樂的孩子，我真是倍感欣慰。」我說完，往嘴裡塞進一塊加州卷。這加州卷的黃瓜偏硬，不夠爽脆。

「我家裡是開唱片行的，」她解釋道，「所以自然要比其他同學知道得多一些。」

「你在學校裡的成績怎麼樣？」

她說，成績的好壞，她說了不算。

「什麼叫你說了不算？」我問她。

「自己誇自己成績好，總覺得很奇怪。」

我也去用筷子夾壽喜燒裡的牛肉，卻夾到了一塊魔芋結。「等你長大了，想做什麼？」

她看著壽喜燒的湯汁，「還沒想好。」

「不可能，」我說，「像你這樣的孩子，肯定會有自己的想法。」

「我想出國。」她說。

「出國留學？」我問，「還是想去移民？」

「都行，」她放下筷子，將兩隻手收到桌下，「只要能出國就行。」

「想去哪個國家？美國？英國？」

「只要是出去了，就行。」

「為什麼就這麼想要出國？」我問道。

「因為媽媽一直想要出國。」

「去日本？」

女孩向我眨了眨眼，問我是怎麼知道的。

「因為我和你媽媽是好朋友，好朋友之間就會有許多隻屬於兩人的小秘密。而她想去日本，就是這眾多小秘密的其中之一。」

她向我投來崇拜的目光，仿佛自己儼然成為從其他星系結束探索凱旋而歸的宇航員英雄。

「對了，」我為了不讓自己在她心目中的地位被她抬得過高，以至於到後面自己會摔得很慘，就必須及時岔開話題，「你爸爸和你媽媽，他們兩人的關係好嗎？」

「他們的關係再好不過了，」女孩說，「媽媽生病了以後，爸爸就每天陪在媽媽身邊，所以家裡的事情都是我自己在做。」

「你真厲害，」我發自內心地說，「那你呢？你喜歡你媽媽嗎？」

「我愛媽媽。」她毫不猶豫地回答。

「那你想知道，你媽媽年輕時候的事情嗎？」

她神情嚴肅地頷首肯定。

「你媽媽呀，年輕的時候和後來幾乎沒什麼變化。該是什麼樣子，她依舊是什麼樣子。」我憑著葬禮上的遺像，以及男人桌上的照片，得出如此結論。「她頭髮就像現在這麼長──」我用雙手往後肩比劃，卻又突然覺得使用「現在」一詞稍微有些不太妥當。所幸女孩並無任何反應。「那個時候，我跟你媽媽是同桌，每天在一起上課，下了課呢，又時常跑到外面去玩。她膽子大，喜歡到處闖蕩，做些一般同學不會去做的事情。每天嘴邊掛著的，就是將來如何跑到海的另一邊，跑去日本。但她那個時候還沒見過海。有一次，我和她偷偷溜進學校，借用學校的錄影機去看我的錄影帶──你這個年紀的孩子，應該不知道什麼是錄影帶吧？」

「聽過，但沒見過。」她聽得聚精會神。

「反正那一天，我們不僅淋了一身大雨，還被學校的老師逮了個現行。」

「那後來呢？」

「後來啊，」我喝一口可爾必思，繼續道，「她替我受了學校的處分，我卻因為那天的大雨而久病不起。我請了好久的假，你媽媽就會時不時上我家裡來，和我聊聊好玩的見聞，一同分享覺得好看的小說。當然，那個時候，我還有一個只有你媽媽知道的秘密。」

她問我，這秘密是什麼。

服務員走到我們桌前，問我們的壽喜燒還需不需要加熱。我說不用，她便關上了爐灶的火。

「你想成為第二個知道這祕密的人嗎？」待服務員離開後，我又故意小聲問她。

她回答說，她當然想。

「當時的我呀，一直夢想著能穿上一條漂亮的裙子。而你媽媽，就是幫助我實現夢想的那個人。」我說完，觀察著她的反應，見她的臉上並未出現戲劇性的變化，我才又說：「她將她自己的裙子借給我穿——當時我們的個子都還差不了多少——讓我擁有了我這一生當中唯一一次——也會是最後一次——穿裙子的體驗。你現在，會不會覺得我特別奇怪？」

「一點兒也不奇怪，」她對我說，「叔叔您穿裙子，一定特別好看。」

我發自內心地微笑道：「當初你媽媽，也和我說過一樣的話呢！」

只不過當時的十六歲少年，已然變成了女孩口中的「叔叔」，我不由得暗自感歎道。

「這是實話，」女孩接著說，「叔叔您本來就漂亮，穿上裙子只會比現在更好看。」

「那這麼說的話，不漂亮的人就沒資格穿裙子了？」我反問她。

「也不是這樣，裙子大家都能穿，只是叔叔比一般人更適合穿裙子。」

這個小甜嘴使我不得不動起碗筷，以進食的行為掩蓋住自己的羞愧。我心裡知道，自己本不應該和一個八歲的小女孩說道這些事情。只不過，一面對她，我的理性就失去了對自身的控制，使其遵照內心的意願，將自己的欲望轉化為實踐。這就是她所擁

有的魔力。

「媽媽也喜歡穿裙子。」她繼而又說。

我將北極貝放進醬油盤子裡，「她後來也喜歡嗎？」

「嗯，一直喜歡。」她說，「她有各種各樣的裙子。」

「她穿裙子也好看。」我幻想道。

「那再後來呢？」她問我，「後來跟媽媽怎麼樣了？」

「後來？後來我就轉學走了，因為要回上海看我的肺病，所以就只能和你媽媽分開了。」

「那你們還有聯繫嗎？」

我緘默，嘴裡含著帶有芥末味的北極貝。

她也重新抽出手，吃掉了最後兩塊玉子燒。

「我走的時候，」我開口說，「你媽媽可能還不知道。」

「為什麼呢？」

「可能當時鬧了點小矛盾，我也說不明白，也許只是在置氣而已。」

女孩舉著筷子，望向我。「那您喜歡我媽媽嗎？」

壽喜燒早已不再沸騰，可熱氣依舊從鍋中嫋嫋升起，在我和她之間拉上一層薄紗。

我自己笑給自己看。光是想到她，就能令我的面容染上幸福的顏色。「我喜歡。」

我喜歡，我當然喜歡，我怎會不喜歡呢？

她沒有再說什麼，我們兩人埋頭用餐。她的鰻魚飯總算隆重登場，女孩拿起服務員送來的飯勺，在鰻魚塊上左右刮刮。

「以前吃過嗎？」我輕聲問她。

她搖頭說沒有。

「試一試，」我對她說，「有的人很喜歡，有的人就吃不慣。」

她聽了我的話，用勺子切開一小塊，帶著米飯一同吃進嘴裡。

「吃得慣嗎？」

「好吃。」她說。

「你媽媽喜歡吃什麼？」

「她喜歡吃酸甜口味的東西。」女孩的嘴角沾著醬汁，我便讓她用紙巾擦擦。

「糖醋排骨？」我問。

「嗯，類似這樣的。」她說，接著又補上一句：「我也喜歡。」

「你媽媽喜歡的，你是不是都喜歡？不管是音樂也好，還是食物也罷。」

「因為她是我媽媽。」她的原因簡潔明瞭。

「可是她是她，」我笑著說，「你是你呀。」

「她是我媽媽。」她斬釘截鐵，語氣能一刀切斷金門大橋垂直落下的懸索。

「那——」我想了又想，可還是偏偏要問，「你媽媽走的時候，你傷心嗎？」

「傷心……」她垂下腦袋，小聲說。

我這才覺得，自己不該在餐桌上提到這個，就怕女孩因此而吃不下飯。為了補救這一被我自己捅開的破洞，我又連忙補充道：「可你看著比你爸爸要堅強許多。」

「那是因為，我不能像爸爸那樣。」她又揚起了她小巧的下巴，用一塵不染的屬於孩子的目光看著我，「光是傷心，媽媽也

不會活過來。我知道媽媽死了。很早以前我就知道，媽媽遲早有一天要離開我。所以我現在只是傷心的話，一點用也沒有。但是我愛我媽媽，我愛她。」

綿羊的聲音顫抖得愈發厲害，她適時地結束了自己的一番發言。

「吃完了飯，等會兒就讓服務員阿姨送來冰淇淋。」我對她說。

她默默點頭，繼續吃飯。我單手支頤，看著她吃飯的模樣。她的五官雖比她母親要更為精巧端莊，令人印象深刻，可神情中卻還是帶有些許她的影子。女孩徘徊在虛實之間，仿佛將我拖進夢裡，與她在此重逢。女孩的身上流淌著她的血液，傳承了她的基因，她便是她生命的延續。畢竟，她是她的母親，她是她的女兒。可是，即便如此，我不得不時時刻刻提醒著自己，眼前的女孩並不是她的母親，她也是一個獨立的個體。她有她的思想，有她自己的經歷和體驗，儘管她們有眾多相似之處，她依舊不是她的母親。而我就算再怎麼靠近女孩，也都只是徒勞無功。

但她的引力，對我這個獨自流浪在宇宙中的隕石來說，實在是難以抵禦。

我現在到底在做些什麼？帶一個與我非親非故的八歲女孩跑到日料店吃飯，往嚴重了想，那男人就算告我涉嫌拐賣兒童也不為過。

可既然來都來了，也沒有別的辦法。得早點送她回家才是。

「我說，你跟我出來，就不會害怕嗎？」我稍顯心虛地問她，畢竟我深知自己動機不純。

她說她不害怕。

我問她為什麼。

「因為您和我媽媽是共用秘密的好朋友。」她回答說。

「可萬一，我是說萬一，我是騙你的呢？」

「不會的，我相信叔叔您不會騙我的。」

「為什麼？」

她喝光了自己的可爾必思，又說：「因為在我媽媽的葬禮上，只有叔叔您跟我爸爸一樣傷心。」

「我嗎？」我指著自己。

她說沒錯。可就連我自己，也絲毫沒有意識到這一點。

「那也很危險，」我叮囑她，「還是得有戒備之心才行。」

「我心裡有數。」她說話像個大人。

「吃完了，我就把你送回家。」我向她保證道。

她吃飯速度不快，十幾分鐘過去，桌上便只剩下壽喜燒裡的兩塊豆腐。我讓服務員送來餐後甜品。服務員端上被淋上蜜紅豆的抹茶冰淇淋，綠色小冰山的山腰上插著兩根鐵勺。我們分享著冰淇淋，我一勺，她一勺，將這座小山的礦石開採殆盡。女孩吃得很是盡興。

「我啊，直到現在，偶爾還會見到你媽媽。」我對她說。

她疑惑地望著我，「現在？」

「是的，現在。有時是在夢裡，有時是在現實當中。」

「現實當中？」

「多半是叔叔我出現了幻覺。」

「您果然很喜歡我媽媽。」她認真道。

「或許的確如此。」我說，「她總是纏著我不放，想要告訴我些什麼，可我卻一直也搞不清楚，她到底要對我說些什麼。

我並不知道她這些年到底過得如何，心裡也多少有些愧疚。所以
——」

「所以才想和爸爸聊一聊。」

「沒錯，可我不知道他還要像現在這樣頹廢多久。」

「我也不知道。」女孩說。

「你媽媽的病，是什麼時候開始的？」

「兩年前吧，我還沒上小學的時候。」

「那個時候，你有印象？」

「有。」她去舀最後一小口即將融化的綠色固體。

「我像你這麼大的時候，發生的事情都只能記起些許片段。」

「可媽媽的事情我肯定記得很清楚。」

「也有道理，」我說，「要是吃得差不多了，我們就回去，
怎樣？」

她說好。

我叫來服務員結帳，服務員對我說，這一份壽喜燒和兩杯可
爾必思已經為我算在限時活動的親子套餐裡了。我不禁暗想，若
是所有服務員都像這樣「明察秋毫」，那這些餐廳得做多少虧本
買賣。不過也好，吃虧的是別人，受益的是我自己，我又何必為
別人去操這個心呢？我付完帳，帶著她走下樓，一同出了餐廳的
大門。只能打車回去。我攔下一輛紅色計程車（在這裡，若是將
其稱之為「的士」會更加妥當一些），跟女孩一同坐在後座。兩
人系好安全帶，我讓女孩告知司機她們家的地址。我們距離她家
不遠，也就不超十分鐘的車程，司機便放我們下了車。將女孩送
到樓下，我的責任就已盡到，護花使者的使命也已完成。我轉身
要走，卻被女孩拉住右手的袖口。她說，想讓我陪她上樓。我對

她說，自己就算上了樓，也多半會吃閉門羹。她卻否定道，他爸爸一定想要再見上我一面。

「你怎麼知道的？」我問她。

她給不出理由，卻讓我相信她。

好吧，既然都這麼說了，那我就只能陪著她上去。

她用自己的鑰匙開了門，不見男人的蹤跡。她換好鞋，直奔屋裡的主臥。我站在大門口，既想走，又不敢離開。果然，我的等待得到了回報。女孩帶著男人走出書房。男人臉上的浮腫不但未見消退的跡象，反而愈發鼓囊起來。他來到我的面前，感謝我送她女兒回家。

「這孩子，老是動不動就亂跑，一點兒也不省心啊……」

「沒有沒有，孩子挺好的，也聽話。」我心想，這個家裡最不省心的，絕對不是他們的女兒，「要是沒什麼事情的話，那我就先走了。」

見他昏沉的樣子，臉上就差現出一個黑色的大洞，讓我一眼看穿其中，什麼也沒有。我對他道了聲「節哀順變」，可他卻趁我一隻腳跨出門外之前，用我不曾聽過的高亢嗓音把我叫住。

「怎麼了？」我回頭問他。

他讓我稍等片刻，自己跑回書房，少頃，又拿出一個裝月餅的鐵盒。他把鐵盒交給我，我也不能將其棄至一邊，就雙手去接。我內心納悶，這眼下還不到五月，按理說就算要送禮物，也應該送粽子才對，哪有送月餅的道理！

「這個，你拿去。」男人對我囑咐道，「我想你會需要的。」

「謝謝，」我說，「希望你一切多保重。」

他看著月餅盒，情緒又開始像夾起的麵條一樣，在空中左右

甩動。我最後看一眼女孩，她發覺我的目光，將臉上的笑容沿我的視線傳遞回來。

　　這一點，可真像她母親。

　　我再次向二人告別，逼迫自己向樓下走去。回到酒店，發現克拉拉不在房間。我給她打電話，她說她在二樓中餐廳裡，我便下去找她。她坐在落地窗邊的位置上，點了一份生煎包和一盤蝦仁炒飯。

　　「吃過飯沒有？」她向剛剛坐下的我問道。

　　「吃過了。」我說。

　　「跟誰吃的？」

　　「自己吃的。」

　　她緊盯著我的臉，又不知是否發現了端倪，才說：「是跟她女兒吃的吧？」

　　雖說面對的是克拉拉，可她的猜測一如既往地準確，還是叫我大為震驚。「你怎麼知道的？」

　　「你現在看起來，就跟前幾次暈倒醒來以後一模一樣。」

　　「那是什麼樣子？」

　　「不好形容，」她說，「不過，看著像是個沒裝燈泡的檯燈。」

　　「隨你怎麼說。」

　　「去了可有收穫？」

　　「有，」我一直將月餅盒拿在手裡，「就是這個。」

　　「這是去年吃剩下的月餅吧？」

　　「有可能。」

　　「打開來看看。」克拉拉用命令的語氣吩咐道。

我扳開鐵蓋子，裡面裝的竟然不是月餅（也許是我頭腦簡單），而是兩本破舊的筆記本。

「是什麼？」克拉拉一邊手拿生煎包，一邊伸著脖子往這邊看。我翻開最上面的那本，裡面寫著帶有日期的一段段文字。

我快速流覽其中的內容，「是她的日記。」

「真的假的？從什麼時候開始寫的？」

「1988年──」我翻回第一頁，看著上面的日期，「我離開的第二天。」

「是個難得的素材，」克拉拉說，「你怎麼拿到的？」

「她丈夫給我的。」

「他怎麼會給你這個？」

「我也不知道，」我實話實說，「她女兒硬要我陪她上樓，又把他叫出來，我臨走的時候，他就給了我這個。」

「看起來，她女兒的功勞還挺大──她叫什麼名字？」

「戴曦好。」我脫口而出。

「你啊，可得注意一點，」克拉拉換上嚴肅的口氣，「你可別忘了，你是有過前科的。」

「我自然知道，」我說。

「知道是一回事兒，能不能控制住自己的情感，可就是另一回事兒了。」我看著她用生煎包去蘸裝在碟子裡的醋，「雖然我本身是個對道德倫理法律準則抱有質疑的人，可你需要擔心的──或是我們所有人都一樣──就是它們。哪怕它們再怎麼不合理，我們也依舊受制於此，這才是個麻煩事。」

「我都明白。」

「怎樣？」克拉拉又不懷好意地問道，「在她身上，有找到

你想要的東西嗎？」

　　「多多少少，」我說，「多多少少。」

5

　　她是我教過的一個學生。

　　我對她的最初印象，就是一個喜歡坐在音樂教室最後排、捧著書看的短髮女孩。女孩的頭髮，與她多少有些相似。

　　有一次，我出於個人興趣，便走到她的跟前，去看她手裡的書名。在其他人都在睡覺聊天畫小人的音樂教室裡，她卻好似與世隔絕，獨自翻看著手裡的《窄門》。一個年僅十六歲的女孩，與我認識的她年紀一般大。

　　看《窄門》的她，格外吸引我的注意。

　　那天下午，學生們已經放學，我走在出校門的路上，正巧碰上了往食堂走去的她。我閑來無事，便一路跟著她，走進了學生食堂。她發現了我──整個食堂的學生應該都發現了我這一斑馬群裡的駱駝──對我擺出一副南方人喝了北京豆汁的表情。我主動向她問好，她將將反應過來，回了一句「hello」。她問我怎麼會出現在這裡，我回答說想來考察一下學生的伙食。她「哦」了一聲，排進打飯的隊伍。我跟在她身後。她點了一份雞蛋面，我要了一盤鹵肉飯。她輕車熟路，找到一處能見到陽光的座位。我坐到她的對面。

　　「平時都吃雞蛋面嗎？」我指著她的面碗。

　　「雞蛋面？」她的眉毛上下抖動，「當然不是，怎麼可能每天都吃雞蛋面啊？」

　　「也對，每天都吃的話，看到橢圓的東西都會想吐。」

　　她用筷子挑起麵條，再用鐵勺托著。「老師你——您在教師食堂一般都吃什麼？肯定比學生食堂要好得多吧？」

　　「不用那麼生分——」我對她說，「我一般不怎麼在教師食堂吃飯。」

　　「為什麼？教師食堂的菜不合你胃口？」

　　「不是菜不合我胃口，而是那裡的人與我融不來。」我說。

　　她將麵條吸溜進嘴裡，又仿佛碎紙機一般咀嚼著。「那裡的人，莫非是其他老師？」

　　「沒錯。」

　　「你跟他們鬧了矛盾不成？」

　　「矛盾倒是沒有——只不過，我們就是合不來。」我的鹵肉飯到現在還一口未動。「仿佛他們在他們的世界，而我在我的世界。哪怕處在同一片空間，我們也只不過是彼此平行，絕無互相重疊的可能。正因如此，那裡的磁場才總是叫我難以承受。」

　　「我懂了。」她說。

　　「我也相信你能明白。」

　　「為什麼？」她用鐵勺攪著面碗裡的湯。

　　「因為你與我一樣，」我回答道，「至少在我的課上，你的表現正是如此。」

　　「哦？」她挑眉，「看來老師你觀察得仔細——不過，這就是你找上我的理由？」

　　「其實理由不止於此。」

　　「那還因為什麼？」

　　「不好說。」

　　「奇怪。」

我一愣，「奇怪？」

「就是奇怪啊！一個音樂老師，主動靠近他班上被人孤立的女學生，還口口聲聲說另有原因，這難道不夠奇怪嗎？」

「是挺奇怪的。」我笑道，「但我喜歡你的用詞。」

「我的用詞……」她斜著腦袋，「奇怪？」

「奇怪。」

「我說你奇怪這事兒，有什麼好奇怪的嗎？」

「沒什麼好奇怪的，我只是喜歡你說我奇怪。」

「奇怪！」

她說完，我倆不禁失笑，惹得鄰桌兩個男學生向我們投來埋怨的眼光。

「今年十六？」我問她。

「正好十六。」她說，「高一的學生裡面，很少十五或者十七的吧？」

「是這樣沒錯，我不過是想確認一下。」

「確認這個幹什麼？」

「不幹什麼，滿足一下自我的求知欲而已。」

「老師？」她叫我。

「怎麼了？」

「嘗一口你的鹵肉。」

「你嘗吧——以前沒點過嗎？」

她的鐵勺伸向我的餐盤，「沒點過。」

「為什麼沒點過？」我看著她舀去兩小塊帶著醬汁的肉沫。

「太貴，」她含住鐵勺，用嘴唇抹去上面的鹵肉，再將鐵勺從嘴裡抽出，「一份鹵肉飯要十二元，雞蛋面只要八塊錢——

嗯，味道真不錯。」

「喜歡吃就多吃點──家裡有困難？」

「也談不上多困難，只是最近有些拮据。」她說罷，又來舀上一勺。

「你家裡是做什麼的？」

「小買賣。」

「小買賣也分很多種。」我說。

「不值一提的小買賣。」她去喝她的麵湯。

「讓我猜猜，」我一本正經道，「倒賣軍火，走私象牙。」

「不是！」

她被麵湯嗆到，我讓她小心一點，可別進了氣管。

「那到底是做什麼的？」我又問。

「炸油條的。」

我扒拉著盤裡的米飯，「那不就是開早餐店的？」

她說就是如此。

「在哪兒開呢？」我吃一口飯，又說，「哪天我也去光顧一番。」

「老師你就別去了，」她婉拒了我上門拜訪的提議，「去了的話，還挺不好意思的。」

「有什麼不好意思的？」

「你不懂。」

好，我不懂。「年輕人」這一頭銜，已經被她們從我頭上搶走了去。

沉默了大約三十三秒（因為無聊才會去數），我才又說：「你覺得怎麼樣？」

她的迷茫堆成小山，「什麼怎麼樣？去我家？」

「不是，」我連忙否定，「是書怎麼樣。」

「哦──《窄門》？」

「對，《窄門》。你覺得怎麼樣。」

她放下筷子，碗裡只剩下漂著蔥花的麵湯。「我還沒看完──不過我一直沒太明白，到底什麼才是窄門。」

「既然如此，那還是等你都看完了，再來討論比較好。」

「不過，這窄門應該和上帝有關吧。我記得開頭的時候就有提到。」她說。

「這倒是沒錯……」我說著說著，卻半天想不起來《窄門》的細節。

她好似看出了端倪，「老師你是什麼時候看的？」

「很早以前了。」我說。

「那老師你──」她突然就壓住眉毛，盯著我看，「相信上帝嗎？」

「我不信教。」我回答道。

「哎呀，不是信教不信教的問題。」

「那是什麼問題？」

「那就換個說法──你相信會有類似上帝這麼一個人物的存在嗎？」

我向天花板看去，仿佛上帝──如果存在的話──就正好被人掛在吊燈的旁邊。「上帝一樣的存在？我不知道，也不能就如此斷言它究竟存在與否。」

「那怎麼樣才能知道？」

「當你見到它的時候。」

「就像死亡一樣？」

「就像貓一樣。」

「貓？」

我低頭挑肉。

她繼而問道：「那你覺得，上帝存在的價值是什麼？」

「價值？」從她嘴裡蹦出這兩個字來，總讓我覺得有些彆扭。「價值就是，關愛它的子民？」

「那為什麼，我現在還得吃著八塊錢一碗的雞蛋麵，不能毫無顧忌地去吃十二塊錢的滷肉飯呢？」她有失教養──我也不知到底是誰規定的所謂「教養」，反正就是「教養」──地用筷子敲擊著她的湯碗和我的餐盤，借此來提醒我這兩者之間的差距。但光是聽聲音，還真聽不太出來。

「可能因為，你我都不信教。」我自以為找到了一個完美──至少合乎情理──的答案。

只可惜，她沖我搖晃著食指，說：「我家就是信天主教的。」

「當真？」

「不騙你，」她笑著說，像是在笑一尊忘刻鼻子的半身石膏像，「天主十誡中的第八誡可就是『毋妄證』，我怎麼好對你說瞎話呢？」

我姑且相信了她，「你們家裡都是？」

「我爸我媽都是虔誠的信徒。」

「那你呢？」我朝她點了點下巴。

「我嘛，誰讓我一出生就生在了兩個教徒的家裡呢？」

「所以你也信嘍？」

「但不像其他人那麼篤信而已。」她越過自己的湯碗，湊

上前，裝模作樣地用手掌遮住嘴唇的一邊，偷偷告訴我：「說實話，我一直對天主的存在表示懷疑。」

「你們的天主，具體指什麼？」

「三位一體的神，上帝，God。其實都是一個人，只不過新教徒喜歡叫他上帝和神；我們呢，就管他叫天主。」

「你為什麼會懷疑天主的存在呢？」

「理由很簡單嘛！」她說話時的樣子像極了某人，「既然我們一家──尤其是我的父母──每次都如此發自內心地禱告，為什麼還讓我們繼續守著這個破早餐攤呢？所以說，要麼就是禱告沒用，要麼就是──」

「天主並不存在。」

「說對了！」

「這麼解釋，倒也不無道理。」我想了想，說：「那你現在還做禱告嗎？」

「當然，為什麼不呢？」她收回身子，回去坐好，「這也不是我能決定的。生在一個天主教家庭，就相當於從我出生起，我就得是一名天主教徒。這不是我能決定的，而是我父母的信仰所決定的。你說說看，這到底荒唐不荒唐？」

「簡直比跳踢踏舞的鯨魚還要荒唐。」我附和道。

「但是呢，既然是我所不能決定的，那我就只能咬著牙接受唄。就算我不相信什麼天主啊上帝啊之類的存在，我還是得裝成自己相信的樣子。不然的話──」

「不然怎樣？」

「哎呀，不過這也不好說。不然會怎樣呢？沒試過。」她端起碗，又放下，試了試碗裡液體的重量。

　　簡而言之，那是一次相當愉快的交談。我們約好，等她看完整本書以後，再互相對「窄門」一事進行一番深入探討。不過在當天夜裡回家以後，我就把家裡的書櫃翻了個底朝天。只可惜，並沒有找到任何一本紀德所寫的書。第二天早上，我跑去街角的一家書店，找服務員詢問《窄門》一書。

　　「有是有，」長相圓潤的女店員正從籃筐裡拿出新書來，往書架上放，「不過拿不了。」

　　「為什麼拿不了？」我兩眼瞪著她纏繞著一圈又一圈小橡膠環的脖子。

　　她拿起一本《育兒寶典》，「因為在倉庫裡。」

　　「那請問一下，」我說，「倉庫裡的書該怎麼拿呢？」

　　「倉庫裡的書拿不了。」《育兒寶典》被放到了《月子期間百大菜譜》的旁邊。

　　「為什麼拿不了呢？」我百思不得其解。

　　「因為麻煩。」她說。

　　麻煩？

　　「那我如果想要的話，」我依舊和顏悅色，「該怎麼買呢？」

　　「你先看看別的。」話音未落，《胎教音樂三百首》就登上書架。

　　「如果我先去看看別的，」我畢恭畢敬，就差將腰彎成迴紋針的模樣，「那您就會去倉庫幫我拿書嗎？」

　　「拿不了。」她說。

　　「為什麼拿不了呢？」

　　她開始往書架上放《庭院風水》，「都說了麻煩。」

　　「為什麼麻煩呀？」

「因為亂。」

我竭力抑制住自己如爆米花般膨脹的怒氣，「那我自己去找呢？」

「你不能進去找。」裝書的籃子就要見底。

「我為什麼不能進去找呢？」

「因為有規定，倉庫外人勿入，只有員工能進去。」

「那您能幫我進去找嗎？」

她反倒比我先不耐煩起來，「都說了現在拿不了。」

「為什麼拿不了呢？」

「因為倉庫亂，拿起來麻煩。」

「倉庫為什麼會亂呢？」我接著追問道，「倉庫亂，為什麼拿起來就麻煩呢？」

「你這人怎麼這麼麻煩？」

看來在她眼裡，我也的確夠麻煩的。不過與她進行如此一番唇槍舌戰，最終也不是白白浪費口舌。另一名空著手沒事幹的女店員旁聽到我們二人憋著氣的對話，便出於好心拉開了就要扭打在一起的我們。這位手持橄欖枝、家有小白鴿的女店員領著我走到隱秘處的倉庫門口，用專有的鑰匙打開了門鎖。在倉庫裡找書，果真不是一件輕鬆的事情。據店員所說，他們也是最近剛進一批新書，還沒來得及整理，就隨意堆放在倉庫。她在一片貨真價實的書海中浮潛幾輪，最後找出一本尚未拆封的《窄門》。我謝過她，捧著這本來之不易的小說，結帳回家。此後，我又花了三個晚上，大致重溫一遍紀德筆下的故事，掌握了多少有用的資訊，就等與她的閱後交流了。

那個星期，我總共見了她三次。

　　按常理說，高一的學生每週會有且僅有一節音樂課（相比畢業班的學生們著實要幸福不少），換言之，我與她直接見面的機會並不多。可偏偏上帝——這時就最能凸顯上帝這一存在的價值——認為我倆有緣，讓我們在傍晚的操場又再次偶遇。她半蹲在地，擺弄下水口邊的塑膠瓶蓋，而我正繞著跑道進行飯後消食。她見到我，像個相識多年的老友一樣，與我快活地打著招呼。我問她書看完了沒有，她說還沒有。我接著又問，還差多少。三分之一多一點，她說。

　　「怎麼看這麼慢？」我問她。

　　「又不是每節課都能像音樂課一樣，能讓我專心看書。」她回答說。

　　「你這麼說話，我難免會傷心難過。」

　　她跟著我一同繞著操場，足球場上有同學正起腳射門，正腳背的皮鞋面上擊中皮球，在我們的耳邊發出炮火的聲音。柴可夫斯基的《1812》序曲或許就需要這麼一腳勢大力沉的射門，我心想。

　　「老師你別介意，」她安撫我道，「反正你也不怎麼講課。」

　　「就算講了，也沒人聽不是嗎？」

　　「那可不一定，」她嘟囔著，「說不好，你要是講了，那我就會成為你教過的學生中第一個認真聽你上課的人。」

　　「看不出，你對音樂有所興趣？」

　　火紅卻虛弱的落日垂在我們身後的地平線上，將我和她的影子拉成一大一小兩隻行走的螳螂。

　　「老師你可別小瞧人呀！」她受了委屈一樣高聲抗議。

　　「那你都喜歡什麼樣的音樂？」

　　「好聽的音樂。」

我出乎本意地笑得陰險，好似自己有什麼邪惡計謀終於得逞，「藝術這個東西，可是很主觀的。你覺得好聽，別人不一定就同樣對其百聽不厭。文學藝術也是一樣。不同閱歷的人，哪怕讀到同樣的文章，也會引起不同的感觸。而這一點，恰恰就是藝術的魅力。藝術是包容的，是多元的。你看到什麼，那就是什麼；你所感悟出什麼，那就是什麼。所以對於藝術來說，根本不存在什麼『過度解讀』一說。」

　　「可是，」她不以為意，「音樂什麼的，我自己覺得好，那就是好。既然老師你口口聲聲說什麼藝術是包容的，是多元的，那我又何必還要在乎別人喜歡什麼呢？」

　　我的思緒被人打成了帶有兩半翅膀的蝴蝶結。

　　「沒錯，你說得對，讓我不知該如何反駁。」我向她舉起小白旗，以示屈服。「那你覺得，什麼樣的音樂，才算好聽的音樂？」

　　「這個問題，簡直就是浪費時間，」她如此說道，「老師你說說，這什麼樣的人，才能算是一個真正的好人？」

　　「不做壞事的人。」我回答說。

　　「那我也同樣可以說，好聽的音樂就是那些不難聽的音樂。」

　　「但這麼說不對，」我提出異議，「好人與壞人不能與音樂是否好聽相比較。」

　　「為什麼就不能放在一起了呢？」

　　「因為不難聽的音樂也可以不好聽，它不過是中規中矩而已。」

　　「那要是這麼講下來，我們兩個不是好人就是壞人，是這個意思嗎？」她問。

「差不多就是你所理解的這個意思。」我說。

她繼續道：「那老師你是好人嗎？」

「算不上什麼好人。」我說。

「那你就是壞人。」她指著我，好似電視上動畫片裡代表正義的偵探，揭發一名劣跡斑斑、賊眉鼠眼的小偷慣犯。

「對，我就是壞人。」

「那究竟是什麼決定了你是個壞人？」跑道上，小只的螳螂停住了腳步。

「上帝？」

「這麼說的話，老師你不是依舊相信上帝存在嗎？」

「不，這只是個藉口。」我說。

「什麼樣的藉口？」

「總得有人去判定好人與壞人吧？」

「所以就是上帝？」

「現階段來說，只能讓上帝背負這一頭銜。」我說，「只不過，上帝對於好壞的評判標準到底是什麼，我就不得而知了。」

「每個宗教的神都會有自己的評判標準。」她說。

「那你們呢？十誡？」

「類似。」

「還有呢？」我問。

「我也不太清楚——我不是說過了嗎？我本就不是一個虔誠的信徒。」

「那你為何不直接跟你父母說呢？」

地上的影子變成指針，開始朝一點鐘方向擺去。「說什麼？說我不想信教，不想跟他們一樣？」

「宗教自由嘛。」

「可是在他們眼裡，我是兩個天主教徒的女兒，所以也理應成為一名天主的追隨者。」

「但是，既然你不想，就應當去反抗。最起碼，也得把你的真實想法告訴他們。你也不能總是扮演一個違背你內心的自己吧？」

「誰又不想那麼做呢？」她說，「可是，要想做到這點，真的很困難嘛！」

飛來的皮球砸中了前方慢跑的田徑隊隊員，穿著短褲背心的男生罵罵咧咧地將皮球扔向遠離草坪的另一邊。

「誰說不是呢？」我看著自己傾斜的影子，又轉而看向她的。「你家是哪裡人？」我問她。

「本地人。」她說。

「聽不太出來。」

「那老師你是哪裡人？」

「我也是本地人。」

「你也完全不像嘛！」

「兩個假本地人。」

「可不是嘛！」她拉住我的袖口，將我向下扯，直到耳朵湊近她的海拔，又說：「老師，你可要說實話。」

「你在說什麼？關於什麼的實話？」

「你呀，是不是喜歡男人？」她悄聲問。

「男人？」我擠著眉毛，試圖擠走腦海裡浮現而來的擁抱，「是你想多了。」

「可要說實話！」

「這當然是實話。」

「那你不試一下，怎麼知道自己喜不喜歡？」

「就是不喜歡，不用試也知道。」我不理會她的無理取鬧，奪回了自己的耳朵。「你為何會這麼問？」

「看著像。」

「怎麼像了？」

「長相？氣質？走路時的樣子？」她自己也無法肯定。

「走路時的樣子？我走路，到底是一副什麼樣子？」我從來不覺得自己走路的姿勢與別人有何不同。

「像個缺乏重量的幽靈，」她如此評價道，「有時候，又像是個沒有實體的影子。」

「影子是怎麼走路的？」

「就是飄著走的。」

「可是，影子只存在於二維空間裡，它是如何飄著走的？」

「反正就是，你不留心注意，就難以被人覺察。」

「可是我有影子。」我指著我們二人地上的影子，「影子自己，總不能再有影子吧？」

「那你就是幽靈。」

「可幽靈也沒有影子。」

「知道為什麼嗎？」她反倒像個智者，轉而向我問道。

「為什麼？」

「因為你就是個有影子的幽靈！」

「可既然是有影子的幽靈，那到底還能不能算是一般的幽靈？」

「那你應該慶倖，自己還有影子。」

「人人都有影子。」

「那也不一定，」她踢開腳邊的石子，「死人就沒有影子。」

「死人算不上人。」

「死人難道就不是人了？」她故意發出潑婦般的尖叫，引得球員們一個個好似受了驚嚇的瞪羚，無不轉頭朝此處張望。「老師你這句話，可要得罪天上地下不老少人呢！」

「不，我不是這個意思——」我先讓她安靜下來，繼而解釋道：「死人當然算人，可準確來說，他們原本是人，而現在已經不是了。這在英語裡，可就是要用過去式的情況。」

她「啊」了一聲——不知其意——又接話道：「雖然牽強，但也算合理。」

「不需要你做評判，」我故意擺出一個傲然睥睨的架子，「到底你是老師，還是我是老師？」

「老師怎麼了？老師的權威就不容置疑了嗎？」她沖我吐著舌頭，做了個鬼臉。

「話說回來，」我拆掉此前搭起來的架子，「你以後想幹什麼？」

「在天主教堂擺賣佛經。」

「不開玩笑。」

「沒開玩笑。」她說，「我真想在教堂裡賣佛經來著。」

「想到什麼地步？」

「想到自己的牙槽都能磨出一塊溜冰場。」

我輕笑，笑完又問：「那到底有什麼意義？」

「好玩唄！」她說，「還要有什麼意義？」

「這樣的話，天主和釋迦牟尼非得在天上打起來不可。」

　　「打起來好呀！」她滿是一臉看熱鬧不嫌事大的模樣，「反正跟我也沒什麼關係。」

　　「可是這紛爭，」我提醒她，「不就是你在天主教堂賣佛經所引起的嗎？」

　　「所以我要負責？」

　　「對，你要負責。」

　　「怎麼負責？」

　　「解鈴還須系鈴人，」我指出，「得由你親自去拉架。」

　　「這可怎麼拉才好？」

　　我左思右想，「可以建一堵牆。」

　　「建一堵牆？」

　　「對，在上帝和佛祖兩人之間砌上一堵牆。」

　　她眯細著眼睛，「可是，為什麼非要建牆不可？」

　　「因為嘛，」我說，「若是想將人們劃分為不同的群體，最好的辦法，就是在他們之間砌一堵牆。」

　　「不過，他倆都在天上，」她單手指天，像聖誕樹頂上的尖頭裝飾，「在那上面建上一堵牆，怕是不太現實吧？」

　　「這個牆也不一定非得是有形的牆。」我如此教導著這個年輕的女孩，「我相信，只要你有心，上帝就一定會幫助你的。」

　　「可我要隔開的，不正是上帝和佛祖嗎？」

　　「也對，我給忘了。」

　　她捧腹大笑，「你好歹也是個老師，淨說些不正經的話。」

　　「也不知道，不正經的人到底是你還是我。」

　　「我還年輕，我有資格不正經。」她雙手叉腰，像是誰弄壞了她的音樂盒。

「那你除了想賣佛經——」

「是在天主教堂賣佛經，」她糾正我道，「這個前提相當重要。」

「好，那你除了想在天主教堂賣佛經以外，還想做些什麼？」

操場的主席臺，我們已經路過了三回。

「我想想，」她說，「還想去日本。」

我踉蹌一下，所幸被她及時扶住。待到重新站穩腳跟，我才趕忙問她：「你也想去日本？」

「還有誰想去日本？」她鬆開我。

「沒什麼——」我支吾道，「你為什麼想去日本？」

「倒也沒什麼特別的原因，」她告訴我，「只是家裡有個親戚，在札幌做生意，所以就也想過去看看。」

「僅此而已？」

「僅此而已，而且也不是非去不可。」她說。

我一時有些失望。

她又開始向我聊起別的事情，其中包括班上其他學生都有哪些不可告人——她卻告訴了我——的小秘密，學校宿舍傳出過什麼鬧鬼傳聞，以及歷史老師在課堂上放過的幾個震耳欲聾的屁。

我們繞著操場，一圈又一圈，讓人不禁想到這一天又一天，一年又一年。我們繞啊繞，從起點出發，再回到起點，又從起點出發。

「我要走了，」她最後說，「再不回去，可就來不及洗澡了。」

我跟她道別，看著她走下了跑道，朝操場外走去。

夜已降臨。

　　我回到家，整理屋裡被風吹散的報紙，想到的卻總是她的嬉皮笑臉。區區一個十六歲的學生而已，我想。

　　應當與她保持距離。

　　第二天，像是約好了一樣，她在同一時間出現在操場的跑道上，與我走在一起。

　　我問她看完了沒有。她一直說沒有。

　　第三天、第四天甚至是第五天也是一樣。

　　也好，我後來對她說，希望你看得仔細一點，別太早看完。

　　「怎麼突然這麼說？」她問我。

　　「沒什麼，就是突然覺得，要想弄明白窄門的含義，就不能著急看完。」

　　「我還差不了幾頁，就能看完了。」她說。

　　今天的影子看著比前幾天要更長。

　　「還差多少？」我問。

　　「三十幾頁。」

　　「那你可以從頭再看一遍，」我極為認真地對她說，「不然時間隔了這麼久，前面的都忘光了吧？」

　　「你到底在打著什麼算盤啊？老師——？」她將老師二字拖得很長，意圖在底下畫出一條橫線，以示強調。

　　「你這孩子，總是喜歡東想西想。」我說著，便從褲子口袋裡掏出兩塊巧克力（我自然不會告訴她，這巧克力是學校裡某個長髮美術老師例會結束以後硬塞給我的），給她一塊，自己留一塊。

　　「謝謝老師。」她打開折疊的紙包裝，裡面露出與燈光下的黑木耳同樣顏色的方形巧克力。

　　我也打開包裝，咬下一半，卻看她將整塊一次放進嘴裡。

「你家除了炸油條，還做什麼？」我含著巧克力，一邊問她。

她同樣含糊不清地回答我，「除了油條，還賣豆漿、包子、玉米餅。」

「有粥嗎？」

「皮蛋瘦肉粥，紫菜蛋花湯，這些都也有在做。」她說。

「看來是個早餐專業戶嘛！」

「老師你可就別挖苦我了。」

「這哪裡是挖苦？」我去吃另一半巧克力，遂又將剩下的紙包裝揉成一團捏在手裡，「開早餐店有哪裡不好了嗎？」

「可老師你的語氣，聽著就讓人覺得另有其意。」

「沒有沒有，」我否定道，「都說了，你總是想那麼多幹什麼？」

「因為我不知道你們到底在想些什麼嘛！」她聳了聳肩膀。

「這樣活著多累。」

「不累不累，」她笑道，「這跟累不累的，有什麼關係？」

「總是要看人眼色，想猜測別人的意圖，能不累嗎？」

「也沒你說的那樣嚴重啦。」

「那你們家做早餐做多久了？」

她扳起手指算，「一年……兩年……三年……」

「從哪一年開始做的？」

「在我出生前吧。」

「那怎麼好一年一年算？」我嘲笑她。

「反正做了很久就是了，」她放下手指，原本的數字散落一地，「搞不好，他們做了一輩子早餐也說不定。」

「你父母年輕時候的事情，你知道多少？」我問她。

「全然不知。」她甩著腦袋。

「原來如此。」

「那老師你呢？」她仰頭問我，「你父母是幹什麼的？跟音樂有關係嗎？」

「追根溯源，跟音樂也不無關係。」我說。

「是不是樂團裡的人？還是大歌星？」她的臉上亮起兩個瓦數不低的大燈泡，鮟鱇魚看見了也要為此而羞愧難當。

「不是。」我這麼一說，原先的燈泡就熄了火。看來還是鮟鱇魚笑到了最後。

「那他們是做什麼的？」

「我父親跟音樂無關，」我對她說，「但我母親年輕的時候是個芭蕾舞演員。」

「那你媽媽一定很好看。」

「應該吧，」我說，「我也不過只是從家裡的老照片上，偷偷窺見過一眼她年輕時的模樣。」

「芭蕾好呀，」她對我說，「我喜歡芭蕾。」

「你喜歡芭蕾？」我看著她半邊被染成橙色的臉。

「何止喜歡，」她將臉側過來，藏進夕陽的紗簾後，「小時候還學過一段時間。」

「真的假的？」

「騙你幹什麼。雖然我這副模樣，但好歹也算是個正兒八經的出生在天主教徒家庭的小天主教徒，幹什麼非要騙你不成？」

「那你是多大的時候學的？」

她扭頭走著，面朝前方的影子。

「沒上小學吧？」

「為什麼又不學了呢？」

「家裡人覺得開銷太大。」

「我也喜歡芭蕾。」我對她說，「可我喜歡芭蕾，是因為跳芭蕾舞的女演員們，都能穿上好看的裙子。」

「理由不錯。」她說。

我接著又道：「所以，我曾經十分嚮往跳芭蕾的女孩子們。」

「可是，老師你為什麼要和我說這些呢？」她揣著口袋，向下拉著校服的外套。

「因為我覺得——」

「你覺得什麼？」

「我覺得你會想知道。」

「謝謝老師，」她上文不接下文，「你下班以後，一般都去幹嗎？」

「回家。」

「回家以後又做什麼？」

「聽音樂，看書。」

「果然是音樂老師。」她發出玩核桃般的唧嘴聲，「老師你一般喜歡聽些什麼？」

「什麼都聽，但前提是我喜歡。」

「那這話不就繞回來了？」

「那你呢？上我的課還在看書，應該不喜歡音樂吧？」

「怎麼可能！」她一驚一乍，像個路邊的野貓，「哪裡會有人不喜歡音樂？」

「話是如此。」我認同道，「那你都喜歡什麼？」

「別人放什麼，我就聽什麼。」

「這麼隨性，好不像你。」我說。

「怎麼就不像我了？」她抗議道。

操場的照明頃刻間亮起，使得我們二人的影子四分五裂，互相重疊在一起。

「今天這麼晚還不回去，能有時間洗澡嗎？」我一邊說，一邊在口袋裡玩弄著斷掉的拉鍊環。

「沒事，」她將左側前額的碎髮捋至耳後，「想跟老師你多待會兒。」

「別老叫我老師老師的，」我對她說，「我不過是個帶音樂課的，和那些主課老師比起來，我算不上什麼正經老師。」

「那不一樣，」她說，「老師就是老師，哪怕是教如何用口水吹泡泡的老師，那也是老師。」

「用口水吹泡泡？」我滿額頭棉花糖狀的白雲。

「打個比方而已。」她用腳去踩我的影子。

我挑眉，擠出抬頭紋，以此掐滅上面的雲朵。「你知道我的名字？」

她忽然被空氣摀住嘴巴，只好發出難以聽清的嗡嗡聲，「不知道……」

「我叫羅嫕，你管我叫這個就好。」我笑著說，「嫕是個生僻詞，左邊一個女子旁，右邊是心上一個醫生的醫。」

「羅嫕？」

「嗯。」

她的嘴被人鬆開，「可我這麼直呼你姓名，真的合適嗎？」

「有什麼不合適的，你不用把我看成是你的老師，就當我是你的一個朋友。」

「也行，」她想了一會兒，「那就這麼叫你！」

「既然我和你是朋友，那以後就可以隨意見面了。」

「但就算不是朋友，不也能隨意見面嗎？」她道出了她的疑問。

「可單是老師和學生之間的關係，總是在課後見面，讓人知道了也不好才是。」

「說的在理。」

我告訴她，和她聊天是一件很開心的事情。

她像是在客套，說與我散步她也很愉快。

就這樣，作為她的朋友，我們開始了工作日每天散步、週末出門見面的日子。

當然，每次週末與我見面時，我在其父母的耳中，就變成了她的同班女同學。

我們會到公園看鴿子，路上買些充饑用的小糕點。鴿子看膩了，就去書店蹭書看。我看王爾德，她就看錢鐘書。有時候，我會與她一起翻閱有關康得的著作。在倫理學的問題上，康得屬於絕對主義。

「到底什麼是絕對主義？」她的頭貼著我的肩膀，與我合看手裡的書。

「絕對主義，簡而言之，就是某一件事是否正確，取決於其行為的正確性，而非後果。」我盯著她的睫毛，一邊告訴她。

她的睫毛上下刷動，「也就是說，不管結果是好是壞，都不能以此來判定事情的正確性？」

「沒錯，康得認為，結果並不重要。」我說。

「舉個例子？」

「那好，那就舉個例子。」我合上書，「假設，我和你出來見面的事情被你父母知道了。」

「嗯？然後呢？」

「他們很生氣，認為我拐騙了他們虔誠的天主教徒女兒。」

她發出玻璃彈珠互相摩擦般的笑聲。

我繼續說：「於是，你父母──可能是其中一個，有可能是你爸爸，也有可能是你媽媽──怒髮衝冠，火冒三丈，抄起廚房的菜刀就往我家裡闖。」

「不不不，」她連連搖晃著我的肩膀，「他們可都是天主教徒，幹不出這種殺人放火的事情！」

「狗急了不還跳牆嗎？」我不讓她繼續搖，「誰知道一旦被憤怒沖昏了頭腦，平日裡安分守己的人會變成什麼樣子。」

她嘴裡含著話，卻沒吐出來，只是將它們揉捏成機器的轟鳴聲。「那他們找上你了以後，又會發生什麼？」

「這個時候，你也在我家裡。」

「我也在你家裡？我在你家裡做什麼？」

「來玩吧，誰知道？」我說，「反正我們是朋友，上朋友家裡玩，不是很正常的事情嗎？」

「好像是這麼一回事兒。」她用手掛著我的胳膊。

「你透過窗戶，瞧見了持刀而來的你父母。所以為了保證我的安全，你讓我躲進廁所，不要發出聲音。」

「好一個俗套的故事。」她見縫插針，插入一條自己的見解。

「我聽了你的話，將房門交給你。」我接著道，「你在前門，負責為我拖延時間。」

「這怎麼拖延得了？他們可是拿著刀呀！」

「你是他們的女兒，他們自然會聽你解釋。」

「行，那我該如何解釋？」她說著，又用掛在我胳膊上的手前後晃著我的臂膀，「我要怎麼解釋，我會出現在我音樂老師的家裡？」

「朋友嘛，朋友。」我念叨著，「我們屬於忘年交。」

她笑得更加忘乎所以。

我不等她笑聲從地球上絕跡，就順著往下講：「於是，你的父母踹著我剛剛刷上新漆的大門，你迫不得已，只能開門迎擊。他們見到是你，肚子裡的怨念更是越積越深。他們問你，我在哪裡。你為了保護我，就撒謊說，我去了學校取東西，至今未歸──此處需注意，這裡是關鍵。」

她睜大藏進一整片青海湖的眼睛，「為什麼是關鍵？」

「因為你說謊了。」我劃出這一要點，「而說謊，理論上──根據倫理而言──就是不道德的，是錯誤的。」

她發出乘著滑梯向下滑落的鼻音。

「這個時候，康得先生就會從幕後走向台前，」我用食指和中指比劃出小人走路的模樣，「向世人宣判，你的行為是不道德的。」

「到底怎麼不道德了？」她為自己做著辯護，「要來砍人的是我父母，又不是我。」

「但是你說謊了。」我說。

「說謊？」她往前翻閱著故事的脈絡，「我說謊，那是為了救你！救人一命，怎麼能算不道德呢？」

我揉了揉小天主教徒的頭，「但不管怎樣，你說謊了，而說謊這一行為是不道德的。那麼不管你說謊是為了什麼，也改變不

了說謊的本質。」

「也就是說，哪怕我救了你，我也不是個好人？」

「好人與壞人暫且不談，就說你說謊的這一行為。」

「但我認為，評判道德倫理，不能單單只考慮行為本身，也要考慮一下結果的吧。畢竟──」她說到這兒，憋了好久，才繼續說：「畢竟結果才是最重要的。」

「結果論，」我為她的發言貼上一張寫有「結果論」三字的黃色便簽，「知道康德是怎麼對待結果論的？」

「不知道。」她說。

「他讓我們設想以下情形：我跑進廁所，抬頭望見了上面的小窗子，便心生一計，欲從小窗逃離現場。而我的確這麼做了。」

「所以，這和我說謊又有什麼關聯呢？」

「別著急，」我娓娓道來，「這個時候，你開了門，發現你的父母手持刀械站在門外──」

「好像以前的黑幫片。」她打斷我。

「先這麼假設著──」我去捏她的臉，「你父母見到了你，問你我的去向。這個時候，你還不知道我已經逃了出去，以為我依舊待在廁所裡。所以，要是不能攔住你的父母，讓他們闖進了我家，那後果一定不堪設想。於是你說了謊，告訴他們我不在家。再假設，他們相信了你的話──」

「他們怎麼會如此不假思索地就相信了我的謊言呢？」她又一次切斷了我的語句，像是用小刀切豆腐那般輕而易舉，「按理說，他們應該不顧我的阻攔，硬闖進去才對吧？」

「在這個假設裡，重點在於表現你的不道德行為，而不是其

他人的。」

「還有這種道理？」她感到自己受到了不公平待遇，嘟著嘴道。

「剛剛說到了哪裡？」我理清頭緒，又繼續道：「反正，你的父母相信了你的謊言，離開了我家的大門，卻好巧不巧地遇上了剛剛逃出來的我。我就這樣撞上了他們的槍口。他們當然不會放過這一機會，便用手中的菜刀往我身上砍。我最終慘死于你父母的刀下，而這一切，都要歸結於你對你父母說謊的這一行為。」

「這也能賴到我的頭上來？」她明顯對此感到匪夷所思。

「康得說了，導致這一結果的，就是你說了謊。」

「簡直是無稽之談！」十六歲的小姑娘被逼無奈，成為了在書店大聲喧嘩的年輕潑婦。

我將手中的書放回書架，一面安撫著被扣上莫須有罪名的她，在店員和顧客苛責的目光下掩護著她溜出店外。

這是我與她在一起時常有的片段。

我們喜歡就某個話題進行一番無用的討論，再將討論的結果套入我們所設定的特定情景中，講起來頭頭是道，煞有其事，實際上不過是在消磨時間，耗光這千篇一律的日子。

兩個月後，我們的關係總算步入到另一個階段。

這一次，是由我主動提出的。

我帶她來到法租界（在自己混跡的地盤裡，多少能為我帶來些我所需要的安全感），請她去喝新開的咖啡店。咖啡店老闆是個頭髮比見識少的胖男人，見到他的第一眼，我就忍不住要問他是否有抽雪茄的習慣。

　　她與我第一次光顧店裡，又恰逢新店剛剛開張，店老闆便親自招待，推薦給我們二人店裡的招牌飲品。這同時也是奧胖子在我記憶中的第一次出場。長話短說，挑重點來講。那天之前，我可是獨自在家做足了充分的準備，也打算坦然接受等待著我的任意一種結局。我深呼吸，試圖掐死胸腔內蠢蠢欲動的小袋鼠。她正喝著她的抹茶拿鐵，但多少察覺出我的異樣。她問我冷不冷，我說不冷，只是有些恍惚。她又問我為何會恍惚。我說，因為我昨天做了個不好形容的夢。

　　「什麼夢？說來聽聽。」她放下綠色的飲料，「我可喜歡聽別人的夢了。」

　　「我夢到了你。」我說，「夢到你和我一起，被人關進了籠子裡。」

　　「為什麼會被關進籠子裡？」

　　「不知道，夢裡的事情誰能知道？」

　　「那是什麼樣的籠子？」

　　我取出記有回憶的檔袋，「就是個普通的木籠子，幾個木棍還發了黴，但我們就是怎麼也出不去。」

　　「我們試過沒有？」

　　「試過了，這幾個木頭欄杆簡直比石頭還要牢靠。」我說。

　　「籠子在什麼地方？」

　　「一個房間裡。」

　　「具體點兒。」

　　「從籠子裡的角度看去，就是一個普通的房間──其實不能叫普通。」

　　她將雙手擺到身體兩側的沙發面上，「既普通，又不普通

──這到底是什麼？」

「看著像是酒店的套房，「我見她的頭頂有兩根違抗重力向上飛舞的頭髮，「我們的籠子被放在臥室的浴缸裡。」

「放在臥室的浴缸裡？」

「沒錯，這就是套房裡不尋常的其中一點。」

「那浴缸得有多大？」

「總之就是很大。」我說，「而這個臥室本身，也極不普通。它的四面當中，只有一面是牆壁，剩下三面都是玻璃。」

「那算哪門子的臥室？」她不可思議，「這不是給外人看得一清二楚？」

「所以才讓人覺得奇怪。」服務員送來一小杯意式濃縮咖啡，左右瞧了我們兩眼，好似見到了地裡冒出來兩根長著頭髮的大白蘿蔔。他見我們沒有繼續開口，便發覺是自己礙了事，這才離開了我們的桌邊。我等他走遠後，才接著講述自己的夢境：「我們坐在籠子裡，你穿著薄紗衣，我穿著大紅裙──」

「等下！」她叫我打住，「什麼樣的大紅裙？」

「就是一般的連衣裙。」

「哦？」她用指甲刮了刮眉毛，「那你繼續。」

「我們坐在那裡，聽見秒針滴答滴答地走著，卻怎麼也找不到時鐘到底在哪兒。所以我們不知道時間，但大體能感受出已經過了很久。你終於忍無可忍，便挪了個方向，用後腦勺對著我，說讓我們想想辦法。可我還不能理解，便問你為什麼要背對著我說話。你卻說這是人際交往的禮儀，人人都是如此。我說那好吧，怎麼想辦法？你告訴我，只要我們發自內心地禱告，上帝就會幫助我們，為我們找到一條新的出路。可我從來就沒有禱告的

經驗，也不知道應該禱告些什麼。你為了教會我如何禱告，就向我念了一串我聽不懂的咒語──」

「再等一下！」她舉起兩隻手，張開手掌伸向我，同時來回晃著，「哪裡來的咒語？」

「這只是夢，你且聽就好。」

她放下手，泄了口氣。

我緊接原先的進度，「等你念完了咒語，我突然兩眼一黑，什麼也看不見。我驚慌失措，想要喊你的名字，卻發現聲音僅僅回蕩於我的腦海，卻不能化作物理上的聲波。你也沒再出聲。過罷三十秒，眼前的黑暗中出現了針眼般──真就只有針眼般──大小的星光。那星光隨著時間的推移而愈發擴大，好似我正在逐步接近它，又像是它在接近我。等我們終於相會，我才看清那強光遮罩下的身影。他頭戴藍紅白相間的高帽，一頭花白的卷髮，臉上是花白的眉毛，下巴上留一撮花白的山羊胡。他披著藍色的夾克，裡面配搭白色的襯衣。我覺得眼熟，卻怎麼也想不起來在哪裡見過。直到他舉起他的右手，像蟒蛇抬頭吐舌一樣抬起食指，做出這一標誌性的動作，我才將將反應過來──這不是山姆大叔嘛！可是，我仍舊有一點沒搞明白，如果這就是你所謂的上帝，那上帝又為何會以山姆大叔的形象出現在我的眼前？來不及我細想，山姆大叔模樣的上帝──抑或假扮上帝的山姆大叔，這誰也說不清楚──就用他那點石成金的手指，使我重見光明。待我適應了強光退去後視線中出現的噪點，我才發覺，原本禁錮我們的木籠此刻已經消失不見。」

「那我們呢？」她似笑非笑，不知何意。

「我們擺脫了木籠，卻依然被困在套房裡。」我說，「這一

事實，是在我們走出玻璃圍成的臥室後，才發現的。這間看似酒店套房的公寓，沒有通向外部的門，只有窗，大大小小、形狀各異的窗。」

「窗？」

「窗，」我確定道，「從窗戶往外看，房間的樓層很高，高到望不到底。」

「跳窗無望。」

「跳窗無望。」我重複道。

「那我們怎麼辦？」她總算把自己也帶入情景。

「我們只能找門。上找找，下找找，臉貼著地板，用手去摸可能的暗門。可就是找不到門。」

「因為你不虔誠，」她笑著說，「所以連門也找不到。」

「那你呢？你也不虔誠吧？」

「所以我們才都找不到嘛！」

「哦，也對。」

「你快繼續，」她催促道，「後面怎麼樣了？」

「後來，我們找門無果，只好重新坐回臥室裡，進行新一輪的禱告。由你來念咒語──」

「說實話，」她忍不住插嘴道，「念咒語根本就算不得什麼禱告，兩者性質大不一樣。」

「這個怎麼樣都無所謂，重要的是，我們正在進行著一項類似禱告的神聖儀式。」

「那這個神秘儀式──」

「神聖儀式。」我糾正道。

「啊，這個神聖儀式的成果是什麼？」

「成果就是，我們最後放棄了出去的念頭。」

「怎麼突然就放棄了？」

「不是突然，」我說，「而是經過了深思熟慮。」

「理由是什麼？」

「理由是，我們發現禱告無用。它只能替我們破除木籠，卻無法帶我們逃出生天。」

此時的奧胖子，還只會在自己的店裡放些輕快明朗的爵士樂。

「所以就不出去了？」

「不出去了，」我說，「既然沒有留給我們的門，那我們就乾脆老實待在這裡，哪兒也不去。我們兩個人，能活多久是多久，能過一天是一天。」

「可是在這種地方，到底怎麼過得下去？又如何打發時間？」

「愛，」我對她說，「儘管陳詞濫調，但永遠要記住，all you need is love。」

「所以？」她眨巴眼睛。

「所以，我們決定彼此相愛。」

樹上的蘋果開始成熟，圓圓的燈籠被人掛起。一派生機勃勃的景象，全都淋漓盡致地呈現在她的臉上。

「老師？」她許久不曾這麼叫過我。

店內的音樂適時地停了下來，寥寥無幾的客人左右張望，見一女子穿著正裝，坐到了店內一角擺放的三角鋼琴前（那個時候，奧胖子的店裡的確有一台三角鋼琴，只不過幾年過後，因使用次數漸漸減少，便被他轉手出去）。

「沒錯，我認為我喜歡你。」我逼迫自己盯著她的眼睛，「希望你對我也同樣抱有相似的感情。」

女子開始彈琴，是老少咸宜的李斯特。S.541《愛之夢》中廣為人知的第三首。女子的琴聲矯揉造作，指下的音符簡直就與酒吧門前一灘看得出午餐吃了綠咖喱的嘔吐物相差無幾，粘稠的糊狀中有一粒粒看不出形的物體攪合在一起。

　　「我……」她顯然也被這帶有酒酸味的琴聲所干擾，半天組織不出一句完整的話來。「我、我的確喜歡老師——」

　　「別叫老師，」我懇求道，「我就是我，喜歡你的是我，又不是音樂老師。」

　　「話是這樣……」

　　「你要是困擾的話，大可直接拒絕我。」我對她說，「我不過是把自己心中所想誠實地向你報告，這話吐出來，我心裡也舒坦不少。就算你拒絕我——我也知道你極有可能拒絕我——我也不會因此而一蹶不振。所以你就放心好了，像我一樣，想說什麼就說什麼。」

　　等來的回應，大大出乎我的意料。

　　也就是從那天起，我們開始了長達一年半的地下師生戀。

　　師生戀倒也不像同性情侶那般困難重重，唯一要擔心的，就只是在學校裡被人發現，最後鬧得我失去工作，她亂了生活。因此，為了避免出現此類狀況，我們決定減少在校內的見面次數（想來好笑，明明已經成了戀人，平日裡的見面時間反而越縮越少）。每週七天的最後兩天，便是我們所剩不多的相處機會。我們照例像從前那樣，往返於書店和飯館，偶爾去電影院看一兩場誰都覺得無聊的電影。這個時候，我們便會私下裡進行比賽，等到電影結束、燈光亮起的時候，就去數我們二人手裡握著的爆米花的硬核。誰手裡的硬核數量最多，誰就是最後的贏家。而贏家

的特權，就是能夠指定下回來電影院所看的電影。電影看罷，我
和她一般會到弄堂裡散步。散步的時候，她會胡亂唱些我沒聽過
的歌曲，唱也唱不出曲調，詞又聽不來邏輯，她只是在唱，就像
籠子裡的小鳥吃飽了沒事幹，就開始嘰嘰喳喳。有時候，我會帶
她回我的公寓——我總會安慰自己，大可不必擔心她的父母會手
持菜刀出現在我的門前——品嘗我親手製作的晚飯。我讓她坐在
沙發上等著吃飯，一邊給她放著自己喜歡的音樂。到了飯桌上，
我就會急不可耐地找她索要聽後的感受。她若是同樣喜歡，我便
發自內心感到開心，好似受到了巨大的嘉獎，自己的世界得到了
認同；她若是覺得欣賞不來，我便垂頭喪氣，一桌子飯菜的鹽粒
都憑空蒸發。不過對於我的音樂收藏，她多半是欣然接受的，唯
獨巴羅克時期的音樂，她怎麼也消化不了。巴羅克時期的音樂浮
於表面，注重形式，缺乏內涵。這是她所給出的原因。也罷，如
此一來，我也就不再放那些巴羅克音樂。她來我家，除了吃飯，
就是和我做些普通戀人常做的事情。當然，我們本來也只是一般
的情侶，除了分別套著社會所賦予我們的不同的帽子以外，我們
二人的關係談不上什麼特殊之處。剛遇見她的時候，她十六，我
二十八，總共也就是一輪十二歲的年齡差距。等再過十年，到她
二十六、我三十八的時候，這樣的差距便不再顯得刺眼。正是抱
著這樣一種心態，我才能心安理得地擁她入懷。她喜歡將頭靠在
我的小腹上，一邊用手指去感觸我的肋骨。她會說我太瘦了，以
至於像個電視裡看過的鬣狗。其實我本人並不瘦，只不過是有點
缺乏肌肉——準確來說，是胸腹部位的肌肉。要論肱二頭肌肱三
頭肌的話，我還是能夠輕鬆擠成型來的。

　　在床上度過的時間，常常伴隨著拉赫瑪尼諾夫的音樂。在後

浪漫主義時期的作曲家裡，她獨愛拉赫瑪尼諾夫。我們聽他的鋼琴協奏曲，聽他的交響舞曲，也不少聽他親自演奏的錄音。每每拉赫瑪尼諾夫演奏完畢，她便要假模假樣鼓掌喝彩一番，還要求我同她一起，以表對這位傑出音樂家的尊重。等到我們的拉赫瑪尼諾夫先生謝幕離場，我便會邀請我最愛之一（其他兩位分別是布魯克納和馬勒）的勃拉姆斯先生來到台前，為我們帶來他筆下的音樂作品。她對勃拉姆斯並無多少想法，卻也稱不上抵觸。使她少有地動容的一次，是某天夜裡晚飯後，我們依偎在床上，聽著勃拉姆斯的《命運之歌》。當樂聲響起不過一分鐘時，她就已然潸然淚下。我弄不清狀況，只好假裝尚未察覺。過後的某天，當我突然提起這事時，她才告訴我說，正是其中某一段旋律打亂了她原本秩序井然的神經。

當然，不管是拉赫瑪尼諾夫也好，還是勃拉姆斯也好，他們得以登臺的前提，取決於我們是否結束此前的歡愉。

所幸的是，我們的纏綿一般不超過兩個小時，拉赫瑪尼諾夫和勃拉姆斯先生並不會等待太久。她涉世未深，我經驗尚淺，也就不存在什麼虛文縟節的前戲。我們剝蒜皮一樣褪下各自的衣物，她踢開被子，仰面躺好。我略顯莽撞地向她的深處推進，執行著最原始且神聖——因為過於原始，以至於顯得如此神聖——的儀式。她像在吹泡泡一樣，親吻著我的耳根，麻痺了我的意識。而我也同時予以回應。我咬住她脖子上的皮膚，使她受痛喘出聲來。她會抓住我的後背，指甲深深嵌進肉裡。她尚未隆起許多的胸脯緊貼著我的身體，兩個小疙瘩變得如黑椒粒般堅硬。在我的身下顯得過於渺小的軀體，更加激發了我喪失理智的瘋狂。欲望如同冒著紅光的岩漿，從自己的體內噴湧而出。

　　我要將其占為己有。

　　上帝的聲音在我的身後回蕩搖擺。

　　一隻桂花色的鴿子在我眼前扇動翅膀。

　　帶著霧氣的房間，彌漫著燒橘子皮的香氣。她鬆開撕扯著我後背的手，額頭早已被透亮的汗水所浸潤，更顯得她格外秀色可餐。

　　我用舌尖去找她的唇齒，再將她的下唇含進自己的嘴裡。犬齒撕開她不堪一擊的表層皮膚，血腥味隨即沖上大腦。我好似撲入母親臂彎中嗷嗷待哺的嬰孩，動用全身力氣吸食著她的血液。

　　你在做夢。

　　有人對我說。

　　你在做夢。

　　我在做夢？

　　不，不對。眼前的她，看得見也摸得著，我怎麼可能是在做夢？

　　也許我的確在夢裡。

　　她總說，一旦脫下衣服，我就完全變成了另一個人，變成了一個她不認識的人。

　　「就好像，你要把我吃掉一樣。」她會笑著對我說。

　　於是那天，為了盡可能讓自己保持克制，我提前放上了音樂，唱片在機器中不問世事地運轉，卻能傳遞出飽含情感的旋律。

　　我們在沃恩・威廉斯《湯瑪斯・塔利斯主題幻想曲》的樂聲中，觸摸到了天堂的門閂。

　　Ex-stasis。

我宛如一頭被長矛刺中要害的猛獁象，悶聲倒在她的身旁。耳邊仍能聽見她急促的喘息。

　　「我看到了。」少頃，她說。

　　我平躺著，眼皮被壓上兩卡車的煤，「看到了什麼？」

　　「看到了結尾。」

　　小提琴的獨奏聲。

　　我問她，到底是什麼結尾。

　　她說，是書的結尾。

　　「你看完了。」我說，像是在朗誦判決書。

　　她轉換成輕鬆的語氣，「終於看完了。」

　　「實在是恭喜。」我說，「那你弄明白什麼是窄門了嗎？」

　　「不好說，」她講，一邊往下躺到老位置上，「窄門，窄門，通過的人很少，所以才更加吸引人。」

　　「通往滅亡的門是寬的。」

　　「馬太福音七章14節，」她繼而憑藉記憶背誦道：「引到永生，那門是窄的，路是小的，找著的人也少。」

　　「可是這引到永生的窄門，具體是什麼？」

　　「那可就要問上帝了。」她用手去掐我的下體，又緩緩鬆開，「或者，就去問問上帝的代理人。」

　　「耶穌？」

　　她朝著洞口吹氣，「至於這窄門嘛，也可以看作是一個篩選過程。」

　　「就是通往永生所要經歷的篩選？」

　　她說是。

　　「可是，這一標準由誰說了算？」我又問。

　　「那肯定是頂上的人唄，」她轉而玩起我那一叢捲曲的毛，「那些個我們望不見也觸不到的神啊上帝啊，總之是能夠決定我們生死的人物。我們要想得到永生，就得乖乖聽話，去走那窄門，通過這一篩選。否則的話，那就只能毀滅嘍！」

　　「但又不是非得去走那窄門。」

　　「誰又不想永生呢？」她說。

　　下體的毛被打了結，我伸手去拍她的頭頂，告訴她自己的疼痛。她分析出我的意圖，好歹收了手，只是老實地躺著。

　　「想不想永生是一回事兒，能不能通過那窄門就又是另一回事兒了。」我說。

　　「所以嘛，阿莉莎才要千方百計地隱藏自己的感情，好讓他們二人得以擠入窄門。」

　　我想要關燈，電燈的開關卻在臥室房門的牆邊，鑒於小腹上還躺著她，我決定暫且按兵不動。「那你覺得，阿莉莎成功了嗎？」

　　「你覺得呢？」

　　我整理一下頭緒，「我覺得，她既成功了，又沒有成功。」

　　「怎麼個說法呢？」

　　「說她成功，只因為她恪守作為信徒的準則，甚至在這一基礎上顯得更加瘋狂。而就這一點來說，她想必是可以順利通過窄門的。」

　　「那這就是所謂的成功？」

　　「如果單算通過窄門這一點，她應該是成功了。」

　　「那不成功呢？」

　　「說她不成功，主要得考慮到阿莉莎閹割自己感情的初衷。」我說。

她用手肘半支著上身，胸前的兩塊小肉好似被人灌了水一樣向下垂落。「她的初衷，應該是為了讓自己所愛之人也通過窄門，不讓自己成為他道路上的阻礙。」

「沒錯，可男主人公則不同。他並不是一個失智的信徒，他也並不癡迷於通過窄門。」我繼續說，「他唯一所想的，就是與阿莉莎幸福地生活。可最終的結局就擺在那裡，阿莉莎死了，那麼對於他來說，屬於他的那個不同于廣義上的窄門，就已經灰飛煙滅了。」

「所以，這一切的罪魁禍首，應該就是那道無形的窄門吧。」

「沒錯，是窄門，是宗教，但又不限於宗教。」我翻了個身，側躺著看她，「就算沒有宗教，人們的頭頂也會有一道窄門。我們需要接受它的審判，依照它的要求過活。」

「那如果過不去，卻又不想走向毀滅的話，不就只能存留在永生和毀滅之間的夾縫裡了嗎？」

「大抵可以這麼講。」我對她說。

「簡直就像見不得光的老鼠。」

「沒錯，是老鼠，但比老鼠更加脆弱。」

「那應當像什麼？」

「反正一旦見著光，就會被拉到窄門前。可那窄門，我們是無論如何也過不去的。這下怎麼辦？只能又被轉送至通往毀滅的門，這門是寬的，容得下我們夾縫中的所有人。這公平嗎？公平，當然公平。人人都能走向毀滅，這當然公平得很。可若是不想毀滅，就只能像你所說的那樣，待在夾縫裡，永遠不出來。不用去管那通向永生的窄門，也不用去管那通向毀滅的寬門。」

「沒有其他選擇的餘地？」

「沒有。」我說。

她手肘撐得累了，就重新躺下，與我面對面側臥在一起。
「但是問題在於，」她接著又想到了什麼，「很少有人能像阿莉
莎那樣，下定決心將自己的情感擱置在一邊。那這樣一來，豈不
是只有變成一塊毫無感情、只想著達到要求的石頭，才能最終獲
得永生？」

「石頭本來就不需要永生，」我對她說，「換句話講，石頭
本身就已是永生。不管過去多久，一代人活著，一代人死去，它
都一直在那裡。」

「活了這麼久，最後卻不如一塊石頭。」

「不，」我更正道，「石頭是得以留下來的東西，而我們自
己是留不下來的。不管是誰，只要你是人，就會被時間帶走，被
帶到那兩扇門前，抑或躲在夾縫裡。」

她的鼻息落在我的喉結處，順帶為此次談話標出了休止符。

我與她，每週固定兩次顛鸞倒鳳的日子，一直持續到她即將
升入高三為止。

她自己曾說，她喜歡被我品嘗的感覺。我告訴她，「品嘗」
一次用得極不恰當，總顯得我有些怪異——相較於社會所謂的
「正常」而言——癖好。正如此前所說，為了壓制住自己的本
欲，就必須借用音樂的魔力。一天夜裡，窗外下著從轟炸機群的
機腹裡扔下的大雨。她暫且回不了家，我們在床上扭曲著身體，
一邊聆聽馬斯奈的音樂。她突然提議說，反正閑著也是閑著，不
如再做一次。我下意識地朝身下去摸，嘴上卻並沒有對此提出異

議。我閉眼，由著她騎上我的身體。屋外飄來濕冷的氣味，聞起來像青草，又像溪水。她開始上下活動，原本疲倦的下體受了刺激，被迫產生反應。回想曾幾何時，這一生理上的本能令我感到恐慌。而事到如今，我已欣然接受自己的這一特性——至少我自認為已經接受——並將其視為理所當然。也正因如此，我才會躺於此處，使自己不斷進入她的身體。空間在變換，分秒被拆解，窗外的雨聲在我面前攤開、擴大、柔化，最終不再具有雨聲的輪廓。她頂得厲害，最後上身伏在我的胸前，垂簾狀的黑色短髮落到我的下頜。她發出比以往更易碎的輕嘶，我不知道她是怎麼了，可自己卻怎麼也不想睜眼。不多會兒，她停了下來。有人將手掌搭在我的眼皮上，用唇瓣掠過我的臉，從下巴到鼻尖，再從鼻尖到額頭。我喘不上氣。

樓上的燒水壺開始鳴叫，卻遲遲沒人將火熄滅。

她本在發燙的身體開始逐漸冷卻，繼而轉入冰涼。她凍得我發抖，這不對勁。我得睜眼了。我對自己說。可是眼皮卻不聽我使喚，抑或因為被人壓著，我怎麼也沒法兒看清任何東西。

「城裡人。」

她叫我。

名為肺部的器官不再收縮擴張，時間的概念這下徹底被打成碎片。我急欲起身，卻動彈不得。她按住我，不讓我出聲。

眼前沒有光。

自己原先到底有沒有關燈？

不記得了，什麼都不記得了。

馬斯奈早已溜出門外，音樂跟著融進空氣裡分子相觸所發出的寂靜聲中。她重新活動起下半身。在黑暗裡，儘管見不到人，

我卻的確能感受到她的氣息。她只是藏進了黑暗裡，並沒有消失。我放棄抵抗，抽搐著排空所剩的積蓄。她這才讓我睜眼。

窗簾的邊沿透著青光。

我果真沒有開燈。

她依舊是她。

「怎麼樣，今天怎麼樣？」她問我。

今天好極了，我告訴她，好到我累得說不出話。

她舒心地一笑，額頭枕在我肩膀與側頸的連接處。

「你剛剛叫我什麼？」我用手攬住她的後腰。

她在我身上蹭了蹭鼻子，「叫你什麼？」

「沒什麼。」我說。

借著外面的光，我看到她滿身是汗，便用手去擦。水珠躲進了她的皮膚裡，不再閃爍銀色的光輝。

「那個人是誰？」她又問。

我不解，便問她說的是哪個人。

「你之前喊的那個人。」她說。

「我喊的那個人？」

「你喊了她的名字。」

「我喊了誰？」

「問你自己嘍。」

我再三向其確認，她所言是否屬實。她總是以她天主教徒的身份叫我放心，她說的每一句話，都確鑿無誤。

我直言說，我不知道，我甚至連自己喊了別人的名字這一事實，都絲毫不知。

她沒再對此而糾纏，轉而又再次提起她的宗教背景。像我們

二人一直在做的事情，原則上講，是絕對不被允許的。而這也就意味著，她說，她絕無可能通過那道窄門。

「既然過不去，那就不走。」我說。

她輕吻我的臉頰，「就跟你的夢一樣？」

「沒錯，就跟我的夢一樣。」

「喂，」她叫著我，「你真的做過這樣的夢？」

「當然。」我說。

她睡了過去，也宣告著一天終將結束。她提前給家裡打過電話，說外面雨勢太大，就暫且住在同學家裡，先不回去。第二天一早，濕潤的泥土味尚未散去，我便讓她穿好衣服，吃完我做好的早餐，趕著回家報平安去。

可自那天過去以後，我們二人腳下的大地上便顯露出一條細線般的裂縫。

又過了幾天，她破例在學校裡找上了我。

我問她，發生了什麼事情。

她說沒事，只是想來看看我。

她的擅自行動令我多少有些不悅，於是便問她是否知道私底下在學校與我見面到底要承擔多大的風險。

她說她當然知道，可還是忍不住想來見我。我對她說，我們又不是牛郎織女，一年才能見上一次，為何就不能忍耐忍耐，等到週末，就自然會有與我的獨處時光。她說那樣還不夠，她想見我，就有來見我的自由。我不予否定，只是讓她趕緊離開。

「可當初，不是你主動找上我，和我一起繞著操場聊天的嗎？」她語帶沙粒，「怎麼現在反倒變成這樣？」

我圈出要點，讓她知道我們的關係與從前不同，所以才要小

心行事。

「所以，你就打算這麼一直把我藏在陰影裡，想見的時候便找上我，不想見的時候，就棄之不顧？」

「我沒有棄之不顧，我是為了我們好。」

「那我是不是永遠都不能光明正大地站出來了？」

「當然可以，只要等到你畢業了，我們就算再怎麼樣，也不會有人來管這個閒事。」

「說的都是真話？」

「都是真話。」我瞟向她蹭得灰暗的白色運動鞋。

她拉過我的手，往我的手心裡投進一顆球狀的物品，隨後便趕回教學樓，遠離閒話的中心。我松一口氣，攤開手掌，裡面是顆我不曾吃過的檸檬硬糖。將硬糖的包裝紙舉至與下眼瞼水準位置，上面寫了片假名和平假名組合而成的文字。至於那顆糖的味道，直到如今，我依舊毫無用來參考的記憶。檸檬糖的口味固然刺激，不可能一下便淡忘，無法再回憶。只不過，我想像不出它的味道，原因並不是硬糖本身假冒偽劣，而是因為我自己並未親自品嘗。

在回家前收拾辦公桌的時候，我將硬糖隨手扔給了提著塑膠桶清洗玻璃的保潔阿姨，便將這件事情拋向腦後。

往後的四五天裡，只要能有找到避開和她接觸的機會，我就儘量不與她見面。我當然想要見她，我喜歡她，這點是毋庸置疑的。但與此同時，我又開始感到害怕，我害怕見到她天真稚嫩的少女的臉，害怕與她度過生命中短暫的時光。

她自然察覺得到我在躲著她，可她卻不知道其中的原委。

這麼多年來，自己所保留的，自己所隱藏的，都在逐步被人撈出水面，用強光燈照出原形。我見不得那個，或者說，我自

己不能容許此類事情的發生。對此，我發自內心地感到恐懼。誠然，我的確需要依靠，我需要有人能夠撐著我的另一邊，好讓自己得以立足於世。但這也是我的弱點。但凡被敵人看見了弱點，自己就失去了存活下來的希望。而她的出現，正是要將我的弱點拉出黑暗，使人們看出它的本來樣貌，對它予以唾棄。我自然想要甩棄掉它，但它卻與我形影不離。我們沒法兒被分開，即使從表面上看不出它存在的跡象，它也依舊會在那裡。

「你需要依靠，」克拉拉搖動著自己手上的筆，「卻將依靠越推越遠。」

「因為我不能這樣。」我說。

「是什麼原因讓你覺得你不能這樣？」

「因為她，她與別人不一樣。」我壓了壓枕頭，「她的身上，活躍著某樣東西，那是能夠吸引住我的東西，但同樣也是致命的。若是如此長久下去，必然會將我推入毀滅之門。」

「可她只是個十六七歲的高中女生，哪裡會有如此強大的能力？」克拉拉問。

「可我就是害怕，莫名地對她感到害怕。」

「那最後呢，」克拉拉捂著嘴打了個哈欠，隨即又道：「你們又是怎樣結束這段戀情的？」

「那是從我決定和她保持距離的時候，我們二人的關係就已然步入了尾聲。」

　　準確來說，直到最後，我們也依舊彼此相愛。但每一對戀人，無不要面對名為「現實」的利齒猛獸。

　　我們也同樣不在例外。

　　她即將面對備考的壓力，而我也出於這樣的考量，決定退後一步，為她的前途讓出道路。當然，這只是其中一點原因。那另外的原因，純粹來源於她于某日向我提出的問題。

　　她開始想要弄清，我究竟為何會喜歡她，具體又喜歡她什麼。

　　起初，我的腦子裡列出一長串的理由，試圖以此為她——同時也為我——給出答案。可越到後來，我就越是霧裡看花，心中無數。自己究竟為何會喜歡她？

　　這一次，她總算給了我這樣的機會，讓我直面這一問題。

　　我回答不上來。

　　可即便如此，一個高中女生站在自己身前，殷切希望能從我的嘴裡聽到些甜膩的話語，我也不能就此如實回答自己完全不知。考慮到這點，我便臨時湊出幾個聽得過去的理由，好不容易將她敷衍過去。她對此倒也照單全收，興高采烈地跑了個無影無蹤。再一見面，我便提出了要與其結束這段一年多的地下戀情。

　　她哭得很小聲，並不符合她這個年紀應有的多米諾骨牌般的感情。我想要為她拭去淚水，卻被她用手推開。她站在我公寓的臥室裡，手上拎著用來裝書的帆布袋。她定是已經挑好了心儀的書目，本打算和我一同臥床翻閱來著。她沒問理由，可我還是以學業繁重為藉口，試圖讓她得以理解我的一片——虛情假意的——苦心。而這樣一來，又無意中將我置於一個犧牲自我成全他人的角色當中，乍一看還真顯得高大偉岸不少。興許，我懷著僥倖心理想道，她還會暗自對我抱以感激之情也說不定。

總之，在她看來，為了讓她順利擠入那道窄門，我只好一個人退回我的歸屬，回到上下之間的夾縫，回到那生死之間的黑暗——除非上帝喚我出來，可他絕不會那樣做。

　　「藉口，全是藉口。」克拉拉將紙筆扔上床頭櫃，在床上翻轉過來面向我。

　　「我心裡當然明白，這些都是我的藉口。」我向她坦白。

　　她像個孤兒院的看護員一樣，向我伸來關切的手掌，貼在我的左側臉頰上。「希望你現在能夠清楚，你到底為何喜歡她——又或者，曾經喜歡過她。」

　　「我想我明白，」我說，「我大抵明白，可又不敢肯定。」

　　「這也就是為什麼，你早前對我說，你不明白你對我的感情。」

　　「的確如此。」

　　「你喜歡的並不是她。」克拉拉說著，用拇指和食指的關節輕輕掐起我臉上的皮肉。

　　我看著克拉拉的睫毛，「她身上，有她的影子。」

　　「所以，你所喜歡的，多半是她身上別人的影子，而不是她本人。」

　　我不置可否。

　　「那你對我的感情，」她又說，「是否也是如此呢？」

　　「所以我才說了，我不知道，我搞不明白。既搞不明白什麼是愛，也搞不明白自己愛的究竟是什麼。」我讓她不要繼續追問下去，早些睡覺，明天還要趕著出發。

　　可她卻不聽勸告，「那你今天，又為什麼會帶著我跑到溪邊？」

　　「沒有為什麼，」我回答說，「只是臨時起意，便想到要去而已。」

　　「開心嗎？」

　　「我原先早就說過，只要和你在一起，我就從心底裡感到快活自在。」

　　她並不滿意我這樣的回答，收回了手，從我的被褥裡挪開身，走回了她自己的床上。我半看半猜測地觀察著她掀開她的被子，鑽進去，又仰面平躺，似乎依舊睜著眼睛。

　　「你剛剛說，」她突然開口，「她的身上，有她的影子，對嗎？」

　　「沒錯，我是這樣說過，而事實也的確如此。」

　　「可是，你自己又何嘗不是呢？」她對著空氣說。

6

　　我的面前有兩個餐盤，一個當然是我的，另一個則是克拉拉的。

　　我的餐盤上面，放著中間切開一刀的鳳梨油，一杯冰鎮奶茶，以及一碗公仔面。而克拉拉的餐盤則顯得比我要闊綽不少。她點了一杯鴛鴦奶茶，一份咖喱豬扒飯，一籠水晶蝦餃，一碟小食拼盤。

　　這是我們來到南方的第五天。

　　鑒於難得來一趟深圳，克拉拉便提議說，如果時間充裕，不用趕著去綿陽的話，何嘗不從口岸過關，到香港住上兩天，也就當給自己放鬆身心，從她的葬禮中緩過神來。

　　活著就要開心，克拉拉如是說。

　　我同意克拉拉的說法，可唯一的問題在於，我和她二人都不是深圳戶口，每年只有一次入港的機會。如果這次用上了，下半年若是碰上什麼急事要來港，就得重新申請簽注，必然會憑空弄出許多麻煩事。

　　以後是以後的事情，克拉拉勸誡道。

　　說的在理，我心想，隨後便答應了克拉拉的提議，滿足了她來香港吃飯的願望。

　　不過，雖然美其名曰是來放鬆散心，可我的雙肩背包裡，卻仍舊裝著男人交予我的她的日記。

　　我必須得承認，自己對這兩本日記可謂是念念不忘。它們像

是出現在孤舟前方的海市蜃樓那樣，勾著我的魂。以至於在餐廳員工將餐盤丟上桌前，我都要從包裡翻出日記本來，細看一番。

　　這兩本日記本份量都不小，每本都足有紅磚頭那般厚實。第一本封皮稍顯破舊，上面還留有幾處不知名油污的痕跡。另外一本的狀況看著就好上不少，封面畫著浮世繪的圖案，且是硬紙板作底，一上手便能感受到一種堅實的安全感。想必在這樣的日記本上記錄生活，一定不會擔心寫下的內容被人曝光，這樣一來，便能更加敞開心扉、行雲流水地書寫文字，將自己每日的所思所想保存下來。

　　我翻開舊日記本的第一頁，總有一種偷窺別人人生的罪惡感。但這樣一種罪惡感，很快便會轉變為近乎於偏執狂才有的對資訊處於絕對掌握時產生的快感。

　　她的筆記算不上工整，卻也一目了然。

　　日記本的第一頁上，清清楚楚寫著當天的日期。

　　1988年12月27日。

　　往下看，她開始點明自己著手寫日記的初衷。

　　為了記錄自己的奮鬥路程，更是為了日後某天迷茫的時候，用來勉勵自己，思來想去，我最終還是下定決心，打算從今天起，養成每日都要寫日記的習慣。希望自己能堅持下去，不然的話（此處打問號，暫且沒想好）──話說回來，寫日記總是好的。日記是自由的，它不受任一題材、形式的約束。我想怎麼寫，就怎麼寫。也沒人會吹毛求疵地指出我哪個標點符號使用不

當，哪一句話又過於雜糅。日記就是我自己。因此，我認為自己有必要擁有一本屬於我自己的日記（好像說來說去，都在說同一件事）。

　　日記的好先暫且不提，讓我記一些真正屬於日記的東西。可是，寫日記一般都會寫些什麼？難不成，每天都要寫一日三餐吃了什麼？對，寫天氣。天氣每日都在變，我應當寫天氣。

　　今日無風，有雨。

　　可光寫天氣，似乎有點不著邊際。

　　那我到底應該寫點什麼？

　　寫我的感悟，可我沒有感悟。無風，有雨，這能有什麼感悟？

　　可真要難倒我了。

　　看起來，寫日記也絕非一件易事。

　　還有一點須知，日記是寫給自己看的。所以，我需要在此向未來的自己道歉（如果你恰好看到這裡，又不記得我曾經道過歉的話），我現在年紀輕輕，寫出來的東西都是胡言亂語，希望你能多多包涵，不要瞧不起人，更不要因此而抬不起頭！畢竟！你就是我！

　　那就寫一下我的計畫。

　　想想看，再過幾天就是新的一年，再熬過一年，我就得以自力更生。我要先去上海，再去日本。至於到底該怎麼去，到了上海再想辦法。一步一個腳印，我倒要讓某人知道，自己可不是說著玩的！

　　另：今天是城裡人回城的第二天。城裡人就應該待在城裡，跟雞蛋就要待在雞窩裡一樣，不能總耗在咱們的小鎮上。

第一天的內容到此為止。
第二天的日記另開一頁。

1988年12月28日　無風　有雨

　　今天是週三，按理說是要到學校上學的。可我實在忍受不了
人們的無知（雖然自己也沒好到哪裡去），便曠掉了一整個上午
的課，跑到小溪邊發呆。

　　我喜歡聽鳥叫。聽到鳥叫，便能讓我意識到自己的頭頂有一片
廣闊的天空。可惜今天依舊下雨，望不到天，只能見著一團團灰。

　　據城裡人原先所說，海也是灰色的。我雖然不相信，但考慮
到自己沒見過海，所以也不敢將這一傳聞徹底否定。萬一等我見
到了海，發現它真是灰的，那可得有多失望呢？

　　不過，我認為海也是可變的，就跟天一樣。天可以是藍的，
下雨天就是灰的，到了晚上又會變成黑色（也許是近乎於黑的深
藍）。那麼我想，海應該也是如此。城裡人認為它是灰的，是因
為他看到的海正好是灰的，並不代表海本身就沒有其他色彩。這
麼想下去的話，海也可能是紅色的，是綠色的，是粉色的。只不
過當它是粉色的時候，從來沒有人真正瞧見過而已。沒人看到，
那就是沒有？（這是個問題，我想不出答案。）

　　今天海說得太多了，我不過只是到溪邊發呆而已，跟海到底
有什麼關係！

　　說回今天晚上，我還是要上那老頭家，這屬於例行會議。多虧
了他，學校裡那幫白癡們也不敢拿我怎麼樣。什麼「靡靡裙」，簡
直笑話！如此美好的藝術，竟然被他們曲解成下流的消遣。

這個事情，可不能讓城裡人知道。他要是知道了，指定要氣暈過去。

1988年12月29日　　無風　　有雨

已經連著三天不颳風只下雨了。不知道這年尾的雨到底要下到什麼時候。難道得一直下到明年不成？也不是沒有這個可能。

昨天淋著小雨跑到溪邊，導致今天渾身有些發冷。估計再不多幾天，自己就要生病了。但不管怎樣，自己的身體還是比城裡來的「林黛玉」要好上不少。他可是個淋一天雨就得在病床上躺小一年的人啊！

也不知道，他的病現在到底治好了沒有。

且讓我在這裡，衷心地祝福他！

總是能想起他穿著我姐的裙子，那個模樣，真適合他。

不說他了，今天那個盛氣凌人的學生幹事又來找我的麻煩（還有一點要特別強調，我尤其討厭躲在他身後的那個小女朋友，這些事情，多半是她出的鬼主意。畢竟她的傻大個，可沒有這個聰明腦子）。說到哪兒了？對，說到找我麻煩。他們圍上我，讓我為他們掀裙子起舞。我當然不會幹出如此齷蹉的事情來。什麼掀裙子，這根本就是耍流氓的要求。我二話不說，掉頭就走，可這傢伙竟然不依不饒，說什麼非要讓我跳一段不成。否則，他就要找我家裡人的麻煩。哎呦哎呦，家裡有個當官的就了不起是吧？自己怎麼當上的學生幹事，心裡一點數都沒有嗎？狗仗人勢，欺軟怕硬，當著學校老師的面淨充好人，就差把臉貼到

地上去舔他們腳趾頭了。有這個本事在這裡跟我叫囂，怎麼不跑到天安門樓下裝老大？更何況，我今天根本就沒穿裙子，就算真想掀，不也沒得掀嗎？莫非真就要讓我脫褲子不成？想讓我脫光，乾脆直說好了！

　　……不想再寫他了，只是一條會叫的狗而已──又不是狼，也不是狐狸──叫喚叫喚就沒了。

　　反正人要向前看！距離實現我的計畫，又近了一天！

　　是時候著手準備了──好像我一直在準備──到時候的路線日程以及車票伙食雜七雜八的都要考慮。我或許應該拿本子記下來，這本日記顯然就是最好的選擇。

　　不，不行，日記的作用可不是記事本。

　　那日記的作用到底是什麼？

　　不知道。

　　跟自己對話吧？

　　這麼說又顯得很奇怪。

　　我現在為什麼要寫下這些東西呢？

　　不知道。

　　或許出於無聊，在鎮子上憋得慌，從外面來的唯一一名使者又回到了他的國度。

　　身在福中不知福。

　　不是說我，是說別人。

　　明天下午，要去找老頭。提醒自己，可不要壞了事情。

　　今天就先這樣，希望明天不要下雨。

　　──不是我討厭下雨，只不過這雨下久了，身上總是不太乾爽。除去這點，我還蠻喜歡下雨的。

1988年12月30日　多雲　無雨

　　今天果真沒再下雨，看來「事不過三」確有其理。我回到教室上課，沒人提及我昨日的缺席。語文老師搖頭晃腦，念誦古文念得連她自己都昏昏欲睡。我聽不下去，就在桌子底下看閒書。書桌抽屜的最底下，還放著城裡人借我的那本書。說是借來的，卻也沒機會還。不過以防萬一，日後最好還是帶著它上路，等到了上海以後，再還給他就行。話說回來，我現在十分迫切地想要知道，現實中的金閣寺到底有無書中所寫那樣神秘莫測。這種事情，只有親眼所見，才能獲得答案。

　　今天似乎沒什麼好記的。對了，我的書桌面上被人畫上了幾隻看不出形狀的齧齒動物。至於怎麼看出是齧齒動物的？當然是憑數字「3」裡突出來的大門牙、以及左右兩側的幾條線段為證據而得出的結論。這幫腦子裡裝大蒜的人們，還把我當成捕鼠世家的繼承人來著吧？

　　沒心思說他們。再者說，就算我想當捕鼠人，又怎麼了嗎？捕鼠人就得被他們嘲笑嗎？要是沒有捕鼠人，你們就等著半夜和老鼠同床共枕吧！

　　看到這裡，出餐的視窗喊到我手裡的號碼，我才不得不合上日記，跑去端來自己的餐盤。

　　克拉拉的號碼緊隨其後。

　　「看得如何？」回到座位上，她問我，「都寫了些什麼？」

　　「就是普通的日記而已。」我說。

　　她開始用吸管攪拌起自己的鴛鴦奶茶。「這下心滿意足了？」

「你指什麼？」

「指你想瞭解的，她的過去。」

「可我並不是說，一旦知道了她的過去，我就能心滿意足。」

杯子裡的冰塊互相碰撞，讓人想起耶誕節的鈴聲。「那你到底想得到什麼？」

「先吃飯吧，」我說，「吃飯最重要。」

她吸一口鴛鴦奶茶，又從桌邊的小抽屜裡，拿出一對木筷和一根鐵勺。我徒手抓起鳳梨油的上下兩端，將嘴張成足以吞下衛生間水槽U型管的大小，才勉強能使麵包伸進口中。麵包外一個個鼓起的小包帶來令人愉悅的甜，咀嚼過後，從內裡又爆發出黃油驚喜的鹹香，在別處可吃不到如此可愛的鳳梨油。

我捧起自己的港式奶茶，與克拉拉一樣用吸管攪拌一番，隨後才細細品嘗。口感較為乾澀，茶味更濃。公仔面則並無多少可圈可點之處，尚可食用，但根本不比外面的山珍海味。畢竟只是一碗公仔面，我也不好奢望些什麼。

我點的東西比較少，吃得也就比克拉拉要快。當她仍在享用自己的咖喱豬扒飯時，我已經用抽屜裡疊好的餐巾紙擦淨了嘴邊的油渣，再次翻看起她的日記來。

1988年12月31日　天氣晴朗　偶有大風

今年的最後一天就這麼過去了。要不是年與年的交界，12月31號跟1月1號這兩天與其他時日根本就沒有本質上的差別。也不是說，在一年當中的最後一天，太陽就會變成綠色，抑或在一年

之中的頭一天，月亮就會變成直角梯形。

所以時間就這麼過去了。還是那句話，我離日本的距離，在時間的維度上，又縮短了一步。

說說今天發生的事情。

今天數學課上，那老頭偷偷瞄了我兩眼，不知他意欲何為。這要是攔平時，可絕對不是什麼尋常的事情；中午休息的時候，那個作惡多端的學生幹事找到了新的壓迫對象，是個低一年級的小胖子。他把人家小胖子按在地上，用木棍戳他的肚子，還往人臉上扔蜈蚣，把小胖子嚇得尿了褲子。梁幹事還理直氣壯，稱自己是替共和國基層不辭勞苦在地裡進行耕作的農民同志對他施以懲罰，誰讓他一個人好吃懶做，一人就消耗掉幾個老百姓的口糧。道貌岸然的梁幹事批評他是想回到過去當皇帝，光讓勞動人民為他種地，基層百姓都要為他幹活。綜上所述，有他這個小胖子的存在，就是我們學校、乃至我們全鎮子的恥辱。作為鎮長的兒子，替天行道——他後又改稱是在替人民做主——的事情，他必定義不容辭。

不過，他在「替人民做主」的時候，不巧被我碰上個正著。他打著人民的旗號為非作歹，我這個實實在在的小老百姓可不得予以還擊嗎？於是乎，我抄起腳邊的一塊石頭（石頭不大，也就鵪鶉蛋大小，砸不死人）就往他後背扔。不過我的技術還稱不上爐火純青，這小石子不偏不倚地砸到了他的後腦勺上。他捂著腦袋，一回頭就瞧見了我，指著我破口大罵，說我是什麼老鼠窩出來的不檢點的崇拜資本主義社會的放蕩婊子。後腦勺被石頭挨了一下，反而能一口氣蹦出這麼多話來，我心想，說不定是我這一砸，反倒把他砸聰明了。要是果真如此，那鎮長大人不得敲鑼打

鼓上我家感謝我，感謝我一舉挽救了他們家的蠢兒子。

　　不過，這梁子算是越結越深了。多虧我常在路上跑，他們也追不上我，只好在後面大吼大叫。聽說人是猴子變的，現在看來，此話不假。

　　明天元旦，至少不用見到這一張張自以為是的嘴臉。

　　新的一年，就要有新的氣象。

　　1989年1月1日　天晴　無雲

　　父母難得做了一桌子好菜，儘管不是春節，也要過得隆重。只不過，姐姐並沒有回自己家吃飯……

　　後面兩段被她用筆劃上一道道橫線，又用斜杠完全塗黑。就算我將日記本貼到睫毛上，也看不出她究竟寫了什麼。

　　連著寫了幾天，好像並沒有什麼有營養的東西。那麼，我寫日記到底是為了什麼？

　　對了，為了督促自己，不要忘了自己的目標！先熬過這段時期，再想方設法去上海，一路轉戰到海對岸，日本總不可能說沉就沉！機會還是有的！

　　但是，到了日本以後，語言就成了問題。現在也不可能自己學習日語，鎮子連個圖書館都沒有，更別提什麼會日語的人在了！

　　看起來，我在鎮上的時候，是不可能解決語言的問題了。

　　到了上海，學習日語肯定要簡單很多。再怎麼樣，上海也算

是一個國際大都市，就算沒有日本人，也總有教授日語的老師。再不然，就去找城裡人。那小子家裡看著人脈挺廣，指不定就知道什麼學習日語的途徑。

這個到時候再說。

有些想給他寫信，卻根本不知道他的地址。

他到底在生我什麼氣呢？

這小子，還是跟個小孩一樣，說翻臉就翻臉，自己還委屈。

難道是因為我說了些什麼？

可我的本意，只是讓他不要過於依賴我，以至於未來離了我就活不下去。我早就預想過這一可能。沒錯，他確實與眾不同，而在我們的鎮子上，就更顯得是這樣。與眾不同，就代表著日後一定會受人排擠。若是沒了人護在他身前，他到時候又該怎麼辦？他是有些懦弱，是有些活在自己的小天地裡，但他也有他自己的想法。我是衷心希望他能做他自己，不要害怕，不要張惶失措，更不要羨慕別人、羨慕我。他成不了他以外的任何人，我也不能替代他而活。可他就是不明白這個道理啊！所以，我才希望他能正視這一問題，不要扯什麼完整不完整的。

不管怎樣，祝他好運。順道祝他新年快樂，心想事成。

話說回來，即便他的願望遙不可及，只要他想，那就一定能實現。不要在意腳下的枷鎖，不要去管背後的石頭，更毋須去聽別人的評頭論足，只管順著梯子往上爬，就對了。

遲早有一天，那個他所認為完整的自己，便能光明正大地走出陰影，毫無顧忌地展露出自己的全貌。

還是那句話，祝他好運。

而我呢，也有自己要考慮的事情。我也得祝自己好運了。

　　畢竟是新年的第一天，總得多說幾句祝福的話才行（我往前翻了翻，自己昨天還在嘲笑人們將元旦與平日區別對待的愚蠢，結果今天就先把新年祝福掛在嘴邊，原來可笑的是我才對）。

　　另：至少到目前為止，鎮長的寶貝兒子還沒找上我或我家裡人的任何麻煩。過幾天再觀察觀察，還得時不時提防著他們。明天要上那老頭家裡去，這事兒可以多少向他透露一點，好讓他心裡知道這個事情。

　　1989年1月2日　整日無雨　早晨有霧

　　今天在家門口被石頭磕了一跤，所幸並無大礙，只是膝蓋蹭破了點兒皮。

　　昨天的話還記在本子上，今天家裡就來了不速之客。梁幹事果真出現在我家的門前，指著腦後的腫包就叫嚷著要找我算帳。我跑出去，和他們對峙，讓他們別在新年伊始就打攪我的家人。他說他也不想這樣，但這口氣總是咽不下去，所以一定要找我討個說法。我問他到底要什麼說法。他說他要讓我賠禮道歉，還要跪下來磕頭。一聽到這個，我就止不住笑起來，說他堂堂一個人民公僕家的兒子，怎麼好意思淨搞些這種封建陋習。這話叫他聽了更不舒服，威脅我說他的權威不容置疑。好，不容置疑那我就不置疑。他說什麼就是什麼。我用石子砸了它腦袋，固然可以道歉。但前提是，他得先向此前被他羞辱的小胖子賠個不是。他被我氣得兩個眼珠子直冒紅色的蜘蛛網，指著我的鼻子，叫我等著瞧。瞧就瞧唄，我就這麼跟他說，我倒要看看，他能變出個什麼

金箍棒玲瓏塔來。

　　他人帶著一肚子火氣回去了，我叫他慢走不送。

　　今天傍晚同樣的時間，我上老頭家裡，正好提到今日早些時候發生的此事。他聽後卻告訴我，說這事呢，他也多少有些為難，怎麼也插不了手。我也就沒再多做要求。

　　1989年1月3日　　太陽高照　　風裡帶沙

　　在家坐著，看書，等著過兩天稍微暖和點兒，再去溪邊走一走。

　　1989年1月4日　　無雨　　全日有霧

　　回到學校，又是一場腥風血雨。

　　鎮長二世帶著他的小跟班們把我堵在放學的路上，一是為了前幾日的事情找我算帳，二是間接調戲我一番，說什麼我到了現在，還一段舞也沒跳過。

　　我寡不敵眾，只能學著錄影帶裡的樣子，踮起腳尖，試圖轉起身子。可無奈毫無基礎，腳趾就要斷掉一樣，酸痛鑽到心裡，我為了減輕疼痛，只好選擇向一側跌倒。

　　我這一倒，他們反倒集體叫好。又恰好看我今天穿了裙子，便起哄說讓我表演表演怎麼能讓裙子轉起來，露出裡面的「景色」。

　　我觀察著局勢，發現逃跑的可能性很小，可附近尚有幾戶人家，若是放聲呼救，人們總不會放任不管吧。

　　於是我大呼「救命」，嚇得他們眾人愣在原地，你看看我，我看看你。可我連喊了好幾聲，見附近連狗叫都不響一下，他們便又再次倡狂起來。

　　吃一塹長一智，下次可得記住了，別把自己往火坑裡跳。

　　不過既然已經跳了進去，就得想些辦法。今天那個小女朋友也在場，我就問她是不是心甘情願陪著鎮長二世耍流氓。她反而說我誣告，這哪裡有什麼流氓，流氓是我自己才對。

　　我爬起來，問她憑什麼說我是流氓。她說因為我穿小裙。穿小裙？她自己今天不也穿著短裙嗎？算了算了，反正他們人多，人多就有理。

　　今天空氣不好，弄得我老是咳嗽，跟城裡人一個樣子。

1989年1月5日　多雲　陰冷

今天在課桌抽屜裡發現一隻斷了尾巴的死老鼠。

1989年1月6日　局部多雲　時有大風

小溪邊開始冒出野花來了，不得不說，今年長得可真早。

1989年1月7日　云云雲　一天到晚都是雲

我要受夠這個破地方了。

從一月七號以後，日記就像從中裂開一條東非大裂谷一樣，斷掉了整整十個月的日期。我將這一情況告訴正在品味蝦餃的克拉拉，她表示自己對此也無從解釋。

「人時常是這個樣子，」她對我說，「一打頭興致勃勃地開始寫日記，寫著寫著，不出兩個月，就開始自覺無趣了。」

「沒寫過日記，」我說，「所以並沒有類似的經驗。零散的隨筆倒是寫過一些。」

「你跟我講過，」克拉拉挪開已經清空的飯碗，「但寫日記更像一種習慣，是需要日積月累養成的。」

「兩個月還不夠嗎？」

「因人而異，」她說，「主要還是看每個人自己的動機。」

「那為何在過了十個月以後，她又重新開始寫了起來呢？」

「或是忽然想起，或是因為一些別的原因。」她向我分享著小吃拼盤。

我不客氣地用木筷夾起一顆形似掉進泥坑的高爾夫球般的魚蛋，將其送入自己臉上的球洞裡，隨即又往下流覽。

1989年10月3日　午時有暴雨

突然想起來，自己許久沒有寫過日記了（原因是最近幾個月

各類煩事纏身，根本無心──也無時間──照顧這邊的日記）。要說起這中間幾個月所發生的事情，能有資格被我寫成文字的可真不多。簡而言之，我上學，放學，吃飯，睡覺。如此周而復始，沒什麼差別。

喚我「捕鼠人」的那幫家伙已經不再提及此事，反倒是那些個說我穿「靡靡裙」的人──尤其以梁幹事為首──還仍舊對我不依不饒。

那老頭的身體有些問題，像是後腰的骨頭不是很好，稍微一躺就嚷嚷個不停，好似誰割掉了他一顆腎一樣。不過這下可好，我倒是因此而清閒不少。再說學業上的事情。按理說，從現在開始，該考大學的人就要專心備考，而不打算參加高考的學生──包括我──就得好好打算一下未來的出路。而我自己呢，對此倒是完全不擔心。計畫什麼的，我早在娘胎裡的時候，就已經準備好了（這麼說來雖然有些誇張，不過道理相似）。這就代表著，只需再忍氣吞聲待上個半年，自己就可以施展自己小小的翅膀，飛去一片新的天地了。現在最重要的就是養精蓄銳，豐滿羽翼，到時候便能乘風破浪，不懼風雨。（美好的願望。）

剛剛跑去看了看，自己的存錢罐裡（其實就是個原先裝柿餅的玻璃罐子，你──指未來在看這本日記的我自己──應該還記得，我也希望你能記得）已經攢夠了五十來塊錢。前幾個月，我跟著市場裡一個賣魚的掌櫃──說「掌櫃」會不會顯得我過於老氣橫秋──做起了學徒。說是學徒，其實不如說是他願意收留我，每天分我些零碎的散錢，以此來犒勞我為他打了一天的下手。當然嘍，顧得了這頭，自然也就顧不得學校那頭。但最起碼，自己曠課的事情在學校老師的眼裡早已是家常便飯，也不會

有人去管我。只不過這幾十塊錢的學費，算是打了水漂。

但我也沒有懊悔的餘地，就算出了社會，我也需要這個高中文憑。只要這些老師不想管我，我還能順利拿到畢業證的話（現在看來，機會很大），那一切就都還好說。不過說到底，自己若是沒有這個高中畢業證，也妨礙不了我的計畫。重要的是，一切都要對家裡人保密。

這十個月的簡短概述就交代在這兒。

現在來說說讓我重新想起動筆寫日記的緣由。這眼看，今年又要接近尾聲，高中生活也即將告一段落。離開了高中，我便一舉擺脫了「學生」這一皮囊。如此具有里程碑意義的時期，我心想自己應當做些什麼才好。於是乎，我想起了被我塞進衣櫃被褥裡的這本日記。拿起來一看，才發現原先的自己是有多麼令人失望。這少之也有幾百張紙頁的日記本，我總共才寫了不到十頁。

慚愧，慚愧！

好了，那麼從現在開始，我一定要堅持下去！一直堅持到，我想想，一直堅持到我登上日本的土地為止！

1989年10月4日　暴雨轉陣雨　夜裡無星光

我這才勉強意識到，是誰說日記一定得是天天寫才行？若是沒什麼好記錄的事情發生，空過去不就行了？何必非要強迫自己寫下點什麼才好呢？寫今天晚飯吃了什麼？飯裡的米粒有無夾生？自己的頭髮又長長了多少公分？

1989年10月5日　小雨　天氣悶熱

鎮長的寶貝兒子昨日裡打球的時候扭到了腳踝。據聽說，當天回到家後，鎮長大人連夜聯繫了校領導，對校方的過失進行強烈譴責，並表示學校的安全狀況令人堪憂。所以今天，學校的兩個籃筐便消失不見，教學樓前的空地也不再允許學生進行任何體育活動。

1989年10月6日　陰天轉晴

鎮長二世夫人在廁所朝我吐口水來著，可惜她的準頭並不精確，一口淡黃色的老痰在我眼前「啪唧」一聲落到地板的瓷磚上。就這兒，也能讓她瀟灑地甩頭離去，搞得她像個獨自端掉土匪窩點的傳奇英雄一樣。據傳聞說——也不能算是傳聞，更像是已然發生的事情——她和鎮長二世都參與進了幾個月前的動亂裡。不過這種事情，離我們可遠得十萬八千里，不知他們為何要去湊這個熱鬧。不過考慮到有火車免費送他們過去，這樣一想，倒也情有可原。

1989年10月20日　無雨　無風　更無雲

轉眼又過去了兩個星期，到底什麼時候才能熬出頭呢？

1989年11月5日　　天氣陰冷　　夜裡有風

那老頭的腰傷比前幾個月恢復不少，據說多虧了他兒子的悉心照料。順道在此一提，他老伴不與他同住，似乎原先因某些問題鬧了矛盾，現在處於一個不相往來的狀態。他兒子與我年齡相近，差我一歲，但看著挺顯成熟，據說抓飛蟲獨有一手。下次真應該叫他抓只蒼蠅給我看看，讓我見識見識他的功夫到底是否與外面傳言的那樣了得。

1989年11月28日　　白晝變短　　偶有陣風

今日無事發生。

再往後翻，一連到第二年——也就是1990年——的五月份，日記本裡記的都是些家長里短的瑣碎日常，並無多少值得關注的地方。

克拉拉將將解決掉自己的餐食，卻沒有想走的意思。可我們走與不走，都不取決於我們自己，而是茶餐廳的員工。香港怎麼說也是個寸土寸金的地方，餐館飯店裡也同樣如此。我們用完了餐，就沒有再繼續占著座位的道理。於是我們收拾收拾東西，我背起背包，她拎起手袋，就往外走去。這裡是上環的某個街角——抑或中環，港島總共就這麼大，誰知道我到底走到了什麼地方、又屬於什麼區域——工作日期間，路上的行人猶如被幽靈下了魔咒，腳下的步伐一刻不停，仿佛要是稍微歇歇腳，就會立馬

斷氣而死。在這樣一種氛圍當中，我和克拉拉就變得格外顯眼。四五月交替時在上環——再次強調，抑或中環——悠哉閒逛的兩名外地遊客，既不拍照，也不遊覽，只是一個低頭走著，一個抬頭望天。甚至就連路邊派發傳單的年輕人們，也不敢輕易接近我們二人。

　　我們退掉了上海賓館的房間，改住灣仔的酒店。從這裡回酒店，坐地鐵顯然是最為便利的選項。除此之外，還能乘坐叮叮車、雙層巴士，以及車型為老款豐田皇冠的計程車。

　　但我們心有靈犀，尚未彼此溝通，就一同選擇徒步而行。

　　前面講過港島並不大，但那是之于普通城市而言。凡事都要做對比，才會有孰大孰小、孰輕孰重之分。若是沒有對比，就沒有此類說法。同樣，運動也是相對的。對於地球而言，站在原地的我就是靜止不動的，而賓士在鐵軌上的火車則是運動的；可要是對於太陽而言，地球不僅在自轉，同時也會繞著太陽轉。那麼這樣一來，處在地球上靜止不動的我也就會跟著地球一同運動。所以，以太陽作為參照物，那站在原地的我就是運動的。這是物理。可概念上的對比又不大一樣。若是沒有「壞」，我們就不能定義「好」；若是沒有「運動」，那「靜止」又是何物？「好」之所以「好」，是因為相較於「壞」，「好」是「好」；「運動」之所以為「運動」，是因為相較於「靜止」，「運動」在「運動」。總而言之，參照物很重要。對於一般城市來說，港島的確稱不上大；可若是讓我們二人用自己的腳步去丈量，那這可就另當別論了。

　　我們沿著皇后大道向東走，我問克拉拉是否需要幫她提包，她笑我虛情假意。我們穿梭於高樓大廈間，途徑道路兩旁的各類

大型購物商城和奢侈品門店。單向三車道的皇后大道上不時駛過塗滿紅橙黃綠青藍紫色廣告的叮叮車，走到金鐘道時，就能見到中銀大廈的身姿。

「看到什麼時候的了？」克拉拉穿著運動鞋，所以暫且不會累到腳。

「1990年五月，」我回答說，「從這裡開始，她的字跡變得有些不太一樣。」

「怎麼不一樣了？」

「原先的字體雖算不得好看，卻也還算一筆一劃寫得清楚；可到了五月時，就開始群魔亂舞起來。」

「五月……」克拉拉繞開地面的盲道，「就快要高中畢業了吧？」

我擺弄起心裡的算盤，想想的確是這樣。

「我們不妨猜猜看，她畢業以後，都去了哪裡？」克拉拉如此提議道。

我心想，這有什麼好猜的，她的結局如何，我們都一清二楚。但走在這路上，百無聊賴，就此話題和她打發時間，也不失為一種選擇。

「她啊，你也知道，總想去日本。」我說，「最開始在日記裡寫，要先到上海來著，再從上海去日本。」

「她打算怎麼去？坐船？坐飛機？」

「那個年頭，她一個剛剛高中畢業的十八歲小姑娘，怎麼可能坐飛機去？」

克拉拉帶我拐出金鐘道，繼續沿著皇后大道東向前進發。「那就是坐船？她日記裡是怎麼寫的？」

「沒寫，」我說，「不過那個時候，她也沒想這麼多。」

「這種事情要是不先想明白的話，怎好說動身就動身？」

「走一步算一步吧，」我猜測道，「誰又不是這樣的呢？」

「所以才走著走著，就走到了深圳。」

到了皇后大道東，車道就開始變回雙向。「至於她最後是怎麼跑到的深圳，我暫時也還不清楚。」

「要是知道了什麼有用的資訊，煩請您及時與我分享一下。」她戲弄般地用「您」來稱呼我。

「放心，」我答應道，「我會的。」

「畢竟這也全都是為了書稿，同時也是為了你原先的請求。」她提醒我，像是覺得我早就把這些事情分解成碎片，再交給自己的肝臟處理了。

「我當然知道，同時也感謝您這段時間的陪伴。」我也同樣用「您」來稱呼她，兩人就差說話時互相點頭哈腰了。

「既然你已經提了，」她說著，被身前駛過的的士──「的士」一詞格外應景──所發出的鳴笛聲打斷，隨後才繼續說：「那我可得問問你，那天晚上你欠我的說法，現在想好了沒有？」

我自然知道她指的是什麼。

路旁一棟樓的牆面上，用藍邊白底的告示寫著「旺鋪招租」四字，底下則留著連絡人的電話號碼和傳真位址（至於為何要留傳真地址，我也搞不明白）。

「沒有，」我直言，「想不通的，怎麼想也不會有結果。」

「那我身上，究竟有多少不屬於我的東西？」她接著問。

「我認為沒有，」我說，「你與別人不太一樣。」

「每個人都是這樣，」她說，「大家都和彼此不盡相同。」

「但我說不上來，」我說，「我只能說，你格外吸引我。不然的話，我也就不會去理會一個穿著浴袍和我搭話的陌生女人。」

「但你並不是一開始就瞭解我，不是嗎？」

「的確──可越是瞭解你，就越覺得你與我認識的人都不太一樣。」

「你說話在繞圈。」

「對，沒錯，我是在繞圈。」

「那我問你，」她用手肘撞了下我，「我和她像嗎？」

「不像，」我說，「一點兒都不像。」

「可你講過的，你喜歡與我在一塊兒。」

「這是實話。」

我們走過販賣各式小型紀念品的商鋪，她撇著腦袋往裡探了一眼，回過頭後說：「你喜歡和我在一塊兒，而我又一點兒也不像她。所以，我是否可以將其理解成，我和她對於你來說，完全是兩類不一樣的事物，我們同時吸引著你，卻又互相獨立。」

「大可以這麼講。」我小聲道。

不知不覺間，我們就已經拐進了灣仔道。

她輕笑，像是誰不小心碰到了甲殼蟲的汽車喇叭。

再往前走個幾百米，左轉右繞地抵達我們入住的酒店。酒店並不奢華，大堂──說是大堂，不過也就六十多平米的樣子，甚至不比鎮上的招待所那般氣派──走進去就正對著兩部電梯。電梯需要刷房卡才能工作。我們的房卡在克拉拉的包裡，由她來進行這項工作，我只要站進電梯吹著口哨便可。難得來一趟香港，滿腦子卻想不出合適的曲調，就只能吹起舒伯特的《鱒魚》來。

上到七樓，我和克拉拉自然而然地走進同一間客房，她放好

手袋，我卸下背包，拉開拉鍊，從中拿出那兩本日記，放到床頭的桌上。

克拉拉拿起電話，轉到前臺，用英文讓服務員多送一個枕頭上來。她正要掛斷電話，我又及時叫住她，讓她順帶要一個插頭轉換器，否則自己的手機根本就充不了電。克拉拉對著電話吩咐完畢，告訴我她現在要去洗澡。我說我們兩人晚飯都還沒吃，為何要現在洗澡。她以濕熱難受為由，堅持要洗。既然她決意要洗，我也沒有阻攔的權力。我問她，等她洗完以後打算做些什麼。她說她要接著完成書稿，我要是想出去轉轉，自己下去便是。

「如果等會你出來時發現我不在，那我就是出去了。」我對她說。

「等等，」她打開浴室的門，「先等服務員來了你再出去。」

我說我知道，讓她放心好了。

她走進去，從裡面關上門，沒有聽見上鎖的聲音。

約莫過去五分鐘，駝背的服務生就送來了枕頭和轉接插頭，他按鈴時在門外用的是英文，待我開門見到我時，又有些遲疑，隨即轉成粵語。他說了一通，我隻字未懂，卻還要裝作一副對其所言了然於胸的樣子，接過他手裡的枕頭和插頭。我心想，自己出於禮貌，理應道聲謝。可想是這麼想，卻不知到底該用何種語言。若是直接說普通話，多半會鬧得彼此都尷尬；可要是叫我說粵語，我更是一句不會。實在不行，就學著日本人一樣，向他低頭示意？這樣一來，他多半會把我當成是一名聾啞人也說不定。

思來想去，到了最後，我趕在他走人之前，用英文說了句「Thanks」。

讓枕頭回到它應該出現的位置上，將手機充上電，我站在

酒店的窗前，眺望對面的寫字樓，不禁感歎，香港高樓的密集程度，與幾十把梳子並排綁在一起時的梳齒相差無幾。

生存空間過於狹小，擠得讓人喘不過氣。

這是我一個外鄉人站在此處所持有的想法。

還是得下去，我心想，不得不下去。

既然來了，就得下去。

我拔掉手機的呼吸機，所幸尚未換上休閒衣物，省去了不少麻煩。我沒去敲浴室的門，也更不能拔掉房卡，只是手揣那本老舊一點的日記本，便走下了樓。

我往外走，離開灣仔道，這次向北走，向維多利亞港靠近。走到頭，能看見會展中心的大樓，不遠處應該能抵達金紫荊廣場。

我在一幢幢寫字樓下找了個地方坐下，這裡可以聞到港口特有的鹹腥味。

抬頭看去，人、人、人，令自己眼花繚亂的人們邁開兩條腿走在路上。他們去往的地方各不相同，移動的速率倒是大同小異。只留我一人坐在路邊的長椅之上，手捧樣似民國時期珍貴文物的日記本。

1990年5月28日　　晴

都要結束了，不管是學校的課程，還是在這小鎮上的生活，都要徹底走到頭了。

說句老實話，迎接新生總是會讓人感到畏懼與不安。那個特定的節點離得越近，人就會不自主地緊張焦慮。而這樣一種焦慮，又

會在到達那一節點的前一米時，轉變為近乎於病態的興奮。

正如我現在這般。

人的狀態過度激動，可寫出來的語言卻鎮靜得令我自己咋舌（儘管右手確在顫抖）。

明天，就是明天，為了明天，我已經準備了將近兩年。

留在學校已經沒有意義，待在家裡也只能鬱鬱寡歡。錢都備足，體無大病，此時不走，更待何時？

當然，在臨走之前，總有些事情需要了結。就在剛剛，趁著月黑風高，我一口氣跑到鎮長的「皇宮」，站在圍牆外，朝裡面的窗戶扔上好幾個鵝蛋大小的石頭，總共砸碎了六塊玻璃。圍牆內的房間都熄了燈，只有在碎玻璃的響聲中，另一側的幾扇窗子裡才亮起了黃色的燈光。不等他們逮到我，我便駕輕就熟地跑回了家裡。

今天戰績不錯。

早些時候，我為那老頭留了件禮物，不知他是否會喜歡。

寫完今天的日記，再等個一小會兒，等他們都睡熟了以後，我就要動身了。

祝我自己好運。

1990年5月29日　天氣變幻莫測

此刻的我，是在火車上寫下今天的日記的。這麼說來，便可知道，我已經成功。

實在是可喜可賀。

不過這一天下來，也可謂是舟車勞頓。昨晚放下紙筆，寫完

前一頁的內容，在床上先是小憩了片刻，隨後便整裝待發。說是整裝待發，其實不過在口袋裡裝滿了錢——口袋是比喻——順道帶上足夠的衣服，以及幾本舊書加上日記本。總共不超過一個麻袋的行李，這樣行動起來也方便。換好衣服，踮著腳溜出門去，後半夜的天空格外純淨，月光早就為我鋪好了道路，我只要沿著它跑就是。按照事先的計畫，我來到鎮上的瓷器廠，瓷器廠每隔兩天便會有一趟進縣城的卡車，將貨物運送出去。這些我早已摸索清楚。我找到卡車師傅，付了他十五塊錢，讓他順帶捎我進縣城。收了這錢，再看我一個姑娘家家，更沒有什麼拒絕的餘地。

出鎮子的計畫一切順利。

卡車走在出鎮的土路上顛簸得厲害，本就沒有吃早飯的我想吐卻吐不出來，唯有胃液在身體裡翻江倒海。司機師傅見我這般難受，幾次停車，讓我到路邊緩一緩。我每次都婉言拒絕，其實是生怕他將我丟在半路。

這麼煎熬幾個小時，當太陽終於升到一定高度時，我們也抵達了縣城。

我再次謝過師傅，接著就一邊問路，一邊跑去縣裡的火車站。上售票處，花自己掙來的錢買票。我說要買一張去上海的車票，結果卻發現得在市里轉另一趟火車。轉就轉吧，反正我也不怕麻煩。

我的座位邊上，坐著一個打扮富態的老太太。老太太人很好，說什麼我長得很像她的小孫女。我問她孫女現在多大，又在哪裡。她說她孫女今年理應年滿二十二，去年去了趟北京，現在還沒回來。我聽到這個，就沒再吱聲。

這綠皮火車中途停了許久，不知道是不是也像人一樣，會有跑不動的時候，需要找個清靜地方歇歇腳。

反正直到我現在動筆之前，火車才又重新向前挪動起來。

就在剛剛，老太太還分給了我一個蘋果，這蘋果甜得很，可不比小時候吃的麥芽糖要差多少。

老太太現在已經睡下了，我才得以能夠安心完成今日的日記——今天的日記寫起來格外令人欣喜。

不出意外的話，再過幾個小時，我就要下車去轉另一躺去上海的列車。現在就請先讓我珍惜得以休息的時間，好好睡上一覺。

另：到了上海的第一件事，是打聽到城裡人的住址——雖然任務艱巨，上海又大——再把行李裡帶著的書還給他。不知道他見到我的時候，會作何感想，又會露出什麼樣的表情。

1990年5月30日　陰

我還在火車上。

「你可曾聽到過上帝的聲音？」

我尚未看完，就聽見有人在我耳邊，用近乎於播音腔的普通話對我說。

我仰頭去看，首先看到的是一個草莓狀的鼻頭，連帶鼻頭往上左右各一個玻璃球一樣圓滾滾的眼珠。他穿著一身白色長袍，像是將餐廳的桌布裁出一個洞，隨後把頭套進裡面。在他的胸前，左右擺動著一個金色的十字架。

「你可曾聽到過上帝的聲音？」

他又問我一遍。

7

1990年5月31日　　天氣悶熱

昨天出現了巨大的差錯。

我坐過站了。

原本應該轉車的站被我一覺睡了過去，老太太卻沒有叫醒我。不過這也並不怪她，畢竟她應該也不知道我要在哪裡下車。反正我是坐過站了。再一醒來，列車已經進入了廣東。老太太告訴我，我睡得很香，她不忍叫醒我，來查票的乘務員知道我坐過站了，找我來補票，也是她幫我補上的。她對乘務員說，我是她孫女，所以她來幫我補票。她是個好人，我對她感激不盡。

她這才問我原本打算去哪裡。我說我要去上海。她便跟我講，上海是個好地方，中西交融，能接觸到許多不同的事物。她又問我為何去上海，是去投奔家裡的親戚，還是要去那邊上學。我說兩者都不是，我去上海的目的，是為了最終去到日本。她笑我，說我講話沒有邏輯，這上海怎麼就和日本扯上關係了？我說，反正海的對面就是日本，要去日本，也得先到海邊才行。她這才認可我的說法，覺得裡面確有道理。她接著又問我現在如何打算。我便隨口說道，自己在下一站下車，再原路坐回去。她問我買票的錢夠不夠。我說大抵夠，都是我自己賺來的。她讓我聽她一句話，叫我跟她一塊兒到深圳去，現在放眼全國，唯獨深圳機會最多。而且深圳也是沿海，想去日本，在哪兒不能去？就算

到了深圳，也指定有辦法找到一條去日本的路，說不定成功的可能性要比去上海還大得多。她的這番話令我猶豫不決。我告訴她，我在上海畢竟有認識的人，如果到了深圳，人生地不熟的，我就真變成了無依無靠。她說我可以靠她。我問她，靠她是什麼意思。她說我到了深圳以後，可以跟著她做事，還可以給我找個地方住。我心想，去或是不去，都要提前瞭解一下。於是我就問她，若是跟了她，我具體要做些什麼。她說她主要搞服裝外貿，我不懂外貿是什麼，她解釋說，就是在國內生產服裝，最後再銷往全球各地。她還說，在他們公司工作的話，不時能接觸到許多外國客戶。當然，其中也不乏許多日本人。

這可倒好，既有地方住，能找到工作，還能接觸到日本人。如此一樁好事，我怎會有拒絕的理由？

我便繼續向她打聽，若是跟了她做服裝外貿，我具體要做些什麼事情。她說了兩個字，讓我做她的秘書。秘書秘書，說白了不就是跟在人屁股身後幫著打雜的嗎？聽上去不難。行，我一口答應下來。

她又告訴我，想要留在特區，就必須要辦理暫住證，否則的話，就會被政府帶走。我有些畏縮，便問她怎樣才能拿到暫住證。如果拿不到的話，那我還是遠走上海好了。她叫我不用擔心，這辦理暫住證，首先得有工作。而她本就打算提供給我在深圳的工作，那麼這剩下的，便是靠她的關係了。只要有工作、有關係，這暫住證就已經能夠攥在手裡。

既然她向我打了包票，我就更加沒有後顧之憂了。反正我本就斷了後路，兩手空空，只要放手一搏就好。

所以我便跟著她，一路坐到了深圳。

出了火車站，能在廣場上見到許許多多和我一樣挎著麻袋的人們。她介紹說，這些都是來此務工的農民工。我覺得很是不可思議，原來單單一個深圳，就湧進了數量如此龐大、渴望在這裡尋求機遇的人們。淹沒在此般人潮中，我根本就不曉得自己何時才能從水下探出頭來，奪得呼吸的權利。

　　早先好像忘了提及她的姓名。老太太年過六旬，姓榮名英。她帶著我來到車站外停車的空地，有輛只有車頭似鴨嘴、其餘呈四方狀的轎車停在那裡。車前座下來個穿著條紋襯衫的男子，襯衫的下擺被閃著皮光的腰帶繫進褲子裡。男人頭髮不知是不是抹了豬油，整齊地向側後方梳去，看著又像是墨水做的發糕。他管老太太叫「榮老」，為她打開後門，又瞧見了站在後面的我，把眉毛皺給我看。榮老（寫日記時就直接叫她「榮老」，可當面還是叫她老闆娘比較好）對他說，我是她新找的秘書，讓我倆今後多加關照。他聽完榮老的話，立馬熨平緊皺的眉頭，改在臉上掛起鎢絲燈泡般明亮的招牌。他向我伸出手，似乎想讓我也伸手去握著。我滿足了他的心願，聽他自我介紹道，他小名阿龍，外號招財貓，跟誰誰發財。說這話時，眼珠不停睒向榮老，嘻笑一番。我差點問他是否還有筆名藝名或者別的什麼雅稱字型大小。彼此介紹完畢，我也坐進車裡。榮老讓我挨著她坐在第二排，我進去一瞧，第二排的後面竟然還有一排較窄的座位。真是令人大開眼界。汽車沿著寬敞的大路向著前方行駛，與這裡的馬路相比，鎮子上的土路簡直就像大禹治水三過家門而不入時雙腳踩過的小道，頗具歷史所獨有的原始氣息。

　　轎車七拐八繞，駛過一片又一片樓宇群落，我望著車窗外的國貿大廈，心中不由得感歎，外面的世界果然要廣闊許多。車

上的收音機裡，放著我不曾聽過的樂曲。我說很好聽，榮老告訴我，這是俄國人寫的管弦樂曲。我問是哪個俄國人，她說了個極為典型的外國人名（好像是斯米克亞賓，又像是斯克裡亞賓，不記得了）。她問我認不認識，我說不認識。我唯一認識的俄國作曲家，就是柴可夫斯基。她贊同道，柴可夫斯基的音樂確實婦孺皆知，不過這也源自其音樂本身的包容性。她接著又問我喜歡柴可夫斯基什麼曲子。我坦言說聽得不多（更是沒機會聽），只知道他為《胡桃夾子》所譜寫的舞曲。

　　榮老讓阿龍（本想叫他的外號來著，可他的樣貌卻一點兒也不符合「招財貓」的形象）開車送我去她家，我原本指出這樣不妥，榮老卻問我如果不上她家，我打算住在哪裡。她的問話使我語塞。我心想她說得對，也就沒再拒絕。她為了使我內心好受一些，不時強調我現在已經是她的秘書，從明天開始便要正式上班。

　　榮老雖然身為老闆娘，住的卻是實實在在的城中村（「城中村」一詞，也是從榮老口中聽說的）。這棟以綠色馬賽克作外衣的多層居民樓上下總共六層，每一戶都有個四方的小陽臺，陽臺多半帶有鋼管組成的防盜網。這是與鎮子完全不同的風景。

　　阿龍將車停在樓下，自己下車為我們開門。榮老帶著我上了樓。我擔心她老人家的腿腳是否真的適合每天上下六層的樓梯（榮老家住頂層），她卻說適度鍛鍊有助於她保持健康的身體。

　　榮老自己住在擁有三處房間的房子裡。她自然睡主臥，主臥的對面是書房，據榮老自己介紹，她平時在家裡時，就喜歡在書房辦公看書。次臥此前一直空置不用，裡面有一張床放著備用，我現在就能暫時住在裡面。我把一麻袋行李放進短時間內屬於自己的次臥，鋪上榮老給的床單，在上面歇息了一下午。晚餐時，

榮老帶著我到附近的鹵水檔去吃鹵鴨。我還從沒吃過南方的鹵鴨，味道對我來說多少有些偏鹹。

南方可真是既潮濕又悶熱，像是自己腳下踩著一個蒸籠。幸好出門前自己換了身清涼的衣服，不然肯定會難受得想要扒一層皮。

吃飯的時候，榮老告訴我，明天就去幫我辦暫住證，讓我這兩天就好生歇著。可我問她，她說好從明天開始上班，怎麼現在又讓我歇著？她說她讓我歇著我就歇著，休息好了，才不耽誤工作。

那我就恭敬不如從命，該休息時就休息，正好也先適應兩天深圳的氣候。

不管怎麼樣，從今天起，一個全然未知的嶄新生活就已經開始了。

我跳起身，甚至來不及將手裡的日記合上，夾著書脊就往另一頭走。可這人卻不依不饒，搖晃的十字架始終跟隨在我身後。

我不時回頭，不小心撞上一個西裝革履、腋下夾黑色公事包的成熟男性。他用粵語咒罵我一聲，我卻無暇道歉，終於融入這座城市的節奏，上了發條一樣朝遠處的街角快步走去。迎面吹來的風帶起手中的書頁，劃開我手指的皮膚。信號燈發出急促的鈴聲，我跳過地上的橫線，盡可能不顯慌張地跑到街道另一側。販賣日用化妝品的店鋪面前站著兩個頂著三十度高溫穿絨毛玩偶服的店員。他們其中一個扮黑熊，另外一個是袋鼠，黑熊和袋鼠的胳膊上都各掛有一個青綠色塑膠筐，筐裡是一些小瓶的護膚品試用裝。黑熊見我跑過，用它那臃腫的手掌攔住我的去路，硬要我試一試它遞來的護手霜。我用普通話跟它說我沒時間，可它卻不

以為意，繼續用粵語消磨我的耐心。

　　旁邊的袋鼠轉來轉去，身後的假尾巴總是打到行人的腳跟。

　　我再次往後看去，床單人好似沒事人兒一樣等著紅燈。

　　他不著急，但我急。

　　我當然認得他，我認得他的草莓鼻，以及那一雙被人硬塞進橡皮泥裡的眼珠。

　　但眼前的黑熊始終不肯放過自己，好似它和床單人——抑或管理員——本就是一夥。

　　我推開濕熱的熊掌，卻不巧它尚未適應自己的皮囊，踉踉蹌蹌往後倒去，又被袋鼠同伴的尾巴絆住，最終帶著一筐子的試用品摔在地上。店裡店外的路人們紛紛圍上前來，有的彎腰拾起地上的護手霜和洗髮水，有的去拿圓盒裝的潔面乳與卸妝油。袋鼠想要攙扶起腳邊的笨熊，卻怎麼也彎不下身子，反倒把自己手裡的塑膠筐也弄翻在地。本就狹小的人行道上此時更是亂作一團。不過，這倒是方便了我甩開床單人的緊追不捨。我不去管由自己一手造成的鬧劇，繼續向前走著，右手邊有個隱秘的小樓梯，樓梯通往位於二樓的棋牌室。一樓的樓梯口外站著打扮乾淨的男招待員，他同樣用粵語問我，要不要上去坐坐。我不去看他，假裝自己沒聽見他在對我說話。馬路上飛馳過一輛白色小貨車，貨車尾部的保險桿像是要散了架一樣，發出火車運行時偶爾會聽到的金屬碰撞聲。

　　再往前走，是一家吃日式拉麵的餐館。路過門口時，迎面走來一對吃甜筒的父女。女孩被拉麵館的香氣所吸引，拉著父親去看門口的菜牌，握著甜筒的手卻不知怎的失去力氣，我眼睜睜看著甜筒在空氣中畫出一個完美的半圓，以頭朝下的姿態從跳臺落入水池，讓人想起維也納新年音樂會上的曲目。

女孩由喜轉悲，指著地上顏料狀的霜淇淋嚎啕大哭。她的父親對此缺乏經驗，還一面指責女兒不多加小心。這純屬添油加醋，火上澆油。

　　我避開甜筒的屍體，轉入右側的小道——香港幾乎就沒幾條能真正稱得上大道的路——希望床單人一頭紮進試用化妝品的搶奪大軍，永無出頭之日。

　　可我剛要歇一口氣，腦後突然受到猛烈一擊，好似有微縮人在我的頭皮進行氫彈試驗。我的精神被震得支離破碎，呈環狀順時針打轉，其帶來的離心力將我甩離地面，去到我所未曾涉足的領域。

　　臉上被人罩起一層白布，又讓麻繩縛住了喉嚨。我試了試，叫不出聲，他們——無法確定誰是真凶——的目的也就達到了。

　　他們沒有動我，只是讓我呈半跪姿勢——僅憑猜測得出自己似乎是在半跪——待在原地。應該不是人販子，我心想。莫非是要取我的器官，再倒賣給黑市不成？

　　說起黑，即使我頭裹白布，自己依舊能隱約感覺到白布外的天色漸暗。明明還不到下午四點，怎麼會黑成這個樣子？

　　有人在我身前吹口哨，吹的是什麼？我壓住原先四處沸騰的思緒，將注意力集中在口哨的音調中。此前似乎未曾提及，人聲與長笛的音色極其類似。我大概聽出了其中的曲調，多半是葬禮進行曲式的馬二第一樂章中的一小段。

　　他一邊吹，又一邊發出朝地面扔網球的聲音。一上一下，自己仿佛能看到毛茸茸的青黃色網球從他——也可能是她——的手裡落入地面，又從地面彈回他的手中。

　　這人究竟想把我丟在這邊多久？

　　真想告訴他，就算綁架，也得挑個好一點的物件。既然冒著

如此大的風險為非作歹，就得尋求與風險相匹配的回報才對。可現在就算綁了我，我身上也掏不出什麼值錢的東西，唯獨手裡的日記本，還是別人已經寫過的。要是打電話給我的父母親，去敲詐勒索，最後等待我的結局也無非就是錢款不夠被人撕票，父母得知此事後瘋的瘋、傻的傻，撈不到錢的綁匪最終也要搭上自己的性命，臨刑前多半還要咒罵我幾句。何苦呢？換個綁票對象吧！

對，他們勒住了我的脖子，我發不出聲音，又綁起我的雙手，叫我無法用手解開脖上的繩圈。

莫非是那床單人不成？還是說，他並非獨自行事，而是團夥作案？

沒錯，管理員肯定不止一人，他們是有組織有架構的！說不定是個等級森嚴的大型集團，專找些獨自生活的普通人下手。

這樣做意義到底何在？難道僅僅出於他們變態的嗜好不成？真就有人喜歡以怪誕的鬼臉嚇唬無知的百姓？

不對，解釋不通。光是那三隻四不像生物，就無法用科學常理來解釋。

克拉拉到底在哪兒？她洗澡需要這麼長時間嗎？怎麼不給我打通電話，問問我又在哪裡？還是說，她現在一門心思紮進書稿裡，決定與外界隔絕開來，對一切干擾她寫作的事情都充耳不聞？

天的確已經黑了吧？

時間到底出了什麼差錯？難道是上帝瞞著地上的人們偷偷篡改了時間的工作方式？

怎麼會有公雞在打鳴？

不能再這麼幹耗下去了，我想，我得做些什麼，至少要摸清自己此時的處境。

我試著動用大腿與小腿的肌肉使自己站起來，結果並沒有我想像當中那般困難。口哨聲仍未停止，就連氣息也始終平穩流暢，聽不出一絲對於我擅自起身的驚訝之情。也許口哨的來源並不是人，我抱著這樣一種僥倖心理，慢慢向後退，一直貼上堅硬的牆體。我用手腕上的麻繩去摩擦牆面，企圖弄鬆繩結，使我能夠從中掙脫。

　　到目前為止，還是沒人上來管我。既無人向我伸出援手，也無人將我制伏在地。

　　看來現在的我尚存留有一絲特定的自由。

　　若是此刻能夠成功，將來一定要到路邊，去表演自己鑽研出的逃脫術，說不定還能因此一炮而紅，賺上一筆可觀的財富。

　　如此缺乏經驗地上下搗鼓，手腕處的繩結竟然奇跡般地鬆垮下來。我抓緊機會，解放雙手，又去鬆開綁住脖子的麻繩，掀起套在頭上的白布。面前無人，口哨聲是從樓上的民居裡傳出的。

　　還有一點，現在果然是夜裡。

1990年6月5日　　颱風將至

　　托了榮老的福，一切落腳的手續都已辦理妥當。我開始了人生中的第一份正式工作。

　　說是頂著「秘書」二字，剛一上崗，需要做的事情還不是很多，主要是以熟悉工作為主。深圳的物價普遍比內地要高上一點，但薪水同樣也翻一番。我問榮老何時能替我找到住所，她卻想讓我──至少是近期──一直住在她家。我說就這麼住著，總是有些過意不去。她讓我千萬不要多想，就把這裡當作自己的

家，只要好好工作，其他都不是我該考慮的問題。既然榮老都這麼說了，那我也就不再推脫，安心住下便是。

榮老的外貿公司，我到現在還瞭解得不夠透徹，但大體上講，無非就是在工廠生產各類衣物，嚴格把控產品品質，作為供應商，將衣物銷往國外的商家。近日裡，公司與韓國客戶的往來更為密切。

這幾天裡，我已經在路上見到了好幾個外國人。有的就跟書上電視上見到的一樣，是金髮白臉，有的則與中國人長相差不多，要是榮老不提，我還真看不出他們是外國人。

在深圳待的時間越久，就越會感慨這裡與別處不同的氣氛。在深圳，路上的人們儘管忙碌，卻個個看著精神抖擻、朝氣蓬勃，臉上滿是不辭辛勞的笑容，生活簡直比那太陽還要燦爛百倍。

我想，我並沒有來錯地方。

聽說明天颱風就要來了，所以今天悶熱得很。我還從沒遇見過颱風（小鎮是不可能碰上颱風天的），所以較之這邊人們習以為常的態度，我倒是對即將光顧的颱風心懷期待。

但是期待歸期待，陽臺上的衣服還是要收的，沒錯，作為榮老的秘書，幫她收下衣物也是我的工作之一。說著是秘書，其實更像是保姆——或者，像個照顧家中老人的子女。

但只要是為了榮老做事，就算叫我去廁所掏糞，我也心甘情願。

誰讓她給了我這麼一份在深圳工作的機會呢？

不過我心裡當然也清楚，能在深圳立住腳跟固然好，但我的目標卻不在於此。我來到深圳的初衷，就是要找到一個前往日本的機會。

但我暫且不需要著急，我還年輕，有的是機會。整理好近期的日記，距離我離開鎮子，已經過去了一周時間。這一周對我來說，仿佛過去了十年——或者換個說法，在這一周的時間裡，我經歷了前十年裡所不曾經歷過的事情。自己總算從日復一日的迴圈中找到了轉機，走上了新的岔路，沿著階梯，登上了更廣闊的天地。至少到目前為止，如此一種嶄新的生活並未讓我失望。

　　我所能做的，就是緊緊抓住樓梯的扶手，一路向上，抵達最後的終點。換言之，既然此時有人為我提供了幫助，我就要努力工作，好好表現。

　　還是想講一講榮老。她是個充滿智慧的女人，不僅會說英語，還會俄語和一點點德語。她熱衷於學習，書房裡放滿了各種類型的書籍。榮老前兩日說，她書房裡所有這些書目，只要有我感興趣的，我都大可隨意借去翻看。有了她的允許，我昨天便挑了兩本帶回自己的房間裡。一本是司湯達的《紅與黑》，另一本是尼采的《查拉圖斯特拉如是說》。這份工作，不僅住所有著落，還能蹭書來看，一點兒不愁會在房間裡長出蘑菇。

　　我不曾問過榮老家中的其他家人。她的老伴從未露臉，兒女們也不見身影。我唯獨知道她有個失蹤一年的小孫女，證明她確有子嗣。不過這種事情，我作為一個為其打工的小秘書，也不好向她多打聽此事。

　　另：今日左膝有些受涼，酸痛了一晚上。

　　我還是不敢相信自己身處夜晚，便想拿出手機確認時間。可這下倒好，我渾身上下摸索一遍，怎麼也摸不到四方的手機。估

計是這一路奔波，掉到哪裡去了。抑或剛剛被人束縛的時候，被他們沒收了去。

不過既然已經卸下了手腕的繩結與頭頂的白布，現在的我大有機會向外逃跑。我走出巷子，外面人頭攢動，我長舒一口氣，為自己仍留在現實世界而慶倖——除了時間的變化以外，其餘並無異樣。這是一條單向兩車道的馬路，馬路對面有一家招牌亮著綠白紅三色燈光的7-11便利店。便利店的旁邊，是一家看似古老的典當行。我的這一側，則有一家泰式按摩店，再過去一點又有一家韓式炸雞館。環顧一圈，不見床單人，看似暫且安全。我剛要走，卻被什麼拽住了褲腰帶。我回頭去看，是個前劉海長短不一、像是半夜被齧齒動物啃過頭髮的單眼皮女子。她的嘴唇像唐老鴨，但是看著不醜，反而別具特色。她半張著嘴，提著眼珠看我，卻將額頭壓得很低。我不知道她想幹些什麼，便保持向前行進的姿勢，留下偏轉的腦袋看她，等她率先開口。

她叫我哥哥，我心想自己從來就不曾聽說過，我在地球上還會有個失散的妹妹。

她又叫了我一聲「哥哥」，我才問她是什麼人，拉住我是想做些什麼。

她叫了第三聲。

「我不是你哥哥，你認錯人了。」我輕輕捉住她的手腕，讓她放開我的褲腰帶，別再把我的褲子給扒拉下來。我可不想在香港的街頭，被人當成一個有暴露癖的變態。

她叫了第四遍。

我跺了跺腳，不得已收回欲要前進的身子。「聽著，我真不是你哥哥，」我雙手把住她的兩個手臂，「但你要是需要幫助，

我也會為你出出主意。不過首先，你得告訴我，你多大年紀，叫什麼名字，你哥哥又叫什麼名字，比你大多少歲，大概長什麼樣子——他高不高，胖不胖，有無任何明顯的體態特徵，例如臉上的胎記一類。」

她叫了第五次。

行了，看來她是認定我這個哥哥了。也許就是個精神出了問題的瘋女人，我心想，我大可不必如此多管閒事，還是趁早回到酒店為好。我抱著這樣的想法，鬆開了女孩的雙臂，朝原本進發的方向走去。先要路過泰式按摩店，再就是韓式炸雞館。裡面高朋滿座，生意興隆。經歷了一天快節奏的工作生活後，人們選擇來此攝入高熱量的油炸食物，從而補充能量，以便明日繼續反復的快節奏生活。

一輛綠頂中巴停在路邊，看著不像正在運營的狀態。人行橫道上的人流開始順著固定的方向翻滾湧動，河水中混入了一隻毛髮被人精心修剪成小球形狀的貴賓犬。牽著貴賓犬的，是個穿著白色薄背心的和尚頭老人家。

走在花花綠綠的街道中，望著眼前這一番熱鬧景象，我有些迷了路。到底應該繼續向前，還是在這個路口拐彎，我茫然無措。所幸信號燈下站著個手捧塑膠碗、用木簽吃魚蛋的年輕男子。男子看著像是本地人——香港人有其獨有的氣質，就與韓國人一樣，一眼看去就知道他到底是哪裡人——戴一副四方的黑框眼鏡，穿一條休閒短褲，披一件棕櫚樹圖案的襯衫。

我上前去，在他身後拍了拍他的右肩，問他魚蛋是否好吃。他像是踩著大頭釘，差一點兒就跳進馬路，木簽上的魚蛋也重又掉進碗中。他以怨念的眼光瞋視我，緊接著又將同樣的目光射向我身

後。我心裡嘀咕，這人是不是眼神有點問題，以至於找不到焦點。
若是克拉拉在身旁的話，她定也要像我如此對其揶揄一番。

　　他用粵語嘰裡呱啦，我用普通話告訴他，我聽不懂粵語。他
開始彆扭地轉換嘴唇的形狀，又用同樣難以理解的普通話，叫我
不要煩他。

　　我說，我無意要打攪他享用魚蛋，只是想找人問問回到灣仔
的路，順帶再打聽打聽現在的時間。

　　他仿佛變身一條大院裡看門的德國牧羊犬，警覺地盯著我的
面部，就差朝我狂吠不止。

　　我讓他不要誤會，我只是一個普普通通的外地遊客，並無別
的想法，叫他無須擔心。他罵了句一聽就知道是罵人的粵語，隨
即又換成廣東特供普通話——可真是難為他了——說我們二人，
一看就不是什麼正經人。我開始自省，自己今天的打扮算不上邋
遢，不過就是丟了手機而已，怎麼就不是正經人了？再者，克拉
拉雖然有些不拘小節，可再怎麼說，就克拉拉那一副閑雲野鶴的
樣子，不管是用照妖鏡也好，還是用電子顯微鏡也罷，無論怎麼
看，她都不像是會坑蒙拐騙的類型。

　　說起來，現在克拉拉不是應該待在酒店裡寫書稿嗎？

　　不對，不對。

　　1990年6月7日　颱風過境

　　颱風的確如約而至，但並沒有我想像中那般令人震撼。不過
是颱風的時候帶著暴雨而已嘛！

但是也好，最起碼算是長了見識。等到了日本，估計也要不時遇上颱風。到時候，我就能表現得像個颱風天的老手那樣，不動如山。

　　我忽然在想，自己就這麼走了，也不知父母作何感想。他們多半會先聯繫上姐姐，然後發現我的去向不明，接著說不定會找上公安，把事情弄大，最後搞得滿城風雨，就像今天的深圳一樣。

　　他們原先肯定不知道我的計畫，所以我就這麼突然失蹤，現在想來，的確有些欠缺考慮。要不然，給家裡寄去一封信，告訴他們我在深圳，不用擔心？不，還不是時候，我尚未做出什麼成就，怎麼好意思寫信給他們？我可不想被他們一天到晚掛在嘴邊念叨著，更不想被外人當作茶餘飯後的消遣。

　　消失就消失吧，消失也挺好。增加神秘感。

　　明天跟榮老一起去工廠，緊接著要去員工宿舍做視察。這是我跟著榮老工作以來，第一次真正有機會到廠裡參觀。

　　今天白天，榮老送了我一支鋼筆，我很喜歡，正好能拿來寫日記。但是榮老此前對我講，這支鋼筆是讓我用來為她處理檔時用的。想來也是，作為秘書，這鋼筆便是我的武器，可得時時刻刻帶在身上。說到這個，下午榮老來我房間坐了一會兒，看到了我放在床頭的《金閣寺》，問我是否喜歡三島由紀夫。我說我唯讀過他這一本書，談不上什麼喜歡不喜歡的。她說我果然對日本一往情深，問我究竟喜歡日本的什麼。我不假思索，上來就說，因為日本在海的對岸。她拍著我的膝蓋，笑我理由單純，我才告訴她，我的膝蓋昨天疼了一晚上。她說——也不知有無根據——是由於我的身體尚未適應南方潮濕的天氣，讓我忍忍就好。她還問我，等我去了日本，想要幹些什麼。我說我沒怎麼細想，一時

半會兒還真回答不上來。她說，未來的打算，現在就要想好。我說的確是這樣，只不過道路太寬，我也不知道到底該靠著哪邊走才好。她讓我想想，自己都擅長什麼。擅長什麼？我說我不知道，可能沒什麼擅長的東西。她說就算沒有一技之長也沒關係，我現在還年輕，學什麼都來得及。那麼，她接著問我喜歡什麼。我喜歡的東西可多了，我說，我喜歡看書，喜歡看樹，看些花花草草，喜歡到處跑，不喜歡被關在同一個地方，也不喜歡被人管著。榮老總結了一句，說我這樣只能算嚮往自由，而嚮往自由的人遍地都是，這算不上她想要的答案。她所問的是，我具體喜歡做些什麼樣的工作。人要吃飯，同時更要活得快樂。要想活得快樂，就得找到適合自己的事情。適合自己的事情？我真的想不出來，自己到底適合什麼。實在不行，我對榮老說，我就去日本，給人擦玻璃。她提出質疑，問我在日本擦玻璃，這是否就是我所期望的。我自然不會期望大老遠跑到日本，只是為了去擦玻璃！玻璃上哪兒不能擦？只不過，人總是要有後備計畫的，我也不可能一輩子隻擦玻璃。擦玻璃，充其量不過是一種維生手段。榮老說，我這麼想是不對的，人要把目光放長遠，每走一步都要走對方向，這樣才不會偏離道路。她讓我好好思考思考這件事，光想著千方百計跑去日本，卻沒有為在那之後的事情做打算，弄得好似在我抵達日本的那一刻時，我的人生就已經走到盡頭了一樣。

　　榮老說的話句句在理，正因如此，我這一整個晚上，都在思索這一件事情。

　　但是，我自己又究竟適合什麼呢？

果然是她。

站在我身後的人，果然是那個叫我哥哥的女孩。

「你到底要幹什麼？」我不耐煩，低聲朝她吼道。

她叫了聲「哥哥」，我忘了是第幾次了。

魚蛋男已經趁機跑開，跨過人行橫道的標線，端著他的塑膠碗去到了馬路對面。此處只留下我和女孩面對面站著。

責任又一次追著咬上了我的屁股。

「你是本地人嗎？」我不指望她能回答。

她奇跡般地點頭，仿佛臥床一年的植物人突然跳下病床，獨自做起了廣播體操。

「既然是本地人，那你大體認識這附近的路吧？」我試探性地問道。

她又一次點頭。

「你有電話嗎？」

她搖頭。

「那你大概知道——雖然聽來有些奇怪——現在幾點嗎？」

她點頭。

「果真知道？」我不敢相信。

她再次點頭。

「你是怎麼知道的？」

她不回答。

「那現在幾點？」

她用手指比劃出一個代表「八」的手勢，又用另一隻手的食指比出一個一。

「八點一刻？」我猜測道。

她搖頭。

「八點零一？」

她點頭。

「怎麼能精確到分鐘？」

她沒說話。

「那你知道，回灣仔的路該怎麼走嗎？」

她點頭。

「這樣，」我心生一計，「你帶我回灣仔，我幫你找哥哥，你看如何？」

她先是沉默，吊足了我的胃口，隨後才輕輕點頭，叫我重新放下心來。

這樣一來，回去的方法就找到了。

只不過從我出門一直到現在的八點零一分——嚴謹地說，我們二人的對話就又耗費了兩分鐘的時間，所以此時理應是八點零三分左右——中間的這段時間，到底是被誰用吸塵器三下兩下就吸走了呢？

這個暫且不管，且讓女孩為我帶路。她牽起我的手，像是兩個幼稚園的好夥伴。我也讓她牽，跟著她往來時的方向走。估計是原先的我把方向搞錯了。

路過韓式炸雞館，回到泰式按摩店，從這兒向右拐，過馬路，來到賣雞蛋仔的攤鋪。女孩好似對著空氣施法，用空出來的那只手上下打著兩拍子。雞蛋仔的香氣吸引了我的注意，可自己出門時就只帶了手機和日記本，況且現在就聯手機也丟失不見，我就算真的想吃，也沒能力購買。

壞了，我的日記本又在哪裡？

「哥哥，」女孩回頭，仿佛聽到了我的心聲，「在我這裡。」

「你說什麼在你那裡？」我不得不向她確認。

她露出不符合她形象的媚笑，上下比劃的手這下在空中劃出一個長方形。

「我的日記在你那裡？」我大喊，即便是在嘈雜的港島街頭，也同樣引來了不少人的注目。

叮叮車帶著疑問從我身邊滑過。

「到底是怎麼回事？」我接著問她。

她絲毫不想搭理我的問題，繼續拉著我的手，走過一家啤酒屋。啤酒屋的對面，是一家裝飾有藍色霓虹燈的海鮮火鍋。我別無選擇，只能跟著她走。她的頭髮看著像是許久沒洗，抑或由於五月潮濕的天氣，每一根黑髮都黏在一起。許久不曾有過被人牽著走的經歷。或許跟克拉拉有過？記不清了，但就算是有，也是兩種完全不同的體驗。克拉拉是克拉拉，她是她。

「你哥哥，是你親哥嗎？」我問她。

她帶我走進一條更窄的小道，小道滿是一家家裝潢溫馨的咖啡館。若不是現在有要事在身，我還真希望能隨便走進其中一家，坐下來點上一杯咖啡，靜靜地望著玻璃窗外走過的行人。這個時候，要是有克拉拉在身邊就好了。她一定會懂得我的想法和喜好，並對此深表贊同。

女孩的話語就像被扔進水裡的膨大海一樣，總算開始逐漸膨脹、散開。「哥哥是哥哥，是我的哥哥。」

我依舊對女孩的智力狀況表示擔憂。「你哥哥和我長得像嗎？」我又問她。

「你就是我哥哥。」

「我都說了，我不是你哥哥──算了，這個事情，待會兒再說。」我四下尋找路牌，「還有多遠到灣仔？」

她自言自語，我努力去聽，才聽出她說：總會到的。

「你說你是本地人，但是怎麼聽不出你有口音？」這也是我對女孩感到好奇的另外一點。

「我不會粵語。」她說。

「你作為香港人，怎麼不會粵語？」

「不需要。」她以三個字作為解釋。

「什麼叫不需要？你不需要跟別人溝通嗎？」

她又領著我走進另一條橫向的小道。到了晚上，這裡就變成了一處熱鬧的夜市，有賣珠寶耳環一類小物件的，有製作零食特產的，更有為人美甲的攤位。我們穿過人堆，時不時要小心，不要踩到旁人的腳面。

「沒人和我溝通，人們當我並不存在。」

「怎麼當你不存在了？」我心想，她的這種說法，多少叫人有些毛骨悚然。

「因為太暗了，他們看不見我。」女孩說。

1990年6月10日　傾盆大雨　連綿不斷

最近幾日太忙，沒能擠出時間來寫日記。工廠我也見識過了，宿舍裡的女工們也都記住了我的身份，大老遠看到我，就「秘書、秘書」地叫著，搞得像我不是榮老的秘書，而是她們的秘書一樣。

講到了女工宿舍，就不得不提她們的宿舍樓。

　　宿舍樓是兩棟七層公寓，其中一面的風景甚好，能看到對面香港的山頭。聽一些女工講，那對面的地方叫做元朗。而彼岸與此岸之間，則隔著一處海灣。這也是我人生當中第一次親眼見到海。海並非城裡人所說的那樣，是灰色的；也不像學校裡學的那樣，是藍色的。我所見到的海灣，表面是淡黃色的。也許是天氣和時間的緣故，導致它看上去更偏黃色。但總而言之，這是值得紀念的事情。

　　截至目前，我並沒有怎麼接觸到榮老口中所說的外國客戶，多半是跟著她去見一些本地的原料供應商，和他們談一些我自認為無關緊要的事情，以及交換對於各種新政策的個人解讀。《紅與黑》已經看完將近四分之一，自認為其並不是用來消磨時光的最佳選擇，但的確是本好書。今天早晨一連吃了三個水煮雞蛋，榮老笑稱母雞現在見了我都要掉頭就跑，生怕我將它辛苦下的蛋一口氣全都吃掉。

　　路上見到成熟女性身穿時髦的粉色百褶裙，立刻叫我想起上海的城裡人。真想知道當他見到了這樣的裙子，是否也會動心。還是說，現在的他，早已放棄這樣的念想，成為一個「普通」的大學生？

　　他應該能夠考上大學吧？還真有些擔心他。考慮到他因為我——多半是因為我，畢竟當時也是為了給我看錄影，才跑去的學校——而休學了那麼久，自己也挺過意不去的。若是這樣導致他學業受挫，我可怎麼擔待得起呢？但是看他那麼愛好讀書的樣子，我想只要他認真學習，就一定能夠學業有成。關鍵在於他自己的態度。可不能像我，我就是個不喜歡在學校上學的人，老師

說的每一個字都被我當成聲調不同的屁，能學好什麼才怪咧！但是學習歸學習，和看書又不太一樣。我就喜歡看書。看書解放人的思想，而讀死書只能限制人的眼界。這是我個人的看法。所以，要想取得一定成功，可不能指望學校。學校培養的是工具，是深受階級固化影響的奴隸和牲畜，是得到點權力就仗勢欺人的搖尾巴狗。

今天沒什麼好寫的了，早些睡覺，明天才有精神努力工作。

臨睡前追加一條：剛剛從榮老那兒得到消息，過幾天會有一批日本客戶來深參觀，屆時也會光臨我們的外貿工廠。她說她會帶上我，讓我多少有機會接觸接觸日本來的貴賓。這樣的話，原先答應過我的事情也算是得以實現。這機會就擺在眼前，至於見了面以後又能如何，榮老還是那句話，我得自己去想，別人幫不了我。

那我就安心睡覺，靜待那天的到來。

「什麼叫太暗了？」我問出聲，這女孩說話完全就是一團亂麻，根本就理不清哪根是哪根。

女孩無意中踢到了地上的空易開罐，罐子向遠處滾去，撞上一人的腳跟，才終又停止。它靜止不動。

「就是太暗了，」女孩說，「因為沒有燈。」

「那買一盞燈不就好了？」為了能與女孩正常溝通，我也不得不使用這種「不正常」的思維模式。

「不能買燈！」她叫道，「不能買燈！」

只有老天爺才會知道，究竟是什麼因素在阻止她買燈。

轉彎。

我們經過一棟綠色的大樓，大樓一層的鋪位是家房產仲介，房產仲介的樓上是個數學補習班（玻璃窗上貼著寫有「數學補習」的白紙），三樓則是一家律師事務所。

走得確實挺久了。

「那你爸媽是哪裡人？」我開口問。

植物人做完了廣播體操，又躺回了床上。

行，不說就不說。

糕點店裡在放《蘇格蘭幻想曲》，系著黑色圍裙的女店員正用手中的粉色抹布去擦洗空空如也的玻璃架。

這還不到六月，一年尚未過半，路燈上竟然已經掛起了大紅燈籠，燈籠的四面還都各印著金黃色的「春」字。難道是幾個月前春節的佈置還沒來得及撤下？要真是這樣的話，乾脆全年掛著燈籠得了，還能省去拆拆裝裝的人工費用——不對，若是如此，又得有多少工人要失去崗位？

不行，不行，還是得一年一換。

但我的日記究竟到哪裡去了？

容我好好回想一下。

原先在初次遇見女孩的地方，我用雙手把住她的臂膀，在那個時候，日記本就已經不翼而飛了。

早知如此，當初就不應該從酒店裡出來。現在可好，我只能寄希望於眼前這個腦子不正常的女孩，希望她得以帶我順利返回住所。與此同時，還得祈禱克拉拉女士能夠靠她那神奇的直覺，找回迷失在港島街頭的我。

那床單人問我可曾聽見過上帝的聲音，實在抱歉，這樣的經

歷我一次也沒有過。若是有，自己又怎會出現在這裡，操心路燈上掛著的紅燈籠？

女孩停了下來。

我定睛一瞧，這是哪裡？

面積不大的店鋪裡亮著青綠色的光，玻璃櫃檯裝著一排排大小各異的圓形物件。一個一字須的方臉男人嘴銜木質彎煙斗，坐於玻璃櫃檯後的籐椅上。

再往店鋪頂上的牌匾看去，我一字接一字地念出聲來：「電──熱──水──壺──底──座──修──理──行──」

電熱水壺底座修理行？壓根就沒聽說過！

她帶我來這裡的目的是什麼？我可跟她說得很清楚，我要回灣仔，又不是要修電熱水壺底座。

一字須見到我們，像是專程等著我一樣，拿出嘴裡的煙斗，置於櫃檯上，招呼我過去。我看了看女孩，她沒反應；又看回了一字須，他顯然在盯著我。既然有人叫我過去，那就得過去。

我站到櫃檯前。

「你終於來了。」一字須攤開雙手，作接納歡迎狀。

他的嘴裡一股冰箱冷凍層的空曠味道。

「在等我？」我指著自己。

一字須說他確實在等我。

「等我多久了？為何要等我？」我連連發問，試圖戳泡泡一樣戳滅自己心中冒出的一個個疑問。

「一直在等你，」一字須說道，「這是我的工作。」

「你的工作，難道不是修理電熱水壺底座嗎？」我心想，自己又不是什麼電熱水壺底座──這名詞真長，怎麼不換樣物件來

修——為何等我上門也在他的工作範疇中？

「兩者一樣，都是工作。」他眉不開，眼不笑。

「那您怎麼稱呼？」

「草莓果醬。」他鄭重其事。

好嘛，長成這副模樣，不去跟魯迅先生攀個關係，竟然叫什麼「草莓果醬」。

他見我滿面塗著迷茫的漆，便細緻入微地向我解釋道：「這是代號，是人就得有代號，你也一樣。」

「我也一樣？」我提不起興趣，只好假模假樣敷衍道，「那我的代號是什麼？」

「湯姆少校。」他說。

湯姆少校？難道是歌裡面唱的那個湯姆少校？「我為什麼叫這個？」

「沒有理由。」

我聳肩。「聽著——草莓果醬，」這名字念出來不免讓人遲疑片刻，得將它牢牢貼在一字須的身上，自己的腦子才能轉得過來，「我原本坐在港口邊，卻被一名不知身份的床單人追著跑——準確說，是我在跑，他才追著——後又被人莫名其妙地蒙上腦袋，用繩子綁起來扔到巷子裡。我好不容易掙脫出來，卻在此處迷了路，現在想要回到灣仔的酒店，所以找上了後頭的這個女孩，讓她幫我帶路。結果她卻把我帶到了你這裡——還有一事我想打聽，你應該不是本地人吧？」

「我存在於此，便是本地人。」一字須——此刻應該稱為草莓果醬——用左手拿起煙斗。

「你也不會講粵語？」我問。

「為了方便與你溝通，我最初始的語言設定就是這樣。」草莓果醬說。

語言設定，好奇特的說法。「那你能幫我嗎？」

「當然可以，這也是我出現在此處的作用。」草莓果醬叼起煙嘴，聲音像鐵塊熔化成鐵水。

「那好，」我說，「我有三件事要請你幫忙──如果你可以的話。」

「請講。」

「首先，我丟了一本對我來說極為重要的日記本，希望能有人幫我找到它；第二，後面的這個女孩一心想要找到她哥哥，而我卻愛莫能助，只能將其託付給他人；其三，我除了日記，還弄丟了手機，現在想回到灣仔的酒店，又不想再碰上那床單人，不知你可有什麼好建議？」

「一樣樣來，」煙斗上下動來動去，裡面卻沒放煙葉，「一樣樣來。」

「好，那就一樣樣來。」我說。

「這前兩樣，我看你是不用找了。」草莓果醬用右手捋了捋他的一字須。

「什麼叫不用找了？」我強忍著將煙斗塞進他嗓子眼裡的衝動，「我剛剛也說了，這日記本對我來說意義非凡，你說不用找就不用找了？」

「不要著急，」他心如止水，「讓我換個說法。不是不用找了，而是你不需要去找，你們要找的東西就在那裡。」

1990年6月15日　　烏雲密佈

　　日本客戶還沒見到，榮老就先不見蹤影。整個公司的人都不知道她去了哪裡，工廠裡的工人們也不再出工。今天白天，公安局的員警們跑上門來，問我是否知道榮老的去向。我實話實說，真不知道。民警同志緊接著就要看我的證件，我也照他們的要求給了。弄了半天，他們讓我儘早搬離這裡，政府要暫且扣押這套房產。臨走時，我問他們到底發生了何事，他們無可奉告。

　　今天可得收拾收拾東西，但從榮老那兒借來的書，我也不知該拿他們怎麼樣是好。

　　榮老估計是攤上事兒了。

　　總之，為了不被牽連進去，最好明天就得搬出房間。但出去了以後，又該住在哪裡好呢？現在就得解決這個事情。榮老說得對，凡事都要往長遠了看，可不能走一步是一步。但問題在於，我雖然有了務工證和暫住證，也的確做了將近半個月的工作，可工錢到現在還是一分未領。我現在的全身家當，全都是幾周前從鎮子裡帶出來的。減去車票錢和其他零碎的花銷，手頭上的剩餘完全不夠我另尋住所。

　　最好的辦法，就是趕快找一份新的工作，最好是像工廠裡的那些女工一樣，有宿舍住著。

　　但工作也不是一天就能找著的，若是從明天開始找起，那一直到我真正找到工作為止的這段時間裡，我難道真的得睡在大街上？不行，再怎麼樣也不能躺在路邊，這樣就算我拿得出暫住證，也會被執法人員當作三無人員帶去再教育。

　　麻煩。

　　不過現在擔心也沒用，該睡覺還是得睡覺。明天的事情，等明早起來了再操心。

　　「在哪裡？」我問草莓果醬，「煩請告訴我，好讓我拿回來。」

　　「在女孩身上。」草莓果醬用他毛筆劃出的眉毛去示意我身後的女孩。

　　我沒往回看，「她手裡沒拿東西，身上更沒有地方能藏得下那本日記。」

　　「就在她身上。」草莓果醬如此堅持道。

　　這老男人說話不講道理，我懶得再跟他多費口舌，便欲離去，卻發現後頭的女孩跑沒了影。

　　「人呢？」我朝店外的空氣大呼。

　　「走了。」回答我的是草莓果醬。

　　「怎麼說走就走？」

　　「所以，你若是想得到你所渴求的東西，就請坐回來，聽從我的安排。」草莓果醬說。

　　我不想被他牽著鼻子走，「你可有電話能借我一用？」

　　「我不需要電話。」草莓果醬將嘴裡的煙嘴往左邊撇。

　　好傢伙，今天都遇上些什麼人？一個不需要溝通，一個不需要電話。這還哪是二十一世紀的正常人類？

　　「那你到底有什麼好辦法？說老實話，我可沒時間和你在這裡幹耗，你看這天色已經黑了許久——」

　　「時間在這裡是可變的，」草莓果醬粗魯地打斷我的話，

「你大可不必擔心和我對話會浪費時間。」

「什麼叫做，『時間在這裡是可變的』？」我愈發糊塗起來，地上打轉的陀螺估計都比我要清醒得多。

「時間因人而異，你認為它長，它就長；你認為它短，它就短。」

「聽你這麼一說，這時間可不就跟橡皮泥一樣，想捏成什麼樣，就能捏成什麼樣。」

「正是如此。」

「那還要時間幹什麼？」

「好問題，」草莓果醬說，「但對於人們來說，它就一直存在，而我們也要遵守它的運行規則。」

「可既然你也說了，時間因人而異，可長可短。那不就意味著，就連時間的運行規則也是因人而異的，不是嗎？」

「你理解透徹。」草莓果醬如此誇讚我道，我不知是該謙虛臉紅，還是該昂首挺胸。

「那我們到底在遵守什麼？」

「因為世人都不知道，你以前也不知道。」

「不知道什麼？」

「時間因人而異。」

「哦──」我幡然醒悟，「正因我們不知道，所以才會遵循一個我們自認為統一的時間標準？」

「統一且系統。」草莓果醬完善我的說法。

「好，即便如此，我也得趕回酒店。同伴還在等著我，就算留在這裡，我也無所事事，幫不上你什麼忙。我也不懂電熱水壺的工作原理，更不用說幫你修理底座了。」

「電熱水壺的原理其實很簡單，只要搞明白——」

「打住！」看他一副聽到電熱水壺就神采奕奕的樣子，我生怕他一講下去，就會講個三天三夜。「那個，草莓果醬先生，請讓我們說回正題。」

他顯得有些掃興，遂又排廢物一般吐出一鼻子厚氣，讓我繼續講下去。

「你此前說，只要我按照你的吩咐行事，就能得到我想要的東西？」我問他。

「應當說，你若是按照我的吩咐，便有可能得到你想要的東西，也有可能得不到；但要是不聽從我的話，那就完全沒有得到的希望。」

「全靠我自己。」

「全靠你自己，」草莓果醬不苟言笑，「但選擇也很重要。」

「此話怎講？」

「你是選擇聽從我的建議，還是獨自在城市的街道裡四處碰壁？」

四處碰壁，好一個適合從他口中說出的詞彙，我心想。

「那我就聽一聽你的說法。」

「不過在這之前，你首先要弄明白，這裡是什麼地方。」

「這裡是香港。」我像坐在大學知識搶答賽的比賽現場，第一時間按下面前的搶答鍵。

「錯！」草莓果醬扣上我一分。

「這怎麼能有錯？」我向裁判提出上訴。

「這裡什麼也不是。」

我這才醒悟過來，這場比賽的裁判是他，一切由他說了算。

「可它總得是點什麼。」我試圖與他理論，「或者說，它總要有個名字。既然我們談到了它，它就不能什麼也不是。換言之，什麼也不是的東西，那就不是東西。不是東西，自然也就無從談論。」

「說得真好！」草莓果醬為我伸出了食指，用指尖對著我，表達對我的肯定。「既然你一定要得出答案，那我可得告訴你，若是想將無化作有，就得借用參照物。」

「那我們以什麼作參照物呢？」

「湯姆少校！」他神經兮兮地大聲點到他丟給我的代號。

「是！」我下意識地喊著回答。

「這參照物，也是可變的！」

「知道了，知道了，」我說，「用不著犯這麼大脾氣。」

「若是以天為參照，那這裡就是下面；若是以地為參照，那這裡就是上面。」

「總而言之，這裡既是上面，也是下面，所以什麼也不是？」

「什麼也不是！」河魨的肚子又要脹起來了。

「好，什麼也不是。」我不再繼續這個討論，「那我知道了這點，又有什麼作用呢？」

「沒有作用。」河魨的肚子縮了回去。

「沒有作用？」這回輪到我要發脹了，「既然沒有作用，為何說什麼我首先得知道這個？」

「只是想告訴你這一點。」

我什麼也做不了，只能原地乾笑兩聲。

草莓果醬將煙斗拿在手裡，總算把屁股從籐椅上抬了起來。他向我伸來右手，我有些找不著北。我是應該同樣伸手握上去，

還是應該保持不動？

　　看來還是要握。

　　「你聽我說，」他與我深情對視，弄得我怪不好意思，「你想要回到原來的世界，就得解決橫擋在你面前的阻礙。」

　　「什麼叫原來的世界？」我想收回手，卻被他緊緊抓著，也許等他鬆開時，我就能知道自己此刻的血壓數值。

　　「就是你想回去的地方。」

　　「那這裡是什麼地方？」我問。

　　「什麼也不是。」

　　　　1990年6月28日　風和日麗　鳥語花香

　　今天正式搬進了員工宿舍，見到了同住一間房的幾位姐姐，分別是吳姐、譚姐和陳姐。吳姐在我們之中年紀最大，譚姐卻是在這裡幹得最久的。譚姐總共在此工作了兩年，吳姐是一年多，陳姐也是剛來不久，總共幹了不超三個月。

　　我得先在此幹上三個月，三個月結束後再看表現決定是否轉正。工作地點我已經看過了，是個酒店頂層的歌廳。歌廳三面都是大大的玻璃窗（酒店大樓的佈局就是個不規則的三角形），所以視野獨好，能一覽特區的幢幢高樓，以及那些尚待開發的土地。

　　我是個普通的服務生，平日裡需要做的工作多半是為人端茶倒水，半夜再擦擦桌子掃掃地。怎麼說，大體上是個不怎麼耗費腦力的崗位。但它給的工資卻一點兒也不含糊。一個月下來，最終到手的，能有整整四百塊錢。而且作為擁有三十六層大樓的酒

店，也不能說跑就跑，欠薪不發。

希望能夠就此安定下來。

吳姐是蘇州人，來到深圳四年有餘，現在是做前臺接待員。她人好說話，易親近，喜歡拉著我的手聊些家長里短。她說話時的調調很好聽，像是樹上的小鳥在哼歌。她問我可曾去過蘇州，我說我沒有，這輩子從家鄉出來，唯一一個真正待過的地方就是深圳。吳姐說我幸運得很，就和深圳大部分年輕人一樣，有機會上這兒來發展，就能少走彎路。她說這蘇州可比不上深圳，我先來的深圳，再去其他地方，肯定會嫌這兒嫌那兒的。

睡我上鋪的譚姐也對此表示贊同，說深圳完全就是另外一片天地，接觸到的新鮮事物數不勝數。不僅如此，只要你踏實肯幹，這錢也能賺得比內地多幾番。譚姐的家鄉在福建，所以她講的話我總要反應一會兒才能明白。譚姐的打扮要比吳姐時髦很多。譚姐是像外國人那樣一卷一卷的波浪頭，而吳姐則是樸素的長直髮；譚姐喜歡穿藍色的蝙蝠衫、白色的喇叭褲，頭上配一副金龜子色的蛤蟆鏡，吳姐在宿舍裡只穿乾淨的白襯衣，外加一條單位發的黑色西褲。譚姐跟我一樣，在頂樓的歌廳上班，她算是我的前輩。譚姐跟我說好，明天上班就跟著她，她來帶我熟悉工作，叫我放鬆心態，什麼都不用擔心。我向她表示感謝，她分給我一塊棕色的東西，說是巧克力。我不怎麼有機會吃巧克力，就小口嘗了一半，與我以前吃過的不同，味道怪苦的，搞不懂這吃起來有什麼意思。

留著男人一樣短頭髮的陳姐只比我大一歲，是從湖南襄陽過來的。陳姐在客房部做事，這個月才剛剛轉正，所以對於工作方面的事情，她也不怎麼插話，只是讓吳姐和譚姐兩人在說。

　　譚姐約著大家週末一起去咖啡館喝咖啡，吳姐說她喝不慣那玩意，便說不去；陳姐願意去，就問我是否參加。我說我從沒喝過咖啡，也不知道一杯咖啡需要花上多少錢，考慮到手頭上不多的存蓄，我並不認為自己應該與她們作伴。譚姐對我說，既然沒喝過，就得去嘗試，說不定這一喝就愛上了，跟見了男人一見鍾情是一個道理。我若是因為剛剛工作，所以擔心零錢的問題，她大可以請我這次的咖啡錢，只不過讓我記著這個人情，等日後發了工資再請回來就行。既然譚姐都說到這個份上，我就答應下來，過兩天跟她們一起去喝咖啡。

　　除此之外，我們幾個還聊了許多與工作無關的話題。她們問我有沒有談過物件，我說還沒有。譚姐提起禮賓部的一個高個子男生，說他長得還不錯，人也懂禮貌，更關鍵的是他跟我一樣，也沒談過物件，所以問我想不想跟他認識認識。若是想，那譚姐她自己就主動請纓當這個媒人，為我們二人牽線搭橋。不需我回應，吳姐便責備她好不正經，我才剛來，就跟我扯這些私人話題。兩人拌嘴之時，陳姐偷偷貼著耳朵對我說，譚姐自己也沒有戀愛經歷，現在卻裝作情場上的斫輪老手，對我的感情生活指手畫腳。

　　她們帶著我去了公共澡堂，洗了一身清爽，不過才剛回到宿舍，就又開始熱得冒汗。

　　吳姐和陳姐已經睡下，譚姐在外面洗衣服，我趁著這段時間寫下這些，寫完就去睡覺。手裡的鋼筆仍舊是榮老送我的那支。

　　我的行李都已經規整完畢，尚未看完的兩本書被我放到了床頭的櫃子裡。希望榮老能夠見諒，我日後一定會歸還給她。

又繞回來了。

　　「那就按照你的說法，」我說，「請問我怎樣才能回到原來的世界？」

　　「回去的關鍵，在於那個女孩。」草莓果醬說。

　　「那個女孩？」

　　「沒錯，你現在要做的，就是找到她。」

　　「可就算我不去找她，也應該有別的辦法能讓我回灣仔吧？」我說。

　　草莓果醬總算撒開了我的手，「看來你還是沒有理解。」

　　「我確實沒有理解。」

　　「你能否回到灣仔，取決於你能否離開這裡。」

　　我自知爭論不過他，便說：「那為什麼只有當我找到女孩以後，我才能離開這裡？」

　　「只要找到她，你就明白了。」草莓果醬伸手朝外，恭送我出門。

　　「那我上哪兒找她去？」

　　「靠你自己，」草莓果醬說，「我可幫不了你。」

8

　　我走出了專修電熱水壺底座的修理行，甚至都沒有和草莓果醬進行告別。

　　外面的街頭還是一派港式風情，根本就看不出和我原來所處的世界有什麼兩樣。我站在原地傻笑，自己竟然會相信什麼「草莓果醬」的一派胡言。

　　走吧，上哪兒去呢？不知道。

　　或許我應該再找個靠譜一點的路人，問清楚回去的路。但那日記本該怎麼辦？總不能丟了不管了吧？還是得找找，我想道。我如夢方醒，這日記本定是他們將我五花大綁時被人拿去的。這麼說的話，那犯人多半就是床單人和他的同夥。他們究竟是何許人也？難不成，是本地的什麼邪教組織？可床單人的長相，與我在海牙飯店遇上的自稱為「管理員」的男人簡直出其地相似，這莫非也是巧合不成？草莓果醬說了，這裡並不是我原來的世界，那可否又意味著，床單人的出現也就能夠獲得解釋？還是得找找看。我心想，草莓果醬的話也不妨聽一聽。但現在的問題在於，我該上哪兒去找？從女孩消失到現在也就過去了十來分鐘，頂多不超過半個小時。一個體態瘦弱的女孩，又能走上多遠？可就算她走不了多遠，從電熱水壺底座修理行出來，總共有左、右、前三個方向，我又該往哪個方向去找呢？問題，問題，都是問題。

　　我決定碰碰運氣，往右邊走去。回想起女孩獨具特色的嘴唇，總覺得應該在什麼時尚雜誌裡見到她，而不是在街頭拉著我

叫哥哥。

　　公車站的看板上是個長臉男明星，男明星高舉手臂，手腕上戴一塊皮制腕帶的機械名表。路的拐角處有個人行天橋，天橋底下是個亮著燈的甜品店。我走到門前，老闆娘坐在收銀台後面，玩著手裡的鑰匙串。門口貼有菜單，楊枝甘露並不貴，十八港幣一份，另有涼粉、紅豆沙和各種口味的霜淇淋。

　　她坐在店裡。

1990年8月15日　　午間有陣雨

　　我用一小部分的工資，去書店買了幾本學習日語用的工具書。

　　按照書上的說法，想要學習日語，首先要將最基本的五十音背得滾瓜爛熟，還要分別記清楚每個平假名所對應的片假名。

　　也就是說，從現在開始，我就得不時練習五十音的讀音和寫法。今天就先以「あ、い、う、え、お」下手，一直練習到「さ、し、す、セ，そ」為止。

　　吳姐聽我念叨著五十音，便湊過來瞧我在幹些什麼。我告訴她，這是日語，我現在正在學。譚姐也跑來湊湊熱鬧，說她在歌廳接待過好幾撥日本住客，他們清醒時都格外彬彬有禮，處處小心，生怕弄疼了桌上的灰塵。可喝醉以後，卻又是另外一副模樣，原本斯文內斂的皮囊被扒得精光。

　　我說我從來沒接觸過日本人，也不清楚他們到底是個什麼樣的民族。不過民族這東西，也只是個用來歸類的東西，同一民族的人多少會有些相似性，卻也各自不同。每個民族都有英雄，同

樣也都會有聲名狼藉的人物。

　　譚姐明天要做頭髮去，問我要不要一起陪她燙個卷毛。我拒絕了她的提議，說自己挺喜歡現在的髮型。吳姐幫我說話，覺得我就適合這樣簡單的樣子，比賣弄風姿的燙髮要來得討巧許多。譚姐聽了這話，立馬急紅了眼，說吳姐不懂時尚，是個活在文革時代的老頑固。吳姐叫她不要亂扣帽子，否則明天就在譚姐床鋪的牆上貼大字報。陳姐在一旁捂嘴偷笑，我也緊跟著笑了起來。譚姐鬥不過吳姐，就反過來欺負我們。她指著我和陳姐，讓我們嚴肅一點，討論正事的時候不要嬉皮笑臉。

　　陳姐的頭髮變得比以前長了，聽別的宿舍的人說，陳姐私底下正在和保安部的小王幽會，我也從來沒找她本人證實過此事。

　　今天無意中從歌廳客人的口中聽到了榮老的名字，卻沒聽見他們具體在聊什麼。我為他們端去了果盤，本想向他們打聽兩句，最終還是忍住沒說。我心想，這要是問出口了，結果被客人反映到上級領導的頭上，自己可就多半沒法兒被轉正了。

　　今天除了學習五十音，還翻開了從榮老那兒借來的另一本書。《紅與黑》早就看完有幾天了，只不過最近為了和譚姐學習工作上的事情，總沒多少時間留出來看書。

　　另：昨天夢到了城裡人，不知他現在過得可好，又在哪所大學進修。

　　我推開甜品店的玻璃門，弄響了門上掛著的鈴鐺。

　　老闆娘聽見鈴鐺的響聲，便提起疊成三層的眼皮，直起後頭背著龜殼的熊腰，出乎意料地用粵語——這本是理所當然才對——問

我想要吃點什麼。為了使自己聽著不那麼生分，我便刻意帶著些上海口音，說要一份楊枝甘露，隨後就坐到了女孩的對面。

女孩沒有看我，她的面前也並無擺放任何甜品。

「你什麼時候跑掉的？」我問她。

「在你們說話的時候。」她說。

「不想找你哥哥了？」

她不出所料，叫了我一聲哥哥。

「聽著，」我對她說，「你認識剛剛那位元大哥嗎？就是修理行的那個老闆。」

「認識，」她只動嘴唇，「這裡的所有人，都認識他。」

「所有人？」我回頭去看老闆娘，見她依舊坐在收銀台後，就又看回女孩。「你是說，就連這家店的人，也都認識他？」

女孩輕哼，不知何意。

我接著說：「你剛剛跑掉以後，原本打算要去哪裡？」

「哪裡也不去。」她回答說。

「那你為何要跑？」

她面無表情，「因為有人在追，所以要跑。」

有人在追？

「是誰在追你？」我問。

「就是那個人。」

「剛剛那個草莓果醬？」

「嗯。」女孩點頭。

「我怎麼沒看出他要追你？」

女孩選擇對此問題不予回答。

「也許是你想多了，」我說，「況且，最開始不也是你帶著

我去找他的嗎？他雖然古怪，卻看著不壞。你聽好了，現在是這麼個情況：他呢，讓我找上你，說只要找到了你，我就能找到回去的方法；而你呢，也不能老是一個人在街上遊蕩，這樣下去也怪不安全的。不如你先跟我過去，我將你託付給他，讓他幫你去找員警，你看怎樣？」

她像個上了年紀的老人家，望著外出打拼的兒女留下的背影，意味深長卻短暫地歎氣。

「你就算不想，也沒有辦法。」我繼續道，「我也不知道你家住哪兒，況且就算知道了，我也不知道該怎麼送你過去。我一沒帶錢包，二丟了手機，現在真是束手無策。」

她用口水吹著泡泡。

我呲嘴道：「不管你怎麼想，能不能最起碼說句話？」

一碗楊枝甘露突然就被放到桌上，我這才從與女孩近乎于單方面溝通的對話中抽離出來，看著老闆娘的眼皮道謝。

玻璃門上的霓虹掛牌忽明忽滅，路上走過一對互相打鬧的情侶，男的去捏女方的臉，女的腳踢男方的腿。

「你不吃嗎？」我將用方碗裝著的楊枝甘露推給她。

她搖頭，我就又把方碗拉回來。

我抓起勺子，挑出一小塊芒果肉，含入口中。

用舌頭碾碎果肉，我問她：「你現在多大了？」

「我沒有年齡。」她說。

「我知道，」不等她解釋，我就說：「時間在這裡是可變的，所以年齡也是？」

「是這樣的。」

「你果真和草莓果醬是一路人——那他又為何要追你不可？」

「這是他的職責。」

「他的職責，就是為了追一個流落街頭的小女孩？他是什麼人？收容所的嗎？」

女孩將右手的手指掛在桌沿。「他就是管這個的。」

「所以說，修理電熱水壺底座的工作，只是他為了隱藏自己真實身份而打的幌子？」

女孩似乎沒能搞懂我在說些什麼。

我將楊枝甘露吃剩一半。

「那你叫什麼名字？」我又問她。

「我沒有名字。」

這個回答完全在我的意料之中。

「你怎麼會沒有名字？」我說，「是人就得有個名字。」

「為什麼？」她反問我。

為什麼？我一時語塞，只得悶頭吃東西，最後才想出一個合理的回答：「為了方便稱呼，當人們談論起你的名字時，就能知道此刻所談論的對象是你，而不是我。」

「但我沒有名字。」她說，「從我出現在此的時候起，我就沒有名字。」

「也罷，」我說，「那別人都怎麼稱呼你？」

「沒有人會稱呼我。」

「不可能，」我說，「這不可能。你看，現在這個情況下，我就需要一個能夠用來稱呼你的名字。」

「在這裡，人們看不見我；就算看到了，也只會視而不見。」

「可我能見到你，那草莓果醬也能見到你，不是嗎？」

「你們不一樣，」她說，「你本就能夠見到我，而他則欲圖

消滅我。」

「消滅你？」我吃完了碗裡的最後一口，便放下勺子。

「這是他的職責。」她說。

1990年9月28日　早晨有霧　晚間大風

在此彙報一下近日的學習成果。自己已經能夠用日語單詞組成幾個簡單的句子，句式語法應該也並無差錯。

日本語の勉強するのが楽しいです。

學習日語是一件很開心的事情。這是實話。最起碼，在這個階段中，能讓我感到自己離夢想更進一步。知道自己正在為實現目標而做出有用的努力，這何嘗不是一件令人開心的事情？

陳姐的確和保安部的小王在一起了，這些天下班後總是跑到外面去，一直到半夜才回來。她的頭髮是越來越長，現在已經超過我的長度了。譚姐調侃說，幸虧陳姐不上晚班，不然的話，單位裡就要鬧出牛郎織女一年一會的悲傷故事了。吳姐讓譚姐少管別人，多關心關心自己的事情。譚姐也老大不小了，一次戀愛也沒談過，別到時候變成一個黃臉婆，就算頭髮再卷，打扮再騷，也不會有人要了。譚姐不屑一顧，說就算變成黃臉婆，也是吳姐先變，接著才是譚姐自己。

她們倆就那麼鬧著，而我則像往常一樣在旁邊看，只不過身側少了個陪我偷笑的陳姐。

手頭上的書都已經看完了，最近得找個休息日，去書店轉上一圈。可惜了榮老家裡的一櫃子好書，估計放到現在也不會有人

看。再不然，就是被政府收走了去，充公放進市圖書館。不過那樣一來，倒也方便了大眾。

　　說起來，上次聊天時提到榮老姓名的那幾位客人，今天晚上又出現在了歌廳裡。我還記得他們的容貌。其中一個眉毛上有疤，體態像土豆，人長得也黑，看著就是個不好惹的角色。他的同伴裡還有個瘦高的長臉男人，戴個窄框眼鏡，不像是會和那個有疤的男人混在一起的人。除此之外，第三個人則長相平平，這個平平不單指美醜，更體現在他近似於無的鼻樑、以及顴骨隱形的五官上。據歌廳另外一位資歷較老的同事講，這三個人經常來歌廳唱歌，原先是六個人一起，後來變成五個、四個，到了現在就只剩下他們三個。他們來到這裡，總是喜歡唱些香港的粵語歌曲，但唱歌光靠嗓子吼，完全跟「優美動聽」沾不上邊。

　　我問那同事，這三人在外面是做什麼的。同事說他也不清楚，但他們認識他，要是我想知道，他改天就幫我問問。我說這樣隨便打聽客人的隱私，是否有失妥當。他說光是打聽工作應該沒什麼關係，更何況，他自己也對此感到好奇。

　　另：正如此前所說，一直到我找機會光顧書店之前，我將陷入一小段時期書荒的時期。為了避免臨睡前無書可讀的窘境，我決定翻出真可謂是「壓箱底」的那本《金閣寺》，從頭細讀一遍。

　　「消滅你是他的職責？他到底是做什麼的？我愈發搞不懂了。」我對女孩說，遂又招呼老闆娘過來結帳。

　　老闆娘在原地不動，告訴我要在收銀台付錢，需要我過去。我剛起身，這才想起來身上沒有錢包，該怎麼付錢？

　　原先進店門時光想著女孩的事了，竟然忘了這一事情，還隨口點了份楊枝甘露，真是蠢到家了！

　　天花板上是個老式長頁電風扇，風扇垂下一根細線，作為它的開關。後廚發出了疑似有人摔倒的聲響，老闆娘往裡去瞧，又問發生了什麼。趁這個機會，我拉起座位上的女孩，三步並作兩步，推開玻璃門，也不管上面的鈴鐺發出嫌犯逃跑的報警聲，就帶著女孩逃離現場。

　　到時候再回來把錢補上就是。我安慰自己道。

　　總之，得先帶著女孩回到電熱水壺底座修理行。

　　「你在這邊，除了草莓果醬，還認識別的什麼人嗎？」躲進了另一條街道的人群裡，我才得以安心朝女孩問道。

　　「沒有。」女孩說。

　　「那你不會孤獨嗎？」

　　「孤獨，但只能這樣。」

　　「既然孤獨的話，就多去認識些朋友嘛！」

　　「可他們──」

　　「他們看不見你，對不對？」

　　「嗯。」

　　「那你有沒有好好分析過，他們為什麼看不見你？」我憑著記憶，拉著女孩往草莓果醬的修理行走去。

　　「因為我不能被看見。」女孩說。

1990年11月1日　多雲　有雨

　　今天歌廳裡來了幾個日本客人，是住在酒店的外賓。他們四男兩女，淨要唱些日語歌，可歌廳的機器裡沒有，就只能用粵語歌的伴奏，讓他們自己記詞來唱。日語歌很好聽，這我也是頭一回知道。以前從沒聽過用日語唱的歌。

　　陪同他們的是個臉很白的日語翻譯。我找機會和他聊過兩句，聽他自己所說，他是湖北人，在大學裡學的是日語，現在跑來深圳做翻譯。我告訴他，我也正在學習日語，不過完全是出於興趣，也沒有老師教。他對我說，學習語言，最重要的不是詞彙和語法，而是在生活中的應用。能夠交流，這才是語言的本質。他給我的建議，是找人用日語進行溝通，這樣一來不僅學起來快，還能叫我的日語變得更加熟練。可我說，我不知道上哪兒去找能和我說日語的人，所以才只能自己在宿舍學習。臨走前，他遞給我一張名片，上面有他的名字和電話號碼，說我如果有需要，就可以找他。我問他這是否為有償服務。他說這是自然，在深圳，都是一心想要賺錢的人。

　　晚上回到宿舍，我借用大門崗亭的電話，按照名片上的號碼打了過去。接電話的果真是他。他問我這麼著急打來電話，是否有什麼要事。我說，我只是想確認一下這個號碼是否有效。

　　掛掉電話，返回宿舍房間，譚姐問我是不是也在和別人幽會。我說沒有，可她不信，偏要打聽出我在跟誰聊電話。吳姐洗澡去了，所以面對譚姐的逼迫，沒人替我當擋箭牌，我只好老實交代。譚姐聽了，妄下結論，說這男人可信不得。表面上打著陪練日語的旗號，其實背地裡就是想和我發生關係。這種男人，按

照譚姐自己的說法，她見得可太多了。

　　至於陳姐，她還是和前幾天一樣，現在晚上根本就不回來了。吳姐對此也不免有些擔心，每天都在說什麼等明天見到陳姐，一定要找她瞭解清楚情況。可第二天一來，吳姐又總把這事兒忘得一乾二淨。

　　今天除了日本客人以外，又見到了眉毛上有疤的男人，以及他那個長臉同伴。只不過，那個塌鼻樑的人沒和他們一塊兒。

　　我還是沒有和他們搭話。

　　上次去書店買的三本書裡，現在已經看完了兩本，剩下最後一本《八月之光》，就留到明天再看。

　　女孩的手心有點發涼。

　　「什麼叫不能被看見？」我一邊走，一邊問，「就算被看見了，又會怎麼樣？」

　　「若是被看見了，就不得不到那個人那裡去。」

　　「那個人，指的是草莓果醬嗎？」

　　「嗯。」

　　我似乎搞錯了方向，原先可沒有路過這家門前擺著向日葵的私人書店。這盆向日葵，從遠看去，更像是塑膠製品，而不是真花。

　　「可你剛剛不是也見到了嗎？」

　　「那是因為你看見了我。」

　　這怎麼突然就變成是我的問題了？我停在書店的向日葵前，對她說：「準確來說，並不能算是我看見了你，而是你主動拽住了我，管我叫哥哥，不是嗎？」

「可你還是看見了我，不是嗎？」

「不要學我說話。」我抗議道。

「因為你看見了我，所以我才不得不帶你去見他。」

「這是必須要做的事嗎？」

「是不得不這樣。」

「如果不這樣的話，會怎樣？」

「不能不這樣。」

「這是誰規定的？」我問。

她緘默不語。

「那既然不得不這樣，」我說，「就代表著除此之外別無選擇，對嗎？」

「嗯。」

「那你又為何要跑呢？換言之，你就算是跑，又有什麼用呢？」

「我也知道跑並沒有用，」女孩低聲道，「可我一見到他，就想著要跑。」

「本能性地要跑？」

「要跑。」

「所以你才偷偷摸摸地跑掉？」在書店前站得太久又不進去，多半會令店家起疑，所以我又帶著女孩移動腳步，卻暫且不知該往哪個方向，只是隨意走著，走到哪兒是哪兒。「那又何不一開始就不帶我去見他？反而是見到了，你才跑？」

「見到了，才想跑。」

的確，她剛剛就說了，是我的腦子轉不過彎來。

「可他說了，我若是想回到原來的世界——管它原來的世

界是什麼，這裡又是什麼，抑或什麼也不是──就得先找到你。
而我現在找到你了，卻還是一頭霧水，根本不清楚接下來要做什
麼。」我和她途徑一家海鮮餐廳，餐廳外耀武揚威地陳列著好幾
排水族箱，水族箱裡躺著些不願遊動──或是沒地方遊動──的
生猛海鮮。

「你得帶我回去，才能知道。」她說。

「草莓果醬對我講的是，只要我見到你，我就能明白。」我
與水族箱裡那與我手臂一般長度的大龍蝦對視一眼，又說：「可
我到現在也什麼都不明白，反倒是越來越糊塗了。」

「你不明白，那是你的問題。」

這話雖有理，我卻不愛聽。

「那我還是得帶你回去才行。」

「可我不想回去。」她自顧自委屈道。

跟她說話屬實費勁，我繞來繞去，話題始終在原地打轉，轉
得我頭暈目眩，眼花繚亂。為了終止這一段毫無營養的對話，我
甩開她的手，面朝著她，有些生氣地問她現在該怎麼辦。

「你來決定。」她並沒有被我的情緒突然變化而嚇到，反而
和此前一樣平靜地對我說。

我消化一下現在的情況，為了回到酒店──我只是想回到酒
店而已，怎麼會如此麻煩！──我現在唯一的辦法，便是帶著女
孩回去找草莓果醬，但因為某種原因，女孩並不想去到草莓果醬
身旁。所以，現在的決定權在我的手上。

「我們現在回去找他。」我說。

1991年2月27日　有小雨

　　今天是陳姐結婚的日子，也是她正式搬離宿舍的日子。譚姐拉著她的手，哭成個淚人，好像送走的不是室友，而是她自己即將出嫁的女兒。吳姐說她假惺惺，平時總是背地裡說別人對象小王的壞話，還說什麼陳姐不回來最好，別到時候被人給甩了，才哭著喊著跑回宿舍。譚姐當著陳姐的面，叫吳姐不要瞎說，她那是擔心陳姐被人玩弄感情，才會如此著急。

　　幫著陳姐搬出行李，小王在宿舍樓下等著。我也見了他，他有些靦腆，一見到我們，臉上就青一塊紅一塊的。

　　陳姐和小王今天只是領了證，喜酒的事情還沒有商量下來。他們要搬去單位分配的住房，三室一廳，價格不貴，兩人便用各自的積蓄買了下來。聽說樓上樓下都住著同一單位的家屬，平時也可以互相幫襯。我們聽到這些，都為陳姐感到開心。

　　送走了陳姐，譚姐便對著我說，現在就剩下我了，讓我也多物色幾個年輕小夥子，早點嫁了吧。我根本無需開口，吳姐還是那句話，叫譚姐先考慮她自己的歸宿。譚姐說了，她自己的事情，根本就用不著吳姐瞎操心。只要她願意，就會有一火車的男人排隊來娶她。吳姐笑了，說就算真有一火車的男人排隊娶她，那也是看上了陳姐嘴裡的一口金牙。陳姐氣得呲牙咧嘴，將她的一口大白牙展示給吳姐看，讓她找找，到底哪一顆是金牙。她倆鬧完，槍口又直指一旁的我。譚姐就是管不住她那八卦的心，非要問清楚我和李翻譯有何進展。我說我的日語經過他的幫助，進步飛躍，如譚姐自己所見，我現在已經能用簡單的日語接待來訪的日本客人。譚姐說她問的不是這個，而是我和李翻譯的關係進展如何。我說我們之間的關

係很純粹，只是建立在金錢之上的半個師生關係。譚姐覺得我的回答很是敷衍，吳姐這下也加入進來，問我對李翻譯有什麼想法，覺得他人怎麼樣。我說他人確實挺好，但我和他對彼此都沒有別的意思，只是我出錢、他教學而已。

不說她們了。明天是休息日，我打算穿上幾周前買的百褶裙。自從狠心買下它以後，還沒機會穿出去一次，放在宿舍裡，反倒又被譚姐覬覦許久。所以明天和大家去喝咖啡，我就一定要穿上一回，不然可就浪費了這一條漂亮裙子。

女孩並無發表任何意見，既沒有抵抗，也沒有哭泣，只是跟著我走，仿佛真就將自己的命運交到了我手中。

可問題在於，我又一次迷了路。這次，我就連回到電熱水壺底座修理行的路也找不到了。不是在為自己的迷糊進行開脫，可我總是覺得，這一片的街道時刻在變化，前一秒還是這樣，到了下一秒就變成了另一個樣子。簡直就像在隨機扭轉手裡的魔方。

「等你到了他那裡，你會怎麼樣？」我問女孩。

女孩跟著我缺失方向地胡逛，「不知道。」

「你餓不餓？」我又問道。

「不餓。」她說。

「真不餓？」

「我不會餓。」

原來是機器人，我心想。

「那你要不要充電？」

「充電？」女孩難得抬起眼睛。

「沒事，當我沒說。」我放慢腳步，等著她趕上來，遂又指著她下半身的百褶裙說：「這條裙子還蠻好看的。」

「天亮之前，」她冷不丁說上一句，「天亮之前得回去。」

「什麼意思？」我在腦中搜索自己此時能夠回想起來的童話故事，卻想不出天亮之前要回去的是哪個人物。

「天亮之前，得找到那個人。」她像是在說夢話。

「我明白了，」我說，「天亮以前，得帶你回到草莓果醬那裡，沒錯吧？」

「嗯。」

「如果天亮的時候還沒回去，會怎麼樣呢？」

「不得不回去。」她說，「不得不回去。」

「我只是說假如，凡事都有個假如吧？」

「不得不回去。」

「行吧，那就趕在天亮之前回去。」我妥協道。

雙層巴士駛過路面，露出原本被遮蔽的一家亮著微光的酒館。酒館的名字叫做「月」。

我時刻得提醒自己身無分文，可「月」的燈光卻在向我招手，讓我止不住想要跨進那扇門。

「也就是說，」我沖著女孩道，「我們不一定要現在回去吧？」

「嗯。」

「那這段時間裡，我們做點什麼好？」

「什麼都好。」

「那裡怎麼樣？」我指著「月」的入口，「我們進去坐坐，順便找人打聽打聽，若是碰巧如你所說，遇上了同樣認識草莓果

醬的人，也好問問那草莓果醬的來歷。」

「嗯。」

得到了女孩的許可後，我再次牽起她的手。「月」的入口是一扇復古的木門，門上標示著數位「39」，數位底下是個古銅色的鈴鐺，在下面則是個翻蓋的投信口。門把手看著飽經風霜，卻並未生鏽。我拉住門把手，往裡推，推不開，便又朝外拉，這才打開了木門。

酒館內部的裝潢和玻璃窗外看著大體無異，裡面的空間散落著幾張方桌，方桌面上無不點著一盞蠟燭，聞著味道判斷，那蠟燭多半是香薰。酒館的深處是吧台，吧台沒有客人，身著黑色西裝的酒保站在一牆的酒瓶前，等待著前來品酒的顧客。

這酒保皮膚黝黑，卻又不像一般的黑人，而是長著一副典型的亞洲人面孔。

酒館裡放著音量如潺潺流水般大小的音樂。側耳細聽，是 *The Dark Side of the Moon*。

1992年2月16日　空氣清新　甜意醉人

宿舍裡總算迎來了新人，是中餐部的服務員小沈。她睡在原先陳姐的床鋪。小沈是廣西人，好像還是少數民族，皮膚黝黑，看著不像中國人。她才剛來深圳不過一個月，就找上了這份工作，與大家一塊兒在宿舍裡待著時，也多少顯得有些拘謹。

為了拉近她與我們的距離，譚姐便提議說，大家今晚一起去吃四川火鍋。小沈原本再三辭讓，卻招架不住我們三人的輪番攻

勢，最終自覺卻之不恭，就只好答應下來。由譚姐帶路，我們去到附近一家剛剛開業沒多久的四川火鍋店，店裡生意興隆，老闆好不容易才給我們安排到一張四人座位。吳姐不怎麼能吃辣，這譚姐可是早就知道的。所以為了照顧吳姐，譚姐特意點上了兩份紅糖糍粑，全讓吳姐一個人吃了，說一定讓她吃得撐撐的，到時候連路都走不順暢。吳姐嘴上稱譚姐是個壞心眼，可嘴裡吃得倒是滿意，她本就喜歡吃甜食，這紅糖糍粑正合她的胃口。說實在話，我雖然也不是很能吃辣，卻總比吳姐要強上一點，只要備夠茶水，這一頓還是足以填飽肚子的，毋需拿紅糖糍粑來充數。這一晚上的飯菜當中，小沈獨愛吃那酥肉，總是在吳姐譚姐拌嘴之際，小心翼翼地用筷子去夾裝在碟子裡的酥肉。她倆吵得累了，就轉而去問小沈，說她的皮膚是給廣西的太陽曬的，還是生來就長成這個膚色。小沈說，他們那個村子裡的人都偏黑，估計就是基因問題。「基因」，譚姐一副潑婦的樣子，指出「基因」這個詞用得好啊，顯得小沈比大家都要有文化。吳姐不緊不慢地打斷譚姐的一驚一乍，說她沒文化就沒文化，可別帶上吳姐和我。小沈比我小兩歲，在老家卻有個定下了娃娃親的未婚夫。我們三人都對此事燃起了山火般的興趣，可我和吳姐都不好意思開口，這種厚著臉皮才能做出的事情，自然要交給譚姐來辦。由譚姐套口供，我們才知道小沈其實並不喜歡他的未婚夫，但也稱不上討厭，只是覺得沒有另一層面上的感情。他的未婚夫也同樣如此，更何況，他的心裡還有另一個意中人。可雙方的老人們極力促成這樁婚事，無奈之下，小沈的未婚夫便想出一計，由他來幫助小沈逃出村子，到外面發展。而小沈的未婚夫自己，則得以留在村子裡，和他的心上人去過日子。小沈跑了，這樁婚事是怎麼也成

不了了，兩邊的老人就算再著急上火，也無計可施。於是乎，小沈便聽從了未婚夫的建議，一路奔波，背井離鄉，來到了這裡。

等到小沈講完，吳姐的紅糖糍粑已經消滅殆盡，我和譚姐也雙手放下筷子，對著一鍋的紅油繳械投降。

回到宿舍，我問小沈平時可否喜歡看書。她說不怎麼看。我聽後，難免有些掃興，本打算將自己積壓的閒書借她看看，現在估計也沒戲了。

明天臨時換成夜班，日記估計是寫不了了，可能後天再來補上。

我帶著女孩在吧台隨便找個位置坐下，酒保閃著他的棕色光頭飄到我們面前。

兔子正在世界上的某個角落不停地挖洞，一個又一個。

「想要喝點什麼？」酒保問。

我翻開褲子口袋，直言道：「兜裡沒錢，不知道能否在這裡坐上一陣兒。」

「當然。」酒保爽快的回答遠遠超出我的意料所能探測的範圍。

「萬分感謝。」我向他頷首致意，隨即又道：「你應該也不是本地人吧？」

「我本就存在於此。」酒保若無其事地說。

行，當我沒問。「也不會粵語？」

「說什麼語言，在這裡都不重要。」他手肘撐著檯面，屁股向後撅起，如此告訴我。「在這裡，人人都是一樣。」

「這裡，指的應該不是香港吧？」

「這裡就是這裡。」他說。

「什麼也不是？」

「什麼也不是。」

原來他們都是一夥人。

「那麼，」我也將雙手擱在桌上，去感受那冰冷的玻璃面，「你知不知道，這附近有一家專門修理電熱水壺底座的修理行？」

「大概知道。」酒保說。

後面的酒瓶反射著屋頂的射燈，晃得我眼睛被人套上了萬花筒。再抬頭看去，卻見不到射燈的蹤影，只有同樣反射著燈光的鏡面天花板。

有人扭響了自行車鈴。

「那你可否聽過草莓果醬這個人的名字？」我望著他深棕色的額頭，「──草莓果醬是他的代號。」

「這我當然知道。」酒保說，「在這裡，人人都有代號。」

「那你的代號是什麼？」我問酒保。

「牛肉罐頭。」酒保說。

草莓果醬，牛肉罐頭，好，真好。若是哪天爆發核戰爭，我第一時間就該回到這裡。

「那你呢？」牛肉罐頭問我。

我什麼？問我什麼？

牛肉罐頭在等著我。

對了，應該是問我的名字──不對，這裡的人不需要名字，他們只有代號。我忽然想起，那女孩又是否擁有屬於她的代號呢？

「我是湯姆少校，」我說，說完就恨不得鑽進牛肉罐頭身後的酒瓶子裡，「幸會幸會。」

「湯姆少校，」他叫我，叫得甚是親切，「你怎麼會到這兒來？」

「被人打暈，蒙住了臉，送到了這裡。」我想明白了，這就是我來到此處的過程。「剛剛我提到草莓果醬，其實就是想問問你，他到底是什麼人？」

「他就是他，也可以是任何東西。」牛肉罐頭說。

「也就是說，草莓果醬並不固定？」

「並不固定，但本質相同。」

「他的本質又是什麼？」

牛肉罐頭咧嘴一笑，卻絲毫不露其中的牛肉。

看來他對此並不想予以解答。

那我就乾脆換個問題。「那你可否知道，我如何才能離開這裡？」

「你本就屬於這裡，」牛肉罐頭收起他那上翹的屁股，重新站直身體，「就算離開了，又能到哪裡去？」

「不、不、不，」我一連否定三聲，「我家在上海，根本就不屬於這裡。獨在異鄉為異客，而我就是這麼一個異客。」

牛肉罐頭換上善解人意的微笑，「你那是從別處來，但卻一直、且必將永遠屬於這裡。」

我到底是遇上了一個什麼樣的邪教組織？

「那我可要聽聽，」我對著牛肉罐頭說，「你到底是如何看出，我本就屬於這裡的？總得有個原因才行吧？」

「陳述事實不需要原因。」

「罐頭」一詞，總會讓人燃起一種拉開其頂蓋的衝動，正如現在的我一樣。

　　「行，就算我本就屬於這裡，」我繼而說，「但這並不代表我沒有離開的自由吧？」

　　「你當然可以離開，」牛肉罐頭不急不躁，「但是，等你離開了以後，又能到哪裡去，這才是關鍵。」

　　「還能到哪裡去？當然是回到我原來生活的地方去。」我說。

　　「沒錯，你的人確實是回去了，可你卻永遠無法離開這裡。」

　　「你的說法自相矛盾。」

　　牛肉罐頭抖著手腕，「一點兒也不矛盾。」

　　「我回去了，卻又永遠無法離開這裡，這難道還不夠矛盾嗎？」

　　「陰影。」牛肉罐頭說。

　　「陰影？」

　　「你會一直留在陰影的籠罩之下。」他說，「只有陰影。」

1992年5月17日　　多雲　無雨

　　李楊告訴我，想去日本有兩條路，而他建議我走留學的道路。他給出了建議我留學的兩項原因。首先，作為一名學生，我到了日本後最起碼不會遇到無事可做的窘境。這其次呢，過去上學，既能鞏固我的日語，又能讓我得到文憑，日後保證大有用處。

　　這個提議自然好，我這麼對他說，可我已經二十了，會不會早就錯過了入學的年齡。他叫我大可不必擔心，留學不看年齡，

373

只要我成績過關，一切自然都不是問題。他說我到了那邊以後，先去讀語言學校，讀完語言學校的課程，再去讀普通的大學本科。他還說了，他認識一個熟人，可以幫我申請簽證，連帶其他入學手續都能一步搞定。

我問他，這一套下來，需要多少辛苦費。他讓我不要管這叫辛苦費，而是正常的留學仲介費。光是這仲介的費用，就抵得上我不吃不喝五個月的工資。不過這些和那預科學校的學費比起來，才真可謂是小巫見大巫。

無奈之中，我告訴李楊，既然他也說了留學不在乎年齡，那我又是否可以多等兩年，等自己的經濟條件允許了，再去找他的朋友──也就是那個留學仲介──去申請學校。

他提醒我，現在留學是這個價，但國際形勢每天都在變化，等過兩年再去留學，這費用搞不好可就會坐火箭一樣蹭蹭往上漲。但這也是沒辦法的事，我說，我現在就是拿不出這麼多錢來，又能怎麼辦？總不能讓我去借高利貸，然後帶著一屁股債跑去日本吧？

我能看得出來，李楊有些憋著怨氣，最起碼並不高興。我當然也覺得去日本上學對於我來說是最好的選擇，榮老那時提出的問題也能迎刃而解。我的未來是有著落的。我找吳姐商量，告訴她我哪怕是多等幾年，也不一定能湊足錢來。吳姐問我，我是否必須得去日本。我說我必須得去，這是一直以來激勵著我的願望。吳姐讓我再三考慮一下，我也已經二十歲了，不再是個小孩子了，我應該從頭思考一下自己當初的願望是否現實。我說，不管現不現實，都要試試看。否則的話，就等於白活一場。吳姐不認同，說哪有什麼白活不白活的，人活一世，總有許多事情它由

不得我。

可如果去不了日本，我跑出鎮子也就沒了意義。

我這麼告訴自己。

結果說了半天，還是沒能問出什麼有用的資訊。「那按你說的來，我就別回去了。陰影就陰影吧，反正我也躲不過。」

「所以，安心留著就好。」牛肉罐頭說。

「不行，」我說，「不管能不能離開，我總要試試看才行。」

牛肉罐頭笑而不語，從吧台下取出兩個玻璃酒杯，我一杯，他一杯。他往兩個杯中各擲進一個六面骰子，再倒滿清澈的棕黃色液體，使其漫過骰子，將它留在杯底。

「有個道理，你得明白。」牛肉罐頭舉起他的玻璃酒杯，與我的杯子輕輕一磕，發出貫穿靈魂的清脆鈴聲。「意識和物質，各是兩個不同的實體。」

我也搖晃起自己的玻璃酒杯，「若是這麼說來，就算物質世界崩塌瓦解，意識也依舊會以其獨特形式存在於某處？」

「那是自然。」牛肉罐頭說。

我用指關節敲擊吧台的表面，使其發出通透的聲響，仿佛自己正要敲開精神世界的大門——抑或我本人已在其中。「可就算意識的存在獨立於物質，也總得有一個合適的空間用以容納它，不是嗎？還是說，意識的存在不需要空間？若是這樣的話，那意識又是否還能算得上是一個實體呢？」

「從某種程度上講，的確如此。」牛肉罐頭深思片刻——看著又像是思緒游離——如此肯定道。

　　我小酌一口杯中的液體，差點一口噴出來。一股風油精混可樂的味道。「這到底是什麼？」

　　「杜松子酒。」牛肉罐頭說。

　　「這根本就不是什麼杜松子酒！」我抱怨道。

　　「只要你想，那它就是。」

　　強詞奪理。

　　「那麼，」我繼續原來的話題，「物質世界毀滅之後，意識所寄居的又是怎樣一種空間呢？」

　　「混沌，無序，缺乏邏輯。」牛肉罐頭說。

　　「何以見得？」我問。

　　「因為意識本就如此。」

　　「就跟這裡一樣。」我說。

　　牛肉罐頭放下酒杯，「你怎麼想，那就是什麼。」

　　我一知半解，將杯中的風油精可樂一飲而盡，竟有些上頭。

1992年7月13日　烏雲密佈　終日無雨

　　今天見到眉毛上有疤的男人時，他是獨自一人。

　　我已經在這裡工作了兩年，自然不會再有類似「與客人搭話就會被開除」的可笑擔憂。於是乎，在他一個人唱完以往經常唱的粵語歌後，我為他倒去一杯免費的白開水，漫不經心地向他打聽起他原先的同伴們。我首先問的，是最早不見的塌鼻樑男人。他跟我說，那人已經走了。我心想，這走了多半就是離職了，再不然，就是回老家去了。畢竟在深圳，打拼失敗只好返鄉的人在

火車站前的廣場上可是一抓一個准。

我接著問這次沒來的長臉男人。他告訴我，那長臉男人也走了。都走了？我有些好奇，便問他們幾個是做什麼工作的，又是否在一塊兒共事來著。他說，他們都是刑警。這就說得通了，我轉念一想，才明白過來，卻還是開口去問，以此確認。正如我所猜測的那樣，塌鼻樑和長臉男人都是因公殉職。據他告訴我，塌鼻樑是被走私犯用鐵撬砸中了腦袋，而長臉男人則是被吉普車的輪胎碾死的。但他又說，叫我不必多想，他們對此早已習以為常。這是他們的工作，他們也深知其中的風險。能活一天是一天，既然活著，那就要開開心心。正因如此，他們幾個才不時結伴來到歌廳，唱到盡興才會離開。

我問他，那現在就只剩下他一人，他是否還能依舊開心地過完每一天。他嫌我還是太年輕，等年紀到了，就看淡了。

吳姐今天上班期間犯了腸胃炎，被送進了醫院，所以晚上不在宿舍。譚姐說明天要拉著我和她一塊兒去醫院，嘲笑一下亂吃東西的吳姐。譚姐還說，到時候順帶買一份果籃，就擺在吳姐的病房，讓她想吃又吃不掉，只能幹在病床上生悶氣。

吳姐不在，陳姐又正巧回來串門，譚姐便添油加醋地將情況灌進陳姐的耳朵裡，說什麼吳姐半夜突發奇想，非要做什麼生牛肉河粉，說是跟酒店的外國客人學的。結果一吃就是三大碗，最後可好，把自己給吃到了醫院裡。

小沈跟陳姐屬於第一次見面，經譚姐這麼手牽著手互相一介紹，她倆也多少能聊些什麼家長里短。譚姐一如往常，問起陳姐的丈夫小王。這不問還不知道，譚姐一問，陳姐才告訴我們，她已經懷了身孕。這也是她此次前來的原因。譚姐問她幾個月了，陳姐說

已經四個月了。我們連連道喜，沒想到陳姐年紀輕輕，就已經要當媽媽了。譚姐接著問，陳姐想要男孩還是女孩。陳姐說，男孩女孩都是自己的肉，沒什麼差別。譚姐對此可不敢表示贊同，她堅稱還是要個兒子好，長大了不僅能留在自己身邊，還能多賺一個別人家的女兒回來。我插嘴說，這兒子也有兒子的不好，萬一將來是個別人家的上門女婿，不僅兒媳婦沒撈著，還把自己的兒子給搭進去了。譚姐說，不知是我長能耐了，還是跟著吳姐學壞了，怎麼總是扯些歪門邪道的說法，淨跟她做對。我為自己辯護，說這可不是故意要與譚姐做對，我只是在客觀地提出另一種可能性。譚姐說我讀的書多，她辯不過我，只好舉白旗投降。

　　我們和陳姐說好，明天下了班一起去看望吳姐。希望陳姐懷孕的好消息能讓吳姐的病早些好（雖說我也不知道為什麼聽到別人的好消息，自己會好受）。

　　「所以你跟我說這些，」我忍住不讓自己幹嘔，「難道是想告訴我，就算我物質上的身體離開了這裡，意識層面上的我還會永遠留在此地？」

　　牛肉罐頭還是那句話，「陰影籠罩著一切。」

　　「可這陰影到底是什麼？」我問。

　　「陰影就是陰影。」

　　我知道了，這裡是廢話世界，廢話世界裡住的都是些廢話人，廢話人說的都是些廢話。

　　「可是，天總會亮的。」我說。

　　「天一亮，陰影則更深，其力量也就更為強大。」牛肉罐

頭道。

「陰影什麼的暫且不管，」我指著剛剛喝過的玻璃杯，「這東西，應該算是免費贈送吧？」

「放心，不收你錢。」牛肉罐頭說。

「實在是感謝，我們在這裡，不耽誤你做生意吧？」

「一點兒也不耽誤，」牛肉罐頭說，「這裡就是為了你而存在的。」

「為了我而存在的？」我心想，那怎麼就沒有些我想要的東西，比方說，一輩子也吃不完的巧克力，以及一城堡的唱片之類的。

「為了你而存在，並不代表著會有你所想要的東西。」牛肉罐頭好似看穿了我的心思，又像是往我的腦子裡接了個音箱，將我的所思所想全都外放出來。

「那都有什麼？這個冒牌的杜松子酒？」

「這裡，既可以是你的終點，也可以是你的中轉站。」牛肉罐頭說。

「什麼的終點？又是什麼的中轉站？你說過了，我永遠無法離開。哪都去不了，這又算是哪門子的中轉站？」

「是終點，也可以改變。」牛肉罐頭的眼皮一下也不眨，「而這改變的決定權，則握在你的手裡。」

又來？總是說什麼決定權在我的手裡，可我卻又什麼也做不了，這到底是在真心為我引路，還是在拿我當猴耍？

「我做了決定，就能擺脫陰影？」

「擺脫不了。」

「那我還做決定幹什麼？做了決定又有什麼用？」

「所以說，你不如就老老實實待在這裡，哪兒也不去。」

「可是──」

我住了嘴。

1992年9月16日　月明星稀

李楊為我帶來了一個他所謂的好消息。我現在只需向留學仲介支付其中一部分費用，他們便可為我辦理留學的手續。我問他，那這剩下的錢又該如何是好？他說這剩下的錢，可以在日後慢慢補上，每年繳納一筆，繳完為止。我問他可有利息。他說沒有，只要補齊留學的仲介費就行。他還說了，這都是他為了我專門找上仲介的熟人，仲介才答應為我放寬要求。

只不過，仲介費可以分期，但這留學的保證金和日後的學費，我還是得準備好，李楊這麼告訴我。尤其是交給學校的學費，可萬萬不能拖欠。而他所講出的數目，對我來說可是一個天文數字。我如實對他說，我負擔不起。他卻說，能出多少是多少。這讓我有些起了疑心。什麼叫能出多少出多少？那等到我出不起的那天，等待我的又是什麼一個狀況？

李楊說，這個到時候再考慮。

不行，我告訴他，這樣絕對不行。人可不能走一步看一步。凡事可都要考慮得長遠些。這是榮老曾經教導過我的道理。可我卻總是想不明白，榮老自己怎麼偏偏就會被刑警抓走了去？她難道就不曾考慮過自己的未來嗎？

今天晚上，我在小沈去澡堂洗澡的時候，跟吳姐和譚姐一起討

論了這個事兒。她們一致認為，這個李楊李翻譯可不值得相信。譚姐說，他這明擺著就是要騙走我的積蓄，然後逍遙法外。吳姐也難得地贊同譚姐的觀點，說讓我還是多留一個心眼為好。吳姐繼而問我，可否知道這李翻譯的家庭背景。我說我對此還尚不瞭解，只知道他的家裡並不缺錢，衣食住行都闊綽得很。譚姐說了，這些可都只是表像，誰知道他家的這些錢財，都是從什麼管道獲得而來。指不定，他家就是什麼搞走私的呢！——譚姐的原話。

去日本留學一事就暫且擱置一邊，讓我再想想別的路子。

另：明天是小沈的生日，我們三人打算為她好好慶祝一番，帶著她吃點好的。

女孩用手肘頂了頂我的小腹，她的存在這才重又被黑色記號筆勾勒出來。

按照女孩此前的話講，只要我看見了她，那我就不得不——是不得不——帶著她去見草莓果醬，沒有別的選擇。而且，一定得趕在天亮以前。

也就是說，就算我想要留下，哪怕我永遠無法離開這裡，我也不得不去找草莓果醬，將女孩交到他的手中，從而返回我原先的世界——即便依舊被陰影所籠罩，按照牛肉罐頭的說法。

這是我所面臨的現狀。

即使我選擇留下，命運也會如不可逆的流水一般，將我和女孩推到草莓果醬的面前，等待我的依然會是同樣的結局：我回到了原先的世界，卻又永遠無法離開這裡。這就是所謂的「不得不」，這就是所謂的宿命。

讓我暫且換一種思維方式。

我現在所需要思考的，是如何在不得不帶著女孩去見草莓果醬、並且回到原先所處世界的前提下，擺脫「我永遠無法離開此處」的困境。換言之，我需要弄明白，這陰影到底為何物。

「但有一點，我得告訴你。」牛肉罐頭無理地打斷了我正要向前延展的思緒。

「什麼？」我從迷宮中抽出神來。

「原先說了，這裡是為了你而存在的。」

「沒錯，你的確說過。」

「這裡並沒有你想要的。」

「的確沒有。」

牛肉罐頭又說：「但這裡，有你所需要的東西。」

「我需要的東西？」記憶深處的雷達響起了提示音，這難道不是歌詞裡寫的嗎？

「沒錯，」牛肉罐頭又一次讀出了我心中的草稿，「這就是歌裡寫的，也是歌裡唱的。」

「毫無新意，」我評價道，「你這純屬抄襲。」

「我這屬於引用。」牛肉罐頭如此狡辯說。

「行，引用就引用──」我說，「那麼，我所需要的又是什麼呢？」

牛肉罐頭伸手去摸吧台下的櫃子，拿出一個比手掌略長的物件。

「是這個。」他說。

1992年10月25日　陰雨霏霏

　　李楊給出了一個替代方案，這個替代方案不僅能送我去日本，還能幫我找到一個臨時的工作。只不過，這管道算不上正式，風險多少有一點兒，但李楊說了，成功的機率一般都很高。

　　需要出多少錢，這才是我現在唯一所關心的事情。李楊給出的數額，比申請留學要便宜大概三分之二。也就是說，我完全負擔得起，只不過生活得比現在過得拮据一些。

　　這份機會著實是誘人的。相比于過去上學，我雖沒法兒一開始就穩定下來獲得文憑，卻也能實現前往日本的夢想，並且，我還不至於無事可做，至少能將就養活自己。轉念一想，這其實就與我初到深圳時的情形無異。只要能落下腳跟，一切都會慢慢穩定下來。所以，李楊的替代方案，確實不失為一個尚佳的選擇。

　　今天臨時起意，想要聽些日語歌曲，卻無奈近日歌廳沒有日本客人光顧，便只好自己去唱片店挑選。這附近的唱片店主打粵語流行歌，附帶一些歐美國家的唱片專輯。除了唱片以外，還是磁帶偏多。我總共去過兩家音像店，店主都推薦我入手唱片，因為唱片收藏價值高，音質還原度也比磁帶要高上不少。我說，我只是閒暇時間隨便聽聽，不需要追求什麼多高的音質，況且他們都沒有我想要的日語唱片，我便假稱改日再訪，實則溜出店外。

　　可不管是磁帶也好，還是唱片也罷，都需要一個用以播放的機器。而這機器，也需要錢。同樣是錢，與其用來聽歌，不如將它花在刀刃上，省下來供我到日本去。等到了日本，再想聽日語歌，豈不是跟在沙漠裡找沙子一樣不費功夫？

這是一把銀色的匕首，其手柄處的做工精緻，雕刻出一條盤旋而上的神龍。

「這個，」我用手去指被握在牛肉罐頭手中的匕首，「就是我所需要的東西？」

「沒錯，」牛肉罐頭說，「你所需要的，就是這個。」

「我需要這個幹什麼？」我丈二和尚摸不著頭腦。

「你得做取捨。」牛肉罐頭說。

「做取捨？」

「做出改變，就代表著進行取捨；」他將匕首擱在吧臺上，「而若是想進行取捨，你就得用上它。」

「做取捨就做取捨，」我說，「何必要舞槍弄劍的呢？」

「原因自在其中。」牛肉罐頭說。

「難道說，我還能用它刺穿陰影不成？」

牛肉罐頭將我的問題視為啤酒杯裡的泡沫。我仰起脖子，天花板上的鏡面裡顯示出我的臉，而我的臉旁邊，則是另一個熟悉的面孔。那原本是女孩坐的位置才對。我快速眨了眨眼，仿佛相機的快門，再次定睛看去，留在相機裡的卻依舊是同樣的畫面。

低頭，女孩一聲不吭，化作空氣中的一部分，僅僅坐於吧台椅之上。還是那一對扁平突出的嘴唇，還是那殘缺不全的劉海，還是那不見皺痕的眼皮。

與天花板上的鏡像不同。

真真假假，假假真真，這上下兩端，到底哪一個才是她的本來面目，我不得而知。

「你原先說，」我向著女孩道，「什麼東西在你那裡？」

牛肉罐頭識趣地走去吧台的另一頭，獨留匕首在此處。

「你是想說，」我繼續問道，「是我的日記本在你那裡吧？」

「天就要亮了。」女孩答非所問。

「這裡的時間是可變的，」我說，「你又怎知外面的天就要亮了？」

「對我而言，天就要亮了。」她也像此前的我一樣，抬頭望著天花板鏡面中的自己。

「先回答我的問題，」我試圖留住她的注意，便用手去搖她，「到底什麼東西在你那裡？」

「你。」她內收抬起的下顎，用豺狼盯視野雞的眼神看我。

「我？」

「你在我這裡。」她說。

1992年11月11日　有陣雨

我沒找吳姐和譚姐商量，直接將送我去日本的費用交到了李楊的手上。他對我說，剩下的一切便由他來操辦，我只需要聽從他的安排就行。他向我轉達了大致的資訊：過幾個月，會有人將我送上一趟駛往北海道札幌的貨船，我將跟著一船的貨物，抵達海的另一頭，登上日本的土地。

可光是觸及日本領域的陸地，事情還遠遠沒有結束。我緊接著就要面臨如何混出海關的這一難題。不過好在，據李楊介紹，我所支付的這筆費用裡，當然也包括了幫助我順利通關的部分。在札幌海關，同樣會有幾個所謂「他們」──儘管我也不知道這個「他們」，指的是一個什麼樣的組織──的人等待著我，以及與我有著

相似需求的「客人」們。一旦成功入境，我們就會被轉移到一處臨時的安置住所，再由專人將我們分配到指定的工作崗位。

這樣一來，就算是暫且能在日本穩定一段時間。

即使前途未蔔，希望一切順利。

寫一下其他事情。

今天是吳姐第二次因腸胃炎發作而住院。吳姐發病的時候，我還沒有下班。這事兒，是到我下班返回宿舍以後，才聽小沈跟我說的。譚姐今天上的是夜班，所以白天的時候就是由譚姐陪著吳姐一同上的醫院。譚姐晚上回來的時候，向我和小沈就吳姐的病情做了一番簡短卻全面的彙報。譚姐說了，吳姐這次也沒什麼大問題，只需要在醫院的病床上躺上個幾天，便可像往常一樣，大搖大擺，橫著走回宿舍。我叫她可得千萬小心，絕不能讓吳姐知道了，譚姐在背地裡用「大搖大擺」和「橫著走」來形容她。譚姐不屑一顧，還指著我和小沈，說只要我們倆不到處散播謠言，那這事兒吳姐就不可能知道。

明天下班以後，還是得去醫院一趟，看望一下吳姐。

「我，」我單手撫著自己的胸腔，「在、在你那裡？」

「嗯，」女孩應道，隨即又重複說：「你在我這裡。」

「你這麼講，其實怪嚇人的。」我直言道。

「可你的確在我這裡。」女孩在某些方面上，顯得比深深滲進衛生間牆縫的黑色黴菌還要頑固。

「我完全搞不懂你在說些什麼。」我放開她，「你看，我現在就坐在你的面前，怎麼能說我在你那裡呢？換言之，若是這句

話確實成立，那你所指的那裡，具體又是哪裡？」

「就是我這裡，」她說話，像在用印章往紙上印字，「那一部分的你，就在我這裡。」

「那一部分的我？」

「去聽你腦海裡的聲音。」她建議道。

我去聽，腦海裡果真聽得到聲音，但那聲音的主人並不是我。

我需要你。

女孩說，抑或腦海裡的那個聲音在說。

分不清，根本就分辨不清。

又或者，我根本毋需分清。

你到底需要我的什麼呢？

是需要我的這副空殼，還是需要我的這一缺口？

我從頭翻頁，想要尋找答案。

在颶風過境的荒漠，我所見到的是你已然腐爛的軀體。在那裡的你，似乎並不需要我。

到底是你需要我，還是我需要你？

我再一次試著去問腦海裡的聲音，她卻又好似被吸塵機吸走，空留充滿壓迫的沉默。

「在我這裡。」眼前的女孩又說。

我茅塞頓開，「在你那裡。」

她叫我哥哥，我卻不是她哥哥。更準確地講，我與她本是一體。

「你是實體？」我問她。

「在這裡，不存在什麼實體與否的說法。」女孩說，「只有你，只有我。」

「可是──」

「我在這裡，是因為我脫離了你。」女孩細語道，「但現在的你，卻不再是你。」

「現在的我若不再是我，那又會是什麼？」我問道。

「什麼也不是。」

「什麼也不是？」我說，「就跟這裡一樣？」

「不倫不類。」

我起身，撞倒原先坐著的吧台椅。「我實在不能理解，到底是誰規定了我就一定是不倫不類？」

「是這裡，」女孩說，「就是這裡。」

「也許是我自己。」

「不，」女孩否定道，「絕不是你自己。你不過只是寄宿於陰影本身的客體而已。」

「客體？」我根本無法想像，會從女孩的口中聽到「客體」一詞。

看起來，我果真在她那裡。

1992年12月5日　海風撩人

譚姐進了拘留所，可能要關上個好幾天，才會被放出來。

這事兒仔細琢磨琢磨，還是我的不對。我就不應該在咖啡館喝咖啡的時候，不小心將明年年初的計畫說漏了嘴。總之，不管是譚姐和吳姐也好，還是小沈也罷，現在都已經知道了我打算搭貨船去日本的事情。

吳姐問我花了多少錢，我不忍心——也沒理由——向吳姐撒謊，便只好老實交代。譚姐這時候插嘴，想知道我是否已經交了錢。我說我交了，譚姐說我糊塗，問是不是把錢給了那個姓李的翻譯。我說是。吳姐在旁邊聽著，讓我把錢再要回來。我說這錢就跟說出去的話一樣，就是一盆水，既然都潑出去了，就沒有再收回來的道理。吳姐止不住歎氣，搞得像是花了她的錢似的。譚姐還是老樣子，嘴裡的舌頭是怎麼也閒不住，嘮叨來嘮叨去，都是那幾句話，說我叫那個姓李的男人給騙了，到現在還被蒙在鼓裡。唯獨只有小沈一言不發，想來她對我們三人所說的話應該也不明所以。

　　我們結束了這一話題，正要離開咖啡館，譚姐說她臨時有事，讓我們先回宿舍。我們三人回到房間，去澡堂洗了澡，一直等到晚上十點，還不見譚姐回來。就在剛剛，譚姐從派出所打來電話，說她犯了點事兒，要在局子裡待上幾天。至於具體是幾天，她也說不準。吳姐逮著不多的機會，問譚姐到底幹了什麼。譚姐說她通過自己的人脈順藤摸瓜，一路摸到了李楊李翻譯的住處，在人家房門前大鬧一通有的沒的，鬧得人家李翻譯趕緊報了警。這員警來了，以譚姐尋釁滋事為由，將她帶到了派出所。

　　吳姐擱下電話後，把譚姐的情況轉告給我，並讓我想想辦法，去和李楊溝通一下，替譚姐向他賠禮道歉，順帶再要回我原先支付的費用。我和吳姐心平氣和地講，我當然要去向他賠禮道歉，但這錢，我可是鐵了心要出的。吳姐也不再堅持，反倒稱我定是被那日本人灌了迷魂湯，才會對那種破地方如癡如醉。

　　吳姐和譚姐的好意我自然領情，她們所擔心的我也都能理解。只不過，我得抓住這一不可多得的好機會，自己的夢想近在

咫尺,我與海那頭的距離正日漸縮小。

　　為了堅定自己的信念,不讓其因為今日所發生的事情而動搖,我趁吳姐和小沈睡著以後,在半夜時分溜出宿舍大樓,騎著自行車一路奔向海灣的岸邊。在這裡,我坐於草坪之上,面朝著與月色相映成輝的淺銀色海面,寫下今天的日記。

　　大海總是充滿其獨特的魅力,令我心馳神往。

　　不知道總說海是灰色的城裡人,可否瞧見過此時的景象呢?

　　女孩向我閃過一道微笑,「沒錯,正因為你僅僅依附於陰影,所以你並無任何屬於你的能力。」

　　「Impotent。」我總結道。

　　女孩像是沒有聽懂,又像是對我的總結置之不顧。她跟上我的動作,離開吧台前的座椅。我們面對面站著,她仰視我,我俯看她。

　　「一旦來到這裡,」她繼而對我說,「凡事都會存在於虛實之間,一切也皆有可能。這全然拜那陰影所賜。那些無法來到這裡的事物,就會留在下面,以永恆不變的形態立於某處;而那些不能去到下面的東西,又只能留在這裡,保持著不倫不類的樣子。」

　　「這麼說來,」我開動腦筋,「這裡就像是一層篩子?」

　　「嗯,」女孩同意我的說法,「就是篩子。」

　　「那這裡所篩去的,又是什麼呢?」

　　酒館外響起了警鐘。

1992年12月6日　　無雨

　　李楊始終不願意接受我的道歉，還說譚姐如此一番胡鬧，有
損他的名聲，使他的職業前途蒙上了陰影。所以這件事情，他無
論如何也無法原諒。

　　弄到最後，李楊說我這事兒，他再也不管了，過兩天就把我
的錢給還回來。我費盡口舌，結局還是如此。李楊告訴我，他的
面子和前途可比我的這幾個破錢要重要得多。我見他像塊石頭，
聽不進我的一字一句，我也乾脆放棄與他周旋，離開他的住所。

　　回到宿舍，吳姐不在，小沈也不在。我也不知該幹什麼好，找
牆皮訴苦又顯得矯情，便翻出床底下的一箱子書，找來一本看。

　　城裡人給的這本《金閣寺》，我已不知從頭到尾看罷多少
遍，可就是怎麼也看不厭，仿佛只要看了，我就真的置身於日本
一樣。

　　看過兩個小時，見吳姐和小沈仍未歸來，突然想給城裡人寫
去一封信，但自己又沒有他的地址，寫了也是白寫。不過，我思
前想後，靈光一閃，不妨將想要寫給他的信一同寫進這日記裡。

　　首先，我要向他問好。我記得他的名字，他叫羅嬑，一個女
子旁，上面一個「醫生」的「醫」，下面加上一個「心」。

　　那麼就是，你好羅嬑。

　　但我更喜歡叫你城裡人，因為你本就從城裡來，跟我們大家
都不一樣。我第一次見你的時候，就覺得你不一般，長得比女孩
子要清秀，又不怎麼愛說話，總是在眼睛裡醞釀著什麼，像書裡
寫的大海一樣。當你站在講臺上面對全班人的喧鬧，依舊能夠不
動聲色，絲毫不露暗藏在表面之下的豐富情感，這就更加與我所

知的大海無異。

　　這是我對你的第一印象。

　　你也知道，我喜歡海。

　　不過也不知道，你到底還記不記得我是誰。

　　就算不記得也無所謂，我自然也能夠理解，畢竟我只是鎮子裡一戶普通人家的孩子，比不上你。

　　想想此時與我一樣已經二十歲的你，應該正在大學的校園裡享受美好的青春年華。而我呢，我猜你絕對想不到，我現在正躺在深圳一棟宿舍樓裡的床上，給你寫下這些文字。你可切莫嘲笑我，我依舊在朝著前往日本的目標努力奮鬥，並且相信有朝一日，自己絕對能漂洋過海，證明給你看。不過說句實話，我這麼做，也並非一定是想要證明給誰看。就算真正到了日本，又能證明得了什麼呢？證明我是個新時代的大航海家嗎？不是。我不過只是單純地想去而已，就算這全世界根本就沒人在意我最終能否成功，我也要去。這就是所謂的夢想、願望。就跟你想成為克拉拉一樣。

　　我很想知道，你是否曾經問過自己，你為什麼想成為克拉拉呢？

　　沒有理由，對吧，根本就不需要理由，只有我們想，與不想。

　　還有一個問題。

　　你現在，還想成為克拉拉嗎？

　　還是說，你已經有了別的願望，或是出於某種原因，不得不放棄這樣的夢想？

　　不過說這些幹什麼呢？你想怎樣，你現在如何，與我自己又有什麼關聯呢？

　　不給你寫了！反正你也看不到！指不定，你早就已經過上了瀟

灑的小日子，也不會關心我到底有沒有跑回日本。我說得沒錯吧？

你看不到你看不到你看不到。

那就給你寫些別的。

你借給我的書，我已經看了不下六遍，大膽估計，甚至十幾遍有餘。誰又能想到，書裡寫的東西，竟然是那麼多年前的日本！不得不感歎，我們的社會真比人家要落後一個時代。但現在的深圳，也同樣能讓我感受到時代的革新與進步。在深圳，人人都在努力奮鬥，為各種事情而奮鬥，為他們自己而奮鬥。我相信，我也是其中的一員。在這裡，成功之人不在少數。那些個先富起來的人們，就是絕大多數擠破頭皮留在這裡的打工仔們心中的北極星。

看來，大家都想富起來。

城裡人，你說說，這難道就是絕大多數人所奮鬥的目標嗎？

錢，錢，錢，到哪兒都需要錢，只有呼吸不用錢，這沒錯吧？又或許，就連呼吸也不是免費的。你沒了錢，能吃些野草喝點雨水躺在路邊盡情呼吸，可這萬一要是生了病，你沒錢，誰給你治病去呢？

錢這東西，到底還是個問題。

也就是說，沒了錢，我們也沒法兒呼吸多久。講到頭，我們所花的錢，歸根結底是為了我們還能呼吸，是這樣嗎？我自己也說不清楚。活著才是最昂貴的事情？不對，活著就是活著，就算是沒錢，你也還是活著。活著是事實，而有錢沒錢，充其量不過是在句子裡面作為一個補語成分。

啊，不說錢了，再說也說不出萬貫家財。就算有錢，也不會就如此事事順意。

　　你近來怎樣？過得可還不錯？這問題可真是一問再問。沒什麼好寫的了，真沒什麼好寫的了。祝你好運，心想事成，美夢成真。但我還是希望——僅僅只是希望——你別讓我失望。

　　祝好。

　　「時間，」女孩說，「時間。」

　　「不是說過，時間在這裡一直可變嗎？」鐘聲呈扇形向我擴散而來，「月」的外頭，依舊漆黑一片。

　　「天要亮了，」她繼續說，「天要亮了，時間就會固定下來。」

　　我們重複過相同的話題。

　　「那我們就得上路了。」我說，警鐘像巨大的泡沫，擠壓著我的聲音。

　　「嗯。」她笑，卻又笑不出顏色。

　　「此前見到的，也是你嗎？」我問她，又與她一同往門口走去。

　　「既是，也不是。」她說。

　　眼前仿佛又浮現出那個單眼皮、長著扁長似鴨嘴的雙唇的女孩。「可否問問，原先遇見的時候，你怎麼會是那副模樣？」

　　「那只是你所看到的模樣。」她說。

　　「你說的話，總是等於沒說。」

　　「你看到了我，可第一眼見到的我，又不是真正的我。」

　　「那我第一眼見到的，又是什麼呢？」

　　她停在「月」的大門前，「你對你所見到的那個我，懷有怎

樣的印象？」

「有些奇怪──」我回過神來，「這並不是說你不好，只是
──」

「我明白。」她說。

「只是，」我還是想要把話說完，「我對你的第一感覺就是
如此。再者，就算是奇怪本身，也不是什麼貶義詞，對吧？」

「就算是奇怪本身，也不是什麼貶義詞。」她摘出此句。

我推開門，門外卻不再是街道，而是正對著的另一扇門。

「變了，」我自言自語，「又變了。」

「可那只是我的其中一種形態。」她在我身後，不顧面前的
門，自顧自道。

我依舊在研究門，半自動地開口問她是什麼意思。

「那只能算是一部分的我，」她來到我前方，用手去開門，
「是外人第一眼時所見到的那部分我。」

門被打開，後面是另一間房間，房間裡塞滿了一袋袋看著像
大米或麵粉一類的食物。「也就是說，」我問，「現在的這個，
才是最原本的你？」

「倒也不是，」她說話時的語氣，愈發變得與她相符──而
不是那個單眼皮的女孩。「我到底是誰，誰才是我，這個問題我
沒法兒具體回答。」

「怎麼不行了？」我沿著糧食袋之間的縫隙往裡走。

「我是誰，不能被具象，無法標準化，更不能變成一門學
問，需要人們進行鑽研。它夾在存在與否的中間，你卻非要分出
個輪廓來，這未免是強人所難。」

「我只是嘴上問問而已。」我說，說完便發覺就要走到房間

的盡頭。

　　鐘聲被藏在了後頭。

　　我猜想，這也許依舊是「月」的一角，可他們需要這麼多糧食做什麼呢？

　　「如果走不出去，因此而失了約，不能在天亮之前趕回草莓果醬那裡，」我邊走邊說，「那我們就乾脆待在這裡，哪裡也別去──就像牛肉罐頭所建議的那樣。」

　　「不行，」她說，「這不是我們自己所能決定的。」

　　「不試試的話，怎麼能知道？」我說。

　　她拉住我，一如此前在街頭時的那樣。我去看她，卻見她手裡握著的匕首。「你拿著它幹什麼？」我心裡一忱。

　　「你需要它。」她說。

　　「現在需要它做什麼？」我指著身邊的糧食袋，「用它來劃開這些袋子嗎？」

　　「總會有用的。」她說。

　　「是啊，如果沒用的話，還造出它來幹什麼呢？」我說，「可話不能這麼講，就算是有用，也要看時機。你說總會有用的，那就等於沒說。」

　　「不，」她斬釘截鐵，「天亮了，就要用到。」

　　「可這不是還沒亮嗎？」我說。

　　話音剛落，糧食袋們就跟深水炸彈一樣，紛紛由內向外爆炸開來，弄得滿屋子亮粉色的粉末。原來裡面裝的並不是糧食。我用手去扇擋在面前的粉末，空氣卻越扇越渾濁，反倒更加看不清東西。她也沒動靜，想必正站在原地，什麼都不做。我乾脆向她學習，老實下來，房間的天花板上有射燈，射燈的光線穿過粉

末，打到我的肩頭。

我望著那光束，沿著它的路線，一直向頂上看去。

有個人臉。

1992年12月25日　天寒地凍

譚姐要走了。

單位嫌她去過一趟拘留所，便覺得她是個惹是生非的員工，趁著年末就打發她走人。但吳姐跟我講，去過拘留所不過只是個藉口。真正的原因，就是我們那個姓余的歌廳經理看不慣譚姐，覺得譚姐愛出風頭，指不定過兩年就會升到經理的位置，將他從馬背上拽下來。我說了，既然這譚姐都能升職，余經理不也能往上爬嗎？吳姐笑著說，雖然她不是我們歌廳的，但她也早就對余經理這人有所耳聞，他到底有幾斤幾兩，吳姐心裡都清楚。倒是我自己，在余經理手底下幹了這麼久，還是啥也沒感覺出來。簡而言之，余經理想要往上走，簡直比氣球往水裡沉還要困難。但光是擔心自己的飯碗，還不足以使余經理產生足夠的動機讓譚姐捲鋪蓋走人。這余經理的心眼極小，是個事就要跟人計較，他看不慣平日裡做事風風火火的譚姐，也完全合乎邏輯。譚姐自己嘴上說著沒事，大不了換個地方繼續發光發熱。她回來後，還從來沒有像今天臨走時這樣瀟灑。記得我當初問她為什麼要去找李楊時，她可是一臉的委屈，稱是想要為我出頭。我說她無理取鬧，好不容易等來的機會就被她這樣弄沒了。她也沒再說些什麼，好幾天了，都在躲著我，直到今天才又主動和我道別。譚姐這只出

了名的鐵公雞，竟然把她新買沒多久的CD機送給了我，說是什麼剛上市的新款。我拿在手上倒也輕巧，不過半本書的厚度。譚姐告訴我，這是日本產的機器，索尼的D-J50，看我這麼稀罕日本，想必我一定會喜歡。

我當然喜歡，可光有機器在手，卻沒有CD可以放，這才是問題。

說來也巧，譚姐是中午走的，我今天上晚班，下午跑去看陳姐一家，在那附近碰上了一家看著不錯的唱片行。天雖然冷，我卻只穿了條連衣裙，也不管自己明天是否會感冒。有時候，就會毫無徵兆地想要去穿裙子。唱片行的老闆是個年輕小夥子，長著一個國字臉，像個麻將牌，但喜歡笑，不讓人討厭。我問他店裡有沒有日語唱片，他竟然說有，還熱情滿懷，帶著我找到了日語區的貨架。我根本就不認識什麼日本歌手，就由他來介紹。他向我推薦了兩張唱片，我聽著裡面的歌聲，感覺分外親切。我不由自主地笑了，笑的時候又不禁感慨萬千，原本以為遙不可及的日本，現在已經成為了一個能夠為其進行計畫的目標。當夢想變得有跡可循時，反而更像在做夢似的。

我謝過老闆，下定決心，就算李楊這條道走不通，也會有其它的辦法。

既然李楊認識能幫我搭貨船到日本的組織，那就說明肯定還會有別人也在做著類似的行當。我只要能夠找到這樣的門路，前途就仍舊光明。

老闆對我說，要是喜歡的話，就帶兩張回去。我對他說了聲對不起，告訴他我不能買，我需要將錢攢下來，以後去日本發展。老闆聽後，並沒有任何嘲笑我的意思，反而對我說，我只要

想聽，就可以上他這兒來。我覺得這樣不好，他卻完全不以為意。按他的意思，向他人分享音樂，本就沒有成本，讓我來這兒聽唱片，店裡也不會有任何損失，他何樂而不為呢？

我對他所言表示認可，並收下了他的好意。我又問他，店裡可否有《胡桃夾子》的唱片。他想了想，說有幾張柴可夫斯基的芭蕾組曲合集，而《胡桃夾子》在裡面必不可少。他正要拿給我聽，我說不必了，有就行，下次來了再聽。他像一叢忘了澆水的水仙花，問我下次是否真的還會再來。我說我當然會來，既然有免費的音樂，肯定是要聽的。再者說，這音樂本就該如陽光一樣，是人們能夠免費享有的東西。只可惜咱們的社會進步太快，什麼都能變成商品，或許在不久的將來，就連陽光也要收費。而那些交不起錢的人，就只能被關在地底下，扔到陰溝裡。或者，用不著那麼麻煩，直接把每戶人家的窗子封上，只有付了錢，才能給窗戶拉開一道縫。要是交的錢多，那就再開一道。誰更有錢，誰就能把窗子開得更大。

我把這些話原封不動地和老闆講了，他笑得國字臉變倭瓜臉。

夜裡上晚班，歌廳裡沒了譚姐，好像也沒什麼兩樣。該來的客人照舊會來，他們唱的也還是以往的那些歌。

沒什麼變化。

我定睛看去，是個臉部輪廓長滿黑毛的人。說他是人，倒也不像是人，更像是黑猩猩一類的猿猴。那東西瞪著倆黑珍珠一樣的眼睛看著我，缺乏杏仁兩頭般的眼角，更像是靈長類近親了。它不像電影裡見到的神仙顯靈那樣，向著地面慢慢降落，而是掛

在頂上一動不動。

粉塵尚未散去，那東西便做欲開口說話狀。

我等它發言，向我傳達某種聖旨。它卻半天才挪動下巴，像是在用顎骨打著太極。

這個時候，我忽又想起原先同我睡覺的那個學生。真想現在就跑去告訴她——就算跑不了，也得朝她家裡打去一通電話——告訴她，我見到了上帝。上帝渾身長毛，是個猩猩。她若是聽了，多半會傻樂呵一陣兒。可要是叫她的家人聽了電話，那可就不是一趟救護車能解決的事情了。

待到那東西的下巴總算到達它理應到達的位置，它開始發出用嘴朝水管吹氣的呼嘯聲。

這下好了，就算是聖旨，我也聽不懂。

我回首去找她，她竟盤腿坐到了地上，仰望那浮現在空中的猩猩。

「你坐著幹什麼？」我問她。

「等著。」她說。

「等著什麼？」

她用雙手抓著自己的兩個腳腕，「等著重生。」

「就這麼坐在這裡，能等到重生嗎？」

「反正哪兒也去不了。」她說，「去到哪兒，也都是一樣。」

「也是。」我說著，乾脆與她一同坐了下來。這地板比我想像當中要軟乎不少，觸感更像是一片自然生長、未經修剪的草坪。

「這地方，比原來的酒館要亮堂。」我看著那東西身後的光，沒話找話。水管內部的空氣依舊在流動。天花板呢？哦，對，天花板不在了。那東西出現以後，天花板就順理成章地消失了。

「你聽，」她說，「你聽。」

「聽什麼？」我問。

她靠上我，「你自己的聲音。」

1993年3月3日　空氣潮濕　牆上有黴

　　我發現，他最喜歡的只有一首歌——或者說，若是店裡只有他一人的時候，他就只聽這一首歌。

　　我問起他，這首歌究竟為何如此吸引他。他的回答很簡單，這歌名與他的名字多少有點關係，以至於他就對此情有獨鍾，好似本就為他而寫一樣。我接著問他，這歌叫什麼名字，他先是念了英文，後又將念出的英文寫在收銀台的草紙上，告訴我它的意思。

　　Spread your wings，揮舞你的翅膀，確實和他的名字有關係，都是翅膀。

　　他還說了，「翡翠唱片行」的這個名字，也是因為這首歌而起。不過其中的緣由，我就無從得知了。今天我上他那兒去的時候，正好是唱片行即將關門的節點。他還是老樣子，搬了把破破爛爛的藤條椅，坐在店裡的空地上，用店裡的音響放著這首歌。他見我進門，便去搬來一把塑膠板凳，粉色的板凳還沒有歌廳裡女客人的長筒靴那般高，我坐在上面簡直就和半蹲無異。他讓我坐到他邊上，說想和我聊會天。我既然來了，那就坐到邊上，想聽聽看，他到底有什麼話想說。他先是問我——問的都是我總會遇到的問題——為何要去日本，是否已經找好門路，去了以後又打算做些什麼。我告訴他，這些我大概都已經有所計畫。去日本

401

的方法有很多,留學對我來說門檻太高,走正常的移民程式更是不大可能。綜上所述,我還是寄希望於通過並不合法的途徑,進入日本。至於去到了那邊做些什麼,也不是什麼解決不了的難題。能做的事情可真是太多了。只要是我的身體還健康,四肢還能使用,頭腦還能轉動,就不愁找不著事情幹。可他卻問我,可曾設想過日本以外的生活。

日本以外的生活?沒有,從來沒想過。除了去日本,我還能去哪裡?

他舉了幾個例子,說我不一定非要去日本,哪怕是去東南亞,甚至去香港,又何嘗不是另外的選擇。我轉念一想,他說的也是,我要去海的那邊,可海的那邊又不是只有日本。可是,我對他說,日本對我的意義,已經不單單只是海的那頭這麼簡單。這麼多年來,日本這一地名,早已成為一個與我交情甚深、意義不淺的概念。我若是拋棄了它,就等於背叛了自己。他聽後,默不作聲,像個路邊躺著的塑膠瓶。過了大概能煮熟一鍋湯圓的時間,他終於又開口說話,問我覺得深圳咋樣。深圳咋樣?深圳當然好得很啊!相比於內地,更不用說我離開的那座鎮子,深圳簡直就是天堂般的地方。在這裡,人們有實現夢想的可能,只要有付出,就一定看得到回報,如此一個充滿希望的城市,它年輕,充滿朝氣,誰又能不愛呢?那既然如此,他說,我乾脆就留在深圳又何妨?我說,這件事情,換作別人都無法理解。況且他作為一個唱片行的老闆,實在無權左右我的未來。

今天回家的路上,無緣無故被絆了一跤。幸好只是擦破點皮,不過就是起身的時候,小腿有些使不上力,在地上緩了一會兒,才能重新站起來。回宿舍以後,吳姐和我講了譚姐的近況。譚

姐現在仍舊和吳姐保持著聯繫。據吳姐所說，譚姐如今已經跑到什麼保險公司，做推銷員去了。吳姐還跟我說，她也打算七月份的時候辭工不幹，轉行去找些別的工作。我問她為什麼，吳姐說，她總不能就這麼一直在酒店裡當前台接待員吧。我心想也是，說不定吳姐這一走，反而能找到一條生財之道，從此飛黃騰達。

小沈最近勾搭上了中餐部的經理，兩人正偷偷摸摸搞著地下戀情。吳姐成功繼承了譚姐的衣缽，背地裡跟我說小沈的閒話，稱過不了多久，小沈就能受到提拔，成為酒店裡的明日之星。吳姐說，她想不到看著老實的小沈，沒想到竟是一個這樣有心計的人。

明天輪休，正好能把去日本的事情再好好落實一下。

我聽見的，仍舊不是我自己的聲音。

「這根本就不是我。」我告訴她。

粉塵散去，不出意外地露出一片在光束與陰暗交錯中呈墨綠色的草坪。遠處能望見一棵孤零零的枯樹，輪廓看起來像只老鼠。

「你以為那不是你。」她說。

「可那確實不是我。」

「因為你並不知道那是你，」她又說，「換句話講，你對你自己的認識還不夠清晰。」

「可如果那是我，」我試圖抓取響徹在腦海中的聲音片段，可它本就不是實體，不管我怎麼抓，也抓不著。「我又在向自己傳達些什麼呢？」

「你聽不懂，」她說，「你聽不懂你自己的聲音。」

「沒錯，我的確聽不懂。」

「是你不想聽懂。」她如此斷言道。

「話不能這麼講，」我反駁說，「我怎麼會不想知道自己在說什麼？——假如那聲音果真是我的話。」

「天要亮了。」她又說。

「現在？」

她用手去指我們的頭頂上方。我順著看去，原先的黑毛猩猩已經變成了純黑色的搓澡球。

上帝可真是變化多端，怪不得是只猴子，原來是會七十二變。

「現在。」她肯定道。

「可是，」我說，「我們還沒找到草莓果醬。」

「它無處不在。」

「無處不在？那此時此地也是如此？」

「我們的一舉一動，都在它的注視之下。」她說。

「原來是個變態偷窺狂。」我說，她卻不笑。

她還是坐著，絲毫沒有迎接黎明時應當表現出的儀式感。「它和陰影，密不可分。」

「什麼意思？」我問。

「它是鑰匙，」她說，「它也是門。」

「通向哪裡的門？」

「下面。」

「下面？」我撓頭，「下面究竟是哪裡？」

「被陰影所籠罩的地方。」

「那等天一亮，」我繼續問，「我回到的，又是哪裡？或者，換個說法，我還能回到我原來的世界嗎？」

「你會回到下面。」

「回到下面⋯⋯」我重複道，「也就是說，我原本就是從下面來的？」

「人人都在下面。」她說。

「人人都在下面。」我捨棄了自己的思考能力，跟著重複道。

「都在陰影之下。」她又說。

「可是，」我又想到些什麼，「有人──不是有人，應該就是你──曾經跟我說過，叫我不惜餘力地往上面跑。這是不是就證明，既然有下面，那同樣也會有上面的存在？」

「上面。」她不再往下說，而是用絲綢般的視線蓋住了我的雙眼，接著才繼續道：「你得找到上去的梯子。」

「能找到嗎？」我問。

「能找到嗎？」她又問回我。

看來是找不到了。「接著剛才的話講，也就是說，只要天一亮，我就能回到下面了？」

「當然。」她說。

「不得不回嗎？」我問。

「這難道不是你所期望的嗎？」

「話是如此⋯⋯」

「只要見到了我，」她說，「你就能明白。」

「這句話，草莓果醬也和我說過。」

「那你現在明白了嗎？」

「沒有。」我說。

「現在的我，」她指向她自己的臉，「是你所認識的我嗎？」

「沒錯。」我說。

「那原先的我呢？」她又問。

我搖頭。

「當時沒覺得是我？」

「沒有──怎麼說，算是沒有，但後來發現是你，我也並不會對此感到驚奇。」我回答說。

「現在明白了？」

我吸氣，「多多少少。」

「知道該怎麼做了？」

「不知道。」我說。

她將匕首放到我們之間的草坪上。「你需要的，就是這個。」她看著我說。

1993年6月1日　陽光明媚

的確，我想我是喜歡他的。在經歷了這幾個月來他的狂轟濫炸後，我想我意識到了這一點。所以我找上他，正面回應他對我的苦苦追求。不能逃避，我告訴自己。

我對他說，讓他想清楚他為何要追求我。換言之，他得明白自己到底喜歡我什麼。他的回答過於老套，缺乏實際意義。我告訴他，對於我，他還有很多不知道的事情。而若是真心喜歡我，我不知他又是否能接受真實的我。

他說他可以。

既然如此，我便說，要是他有什麼想要瞭解的，就儘管問我。但首先，我需要告訴他，我並不是一個處女之身。他說這沒關係。只不過，他想知道的是，我曾經談過幾次戀愛。我說，一

次也沒有。他如鯁在喉，這我看得出來。見他不說話，我又接著說，與我發生關係的，並不是我所中意的人。他不問我到底是什麼意思，只想確認我是否自願。我說沒錯，我的確是自願的。

他對此不再過問。

我接著說，我高中沒有畢業，這他也是知道的。他點頭，說這沒什麼。我又說，自己高中沒畢業，就代表我的文化程度不高，也沒有一身的技能，只不過是個離家出走、跑到深圳來的普通人，希望他不要介意。

他說他對此毫不介意。

我還是得提，自己依然沒有放棄去日本的打算。即便跟他一同生活，我也無法保證，自己不會突然有一天就離他而去。

他說他已經做好了思想準備，要是我有了去日本的機會，他一定會全力支持我的決定。

聽他這麼講，我也再無拒絕的理由，便與他提議道，我們可以先走一走，試試看。他的臉先是發白，後又像蒸鍋裡的螃蟹殼一樣漸漸轉紅。

臨走時，他拉住我的手，說要最後問我一件事情。我讓他說，他問我，在遇到他之前，可曾有過喜歡的人。

我問他為何想知道這個，他扭扭捏捏，說只想確認一下，他可否是第一個得到我芳心的幸運兒。

我抓著他的手，以盡可能真摯的目光望著他的眼睛，對他說了實話。我說，曾經有，現在也一直是。

他調暗了眼裡的小燈泡，問我他是怎樣的人。

他是個奇怪的孩子，我說。但這裡的奇怪只是別人眼中的奇怪，「奇怪」一詞本身並無貶義。在我看來，別人所謂的「奇

「怪」，就是特別。也就是說，他是個特別的人。

他問我，他有多特別。

特別，可不是一句兩句能說得清楚的。硬要說的話，他是個幻想成為克拉拉的孩子。

他並不知道我所指的克拉拉，具體是誰。

我繼而說，他是個活在一片自己的小世界裡、在其中得到庇護的孩子。可一旦自己的世界遭到了外界的入侵，他就會變得脆弱不堪。或許，一直留在那片世界中，才是他最好的選擇。可是他不能。外界的力量過於強大，沒有人能孤立地存在。而一旦受到了外界的影響，再獨立的世界，也多少要被更強大的力量所同化──這同時也是物理世界裡的普遍規律。

但我喜歡他，所以不願讓他失去自身的世界。同樣地，我也喜歡我自己，所以才不想讓自己被外界所奴役。

他問我，那孩子現在怎麼樣了。

我說我無從得知，但我希望他一切都好。

關於他的話題到此為止。

想來想去，今天也算是個重要的日子，我也擁有了人生中的第一位伴侶，希望能為接下來的生活開個好頭。

我接過草坪上的匕首，拿在手中端詳一番。

她用手撐地，輕巧地站了起來。

「我需要它來做什麼呢？」我問。

她用她的掌心貼住我的手背，「做個了斷。」

「非要做個了斷不可？」

「這是你自己的選擇。」她說。

這匕首握在手裡，沉甸甸的，裡面一定蘊含著不小的能量，又彙集了許多的寓意。

「我並沒有做出任何選擇，」我對著這匕首道，「一切都是無可奈何，甚至就連見到了你，也都是我所無法掌控的。既然如此，又怎能稱得上是我所選擇的呢？」

「一切都有原因，」她說，「這一切，歸根結底，都是因為你自己的選擇。你所做出的每一個決定，都會將你向特定的方向推進一步，直至現在。你說你是無可奈何，只因為你並沒有意識到，你有過選擇的機會，以至於最後，你選擇了你認為只能如此的選擇，最終來到了這裡。」

「就算你說得對，」我望著遠處的枯樹，猜不透它存在於此的原因——如果世間一切皆有原因的話。「那我該如何、又該跟什麼去做了結呢？」

「去跟你自己，」她說，「也是跟我。」

「跟你？」

「跟我做了結，也就是跟你自己做了結。」她說，「即便我不想如此，你也不得不這麼做。」

「因為天就要亮了。」

「沒錯，天就要亮了。一旦我暴露在陽光之下，那後果必定不堪設想。這你心裡可比我清楚。」

「不，我不清楚。」我說。

「這是此處的法則。」她告訴我。

「那我——」我再次看回手裡的匕首，「你——」

她輕輕頷首，以示肯定。

1995年5月18日　無雨

我去不了日本了。

去不了了。

醫生說，從我摔倒的頻率來看，情況正變得愈發嚴重，若是不儘早治療的話，恐怕會很麻煩。

他記了半個筆記本的注意事項，又傻乎乎地跟我說，有他在，讓我什麼都不要擔心。

我的確不擔心，就算擔心了，又能有什麼用呢？不過是為自己徒增煩惱罷了。

沒錯吧？

是這樣，沒錯。

對吧。

只要活著，日子就得照舊過。

「這是你回去的唯一機會。」她說，「也是你走到這一步時，必須要做的事情。」

「可──」我怎麼也想不起來，自己打算說些什麼，「我──我還是下不去手。」

「別擔心，一切總會變好的。」

「怎麼變好？」

「因為，這也是我復活的必經之路。」

「復活？」

「若要復活，就必先死去。難道不是嗎？」她笑著問我。

我對此將信將疑，「你當真會復活？」

「或許。」她道，雲淡風輕。

「我真就找不到上去的路？」我問。

「看你。」她說。

「要不試試別的辦法？」我又說。

「沒有別的辦法。」

「不要說得那麼絕對。」我說，「還是那句話，能或是不能，只有試試才知道。」

「決定權在你。」她依舊在笑。

1996年6月28日　　雷雨交加

我結婚了。

他不顧我的身體狀況，也願意同我結婚，我很感激他。

晚上辦了個簡單的喜酒，吳姐她們也都到場出席。她們還不知道我的事情。

譚姐已經不再是原先標誌的燙卷髮，而是改換了個穩重不少的齊肩直髮。聽她自己說，她現在幹得可是風生水起，已經是保險公司連續六個月的月最佳員工了；吳姐如今在廣播電臺做著打雜的工作，不過未來還有上升空間，說不好就能從幕後走向對外輸出的崗位；陳姐的兒子生性調皮，話也不少，小嘴皮子一刻也不停，這一點倒著實不像陳姐夫妻倆。我很開心她們能來，看著她們在一桌說說笑笑，真感覺自己回到了剛來深圳時的那些日子。

白天的時候，我往鎮上的家裡寫了一封信，告訴他們我結婚

的事情。我之所以寫信，一是因為沒有家裡別的聯繫方式，二是因為就算打了電話，時隔多年，我也不知該如何開口。

還想給城裡人寫上一封，可無奈這麼多年來，為他寫的東西就沒有一份能送出去。

就這樣了，作為我丈夫的戴同志，此時正喝得酩酊大醉，在床上又哭又笑，悲喜交加，也搞不懂他在那兒哭個什麼。

明天又是新的一天，祝自己好運。

「如果說，」我這才感覺到，自己的雙手在顫抖，「我選擇了不做了結，你還能復活嗎？」

「那等待我們的，就是未知。」她說。

未知。

復活。

有人在耳畔發笑。

未知。

「一切皆有可能？」我問。

「不，」她說，「一切都已既定，只不過對於我們來說，既定的一切仍是未知。」

難以抉擇。

「既然這是我不得不做的事情，」我思考，「在這背後，就必然會有我不得不這麼做的原因，對嗎？」

「或許。」她獨愛這個詞。

「但——」

「聽我說，」她引導著我握住匕首的手，慢慢靠近她的身

體，「不要想太多，去做便是。」

「可你明明不願這樣，不是嗎？」

「我沒有選擇權，」她說，匕首的鋒刃頂住了她的左胸，「我只是被關在這裡的傀儡，是個看得見卻摸不著的影子，是你丟失於此的分身，是你自己的一部分。」

「是我自己的一部分。」沒錯，我想，一點兒也沒錯。

而現在的我，正要親手抹殺自己的一部分。

手腕受阻，遂又突破屏障，從中釋放多餘的能量。

她不出聲，只見從匕首刺中的位置向內塌陷出一個不小的洞。洞的邊緣逐步向外擴大，她的身軀變為碎片，散進風中。

「到下面去，」她對我說，「到下面去，下面有石頭，有數不盡的石頭。」

「石頭？」

我睜大眼睛，還想再多問一句，卻來不及留住她。

此處又留我一人，我閉上雙眼，想要躺倒在草坪上，卻又被人向上拉住，怎麼也倒不下去。再一睜眼，我已經回到了香港街頭，坐在維多利亞港岸邊的長椅上，面前站著克拉拉。

9

「你總是能找到我在哪裡。」我對她說。

「那是自然。」

她笑著拉起我，我借力起身，膝頭的兩本日記掉落在地。

我彎腰去撿，日記本完好無損，還是我剛接手時的模樣。

「我是兇手。」我將兩本日記拿在手裡，克拉拉穿著純白色的短袖T恤，半斜著腦袋聽我說道。

「知道就好。」她若無其事，「需不需要我帶你去自首？」

「那倒不必。」我說。

「餓了沒有？」克拉拉問我，一面像牧羊女那般驅趕著我離開這裡。

「餓了，」我邊走邊答，不時觀察附近是否有牧羊犬出沒，「吃意面去？」

「難得來一趟香港，不吃意面。」

「那吃什麼好？」

「吃燒臘去。」她說。

我並無異議。

「那個，」我又說，「我想通了。」

「想通什麼了？」

「這一切的源頭，都在於我。」

「你是指？」

「她的死。」

「跟你有關係？」

「有。」

「作案動機是什麼？」

「被逼無奈。」

維港在克拉拉的身側亮起了燈光。「這是藉口。」

「沒錯，的確是藉口。」我說。

「那現在怎麼辦？」

「什麼怎麼辦？」

「我是說，你想通了以後。」

我避開人行道上的雨水井蓋，「等她復活。」

「可人死了就是死了，沒人能夠死而復生。」

「聽我說——」我牽住克拉拉的手，讓她停在路邊。我們的頭頂上方，掛著個四方的典當行招牌。

她朝我微笑，笑得像是被人掰開的橘子肉，「洗耳恭聽。」

「你說，她為何就非死不可？」

「這得問你自己，」她道，「你是兇手。」

「我現在才意識到，她並非必須要死，只不過，我並沒有給她嘗試的機會——或者說，我的確給了她機會，卻沒有足夠的勇氣和耐心堅持下去。」

「那現在呢？」

「總要試試看。」我說，「即使未來是既定的，我們不也應該試試看嗎？」

「當然要試，」克拉拉說，「不然等於白活一場。」

「嗯，」我說，「要到上面去。」

「上面？」

「對，到上面去。不惜一切代價也要到上面去。」

「雖然，」她從口袋裡取出煙盒，倒來一根細煙，將其含在嘴裡，「你的說法過於抽象，但也不是不能理解。不過，你打算怎麼上去？」

「梯子。」

「在哪裡？」

「所以要找。」

「怎麼找？」

「試著找，總能找到的。」

「但願如此，」她挑了挑眉，「上去了以後，會怎麼樣？」

「新生。」

「這就是所謂的復活？」

「沒錯。」

「祝你成功。」

我趁克拉拉點煙之前抱住了她，「謝謝你。」

「不用謝──」克拉拉的聲音在我的側頸上方響起，「這是在幹什麼？」

「找梯子。」我說。

她用手掌在我的背後塗抹著她的關心，「找得到嗎？」

「不知道，」我說，「取決於你。」

「責任不小。」

「承受得了？」我問。

「當然。」她答。

「謝謝。」

「De rien。」

「什麼？」

她含著煙偷笑，好似有人在洞口吹尺八。

「吃飯去。」她說。

我說好，放開她，讓她帶著我，一路在香港的街頭閒蕩。

我們找了家門口大排長龍的燒臘店，等了半個小時，被店員趕蒼蠅似的往裡招呼，坐進一張用髒抹布隨便撩過的座位，和一個身穿白色背心的大爺拼桌。

我吃叉燒飯，她吃燒鴨飯。我喝冰檸檬茶，她喝鴛鴦奶茶。

大爺扒光碟裡的飯粒，他的位置就換成了兩位年輕白領。

克拉拉用一塊燒鴨換我兩塊叉燒，我覺得有失公允，便向她抗議。為了安撫我的情緒，她又夾來兩根青菜，當作補償。

我們聊著撲克牌的不同玩法，分享各自的經驗技巧。放下飯勺，兩人同時被店員雙眼發出的鐳射射線所攻擊，便決定及時離開。

划船一樣回到酒店，我們洗澡更衣，一同躺在床上。她叫我脫去我的上衣，我一如剛入伍的新兵，遵照她的吩咐行事。明明才剛換上的衣服，還透著些身體留有的水分，現在脫了去，扔在床邊的貴妃椅上，顯得狼狽不堪。她用手指劃過我的前胸，似乎想要尋找我兩乳之間的連線點，為我進行心肺復蘇。指尖的肉從左邊劃到右邊，又從右邊折返回左邊，停留在我左側乳頭靠右側的空位。她在上面按逆時針的方向揉動，弄得我通體酥麻。下體終歸有了反應，但我卻根本摸不著頭腦（按常理說，撫摸前胸自然不能輕易使男性勃起，除非是三十年沒嘗過葷腥的處男）。鼓囊的小玩意兒撐起粗布材質的短褲，這一切被克拉拉盡收眼底。她粗暴地拉下我的下裝，內褲連同外褲一齊被扯到膝蓋的位置，這手法，好似在拆解

417

應該換洗的枕頭套。我讓她關燈，她對我的要求不加理睬，當著我的面褪去她的衣物，露出荔枝肉顏色的皮膚。我眼見她騎上我的腰胯，以極其包容的姿態將我迎進她的體內。

我閉眼，由她主導事件的發展。

她比我此前遇到過的所有人相比，要更加具有侵略性，攻擊性也更為明顯，說是要一舉碾碎我也不為過。我自己則像個易碎的花生殼那樣，被她一手掐開，露出裡頭的果仁。房間裡回蕩的，全都是由我發出的聲音。她俯下身子，用雙手壓住我的肩胯，又用指甲摳著我本就不算多的肉。我被她一把丟進了由肥皂泡搭建而成的迷宮，天旋地轉，迷失了方向。若是沒有猜錯的話，這應該是個巨大的滾筒洗衣機。

恍惚之中，我聽見她在對我說些什麼，可至於到底說了些什麼，全都被肥皂泡包裹了起來，當最終傳遞進我的耳朵裡時，早就已經面目全非。它們變成一個個毫無威懾力的小禮炮，砰、砰、砰。

我仍舊在轉，我在自轉，卻比地球的自轉要快。我轉著轉著，自己的軀殼因離心力而向外分離，獨留我的內芯。

我到底是什麼？

瞧瞧吧，趁著這個機會好好瞧瞧吧。

我是她，是個外表醜陋無比、嘴唇像唐老鴨的她。

可我又是她，是個令我心馳神往、比大海要迷人的她。

我到底是什麼呢？想必就連我自己，也得不到答案。

我既是她，又是她，可我卻不是我。我之所以不是我，是因為我親手扼殺了作為另一部分的我。

這大概就是原因，我心想。

不知不覺間，將我拖入另一個世界的克拉拉不再運行。風暴退去，只留下一片瘡痍。我在克拉拉的懷裡，一如那個時候，我在她的懷裡那樣。

　　「復活。」我聽她說。

　　「復活。」我也應道。

10

　　她的離去，那是第二天的事情。

　　我從睡夢中蘇醒，床頭鬧鐘的顯示幕上，出現的是代表上午十點二十分的數字。我身旁的床單褶皺宛如被沙石掩埋的恐龍化石，依稀可見其的肋骨和脊柱。

　　克拉拉不見人影。

　　我嘗試著坐起身，卻因腰部酸痛而不得不再次倒在床上。等待半分鐘，將將緩過勁來，我去拿貴妃椅上的衣物，穿在身上，卻怎麼也找不著左腳的拖鞋。與其這樣，我乾脆赤腳踩著房間的地毯，跑去衛生間察看裡面的情況。

　　兩個玻璃漱口杯眉來眼去地靠在盥洗盆的外邊，一紅一綠兩把牙刷分別住在兩個漱口杯中，隔空相望。

　　扭頭出來，茶几上放著一遝紙張，煙灰缸裡立著好些細煙的煙頭。

　　少了點什麼。

　　我敲打著自己的太陽穴，一面揉著自己的後腰，總算發覺房間裡缺失的行李。

　　克拉拉走了。至於走的原因，她並未告知於我。

　　我走到茶几前，捧起那一遝紙，是她的書稿。我大致翻閱一遍，似乎已經完稿。不知她是何時、又是在何地用誰家的機器列印出來的。書稿的中間，還夾帶有一張A5大小的草紙。草紙上寫滿了手寫的漢字，字跡瀟灑，一個個有如獨立的生命，活靈活現。

這信也是克拉拉所寫：

To羅嬤：

　　抱歉很久沒有寫留言，請不要在意格式正確與否。另外，請原諒我的不辭而別，即使我原本就打算如此。具體原因，我並不知道該怎樣與你解釋。但正如我們一直所說，凡事都要試試看，我也會試著去跟你解釋清楚。

　　首先我必須得承認，打從一開始，我就是為了引你上鉤才接觸你的。所謂「引你上鉤」，更直白來講，就是讓你依戀上我。當然，第一次見面時，我也的確是因為被你自身的特質所吸引，所以才選擇以你作為新的目標。你一定想問我這麼做的動機到底是什麼，對吧？我的動機在於，我沒有動機，這是我如同呼吸一般的本能。這是一種病。我討厭這樣，卻不得不如此。它比煙草要更難以擺脫，我控制不了。這是什麼時候的事情來著？應該是在我十一二歲的時候，當我第一次感知到別人對我的感情時，我便有了這樣一種本質上的欲望。我喜歡看著人們被我所吸引，他們沉醉於我，我喜歡這種感受。但我並不喜歡他們其中的任何一個人，我只喜歡被人憧憬的感受，僅僅是感受而已。而我更喜歡的，是將他們一把甩開時他們的撕心裂肺，他們的悲痛欲絕，他們的萬念俱灰。正如我開頭所言，僅憑語言，很難對此做出解釋。但情況大致就是這樣。至於你，你是個難啃的骨頭，對我來說，更是一個令人感到興奮的挑戰──尤其是在發覺你對自己的感情捉摸不透的時候。正如你渴望認清你自己一樣，我也渴望獲得你對我的依戀。而通過昨晚的事實證明，我的確做到了。

　　如果你願意的話，不妨在家裡為我擺上個獎盃。

　　還記得在鎮上的那天夜裡，我原以為我已經得手，最終卻發現對你來說，我不過是她的臨時替代品而已。當初的你對我所抱有的感情，也僅僅不過只是從對她所存留的感情當中衍生而來的東西。這一點，想必你自己還意識不到——甚至就連現在的你也是如此。這我大體還是能察覺得到。你在逃避，你始終在逃避。哪怕是在昨天晚上，你也在逃避。只不過，在逃避的過程中，你的確對我擁有了不同於對她的情感。這也是你所謂的「找梯子」的其中一環——如果我沒有理解錯的話。

　　綜上所述，我今日的不辭而別，其實是早在最開始就已經既定且不會改變的結局。我也說過，按以往來說，我原本並不會將一切的原委告知於你。

　　但我昨晚做了個夢。

　　我夢到了你苦苦找尋的那塊石頭。它是黑色的，跟你描述的一樣，是個狹長的立方體，看著像是誰的墓碑，可上面又什麼也沒寫。那它究竟是什麼？又為何會出現在我的夢裡？我半夜醒來，想了很久，也想不出為什麼。但有一點可以肯定，它一定有其自身的寓意所在。我聯想起目前為止，你同我提到這塊石頭——或是與它正面接觸——時的情形，得出一個結論：它與我們自身有關。正因如此，我思來想去，還是決定向你寫下這封資訊，向你坦白這一切的來龍去脈。

　　我不求以此得到你的原諒，但真切希望未來的你一切順利。留下的書稿就此贈送給你，由你全權掌管，也大可用你的名字投稿出版，對此我也毫無意見。

　　以後也不會再見面了，切勿同我聯繫。

再次祝你好運。

克拉拉・羅蘭

放下留言，我清點起書稿的頁數。數畢，拉開窗戶，將書稿伸出窗外，輕柔的紙張像羽毛，左搖右擺向下飄落。

收拾好自己的行李，我趕在規定的退房時間前離開酒店，拉著行李箱漫無目的地走在街道上，偶遇一個旅行社的辦事處，便進去買了一張回上海的機票。起飛時間是下午五點。從此處坐地鐵去機場倒也方便，香港也沒什麼好留念的地方，不如現在就動身，到了機場還能找個書店坐著休息。按照原計劃執行，直到起飛之時，一切相安無事。

回到上海，已是夜裡七點多。

我閉眼休息，卻輾轉難眠。

自己的心臟無序地跳動，像個發了神經的擺鐘。

不能再睡了，反正也睡不著，稱不上真正在睡。我走去書房，找來幾張CD，拿到客廳的音響裡去放。先聽舒曼的鋼琴協奏曲，後又聽西貝柳斯的作品集。我獨愛其中的《卡累利阿》組曲。在我看來，《卡累利阿》組曲簡直與肖斯塔科維奇的《節日序曲》有著異曲同工之妙。我坐在沙發上，卻覺得兩手空空，便按下音響的暫停鍵，跑去樓下的便利店，拿上黑色的購物筐，往裡塞滿一瓶瓶五百毫升的可口可樂。帶著一購物筐的可口可樂去櫃檯結帳，收銀員好似馬戲團裡的木偶小人，下巴與臉龐各自分家。經他的清點，總共是二十七瓶可口可樂，外加三罐易開罐裝

的百事可樂。至於為何是百事可樂，只因看到了特價貨櫃上有
擺，便想也沒想就往購物筐裡扔進三罐。最後結算下來，總共一
百塊零五毛。

　　我要了個大號塑膠袋，將二十七瓶可口可樂以及三罐百事可
樂搬運回家，遂又擺在茶几上，硬是叫我擺出了個瑪奇琴伊察的
造型。從金字塔頂——也就是三罐百事可樂——開始喝起，我讓
音響重新工作，就著西貝柳斯的音樂，享受碳酸飲料所帶來的快
感。這麼一刻不停地喝下來，喝剩最後十三瓶時，咽進肚子裡的
氣體又反戈一擊，朝體外殺來。我連打幾聲飽嗝，卻還是沒能減
緩自身的脹痛感。不過比起胃裡的氣體，我更應該擔心自己超標
的糖攝入量。希望自己不會因可樂飲用過量致死而登上新聞報導
的獵奇欄目裡，成為億萬少年兒童的反面教材。

　　西貝柳斯的作品播放完畢，需要我去手動更換CD。此時此
刻，我不想聽瓦格納，也不願碰德彪西，布魯克納顯得過於深邃，
聽馬勒又只會在我原本就亂套的神經上火上澆油、雪上加霜。那聽
什麼好？我問自己。自己攤手，表示沒有想法。回書房去抽，抽到
埃爾加的CD。行，埃爾加就埃爾加。我將CD放進機器，繼續解決
那剩下的十三瓶可樂。擰開這第十三分之一瓶，我決心不能再如此
下去，便重新將瓶蓋擰緊，去找我的手機。她讓我切勿聯繫，可我
還就偏要和她聯繫。我撥通了她的號碼，半天沒人接聽。

　　我自然已經做好被她無視的可能，但就在尾聲即將到來之
前，她還是展現出她所持有的那些許憐憫之心，接通了電話。

　　我說是我，她沉默半晌。

　　我問她此刻人在哪裡。

　　「在上海。」她說。

「還住原來的酒店？」

「不，換了。」

「為什麼要走？」

「留言上寫得清清楚楚。」

「不，但那根本算不得理由。」我說。

她用咽口水的聲音取代了回答。

我繼續說：「這是什麼病？」

「病的一種。」

「現在你滿意了？」

「談不上滿意——」

「我問你，那石頭是怎麼回事？」

「沒怎麼回事，夢到了而已。」

「什麼樣的夢？」我問。

「夢就是夢。」

「寓意是什麼？」

「羅嬅——」

「別叫我名字。」我說，「還有可能嗎？」

「我猜，沒有。」

「為什麼沒有？」

「沒有就是沒有。」

「你這是在逃避。」我借用她的話。

「我沒什麼好逃避的，」她說，「事實我已經明擺著告訴你了，你應當死心才對。這是為了你好。」

「現在知道要為了我好？」

「就當是我良心發現——書稿收好沒有？」

「扔了。」

「扔了？」

「扔出窗外了。」

「真有你的。」

「綿陽不去了？」

「不打算去了。」她說。

「利用完了，就隨手一扔？」

「談不上利用。」

「那是什麼？消遣？」

「抱歉。」

「這是一句抱歉就能解決的問題？」

「除此之外，我也做不了什麼。」她說。

我一手舉著手機，另一隻手去抓桌上的空可樂瓶，「以後還找？」

「控制不了。」

「控制不了，那就得去治。」

「治不好。」

「不試試——」

「不試試看的話，怎麼知道治不了？」

「沒錯。」

「可是這東西，到死也治不好。」她說，「它所帶來的，所留下的，已然超越了我本身，成為刻在空氣裡的實體。」

「你在胡言亂語些什麼？」我不解。

「——你在聽什麼？」她轉而問。

「埃爾加的變奏曲。」

「沒聽出來。」

「那是你的問題。」我說，一邊將可樂瓶底部幾個凸起的小角按順序轉著，輪流接觸茶几面，「你在做什麼？」

「跟你通電話。」

「之前呢？」

「坐著。」

「沒幹別的？」

「沒幹別的。」

「說回你的病。真不是和我開玩笑？」

「當然不是。」她說，「我是它的奴隸，僅此而已。」

「莫名其妙。」

「你自然會覺得莫名其妙，這我並不驚訝。」

「喂！」我發出近乎於哀嚎的叫聲，就連我自己也因此而嚇了一跳，「真的沒有可能了？」

「本就沒有可能。」她說。

「那天說的復活，又是什麼意思？」

「那是你的事情。」她說，「我被壓著，沒法兒復活。」

「被什麼東西壓著。」

「被不屬於我、卻又控制著我的東西。」

「你的病？」

「我的病。」

「還有呢？」

「還有什麼呢？」她銷聲匿跡，很快又捲土重來，「還有很多很多。」

「比如說？」

「一切，我所做的一切。」

「此話怎講？」

「我所做的一切，都不隨我意。正因如此，我才只是它的奴隸。」

「缺少自由意志。」

「沒錯，缺少自由意志。」

「別和我談這個──」

「那就別談了，沒什麼好談的。」

「說回石頭。」

「你還不明白嗎？」

「不明白。」

「就算再怎麼樣，也什麼都改變不了。」她說，「歸根結底，人是沒法兒復活的。」

斷線提示音好似砸向寺廟大鐘的鉛球，帶著厚重的低頻在我的耳道內來來回回。

空可樂瓶掉在地板上，我扔掉手機，它躺在沙發的哪個方位，對我來說都無關緊要。

歸根結底，人是沒法兒復活的。

想明白這個道理，日子也就變得金貴很多，活一天少一天，所以活一天才是一天。管它什麼石頭也好，陰影也罷，抑或似有似無的上帝，活著就行。至於到底該怎麼活著，正如克拉拉所言，這可不是我自己所能決定的。

不過實話實說，習慣了克拉拉在身旁的日子以後，重又回到孤單一人的生活，一時半會兒還真適應不來。在尚未恢復工作之前，該如何打發時間才好，又一次成為了我需要煩惱的問題。

她的日記我並沒有看完，只不過現在再看，又看不下去。它們被放上了我的書架，與三島由紀夫的幾本小說挨在一塊兒。原本的計畫是事情處理完畢以後，和克拉拉一同從南方前往綿陽。可既然她的葬禮已經結束，兩本日記在我手中，克拉拉又這樣不告而別，我也就沒了前往綿陽的理由，去研究什麼奇石的來龍去脈。

　　當然——一如既往、一這只是藉口，純粹的藉口而已。

　　偶爾開車出去兜風，小藍的氣色不減當年。路上經過復古的咖啡店，便會停車進去坐上一會兒，點上一杯康寶藍，翻翻包裡帶的小說。

　　我回來後，也曾聯繫過奧胖子，他的店面到現在也沒有迎來開門接客的日子。他問我最近去了哪裡，與原先的女友相處得如何。我說我們去了冰島，看到了極光，半路又在瑞士落腳，陪她去滑了雪，回來不久便打算結婚。奧胖子納悶，說大夏天的，哪來的雪。我說，只要有人想滑，就能有雪。他誇我見多識廣，叫我辦婚宴送請柬的時候，可一定不要忘了他。我說那是一定，讓他等著，等到我結了婚以後，他必定也能找到自己的伴侶。他聽後高興極了，說借我吉言，他最遲明年就能娶到老婆。他又問我，想知道我們蜜月如何打算。我說，就去加州。加州？他問，為什麼是加州？沒有為什麼，我說，歌裡唱了去加州，我們就跟著去加州。奧胖子嘲笑我，說他們歌裡還唱著上天堂呢，我咋不也跟著上天堂。我說，誰都想上，只不過誰都上不去。奧胖子提出，天堂既然存在，就一定上得去。我說，上得去固然上得去，但需要自己找梯子。奧胖子稱我歌聽得太多，以至於聽入了迷，變得神經兮兮的。我說他不懂，因為我們都在下面，沒人能意識到上面的存在。上面？下面？奧胖子說他年紀大了，腦子拐不過

彎。我說這不怪他，這事兒，我也是最近才想明白的。他認真琢磨起來，遂追問起這上面下面有何區別。我說，這上面和下面之間，隔著一層夾縫，夾縫是陰影，是個燈光照射不到的地方。這下面，指的就是陰影之下。奧胖子想知道這陰影到底是什麼，他也意識到了，其中必有所指。我如實相告，唯獨只有這陰影，是我著實想不明白的。既然想不明白，那就不要去想，奧胖子建議道，每天快樂地生活，才是最重要的。

正是聽了他的這席話，我才醒悟過來，上面下面都不重要，只要活著就好。

菁姐前不久又打來電話，說改天專程來上海拜訪，叫我一定要帶她好好逛逛國際大都市。我說這是自然，她要來，我必定好好招呼。聽菁姐說，深圳的翡翠唱片行已經正式關門，店鋪現在正要轉讓。我不予評論，只是問那女孩是否還好。菁姐說，具體情況她也無法掌握，只是男人的狀態一直不好，那個家此時也不知該指著誰好。我聽後，對此不無憂慮，卻又不好在菁姐耳邊體現出來，便只能送去口頭上微薄的關切，讓我們改天具體再聯繫。

此刻的自己，正坐在近日裡常光顧的一家咖啡店中。至於經常前來的原因，主要是看在店主的音樂品味與我不謀而合。咖啡店的店主是為二十五歲的女子，她大學半路輟學，開了這麼一家咖啡店，距今不出四年。我在靠窗的座位上，翻閱著咖啡店裡為數不多的讀物，是一份文學雜誌。雜誌是最新一期，上面刊載了在幾個未曾聽聞的筆名下的幾部短篇小說。這裡面的第三篇，寫的是一個我頗為熟悉的地方，海牙飯店。

想來也巧，女店主今天選擇在自己的店裡放上馬勒第二部交響曲的唱片，但聽起來，是我很少聽過的版本。

小說的主人公，是個大學剛畢業不久的少女。少女有個困擾她自己多年的難言之隱，遂決定逃離自己生活的城市，到外面漂泊流浪，卻誤打誤撞，走進了一處名為「海牙飯店」的旅館。在海牙飯店裡，少女在不知不覺間闖入了另一片奇異空間。這裡是夾層，是樓層與樓層間的夾層。少女摸著黑，一路走著，碰上了一位自稱是「管理員」的土豆精——根據小說的描述，土豆精外表就是個被放大十幾倍的土豆，從土豆的坑窪裡伸出雙手雙腳，四肢和被颱風折斷的樹枝無異，眼睛倒是正常的人類眼睛——並在土豆精管理員的帶領之下，來到了一處亮著燭光的房間。房間的最裡面坐著三個怪物，分別是帶著牛頭面具的巨大西裝人，頭冠呈紅白雙色的綠毛鸚鵡，以及頂著個鉚釘腦袋和大煙囪的機器。經過了一系列突如其來的審問後，少女被判定為有罪，只能永遠待在這片空間裡。少女被土豆精管理員押送著前往未知的目的地，她卻在途中成功掙脫管理員的控制，磕磕絆絆地找到了通往下層的洞，奮不顧身向下躍去，依舊是一片陌生的景象。在這裡，立著一塊塊黑色的石頭，看著像是為了紀念什麼而留下的石碑，可是石碑上面卻沒有字，它們只是存在於此，並無任何發生變化的趨勢。少女花上不知多長時間，只為尋找可能的出口，卻徒勞無功，只得坐於其間，最終失去了意識，丟掉了思想，從精神層面上被宣告死亡。少女的肉體留在原地，化作一塊黑色石碑，表面沒有留下任何印記的石碑。

　　這是克拉拉所寫的故事。

　　她早在與我同處海牙飯店時，就已經見到了那些黑色的石頭，但她卻從來不曾和我提起過。

Auferstehn, ja auferstehn,

合唱團與女高音齊聲唱道。

放下雜誌，盯著自己左手腕上的石英表，秒針以鏡面般均勻的速度向著未來移動。

明天就動身，我對自己說。

我回家，在網上訂下一張飛往成都的機票，下午四點起飛。又花了一晚上，整理出隨身攜帶的行李物件，與家裡人留了短信，和學校方面確認好短時內不會叫我回去上班，一切都準備妥當，只等好好睡上一覺，放鬆自己的身體。

第二天，我睡到上午十點，洗漱吃飯，拿好行李，在樓下叫了輛計程車。上車時，差不多是下午一點半左右。司機是個福建人，帶洋基隊鴨舌帽，車裡放著邁克爾‧傑克遜的歌。

我說我要去機場，他說好。

半路，他問我是去出差，還是旅遊。

我說旅遊。

他又問我，是去國內，還是國外。

我說我去綿陽。

他輕踩剎車，一邊咩咩咩地叫。信號燈由綠轉紅。

我陪襯地笑，問他開了幾年計程車。

他用右手比出兩根手指，手背對著我，就差嘴裡叼根雪茄了。

我說，二十年確實挺久。

邱吉爾大笑，我說猜得不對。

我一愣，說這兩百年前，他駕的應該是馬車，而不是計程車。

邱吉爾笑得更大聲了，就差沒把自己的肺笑出車窗外。好

歹控制住自己的笑聲，他才回頭對我講——甚至忘記了綠燈起步
——他開出租只開了兩年。

後車鳴笛催促，邱吉爾這才放下手剎，將注意力重新集中在
擋風玻璃外。

兩年確實不長，我道。

邁克爾‧傑克遜發出可樂喝多後止不住的打嗝聲，從這一點
上看，簡直就和前幾日的我一模一樣。竟然能和世界巨星找到共
同點，真是一件值得驕傲的事情。

我又問他，怎麼會喜歡傑克遜。

他告訴我，他也談不上有多癡迷於他，自己只是覺得有趣。

我問他到底是哪裡有趣。

他反問我，一個人的膚色由黑變白，難道不有趣嗎？

這件事情，我說，實在無法與「有趣」二字掛鉤。

他似乎還沒聽出我的言外之意，正兒八經地和我討論起為何
要將自己從黑皮膚變成白皮膚。

我說，他似乎患有白癜風，所以膚色才會逐漸變淡。

他則不出意外地提到了坊間傳聞，並認為他是暗自漂白，只
為了擺脫黑人的身份。

「所以啊，」他跟著節奏抖動腦袋，「我才會說，他這個人
有趣得很！明明是個黑人，卻嫌棄自己的種族，去崇拜白人，把
自己變成白人的樣子。你可知道，這要是放在以前的中國，我們
會管他叫什麼？」

「叫什麼？」我問。

「這不就是二鬼子嗎！」

「可他是因為有病，」我再次強調，「也不是他自願想要變

白的。」

「那也洗不清這個罪名。」

「怎麼就是罪名了？」

「你要這麼看，他變白了，那其他黑人會怎麼想？」

「會怎麼想？」我請教他。

「他們就會想，你同樣身為一名黑人，竟然瞧不起黑人，反而將自己變成一個白人。這算什麼，這是大逆不道嘛！」

「可是，就算他是漂白的，這又怎麼能算是瞧不起黑人呢？」

「那你說算什麼？」

「這根本就說明不了什麼。」我說，「你這個前提就是錯的。」

「我的前提？」計程車大臣邱吉爾用後視鏡裡的雙眼瞟我。

「你的前提是，黑人本身就比白人要低人一等。」

「別別別，」他趕忙否認，「我可從沒這麼說過。」

「但在你的思維裡，這就是無法撼動的事實。」我說，「不然的話，如果黑與白是平等的，你又怎麼會認為，他從黑變成白，就是瞧不起黑人呢？」

「可是，這屬於背叛行為。」

「是黑是白，究竟有什麼干係呢？」我對他說，「不管是黑也好，還是白也罷，他不也還是邁克爾‧傑克遜嗎？又不是說，他變白了，他就不是他了。」

「不能這麼講。」

「那該怎麼講？」

「你身為黑人，就應該接受你黑人的身份。」

「你的意思是，因為他是個黑人，所以他必須是個黑人。」

「你在說什麼？」或許是厭倦了這個話題，司機掐掉了歌曲，切到了電臺節目。

男主播正用高中課本般無趣的聲線播報著即時的新聞，車頂上有巨大的噴氣客機飛過，掀起一層它所獨有的既迅速又緩慢——從實際角度來看迅速，從感知層面來看緩慢——的噪音。

「四川總是地震。」司機的話打斷了我對於噴氣客機噪音的思考。

「嗯。」我心不在焉地應道。

「你剛剛說，你就是要去綿陽的吧？」

「嗯……」我透過車窗，看著路邊的小男孩將嘴裡的口香糖粘到信號燈的柱子上。這司機怎麼老是要揪著我的行程不放？

「那現在還去得成嗎？」他如此說道，簡直毫無邏輯。

「當然去得成，我又不是在逃犯，會被機場攔下來——你剛剛說什麼？」

「我說，聽這樣子，那邊的情況不妙啊。」

「哪樣子？」

「四川啊。」

「你說地震了？」

「對啊！」

「哪裡地震了？」

「四川，是個叫什麼什麼的地方？好像也有個川字——不過我剛剛就一直在說這事兒來著，合著你都沒聽明白？」

「抱歉，剛剛在想其他的事情。」

司機發出敲核桃一樣的咂嘴聲。

「那你現在怎麼辦？」他問我，「趕緊問問那邊還讓不讓

去。」

「綿陽應該不受影響吧？」

「怎麼不受影響！剛剛新聞裡都說了，這次地震強度大，多地都有強烈震感。」

「成都呢？」

「一樣。」

看來是得打一通電話才行。

我讓司機先別出聲，隨即在通訊錄裡找出陸勝貴的電話號碼，按下螢幕裡帶聽筒圖示的綠色按鍵，語音提示音卻通知我對方已關機。興許是因為地震導致信號中斷也說不定，我心想。

到了機場，自己的航班果真延誤，至於何時能夠起飛，還要等待具體通知。

機場裡的老人小孩推著手推車走走停停，我跑到服務櫃檯，詢問大致情況。工作人員說，他們也無法確認我的航班究竟會如何。既然這樣，我乾脆辦理退票，又臨時買下一張夜裡十點飛深圳的機票，通過安檢口，直奔候機室的書店，買了本愛葛莎的小說集，又找了個安靜的位置坐下，面朝落地窗外的停機坪。每隔半個小時，我就試著給陸勝貴那邊去個電話，可最終都以失敗告終。這樣一來，我只能等到情況穩定以後，再去聯繫。

下了飛機，我直奔原先下塌的賓館，開好一間單人房。電視裡果然正播報著地震的新聞。根據自己目前的觀察可知，本次地震所造成的人員傷亡和財產損失極大，各路救援隊已經趕赴現場，爭分奪秒搜救被困在廢墟之下的平民。

類似這種天災，落到人們的頭上，實在是束手無策。而像我這樣的旁觀者，唯一能做的事情便是坐在賓館的大床上，對著電

視裡的新聞發出此般感慨。除此之外，別無影響。

第二天一早，到賓館一樓的西餐廳用了早餐，一份三文治，兩個煎雞蛋，一杯貌似含有胡蘿蔔的果蔬汁。在那之後，又抱著僥倖心理撥打了綿陽方面的電話。依舊是老樣子。姓陸的到底如何我暫且不管，反正現在跑去綿陽的機會也不大。這麼著，我從賓館出來，去租車行租了輛豐田的旅行車，按照腦海中模棱兩可的記憶，找上了戴天翼的家。

我按響了門鈴，不出所料，是女孩為我開的門。我問她，她爸爸可否在家。她說在，但是此刻不方便出門迎客。

「不方便？」我問，「他開始在家辦公了嗎？」

「不，」女孩說，她穿著一條起到睡衣物作用的黃色花斑短裙，「爸爸現在不適合見人。有什麼要緊的事情嗎？」

「要緊」一詞用得可巧妙——對於她這個年齡的孩子而言——我心想。「倒沒什麼緊急情況，只不過是想來看看，你們家裡最近過得如何，是否需要幫助。」

「多半不用。」女孩不假思索，語氣聽著當真像個一家之主。

「那就好，」我說，一面向她告別，「那我改天再來拜訪。」

「叔叔慢走。」她說。我猜想，她應該會在我的身後輕輕揮手。

我回頭，發現她沒有。

我去了翡翠唱片行的舊址，店鋪的內部早就被人用鐵勺掏空，獨留一大片單調的空間。我問街對面燒烤攤的攤主，說這地方日後會變成什麼。攤主說他也尚不清楚，不過多半是餐廳髮廊一類的。我問他為何會是髮廊。他說這一塊區域就缺一個髮廊，所以他自認為，這裡理所應當要開上一間。這理由好，我稱讚

道，遂又打聽起這附近有無其他唱片行。他回答說，有沒有唱片行他不知道，不過倒是專門有一家賣音響的，就在從這兒向東過兩個十字路口的位置。興許那地方就會有賣唱片一類的商品，他猜測道。

　　我向他道謝，接著按照他指出的路線行進，不出十分鐘就找到了他口中的音響店。我走進去，詢問裡面的店員，在哪兒能買到唱片。店員說，他們店裡就有，但是種類並不多，主要是用來測試音響效果的。我問他是否對外銷售，他說自然。他帶我繞開大大小小的音響設備，走到後頭的一個小玻璃櫃前，玻璃櫃裡面裝的都是些唱片盒子。店員先是拿出老鷹樂隊的專輯，後又抽出德沃夏克的第九號交響曲。我將這兩盒唱片隨意放在櫃檯的玻璃面上，問他可有馬勒的作品。他說他得找找，便低頭去翻，果真翻出了三張唱片，分別是第一、第二和第九號交響曲。我挑出其中的第二號交響曲，是2002年琉森音樂節上由阿巴多所指揮的版本，市面上不太常見。唱片盒上沒有標價，我就問店員這張需要多少錢。店員想也沒想，張口就來，三百五十塊。三百五十塊，倒也不算離譜。我掏出錢包，用僅有的那幾張現金鈔票，付清了費用，帶著唱片離開音響店。

　　翌日，我帶著前一天買下的唱片，又一次拜訪了女孩的家。女孩的父親還是沒有露面。由於是週末，我便問女孩，是否願意與我一同出門，由我請客。她點頭答應，甚至毋須經過其父親的許可，只是叫我稍等片刻，好讓她換上外出的衣裳。

　　幾分鐘後，她穿著白色的短袖襯衫回到了門口。我問她想吃什麼，她說都聽我的。我對她說，我知道在這邊上有一家吃松餅的西式咖啡店，問她可有興趣。她說有（儘管我認為，她不管聽

到什麼，都會說她有興趣）。我開車，載著她來到店裡，點上一份霜淇淋松餅，霜淇淋是曲奇味的，裡面混有餅乾碎。我們相對而坐，由我幫她用刀叉分好松餅（她個頭太小，我嫌她自己動手有些麻煩），順帶將昨日買的唱片贈予她。她試探著接過唱片，像小貓靠近陌生人手裡的麵包碎。

「這是給我的嗎？」她問我。

「給你的。」我說。

「可是，」她遲疑道，「我家就是開唱片行的。」

「我知道。」我說。

「那您為什麼還要送我唱片呢？」

「因為，」我用叉子上的松餅去蘸霜淇淋，「就是想送。」

「馬勒？」她看著唱片封面。

「沒錯。」

「復活。」

「對，復活──看來你懂得挺多的嘛！」

「我家是開唱片行的。」她再次強調。

「更正一點，從前是。」

「從前是。」

「那個──」

「怎麼了？」女孩將唱片放到身邊的座位上。

「你還記得，你上次和我說你喜歡晚上嗎？」

「記得，我自己說的話，當然記得。」

「如果我沒記錯的話，你喜歡晚上的理由，是因為覺得晚上可以藏東西，對嗎？」

「嗯。」女孩應聲道。

「藏的是什麼？」

「什麼都有，白天見不到的，都藏在夜裡呢！」女孩的臉見出少有的天真。

「為什麼要藏起來？」

「因為……」女孩顯然有些困惑，「因為見不得光。」

「可這見不得光的，一般都不是什麼好東西吧？」

「那可不一定。」女孩道，順著咽下一口松餅。我叫服務員端來兩杯白開水，讓女孩喝上一口，不要噎著。

等女孩喝完了水，我又接著說：「你媽媽的日記，我大體看了一些，想著沒必要繼續往下看了，便打算這次還回來。她的物品，應當由你們來保管。」

「不想看了嗎？」

「不是不想看，而是沒必要看。」

「有什麼區別嗎？」

「區別還是有的。」

「其實，」她說，「我媽媽還是有機會去日本的。」

「有機會？去日本？你怎麼知道這些？」

「因為，媽媽的日記我也看過。」

「你也看過？」

女孩嚼著松餅，一面點頭。

「什麼時候的事情？」

「媽媽剛走的時候。」

「不，我問的是，什麼時候有機會的？」

「生下我之前。」

「那她的病呢？」我問。

「那段時間裡，媽媽其實好轉了許多，最起碼，聽爸爸說，沒有早先那樣明顯了。」女孩放下叉子。

「所以呢？」

「那個時候，爸爸找到了一個正規的機構，可以讓媽媽去日本發展，其實就是去那邊讀書。」

「讀書？你媽媽不是負擔不起嗎？」

「爸爸媽媽那個時候，也還是有些積蓄的。」她說。

「積蓄」，同樣不是她這個年紀的孩子所說出來的詞。

「可現在怎麼卻負債累累了？」我問。

「後來媽媽的情況又開始反復──大概是在生了我以後──所以需要很多的錢用來治病。」

「原來如此，」我說，「那回到之前的故事，你媽媽是有機會去日本的，然後呢？」

「可是她最後沒去。」

「這我當然知道，」我說，「為什麼沒去？」

「因為她決定留在深圳。」

「為什麼？」

「不知道。」

「為什麼？」我又一次重複著無意義的發問。

「可能是因為爸爸，也可能是因為想到未來可能會有我。」

「怎麼可能想得那麼遠？」

「我也不知道。」女孩說。

就這樣和女孩用完餐，我將女孩及時送回家，並把車裡的兩本日記帶上了樓。總算再次見到了女孩的父親，他的氣色同上次無異。我與他簡單攀談幾句，最終還是聊回了翡翠唱片行。他到

底還是愛著唱片行的，一如他愛著他的妻子一樣。男人對我說，她從前與他提到過我。我說我大概知道。他問我可否喜歡過她，我說我喜歡，到現在也依舊如此。什麼樣的喜歡？他問。什麼樣的喜歡，我想，不單純只是男女之間的喜歡，更是一種莫名的愛。我愛她，就等於愛自己；我背離她，就等於背離了自己。可是，他說，現在無論如何也為時已晚，結局已定，就算我們兩個再怎麼愛著她，她也已經撒手而去，空留一塊黑色的墓碑。這墓碑，就是她所剩下的一切。興許，我道，她已經到上面去了也說不定。只要到了上面，就能擺脫這種種枷鎖，得到自由，重獲新生。男人笑我過於天真，說人死了，不能複生。

我說我知道，我當然知道。

天色不早，他趕我走了，叫我早些回去。我也不死皮賴臉，和女孩再做道別，便離開二人的住所，坐上了車。打開收音機，無不是有關地震的報導。我最後打上一次電話，對方處於關機狀態中。考慮到綿陽同樣受災，想必陸家幾人也沒能倖免。不再對此緊咬不放，我關掉收音機，放上自己帶來的那張唱片，克倫佩勒的錄音。發動汽車引擎，沿著道路漫無目的的兜風，看看深圳的景色，思考著這裡究竟有怎樣的魔力，才能叫她放下去日本的執念。轉上一個多小時，依舊想不出結果。算了，人都不在了，我就算想，也沒有用。我將音量調大，又搖下車窗，任憑大風拍打著我的左臉。

復活，哪有什麼復活！

真想回到那個世界，告訴那個她，那個被我親手所殺的她。

這就是她所謂的陰影嗎？我不知道。

克倫佩勒指揮下的第五樂章，緊湊卻有力，合唱團的歌聲如

風暴中的細雨，鋪天蓋地環繞著自己：

Was entstanden ist, das muß vergehen

生者終要逝去

Was vergangen, auferstehen!

逝者必將復活！

國家圖書館出版品預行編目

胡桃與影：影子少女的復活 / 張祖銘著. --
　臺北市：　獵海人, 2023.04
　　面；　公分
　　ISBN 978-626-97026-7-1(平裝)

857.7　　　　　　　　　112005407

胡桃與影　影子少女的復活

作　　　者／張祖銘
出版策劃／獵海人
製作銷售／秀威資訊科技股份有限公司
　　　　　114 台北市內湖區瑞光路76巷69號2樓
　　　　　電話：+886-2-2796-3638
　　　　　傳真：+886-2-2796-1377
網路訂購／秀威書店：https://store.showwe.tw
　　　　　博客來網路書店：https://www.books.com.tw
　　　　　三民網路書店：https://www.m.sanmin.com.tw
　　　　　讀冊生活：https://www.taaze.tw

出版日期／2023年4月
定　　　價／新台幣480元